第一百四十七章	妯娌·投机·重阳	/1
第一百四十八章	香山·借钱·还债	/10
第一百四十九章	蒋琰·禅寺·嗣子	/19
第一百五十章	百日·漆黑·难为	/28
第一百五十一章	秋风·分家·出府	/38
第一百五十二章	投奔·明升·暗降	/47
第一百五十三章	馅饼·截和·砸中	/57
第一百五十四章	田庄·风帆·记名	/66
第一百五十五章	亲事·掳人·嫁妹	/75
第一百五十六章	过问·站队·醒悟	/84
第一百五十七章	嫁人·你来·我往	/93
第一百五十八章	推论·豁然·忌讳	/102
第一百五十九章	吐露·送礼·西苑	/112
第一百六十章	补救·抬举·周岁	/120
第一百六十一章	告状·吵闹·将计	/129
第一百六十二章	碰面·高呼·就计	/139
第一百六十三章	被迫·不愿·割肉	/149
第一百六十四章	流言·庆祝·年关	/158

目 录 CONTENTS

第一百六十五章　朝贺·捕捉·失踪　/167

第一百六十六章　警告·成事·避暑　/176

第一百六十七章　避难·夏夜·各表　/185

第一百六十八章　一枝·宫变·抵挡　/194

第一百六十九章　前后·翻盘·救人　/204

第一百七十章　　出头·奖赏·不放　/214

第一百七十一章　告发·直言·除籍　/223

第一百七十二章　祠堂·报应·扭曲　/233

第一百七十三章　离开·晋升·责怪　/242

第一百七十四章　公主·最终　/251

目　录　CONTENTS

第一百四十七章　妯娌·投机·重阳

曾五连滚带爬地出了小厅，迎面就碰到了宋翰和苗安素。

宋翰面色显得有些颓废，显然昨天喝多了，现在酒还没有醒。苗安素穿着大红遍地金的褙子，梳了妇人的高髻，看似循规蹈矩地跟在宋翰的身后，一双眼睛却骨碌碌地直转。

曾五恨不得扑到宋翰的身上："二爷，您可来了，国公爷、世子爷和陆家的舅爷们早都到了，就等您和二太太了。"

宋翰蔫蔫地点了点头，和苗安素进了小厅。

苗安素立刻被小厅里一个穿着大红色缂丝褙子的女子吸引了目光。

那女子不过十七八岁的模样，一双明眸生得极好，亮晶晶的，像夜空中闪烁的星子，鼻梁高挺，长眉入鬓，就那样嘴角含笑地站在那里，却有股英气扑面而来，一看就不是普通人家出身。只是没等她看第二眼，她耳边就传来了宋宜春的一声冷哼。

"你们怎么这个时候才来？你从小我就告诉你背家训，'黎明即起'，难道你成了亲就忘了？"他说着，不满地瞥了苗安素一眼。

苗安素顿时心里火苗直冒。

昨天晚上宋翰喝得酩酊大醉，一会儿要水一会儿要吐的，折腾了大半宿，到了早上又叫不起来，要不是她的乳娘史氏见机用冷水拧了条帕子敷在宋翰的脸上，宋翰恐怕此时还躺在床上。

好不容易服侍宋翰穿了衣裳，他们去了祠堂，公公已在祠堂里等他们。

给宋家的列祖列宗磕了头，他们又去祭拜了婆婆的灵位。

当时公公表现得十分和蔼，还对他们道："亲戚们不会这么早就过来，你们回去先歇会儿再到小厅里去认亲！"

可笑自己还暗暗庆幸遇到了个好公公，想着宋翰出门的时候没有用早膳，特意服侍宋翰用了早膳才过来。

可没有想到她人还没有站稳，公公却劈头盖脸训斥了这样一番话。

公公怎么能说是自己惹得宋翰连家训都不遵了？这不是要损坏她的名声吗？

苗安素朝宋翰望去，却见宋翰只是呆呆地站在那里听着父亲教训，一句申辩的话都没有。

她胸口像被人打了一拳似的。

自己是新娘子，丈夫不帮着她出头说话，她若是和公公争辩，一顶"牙尖嘴利不敬父母"的大帽子压下来，就能休了她——自己的婚姻是御赐的，虽然不能休了她，却可以把她送到家庙里去，或者是让宋翰从此和自己疏远，宠爱妾室，让自己守活寡，到了那个分上，自己膝下空虚，纵然有个正妻的名分，又有什么用？

苗安素紧紧地抿着嘴。

宋三太太哈哈一笑，插言道："年轻人贪睡，起来得晚了些也是常事。宋翰新婚燕尔，二伯不必太过苛责。"说着，示意丫鬟端了茶上来，拿起一杯递到了苗安素的手边，"还不快去给你公公敬杯茶？喝了媳妇茶，从前那些不快的事也就忘了。"

这是在劝架吗？这简直是唯恐天下不乱，往她头上扣屎盆子！

苗安素一个趔趄，差点摔倒。

可她见宋宜春已在太师椅上坐下，宋翰也接过宋三太太递过来的茶跪在了蒲团上，她只好把满心的委屈抛在脑后，跟着宋翰跪了下来。

和宋墨成亲的时候一样，宋宜春给苗安素的见面礼是两个红包并代蒋氏赏了她一套金头面、几件珠玉饰物，少说也值一两千两银子。

苗安素喜不自禁，强忍着才没有笑出声来，上前给宋宜春道了谢。

接下来就是宋茂春等人了。

他们中规中矩地打赏了苗安素一对红包。

红包轻飘飘的，不用捏就知道是银票。

苗安素脸上的笑容更深了。

银票最少的面额是十两，也就是说，每人至少打赏了她十两银子。

她不由觉得有点遗憾。

如果宋家的亲戚再多点就好了！

拜完了长辈，就是平辈了。

按序应该先给宋钦敬酒，但因宋墨和宋翰是一个房头的兄弟，就从宋墨先敬起。

宋墨同样是给了两个红包。

苗安素却有片刻的晃神。宋翰已经是她见过的最英俊的男子了，没想到宋墨比宋翰还要俊朗，而且他还是英国公府的世子，据说现在是金吾卫同知，还掌管着五城兵马司的事……是真正的天之骄子！若是什么时候宋翰也能谋个这样的好差事就好了！

宋墨眼底闪过一丝寒光。

父亲给苗氏的饰品成色很新，可见是近日在银楼里订制的。也就是说，家里的那些传家宝还在父亲的手里。不知道是舍不得给宋翰呢还是另有打算？

宋墨没有喝宋翰敬的茶，而是拿着茶盅颇有些玩味地摩挲了起来。

好在宋翰给宋墨敬了茶之后就转到了宋钦的面前，大家的注意力也跟着放到了宋钦的身上，并没有谁察觉到异样。

从东边转到了西边，宋翰和苗安素先给宋大太太敬茶。

苗安素的目光却忍不住直往那红衣女子身上瞟。

然后她发现那女子身边有个还在襁褓中的婴儿。

难道她就是自己的妯娌窦氏？

苗安素有些心不在焉地给宋四太太磕了头。

她果然被宋三太太领到了那红衣女子面前。

"这是你嫂嫂窦氏。"宋三太太笑吟吟地道，"你嫂嫂贤良淑德，不仅咱们家里人都交口称赞，就是亲戚朋友提起了也都要竖大拇指。"

苗安素屈膝给窦昭行礼，心里却不以为然。

她自己还有个"孝顺"的名声呢，还不是靠着家里人吹出来的。

她柔声喊着"嫂嫂"，表现得极为温驯。

窦昭笑着点头，见面礼是一对赤金的手镯。

苗安素接过来一看，是空心的。

她有些意外。

窦氏不是号称有十万两银子的陪嫁吗？怎么这么小气？

她不动声色地道谢。

宋三太太把她带到了谭氏的面前，谭氏的见面礼是对赤金镶云英石的耳环。

张三太太的更简单了，一对赤金的柳叶戒指。

苗安素却觉得很满足了。

她出嫁的时候，她的嫡亲姑妈才送了她一对珠花添箱，不过二十两银子，在亲戚间已算是重礼了。

宋三太太向苗安素介绍陆家大奶奶。

陆家的人虽然只到了个大奶奶，但给苗安素的见面礼却一个都没有少。

苗安素最想见的亲戚就是宁德长公主了。见她没有来，很是失望，道："不知道我什么时候能去给长公主和老夫人请个安？总不能让两位老人家连甥孙媳妇都不认识吧？"

陆大奶奶见苗安素不仅人长得漂亮，而且行事颇有主见，对她心生好感，温声道："两位老人家年纪大了，不太见客了，等我回去问过长公主和我们家老夫人了再给表弟妹回个信。"

"那是当然！"苗安素笑得十分甜美。

到了元哥儿的时候，她给了元哥儿一荷包金瓜子。

窦昭很是意外，随后又有些觉得不好意思。

若是早知道这苗氏会如此抬举元哥儿，她应该打对实心的金手镯给苗氏的。

帮元哥儿收荷包的甘露却朝着窦昭做手势，示意那些金瓜子都是空心的。

窦昭微微一笑。

就算如此，苗氏也算用了心的，自己就应该回报她这份好意才是。

念头闪过，厅堂东边嚷了起来："四嫂好小气，只包了二两银子的封红！三嫂嫁进来的时候除了打赏还给了我和六弟一人一个十两银子的红包！"

是宋钧的声音。

苗安素脸色通红。

宋逢春两口子也尴尬得要命。宋逢春则直接给了儿子一巴掌："你不说话别人当你是哑巴啊？二两银子还少吗？你要是嫌少，那就让给宋钥好了！"

宋钧摸着头小声地嘀咕着，满脸的委屈。

宋三太太忙道："童言无忌，童言无忌，小孩子不懂事，天恩媳妇别把这事儿放在心上。"

苗安素还能怎样？只好表示自己不介意。

可有了这个小插曲，气氛还是受了些影响。

认过亲后，大家去了小厅旁的花厅坐席，屋里除了碗筷调羹的撞击声，只有丫鬟们上菜的脚步声。

宋钧和宋钥老实得都有些过分了，让窦昭有些不习惯。

隔天，宋翰和苗安素回门。

窦昭有些日子没在家里，上午就在上院的花厅里听各处的管事嬷嬷们报账、示下。

顾玉过来了，他问窦昭："宋翰两口子回门了？"

窦昭点头。

顾玉笑嘻嘻地举了垂在腰间的一块步步高升的羊脂玉玉牌给窦昭看："好看吗？"

整块玉洁白无瑕，莹润通透。

"好看！"窦昭和他开着玩笑，"你不会是准备送给元哥儿的吧？"

"别的都可以，这个可不成！"顾玉眉眼间难掩喜色，悄声地道，"这是我去宫里讲故事，太后娘娘赏给我的。"

窦昭骇然。

顾玉得意地朝着她笑。

窦昭忍俊不禁。

顾玉就问她："阿琰妹子呢，怎么不见她？"

"国公爷不肯认她，"窦昭叹道，"她不怎么爱出门。"

顾玉"哦"了一声，脸上露出同情之色。

宋墨知道顾玉来了，遣了人来喊他。

顾玉一溜烟地去了宋墨的书房。

宋墨笑着问他："你进府不找我，跑到你嫂嫂那里做什么？"

顾玉直觉地不想把这件事告诉宋墨。他嘿嘿地笑，道："我不是去找嫂嫂，我是去看元哥儿的！"

宋墨笑着摇头，也不戳穿他，笑着问他："天津卫那边的船坞怎样了？"

"有我盯着，谁敢生事啊！"顾玉大大咧咧地道，两人说起了生意经，到了晌午，顾玉留在了颐志堂用午膳。

窦昭听说宋墨不回来吃饭，叫了蒋琰过来陪自己用午膳，并和她商量着重阳节登山的事。

不管蒋琰怎样沉稳，毕竟还只是个小姑娘，听说能出去玩，立刻高兴起来。

窦昭就问她："你想去哪里登山？香山这几天叶子红了，正是赏景的时候，可就是有点远；兔儿山和旋磨山也不错，就怕到时候皇上也会去，要戒严。"

蒋琰都没有去过，也就谈不上想去哪里不想去哪里了。

她抱了窦昭的胳膊笑道："我跟着嫂嫂！"

那种全然信任的口吻，让窦昭的心都软了。

她吩咐若彤去针线房看看给她和蒋琰做的新衣裳都做好了没有，又叫若丹去吩咐厨房开始准备做栗子糕、酿菊花酒，和蒋琰商量着带哪些丫鬟婆子一起去。

颐志堂顿时热闹起来。

延安侯府的世子夫人安氏来访。

窦昭颇有些意外。昨天宋翰认亲，延安侯府并没有人来，按理说他们这几天应该避一避才是，怎么会急急地来拜访她？

她请安氏到宴息室坐了。

安氏没有绕弯子，用过茶点，问了问元哥儿，就开门见山说明了来意："听说五军都督府胡主簿的太太给你们家表小姐说了门亲事，你们也有意相看相看？不知道这门亲事定下来了没有？"

窦昭心中微跳，笑道："不过是简单提了提，跟世子爷那边还没有机会说，哪能这么快就定下来！"

安氏长长地吁了气，笑道："我们不是旁的交情，我也就有话直说了。我第一次见到你们家表小姐的时候就有心给她保桩媒，只是不知道你们要为表小姐找个怎样的人家，这才踌躇到了今日。现在听说有人来给你们家表小姐提亲，我又急起来，生怕你把表小姐许了人家。"她说着，抿了嘴笑，"对方是我娘家的一个从兄，今年二十八岁了，年纪虽然和表小姐不相当，可这年纪大也有年纪大的好处，至少知道心疼人。

"他先头的妻子是难产去世的，留下了一个姐儿，今年也有九岁了，再过几年，就该出嫁了。家里有两个田庄、一间生药铺子、一间当铺和一间粮油行，家里虽称不上家财万贯，可也衣食无忧。人又是个老实忠厚的，以前是怕续了弦会叫姐儿受委屈，才一直拖到了现在。

"你和世子爷商量商量，看我这从兄他可瞧得上眼？"

年纪有点大不说，还没有功名，这并不是一桩好姻缘。

想必安氏也是这么想的，所以之前想做媒却又迟迟不好开口。如今见胡太太介绍的那样的人家他们都有相看的意思，她也就无所顾忌地来求亲了。

这就好比是抛砖引玉，当初收下胡太太的笺纸有了效果。

至于说宋墨同不同意，这就好比是瞎子吃汤圆，大家心里都有数，不过是个推托的借口罢了，窦昭同意了，难道宋墨还会拦着不成？

窦昭笑盈盈地点头。

安氏心中微定，和窦昭说了会儿闲话，起身告辞了。

在内室听了个一清二楚的蒋琰并没有露出丝毫的羞怯之色，反而面色苍白，沉默不语。

窦昭感觉到了不对劲，遣了丫鬟小声地问她："你是不是觉得这家的条件不如你的意？"

蒋琰摇头，欲言又止。

窦昭叹气。

黎窕娘真是害人不浅！好好一个女孩子，养成了这么个怯懦的性子。

她温声地劝她："我们是你在这世上最亲近的亲人了，你有什么话不能跟我们说的？若是怕麻烦怕责怪一味地自己忍着，你难过，我们看见了也跟着心疼。此时有什么话说出来，纵然不如我和你哥哥的意，可你自己过得舒坦，我们看着也能放心啊！"

蒋琰听着若有所思，然后紧紧地握了窦昭的手，低声道："我，我不想嫁人。"

是因为从前的创伤还留在她心里吗？

窦昭道："从前的事又不是你的错，你也是受害人。我们决不会勉强你嫁人，可你也试着把从前的事都忘记，重新开始生活，好不好？"

蒋琰感激地点头。

晚上宋墨回来，窦昭不免和他感叹了几句。

宋墨没作声，到书房里练字的时候却叫了陆鸣过来："那姓韦的和姓贺的，你可要好好地照应他们，不要让他们出了什么意外才是。"

陆鸣打了个寒战，恭声应是，退了下去。

宋墨一声不吭地写完了三张纸，这才回到内室。

就像开了扇窗，大家这才发现窗内别有洞天似的，连着几天，都有人来给蒋琰做媒。

窦昭非常为难，和来家里串门的蒋骊珠抱怨道："我要是一个都不同意，反显得我矫情，这个也看不上那个也瞧不中；可我要是同意相看，琰妹妹又一时半会儿没这个心情。早知如此，我就不应该那么快答应胡太太的。"

蒋骊珠笑着道："您也没有想到投机的人这么多吧？"

投机？

仔细想想，还真是这么回事！

窦昭哑然失笑，道："还是你心思通透，一语点醒了我。"

蒋骊珠笑了笑，问："怎么没看见表哥？他这些日子很忙吗？"

窦昭很是意外，笑道："你找你表哥有事吗？他今天在宫里值夜，明天下午酉时才能出宫。要不你明天酉时过后再来？"

· 5 ·

蒋骊珠踌躇半晌，道："我找表哥的确是有点事……本不应该瞒着嫂嫂的，只是一时又不知道该怎么跟嫂嫂开口才好……"

窦昭并不那种小气的人，何况她和蒋骊珠虽然只接触了这几个月，但蒋骊珠为人坦荡，她既然不知道怎么说，窦昭自然不会强人所难。

"我可没你想的那么小心眼。"她笑着打趣道，"你不如明天一早就过来，在我这边玩一天，等和你表哥说了话，用了晚膳再回去。"

蒋骊珠想了想，笑着应了。

次日，窦昭安排了席面款待她。

蒋琰热情地陪着她四处观花赏景，两人在后花园的凉亭里遇到了苗安素。

跟在蒋琰和蒋骊珠身边服侍的若彤忙道："这位是我们府里的二太太。"又向苗安素引见两人："这位是表小姐蒋氏，这位是蒋家的十三姑奶奶吴少奶奶。"

双方屈膝行礼。

苗安素这才反应过来蒋琰是谁，她不由多看了蒋琰几眼。

蒋琰有些不自在地朝着蒋骊珠身边躲了躲。

苗安素看着目光一闪，和蒋琰、蒋骊珠寒暄了几句，回了自己的新房。

蒋琰长长地透了口气。

蒋骊珠不由摇头，道："你是这英国公府堂堂正正的嫡小姐，她一个庶媳，你有什么好害怕的？"

蒋琰喃喃地道："我，我只是有些不习惯罢了。"又央求她："好姐姐，你不要跟我嫂嫂说！我嫂嫂和哥哥知道了，又要为我操心了。"

蒋骊珠拍了拍她的手，道："你放心，我不是那挑事的人。"

蒋琰翘了嘴角笑，一张小脸如盛放的梨花，温婉而又纤弱。

蒋骊珠叹气。

两人回到颐志堂，管事的嬷嬷正拿了一壶这些日子新酿的菊花酒请窦昭品尝。

窦昭只是闻了闻，却让小丫鬟给两人各斟了一小盅，笑道："你们也尝尝！"

是用上等的稠酒酿的，入口绵和香甜。

蒋骊珠大赞。

窦昭就让她带两坛回去："给你公公婆婆尝尝，也算是我们的一点心意。"

蒋骊珠知道窦昭这是在给她做面子，笑盈盈地应了，嘴上虽然什么也没有说，却把这份情记在了心里，寻思着以后若是有机会，一定要报答窦昭的提携之恩。

三个人在内室吃吃喝喝说说笑笑，或是逗逗刚刚睡醒的元哥儿，很愉快地过了一天。

宋墨回来了，蒋骊珠和宋墨去了书房说话。

窦昭就和蒋琰在内室试穿着为九九重阳节登山新做的衣裳和新打的首饰。

宋墨回屋时，看到内室的炕上桌上椅上到处都是衣裳首饰，元哥儿手里更是抓了条大红色的帕子不放，谁动他就扁了嘴哭。

大家被逗得哈哈大笑。

宋墨揶揄道："这小子长大了不会是个纨绔子弟吧？"

窦昭笑道："伯彦抓周的时候还抓了盒胭脂呢，他长大了还不是金榜题名进了翰林院！"

"哦，还有这事？"宋墨大感兴趣，道："他抓周的时候怎么会有盒胭脂呢？"

一般的人家期待子孙有大成就，抓周时是不会放这些东西的。

窦昭笑道："是我爹放的。我十一哥家的七斤抓周的时候，爹爹还放了朵珠花在上面，等我六伯父发现的时候，韩家的人都到了。六伯母说，六伯父只好暗暗祈祷七斤千万别抓了那朵珠花。"

蒋琰几个听着笑得前仰后合。

宋墨想到冷冷清清的静安寺胡同，笑道："九月初九的时候，我们也约了岳父一起登山吧？"

窦昭还从来没有想到过可以请父亲一起出游。

她沉默片刻，笑道："好啊！我这就让人去问爹爹一声，看他那天可约了别人？"

宋墨颔首，去了书房。

窦昭和蒋琰陪着蒋骊珠一道用了晚膳，然后把蒋骊珠送到了垂花门前，等轿子走了，她们才回房歇息。

在床上，宋墨把蒋骊珠的来意告诉了窦昭："五舅为了银子和我厮闹的事已经传开了，大舅母在濠州都听说了，托十三表妹来问我到底是怎么一回事，让我不要跟五舅舅一般见识，说她会写信训斥五舅舅的。还让十三表妹带话给我，说东西给了我就是我的了，这也是大舅的心愿，如果五舅舅不服，让五舅舅去找她理论……"

难怪蒋骊珠不好对自己明言。

窦昭问："要不要把实情告诉大舅母？"

宋墨摇头："还是别告诉大舅母了。这种事，少一个人知道，就多一分安全。"

窦昭点头，不再问这件事，说起重阳节的事来："你那天有空吗？"

"恐怕要陪着皇上去兔儿山。"宋墨歉意道，"我让夏珽他们送你们。"又道，"你们决定好了去哪里吗？"

"去香山。"窦昭笑道，"我们走远一点。"

窦昭自到了京都，这还是第一次出城。

宋墨心里的歉意更浓了。

他握了窦昭的手，道："你还想去哪里？下次休沐的时候，我们一起去。"

窦昭知道他现在正和宋宜春争暗斗，皇上那里半点不能马虎，需要多在皇上面前露露脸，没有太多的时间陪自己。她选个了比较近的地方："那就去大相国寺上香吧？我想替元哥儿上几炷香求个平安。"

"好！"宋墨温和地道，望着窦昭的目光中充满了柔柔的暖意，"等孩子大一些了，我们就去远一点的地方，江南、广东……去见识见识那些地方。"

窦昭笑吟吟地握住了宋墨的手。

宋墨的手就顺着窦昭的手臂一路向上……

窦昭痒得咯咯地笑。

却有人来煞风景，有小丫鬟在门外禀道："世子爷、夫人，二太太过来了。"

宋墨眉头一蹙，道："这么晚了，二太太过来干什么？"语气非常生硬。

小丫鬟打了个寒战，战战兢兢地道："二太太说，快过重阳节了，苗家的舅爷派人送了些花糕和桂花酒过来，二太太特意拿过来请世子爷和夫人尝尝。"

宋墨气闷，但和他有仇的是宋翰，不是新进门的苗安素。

窦昭笑道："我去看看！"

宋墨闷闷地道："你快去快回，别和她啰啰嗦嗦的，有什么事明天再说。"

窦昭抿了嘴笑，去了厅堂。

苗安素穿着件大红色十样锦的褙子，头上插了金步摇，薄施粉黛，美艳逼人。

她笑着给窦昭行礼，亲亲热热喊着"大嫂"，道："我娘家离京都远，早上出门，现在才到，我想着别的东西都好说，这花糕却放不得，就直接送了过来。没有打扰嫂嫂休息吧？"

以后既然要在一个屋檐下生活，还是直率些的好。

窦昭笑道："刚刚歇下，你再来晚一点，就只有等我重新起来梳妆了。"

苗安素颇有些意外于窦昭的坦诚，她掩袖而笑，道："嫂嫂天生丽质，还用得着打扮吗？倒是像我这样的，不好好捯饬捯饬是不能出来见人的。"

她表现出了善意，窦昭也希望能和她和睦相处，只是此刻的确不是谈话的时候，窦昭笑了笑，道："弟妹就不要自谦了，你没有发现你认亲时大家惊艳的表情？"

苗安素呵呵地笑，道："听说重阳节那天您要和表小姐去登山，不知道我能不能也跟着去？"

窦昭不动声色地道："二叔去吗？"

苗安素就问道："是不是他去有些不方便？"

窦昭道："那天世子爷要陪皇上去兔儿山。"

他们虽是叔嫂，可年纪却相差无几，按理，宋翰和窦昭要互相回避。

苗安素听明白了，笑道："那我就和二爷说说，到时候我跟嫂嫂一道，让他自己玩儿去。"

窦昭不置可否地笑了笑。

隔天的早上，苗安素就来回话："二爷说让我跟着嫂嫂。"

窦昭就问她："你要带几个人？给你安排两辆马车够不够？"

"不用这么麻烦。"苗安素忙笑道，"我和嫂嫂挤一挤就行了。"

"那怎么能行！"窦昭笑道，"你出府，代表英国公府的颜面，怎么能就这样和我们挤在一起？你也别推辞了，我让他们给你准备两辆马车，一辆给你，一辆给你随行的丫鬟婆子。"

苗安素谢了又谢。

有小丫鬟进来禀道："静安寺胡同的老太爷过来了。"

这么早，父亲没有去衙门跑到她这里来干什么？不至于为了重阳节的出行专程来一趟吧？

窦昭去外院的小书房见了窦世英。

窦世英的神色显得有些焦虑，道："砚堂是在宫里还是在金吾卫衙门？"

这种事让个小厮来打听就是了，他老人家却亲自跑一趟……

窦昭心中有些不安，道："说是午时会进宫。"

窦世英一溜烟地走了，提都没有提重阳节的事。

窦昭心里直嘀咕，让人在门口守着，见到宋墨回来让宋墨直接到她这里来。

宋墨满头大汗地赶了过来，她忙道："父亲可找到你了？"

原来是为这件事。

宋墨让小丫鬟给他拧了条帕子，和她去内室说话："你五伯父昨天晚上把岳父、六伯父以及在京都的窦氏子弟都叫去了槐树胡同，要他们闭门读书，不要随意结交来历不明的朋友，也不要参与到任何官员派系中去。不管是遇到什么大事小情，都必须要先跟你五伯父知会一声，否则家法伺候。

"等到小字辈走了，你五伯父又留了六伯父和岳父，隐晦地把辽王的事告诉了他们，让他们帮着监督窦氏子弟，不可在这个时候出乱子。

"岳父听了很担心，怕我牵扯到其中，特意来给我报信，让我小心点。"

窦昭长舒了口气，抚着胸庆幸道："还好，还好！"旋即又嗔道："他老人家也真是的，这么一惊一乍地跑来，把我吓了一大跳！"

"你这是生在福中不知福！"宋墨感慨道，"岳父他老人家要不是时时刻刻把我们装在心里，又怎么会乱了方寸？你以后再也不要说这样的话了！"

语气中透着几分伤感。

窦昭愕然地抬头，却看见宋墨的眼角有些湿润。

她不由默然。

宋墨还以为是自己的话让窦昭有些下不了台，忙笑道："我问过岳父了，岳父说重阳那天他不和你们去登山了，让我们把元哥儿送到他那里去，他在家里带元哥儿。"

因孩子太小，窦昭决定把元哥儿留在家里。

窦昭失笑，父亲现在是有了外孙万事足，哪里都不想去了。

她笑着点头。

接下来的两天天气都很好，到了重阳节那天，更是碧空如洗，秋高气爽。

窦昭先是把元哥儿和乳娘等人送到了静安寺胡同，然后和蒋骊珠在静安寺门口碰头，一起往香山去。

坐在第二辆马车里的季红将车帘撩起了一道缝，朝外瞧了瞧，见窦昭坐的第一辆马车最少也离他们有两丈的距离，护卫们不是在前面开道，就是在后面压阵，只有四个护卫在旁边护道，也是以窦昭的马车为重点，她松了口气，放下车帘，不平地道："夫人喜欢那位表小姐，让表小姐和她同乘一辆马车，我没说话，可那位吴奶奶，不过是个小小同知的媳妇，夫人也这样抬举，让那位吴奶奶也和她共乘一辆马车……太太您才是英国公府正正经经的儿媳妇，夫人这样，不是打您的脸吗？"

"你懂什么？"苗安素呵斥着季红，"窦氏进门的时候陆老舅爷和宁德长公主等人都来了，轮到我的时候，就一个个都年老体衰经不起吵闹了，我娘家虽然门第不高，又没有窦氏那么丰厚的陪嫁，可我到底是御赐的婚姻，进了宋家的门，就是宋家的媳妇了，他们不给我面子，就是不给宋家面子，你不觉得有点奇怪吗？"

季红红着脸道："或许，或许是陆家的人都有些趋炎附势？见二爷不能继承英国公府，所以才这么不给面子？"

苗安素摆手，沉吟道："这里面定是有什么我们不知道的内情……二爷身边的丫鬟婆子都问不出个所以然来，我们只能自己想办法打听了！"

和窦昭多多亲近，说不定能打听到些什么。

苗安素对季红道："我要睡会儿，快到香山的时候你记得叫我起来。"

季红赧然地"嗯"了一声。

苗安素心里却像被什么堵住了似的，有些透不过气来。

她的小日子来了，乳娘试探地问宋翰要不要安排个通房丫鬟，他竟然点了季红……自己才刚刚嫁进来！就算是他看中了季红，难道就不能等两个月？

宋墨贵为世子，窦氏还怀孕生子了，他屋里也没有什么姨娘通房。

同是一母所生，两人怎么相差这么大？

苗安素怏怏地闭上了眼睛。

坐在前面马车上的蒋骊珠却有些为难，道："等会儿我们就这样带着苗氏去登山吗？"

"香山那么多人，有什么不行的！"窦昭笑道，"我们总不能因为不喜欢宋翰，就把苗氏也一棍子打死吧？"

"话虽然这样说，可这女人哪有不向着丈夫反倒向着大伯大嫂的？"蒋骊珠道，"明明知道到时候大家一定会翻脸的，现在却装作什么也不知道的样子应付她，我总觉瘆得慌。"

窦昭笑道："正好趁着这机会让她听些流言蜚语，想必她以后就会和我们敬而远之了。"

"这样最好。"蒋骊珠觉得窦昭这样的安排再好不过了，她很苦恼地说起关于宋墨和蒋柏荪之间的流言来，"表嫂，您说我应该怎么办好？"

窦昭笑道："你虽是蒋家的女儿，却更是吴家的媳妇。若是和吴家有冲突的事，你就应该首先想着吴家。若是和吴家没有关系，你就应该首选蒋家。其他的，都是旁人。我想，大舅母会拿出个章程来的。"

"其他的，都是旁人！"蒋骊珠喃喃地重复着窦昭的话，看着窦昭的目光中第一次流露出了钦佩之色。

第一百四十八章　香山·借钱·还债

九月的香山，绿树青翠，远远望去，甘露寺如同徜徉在一片绿波之中。

窦昭等人在香山脚下换了软轿，沿着宽敞的青石板台阶，拾级而上往甘露寺去。

蒋琰撩了轿帘，有些贪婪地呼吸着带着几分山间冷意的空气，觉得整个人都活了过来。

她听见前面轿旁的若彤笑嘻嘻地对甘露道："姐姐，这禅寺和你是一个名字。你这名字是谁取的？真好听！"

甘露冲着她"哼"了一声，得意道："我这名字可是真定的崔姨奶奶取的。崔姨奶奶说，愿我如观世音手中净瓶里的一滴水，除了心中无垢之外，还要能润泽他人。"

若彤就好奇地问："崔姨奶奶是谁？"

"是……"甘露语气微顿，这才道，"是夫人的庶祖母。"

若彤不由吐了吐舌头，忙道："那素娟姐姐呢？她的名字有什么含义？"

"和我的是一样的意思。"甘露笑道，"让我们少惹是非，心如明镜，不要被那些荣华富贵迷了眼，忘了自己是谁。"

若彤不满地叫了一声，道："怎么轮到我和若朱的时候就都变成了红色？"

"红色不好吗？"甘露笑道，"红色最是庄重大方，你们是夫人近身服侍的，这个名字正好。"

轿子里的窦昭听着，情不自禁地笑了起来。

几个丫鬟的名字的变化也正如她的经历。

初来京都的时候，祖母怕她被人欺负，盼着她身边的丫鬟婆子都能对她忠心耿耿；等到甘露几个到了出府的年纪，她已在英国公府站稳了脚跟，所求的就不再是忠心和服从，而是当家主母的气度；再后来进来的小丫鬟，都以"拂"字取名，丫鬟仆妇，对她来说已不是唯一可以倚重的人了。

　　以后，她又会给丫鬟们取什么名字呢？

　　思忖间，甘露寺到了。

　　她们下了轿，住持和知客和尚早已在山门前等候。

　　见过礼后，年过四旬的住持回避，由已过知命之年的知客和尚带着她们游甘露寺。

　　大雄宝殿前的两株黄栌树有合抱粗，虽有百年树龄，却依旧枝叶繁茂，灿烂如火。

　　蒋琰等人啧啧称赞。

　　知客和尚就讲起这两株树的历史来——甘露寺怎么被毁于战火，又怎么重建，两株黄栌树却始终屹立不倒……

　　故事曲折而有趣，蒋琰等人听得津津有味。

　　这是每次有客初游甘露寺之时知客和尚都要讲的故事。前世窦昭已经听过好几次了，知客和尚一开口她就知道下面会说些什么，可看着蒋琰等人脸上时而惊叹时而愕然的表情，她的心情却很愉悦。

　　他们在甘露寺里游玩了一番，中午就留在甘露寺用斋饭，午休。

　　窦昭觉得有点累，在小院里转了两圈，消了消食，就歇了下来。

　　蒋琰却觉得浑身都是劲，拉了蒋骊珠去隔壁的放生池看乌龟、锦鲤。

　　苗家虽然家道艰难，可苗家的儿女还是规规矩矩养大的，苗安素出嫁前难得出门一趟，如今好不容易出来了，她很想和蒋琰她们一起溜达，可见窦昭歇下了，她又怕仆妇们觉得她举止轻佻，小瞧了她，想了想，笑着和蒋琰道别，回了给她安排的厢房。

　　四周静悄悄的，苗安素闭着眼睛，却怎么也睡不着。

　　这个时候，耳朵就特别灵敏起来。

　　她听到有丫鬟轻盈的脚步声从她厢房前的廊庑下走过，又有人低声地唤着"拂叶姐姐"，道："您过来可有什么事？"

　　这个时候主子们都歇下了，拂叶的声音也压得很低，道："你们可带了针线？刚才若彤姐姐的衣袖给挂破了。"

　　说话的是苗安素的小丫鬟叫柳红的，闻言笑道："我随手带着针线呢，只是二太太已经歇下了，只好请拂叶姐姐在这里等会儿了。"

　　"不要紧。"拂叶非常客气，"有劳你了。"

　　柳红客气了几句，蹑手蹑脚地进了屋，不一会儿，拿了针线包出来。

　　苗安素撇了撇嘴。

　　都说窦氏御下有方，出门在外，身边的丫鬟却连个针线包都没有带，这算哪门子御下有方？这真是山中无老虎，猴子称霸王！如果婆婆还在世，宋墨没有那么早就被立了世子，宋家再多几兄弟，未必就有她窦氏称王称霸的机会。

　　这可真是富贵天成，半点不由人啊！

　　就像这拂叶，不过十来岁的年纪，还没有梳头，因是窦昭身边服侍的，就是她的大丫鬟见了，也要尊一声"姐姐"，想想就让人觉得无语。

　　她胡思乱想着。

　　拂叶来还针线包。

　　柳红笑道："姐姐这么快就缝好了？"

"我的手脚快。"拂叶笑着,感慨道,"你可真是细心。我们临出门的时候都记得要带个针线包的,可出了门却发现还是把这件事给忘了。"她嘻嘻地道,"刚才甘露姐姐还教训我来着,说如果我下次办事还这么粗心,就把我调到前院去扫茅厕。"

她语气轻快,显然并没有把甘露的话放在心上。可以看得出来,窦昭待人很宽厚。

"姐姐过奖了。"柳红颇有些羡慕地和她客气着,"我从小在二太太屋里做事,这也是我们二太太教导得好。"

苗安素听着很是欣慰。

拂叶连连点头,赞同道:"二太太一看就是个好人,只可惜嫁给了二爷……"话音未落,她已惊觉失言,忙捂了嘴。

可惜已经晚了。

柳红满脸的震惊,拂叶惶恐地摆着手:"我,我什么也没有说,什么也没有说!"

她一转身跑了。

柳红目瞪口呆。

屋里的苗安素心里却像翻江倒海似的。

她腾地一下就坐了起来,高声喊着"柳红",又让季红拿了几两碎银子给柳红:"你拿这些钱去买些零嘴头花之类的,好好地套套那拂叶的话,看看二爷从前到底都干了些什么。"

柳红应诺,接了银子。

可这里是甘露寺,就算有银子,托谁去山下买呢?要套拂叶的话,只有等回英国公府了。

苗安素心里就像被猫抓似的,片刻也不能安宁。

蒋琰和蒋骊珠却玩得很高兴。

寺里的知客和尚见她们对放生池里的东西感兴趣,派了个两个小沙弥跟在身边服侍,又拿了几个干馒头过来给她们投食,引得一群鱼争先恐后地挤在她们面前的水面上。

两人就坐在放生池旁边的凉亭里喂鱼。

蒋琰偶然间抬头,远远地看见了一个熟悉的身影站在院门外。

她心中一惊,指着院门吩咐映红:"你去看看是怎么一回事。"

映红应声而去,又很快折了回来,道:"是锦衣卫镇抚司的陈大人,听说夫人在这里登山,特来给夫人问安的。武夷说夫人正在午休,陈大人决定等一等……"

蒋琰吓了一跳,道:"陈大人怎么也在这里?"

映红不知道,又跑去问,回来禀道:"陈大人出城公干,路过香山。"

蒋琰的表情有些复杂。

蒋骊珠抚了她的肩,柔声道:"怎么了?"

蒋琰想了想,附耳把有些事告诉了蒋骊珠,并踌躇地道:"我是想让他帮我打听打听我舅舅……不是,是黎亮的消息……至少要让黎亮知道,我在宋家过得很好。"

蒋骊珠很能理解蒋琰的心情。

她想了想,道:"那我陪你一起去问问吧!"

蒋琰喜出望外,对蒋骊珠谢了又谢,反复地叮嘱她:"千万可别告诉我嫂嫂,我怕他们伤心。"

"你嫂嫂可不是那样小气的人。"蒋骊珠笑道,"不过,我看表哥却是很小气的。你小心别让表哥知道就是了。"

蒋琰为哥哥辩护:"他是气我被人欺负了还对别人感恩戴德。可如果没有黎亮,我小时候还不知道要受多少苦呢！就凭这个，我就没办法怨恨他。"

"你这样也挺好。"蒋骊珠笑道，"心里总是恨，自己难免受影响，渐渐地也变得面目可憎起来。"

她想到家变后有些姐妹心中不平，总是抱怨，结果却像变了个人似的，因而时时告诫自己。

蒋琰终于找到一个不训斥自己的人了，顿时有知己相逢之感。

她和陈嘉说话的时候，蒋骊珠就站在离他们不远的台阶上。

面对蒋琰眼中的期待，陈嘉强忍着，才没有露出异样的表情来。

宋墨把韦全和贺昊、贺清远整得都不成人样了，又怎么可能放过黎亮？

黎亮现在全家都入了军户，住在天津卫下面的一个百户所里，不耕种就没有吃的，全家老小辛苦一年也未必有黎亮从前做账房先生三分之一的收入，偏偏那百户还奉命监视着黎亮一家，黎亮休想通过其他的途径挣一分银子。几个孩子的学业也中断了，黎亮只能自己教孩子们识字断文。别人还有可能通过大赦之类的机会离开卫所，黎亮却是被宋墨逼着自愿入的军户，和别人又不一样，以后子子孙孙都不可能转为良民……这算是好还是坏呢？

陈嘉望着蒋琰如水般清澈的眼眸，只觉得头痛不已。

告诉她实情？以她的性子，只怕会躲在被子里偷偷地哭。

不告诉她？万一哪天她发现自己骗了她，肯定会记恨自己的。

陈嘉非常后悔，这次真不该来给窦夫人请安。

不过是想打个招呼让窦夫人对自己印象深刻而已，等窦夫人回城的时候在路上"偶遇"就是了，何必非要在这里等窦夫人醒来呢？

他权衡再三，最后只得硬着头皮笑道："黎亮在天津卫挺好的。如今黎家加了军籍，以后子子孙孙都能吃皇粮了。就是有一点不好，分了几亩地，得自己耕种，不如从前给人做账房先生轻松、赚得多。"

蒋琰听了，却双手合十念了声"阿弥陀佛"，道："能正正经经地营生，总比背井离乡四处漂泊的好。人辛苦些就辛苦些，至少安稳、踏实！"

这个回话不仅让陈嘉目瞪口呆，更是让蒋骊珠意外。

看来黎亮是没救了！

蒋骊珠强忍笑意，轻轻地咳嗽了一声，提醒蒋琰应该回屋去了。

蒋琰却想了想，褪下了手腕上的一对赤金镯子和耳垂上的一对红宝石耳环，小声对陈嘉道："我也没别的能帮他们的了，这些首饰你帮我带给黎亮，算是我感激他从前对我的照顾。以后若是生活上有什么困难，让他们给我带个信，别的不敢保证，我多多少少可以贴补点银子帮他渡难关。"

陈嘉望着几件金灿灿的饰物，眉头紧紧地锁成了个"川"字。

他沉声道："这几件首饰都是你随身佩戴的，怎能随意送给外男？若是被有心人利用，你以后可怎么在英国公府立足？还不快快把东西收起来！你若是想报答黎亮的恩情，我这里还有些银子，先帮你垫上就是了。你以后切不可再做出这等不仔细思量的事了！"

蒋琰顿时脸涨得通红，蒋骊珠却暗暗点头。

陈嘉已低头掏出了个钱袋子，道："我看你这几件首饰的品相都很好，少说也值个三四百两银子，我让人给他捎去五百两银子，你看可好？"

蒋琰哪里知道这些，她从前最多也不过拿二钱银子去买个头花之类的，后来嫁了韦全，韦全并不让她当家，家里吃穿用度都由韦家的一个老仆管着，偶尔给她几两银子的零花钱。她如今的首饰都是窦昭帮她置办的，听说就这几件东西就值三四百两银子，她更觉得对不起窦昭和宋墨了，看都不敢多看陈嘉一眼，喃喃地道着："不，不用那么多。给他们些银子傍身就行了……二百两，不，一百两就好了。"

她记得黎寇娘有次和相好的分手，死活要对方补偿一百两银子，还说，这一百两银子足够打发她出嫁了。

她还记得自己出嫁的时候是什么东西都置办齐了的。

给黎亮一百两银子，应该够他安置一个新家了！

陈嘉却有些了解她的性子，很爽快地抽出了几张银票，道："我明天就让人送去天津卫。"

蒋琰松了口气，对陈嘉谢了又谢，并道："我过几天就把银子还给你。"

陈嘉今日不同往昔了，只要他想，银子就能像流水似的赚进来。

他之所以还有分寸，一是怕坏了名声，以后有碍仕途；二是怕被人忌恨，遭人陷害。

这一百两银子，早就不放在他的眼里了。

他无所谓地点了点头。

蒋琰和蒋骊珠回到了安排给她们的厢房。

蒋骊珠洗梳了一番就躺下了，蒋琰一下子背了一百两银子的债务，简直是如坐针毡，恨不得立刻飞回碧水轩去，清点一下自己的东西到底值多少银子。

结果是整个下午大家的兴致都不高——窦昭惦记着元哥儿，不知道他会不会饿着；蒋琰想着有什么东西能还了陈嘉的银子；苗安素是想着宋翰身上到底发生了什么事让人不喜；蒋骊珠则想着远在辽东的五叔父，不知道大伯母这次能不能说服五叔父不要和宋墨表哥争那些身外之物。

不到酉时，他们就打道回府了。

窦昭先去了静安寺胡同。

窦世英正拿着个胡铃在那里手舞足蹈的，逗得元哥儿咯咯直笑。

"你这么早就回来了？"看见女儿进来，他窘然地收了胡铃。

玩得好好的元哥儿"哇"的一声大哭起来。

窦昭忙把儿子抱在了怀里，元哥儿就使劲地朝着她怀里拱。

她知道这是孩子想自己了，到屏风后面去给孩子喂奶。

窦世英就喃喃地道："他刚才吃过了。"

元哥儿却像是要反驳外祖父似的，狼吞虎咽大口大口地吃着奶。

窦昭嘴角不由得就翘了起来。

她温柔地摸着孩子软软的乌发，嘴里像含着块糖似的，一直甜到了心里。

苗安素却打量着窦家的小花厅。

四面的槅扇上都镶着珐琅彩的琉璃，桌椅板凳全是清一色的黄花梨，多宝格架子上摆放着各式各样的古玩，其中还有一座用整块寿山石雕成的玉兰花开的盆景。给她们上茶的丫鬟穿着茧绸夹袄，沏的是新上市的信阳毛尖，茶盅是新式的粉彩瓷器，处处透露着气派、富足和时新。

苗安素心情非常微妙。

她好像乡绅进城一样——这些东西我不是用不起、不是买不起，可就算是把这些东西全都搬回家去，却怎么也营造不出这样的气氛来。

她朝蒋琰和蒋骊珠望去，却见她们俩满脸笑容地低声说着些什么，倒表现得颇为自在。

苗安素有些无聊地喝了几口茶，窦昭抱着元哥儿出来了。

"让你们久等了。"她歉意地笑道，却没有解释为什么家里没有女性的长辈来招待她们。

蒋琰和蒋骊珠都没有多想，而苗家则早就打听到消息说窦世英和王映雪不和，王映雪长期住在娘家……她笑笑说了声"没事"，道："茶点都很可口，我们可饱了口福！"然后朝着元哥儿拍了拍手，笑道："元哥儿，我是你婶婶，你可认识我？给我抱抱可好？"

元哥儿吃饱了，被母亲抱在怀里，幸福得一脸傻笑。

苗安素就接过了元哥儿。

蒋骊珠之所以跟过来，就是想逗逗元哥儿。

她和蒋琰对元哥儿做着鬼脸，元哥儿笑声不断。

很快，高升的媳妇过来禀道："四姑奶奶，马车都准备好了。"

窦昭朝着三人笑道："我们回去吧！"随后接过元哥儿，和她们一起出了内院。

垂花门前，除了原先她们乘坐的四辆马车，又多了一辆。

高升媳妇笑着解释道："这是老爷给大少爷的。有做皮袄的皮子、当风扣的夜明珠，还有些玩具、吃食。"

苗安素骇然，望着还在襁褓中的元哥儿不禁失声道："这么多啊？元哥儿什么时候才用得完啊？"

高升媳妇笑道："哪有用不完的！不说这贴身的细布，就说这做皮袄的皮子，斗篷上得用貂毛，看着漂亮；背心得用羊羔毛，柔软；做皮袄得用灰鼠毛，温和……各有各的用处。这也不过是老爷给大少爷做冬衣用的，等到开春，江南那边又有新式样子的杭绸和焦布，大少爷又该做春衫和夏裳了。"

苗安素默然。

窦昭笑道："你快跟父亲说一声，可别这么麻烦了！孩子见风长，给他费心做了那么多的衣裳裤子，结果有些还没有穿就小了。如果要什么，我会差了人回来跟父亲说的。"

高升家的呵呵地笑，道："大少爷用不了，留给弟弟妹妹用也是一样啊！"

蒋骊珠就跟着起哄，笑道："窦世伯安排得极好！"

窦昭想到这些日子宋墨的热情，觉得若是断了奶，说不定自己很快又会有孩子上身了。

她面色微赧，打趣了蒋骊珠几句，打道回府。

宋墨很晚才回来。

窦昭本已经睡了，宋墨的兴致却十分高昂，抱着窦昭吻了吻。

窦昭问宋墨："你是不是遇到什么高兴事了？"

宋墨闻言轻描淡写地道："皇上把金吾卫的大印交给了我。"

金吾卫的大印？窦昭这下子彻底地清醒了过来。

她握住了宋墨的手，睁大了眼睛道："出了什么事？"

宋墨无奈地道："皇上今天高兴，将前些日子万寿节时甘肃总兵进献的一套万寿无疆月光杯赏给了梁继芬，将浙江总督进献的一对汝窑酒樽赏了姚时中，谁知道回到宫里两位阁老去领赏的时候，这两件东西却不翼而飞了。皇上当场就打了邵文极二十大板，丢进了诏狱，把金吾卫的大印交给了我。"

"不是还有旗手卫吗?"窦昭嘀咕道,"怎么就找你们金吾卫的麻烦?这才几天,金吾卫的都指挥使都换了两茬了。你还不如做金吾卫的同知呢!前面有个都指挥使顶着,你也免得直接面对辽王。"

辽王要拉拢的是都指挥使。

"你也不用担心,"宋墨笑道,"金吾卫的都指挥使也算是个肥缺了,只要我放出不争的风声去,自有人会打这个位置的主意,说不定到时候还会有人贿赂我呢!"

但窦昭还是不放心:"你小心点!"

宋墨笑着把她搂在了怀里。

碧水轩,蒋琰也没有睡。她此时才发现,自己原来每个月有二十两银子的月例。

她进府有三个月了,平时吃喝嚼用都在颐志堂,除了当初打赏过映红几个每人二两银子,没有什么其他的开销,六十两银子还剩下四十八两。

再有三个月,她就能还清陈嘉的银子了。

想到这里,她心中大定,决定派个人去跟陈嘉说一声。

陈嘉得了信不耐烦地挥了挥手,道:"你去跟你们家表小姐说一声,又不是大数目,这银子让她不用还了。"

难道陈嘉以为她是想赖账所以才会说没银子的?

蒋琰如坐针毡。

她把自己仅有的四十八两银子用块大红的绸子包了,让小厮送给陈嘉,并道:"以后每个月都会还二十两银子的。"

陈嘉望着其中一块被绞了一半的雪花银,哭笑不得。

不过陈嘉想到蒋琰连这绞了半截的银子都拿来还他,想必是心中十分不安。他不想让她为难,便对来送银子的小厮道:"你回去跟你们家表小姐说,银子我收到了,余下的五十二两她不必急着还,我一时也没什么要用银子的地方。"

小厮点头,回府禀了蒋琰。

蒋琰松了口气,为怎么尽快还陈嘉的银子犯起愁来。

金银首饰是绝不能当的,不然外面的人会以为哥哥嫂嫂亏待了她。

每个月的月例只有二十两银子,最少也要攒三个月,那时候已经快过年了。

谁家的债务还拖到过年之后?多不吉利啊!

可如果这三个月里有人情往来,那年前就还不成银子了……她想想都觉得心中不安,不由得暗暗祈祷过年之前家里的三姑六舅千万不要有什么事。

可事情往往是你越怕什么就越来什么,没几日,陆家传出陆大奶奶小产的消息。

陆家子嗣本就单薄,窦昭听了都为陆老夫人和宁德长公主着急。

她想到宋宜春之所以在蒋琰的事上保持沉默,全赖了两位老夫人对他的压制,蒋琰又是嫁过人的人,她便带了蒋琰一同去陆府探望陆大奶奶。

蒋琰却有些担心,道:"我去合适吗?"

她现在毕竟身份不明。

"合适!怎么不合适?"窦昭只好委婉地道,"两位老夫人特别怜惜你,没有出席宋翰的婚事,也是为你抱不平。你去了,两位老夫人只会高兴,绝没有嫌弃的道理。这人和人之间,是越走动越亲近的。"

蒋琰就觉得自己空手去不好。

窦昭笑道:"你放心,我早就以你的名义准备了一些药材和补品,到时候嬷嬷们会送给陆大奶奶的,你只管跟着我去就行了。"

当初蒋琰只穿了身衣裳进的府,就是那身衣裳,还是陈嘉给她买的,她有多少家底,窦昭最清楚不过了,又怎么会让蒋琰破费?

想到这里,她想到前几天蒋琰差了人去见陈嘉的事。

为了让蒋琰把颐志堂当成她自己的家,她想做什么就能做什么,窦昭并没有让人把蒋琰的一举一动都告诉她,可蒋琰毕竟住在颐志堂里,有些事情就逃不过窦昭的眼睛。

她故作轻松地问蒋琰:"你找陈嘉做什么?是不是遇到了什么为难的事?"

蒋琰怎么好把自己向陈嘉借钱的事告诉窦昭,那当不是让窦昭帮她还银子?

她道:"我让他帮我打听黎亮的事。"

窦昭在这件事上没有宋墨那么剑拔弩张深恶痛绝,颇能理解蒋琰的心情,因而笑道:"你放心,你哥哥不是那种不明是非的人,他可能会一时气恨黎亮,但黎亮毕竟维护过你,等他气消了,他自然就会想通了。"

蒋琰不住地点头。

哥哥的确没有伤害黎亮。

她不禁暗暗自责起来。

自己真是以小人之心度君子之腹,连嫂嫂都这么相信哥哥,自己却跑去问陈嘉,哥哥是怎样处置黎亮的。还好哥哥不知道自己的所作所为,要是哥哥知道自己和陈嘉说了些什么,肯定会伤心的。

想到这里,她越发觉得自己给黎亮送银子的事不能让哥哥嫂嫂知道。

如果哥哥嫂嫂知道了,定会觉得是她不相信他们,怀疑他们虐待了黎亮。

到了陆府,陆老夫人和宁德长公主都在,两位老人家仿佛一下子苍老了好几岁。

陆大太太更是自责,道:"我既然知道她有些不舒服,就应该让她卧床休息的,谁知道她竟是有了身孕!"

陆大奶奶忙安慰自己的婆婆:"这件事怎么能怪您?是我自己不小心,您这样说,我可真是羞得无地自容了!"

陆老夫人道:"好了,好了,你们都不要自责了。这人和人之间是要讲缘分的,只能说明这孩子和我们家没有缘分。"然后对陆大太太道:"你这些日子就把家里的中馈管起来,不要让湛儿媳妇劳累了,让她好生休养。"又对陆大奶奶道,"你什么也别想,把身体养好,以后还会有孩子的。"

两人点着头,神色间却始终难消愧色。

陆老夫人留了窦昭和蒋琰在屋里开导陆大奶奶,自己和宁德长公主回了宴息室。

那边苗安素知道窦昭和蒋琰出了府,立刻行动了起来。

她吩咐柳红哄了拂叶到她屋里玩,自己则躲在隔壁的厢房里偷听柳红和拂叶说话。

七七八八地扯了一通之后,话题就转到了宋翰的婚礼上。

柳红道:"窦家那么有钱,又是宋家正经的姻亲,怎么二爷成亲,还那么小气,礼都不随一份?难道就不怕世子爷责怪吗?"

拂叶嚼着嘴里的窝丝糖。

这糖真甜!不愧是按从宫中传出来的方子做的,和夫人屋里的一模一样。

可见这位二夫人是下足了本钱!

算她聪明,知道从夫人身边的人打听。若是去问樨香院或是二爷身边的人,只怕一年半载也打听不到什么!

她嘴里还含着糖,却叉着腰大声辩道:"窦家才不是小气呢!你看看窦家给大少爷的表礼就知道窦家多有钱了，他们又怎么会在乎这点小钱？不过是因为前些日子家里发生了些事，大家都在传二爷是国公爷从外面抱回来的外室子，为了让二爷有个嫡子的身份，国公爷还把二爷和蒋夫人生的大小姐给换了……世子爷为这件事都和国公爷翻脸了！如果二爷的婚事窦家的人再来凑热闹，世子爷才会不高兴呢！"

柳红骇然，不由朝着隔壁望了一眼。

拂叶顿时明白过来。

不是苗氏在隔壁就是苗氏身边最得力的大丫鬟季红在隔壁。

念头闪过，她就听见隔壁传来一声瓷碎的声音。

柳红回过神来，勉强露出个笑脸，道："你骗人的吧？府里的国公夫人生产，里里外外不知道围着多少人，就算是瞒得过蒋夫人，也不可能瞒得过蒋夫人身边得力的嬷嬷啊。你可别糊弄我！"

"我糊弄你做什么？"拂叶不悦地道，"你要是不相信，随便找个人问问就知道了。要不然，碧水轩的表小姐怎么会长得和蒋夫人一模一样？表小姐大归，为什么不回蒋家却要来投靠宋家？夫人为什么不抬举二太太反倒要抬举表小姐？"

陆家大奶奶小产，按道理，夫人应该邀了妯娌苗氏一起去陆府探望才是，怎么会撇了苗氏却带上了表小姐？难道夫人就不怕陆家的舅老爷和舅老夫人责怪？

苗安素心里乱糟糟的，连拂叶什么时候走的都不知道。

她一个人默默地坐到了掌灯时分，丫鬟们过来点灯，刺目的灯光才惊醒了她。

她从来没有像今天这样觉得孤单过。

"二爷回来了吗？"苗安素问季红。

宋翰又没有什么差事，可从成亲后的第四天起，他就借口国公爷功课督促得严回了书院读书。每天早出晚归，比国子监的学生还要用功。

季红有些不自在地道："二爷回来了，在小书房里换衣裳。"

宋翰成亲之前惯用的东西都搬去了小书房。

苗安素听着恍然，道："是不是栖霞她们在服侍？"

季红点头。

苗安素勃然大怒。

他睡了自己的丫鬟，却依旧让从前的丫鬟服侍，这是什么道理？难道当她这里是青楼楚馆不成？

苗安素拔腿就要往小书房里去，却被季红死死地拉住："二太太，您才刚嫁过来，若是闹出什么动静，不是您的不是也成了您的不是。何况二爷现在身份尴尬，您这样，只会让二爷记恨！"

苗安素冷静下来。

等到宋翰回屋，她已经能笑语盈盈地问他用过晚膳了没有，还亲自给他端了洗脚水，等上了床，又温声细语地把窦昭带着蒋琰去了陆家的事告诉了他，并试探他道："您说，我该不该也准备些东西去探望探望陆大奶奶？"

宋翰的表情顿时变得晦涩难明。

他沉默了半晌才道："大嫂是宗妇，这些事自有她安排。她邀你，你就去；她不邀你，你就不要随便乱走，免得失了礼数，被人笑话。何况陆大奶奶小产的事又没有专程来通知你，你去凑什么热闹？"语气显得很不耐烦，说完一转身，躺了下去。

苗安素望着泾渭分明的两床被褥，委屈得眼泪直转。

她也翻过身去，背对着宋翰躺下了。

宋翰的心思全被窦昭带蒋琰去了陆府的事占据了，根本就懒得理会苗安素。

窦昭，真是欺人太甚了！不管怎么说，他明面上也是英国公府的二爷，她却半点也没有把他放在眼里，宁可带着蒋琰去陆家也没带苗氏去！

他们想干什么？

是不是要逼他放弃英国公府二爷的身份才甘心？

他的手紧紧地攥成了拳，指甲掐入了掌心都没有知觉。

从陆府回来的蒋琰却很为难。

她们和陆大奶奶说了会儿话之后，就到了晌午。陆家留饭，陆老夫人亲自设宴款待她们，陆家的几个小字辈都到了，嫂嫂给每个孩子都打赏了一个封红。

她当时就慌了。

还好嫂嫂早有准备，帮她准备了打赏的封红放在映红的手里，她才没有出丑。

陆老夫人还说，等过几天，陆大奶奶坐完了小月子，再请她们过去吃饭听戏。

这次她不知道，没有自己准备封红，下一次，难道还让嫂嫂帮她打赏不成？

虽然每个孩子不过只打赏了两个一两的银锞子，陆家四个孩子，统共也不过八两银子。可这样一来，她年前就不能还陈嘉的银子了。

怎么办？

第一百四十九章　　蒋琰·禅寺·嗣子

蒋琰急得团团转，就少不得要想着法子赚点钱。可她现在住在深宅大院里，身边一群丫鬟婆子服侍，出行还有车夫护卫，她就很少有单独待着的时候，就算她想像从前那样打个络子或是绣个帕子到喜铺里寄卖，东西也送不出去。

她渐渐地就有些怏怏的。

映红见了，吓得一身冷汗，哪里敢有半点隐瞒，忙报了窦昭。

窦昭立刻放下手头的事来看蒋琰。

蒋琰没想到会把窦昭给惊动了，喃喃地道着"我没事"，嗔怪地看了眼映红。

窦昭笑道："你别看她，她也是一片忠心，怕你受了委屈。"又搂了她柔声道，"这是怎么了？有什么话不能跟嫂嫂说么？"

"真的没什么！"蒋琰赧然道，"就是天气渐冷，觉得有些犯困。"

窦昭摸了摸她的额头，温度挺正常，又问了问贴身服侍她的丫鬟，都没有发现什么异常的事，只好暂时把担心放下，叮嘱映红好生服侍蒋琰。

蒋琰温驯地笑着，送窦昭出门。

窦昭看她那温温柔柔的样子，心里暗暗叹气，觉得自己好像又多养了个女儿似的。回到屋里就让人给蒋骊珠带信，让她没什么事的时候来看看蒋琰，和蒋琰说说话，也免得蒋琰孤单无聊时胡思乱想。

蒋骊珠上头不仅有婆婆，还有太婆婆。太婆婆早已不管事，由婆婆主持中馈。太婆婆和婆婆都是宽厚的人，怜惜蒋家受了无妄之灾，对蒋骊珠这个新媳妇像待亲女儿似的，十分的宽和照顾，蒋骊珠幼承庭训，行事大方，为人爽朗，念着吴家不曾嫌弃蒋家落魄，风骨耿介，对太婆婆和婆婆不仅孝顺，而且十分敬重，又和夫婿吴子介琴瑟和鸣，一家人过得和和美美。因此对于英国公府的相邀，吴家还是很鼓励，觉得她能有个亲戚串串门，能和同龄的姐妹说说话，也好有个伴儿。

　　她接到信，就来探望蒋琰。只是她刚踏进宋家，宋墨擢升金吾卫都指挥使的消息就传到了英国公府。

　　蒋骊珠又惊又喜，对窦昭笑道："我可来得真巧！"

　　窦昭却是苦笑，问来报信的小厮："世子爷还在宫里吗？"

　　"没有。"小厮眉宇间难掩喜色，道，"被金吾卫的那一帮子人拥着去了醉仙楼，说是要请世子爷喝酒呢！"

　　窦昭打发了小厮。

　　蒋骊珠奇道："嫂嫂好像不太高兴？"

　　"忽见陌头杨柳色，悔教夫婿觅封侯。"窦昭只好糊弄她，"我这不是担心你表哥年纪太轻，在外面被迷花了眼吗？"

　　蒋骊珠失笑，捂了嘴道："嫂嫂向来自信，没想到也有担心的时候？"

　　"我也不过是个平常人，怎么会不担心？"窦昭刚和她打趣了两句，就有府里的大管事、管事嬷嬷们来道贺。

　　蒋骊珠见了，就退了下去，去了碧水轩。

　　蒋琰刚得了消息，正高兴着，见了蒋骊珠忙问她知道不知道哥哥升迁了，又和她商量："你说我给哥哥送点什么贺礼好？"

　　蒋骊珠笑道："表哥什么东西没有？你送什么都好，只要心意到了就行了。"

　　蒋琰想了想，笑道："那就给哥哥绣个步步高升的荷包吧？绣活我最拿手了。"

　　蒋骊珠也觉得好，伏在炕桌上和蒋琰一起画图样，然后趁机问她："你这几天怎么了？表嫂说你神情有些恍惚。"

　　"别提了。"蒋琰好不容易有了个能谈心的人，竹筒倒豆子似的都说了出来："那天的事你也知道，我向陈大人借了一百两银子……"她把这些日子发生的事告诉了蒋骊珠。

　　蒋骊珠听了笑得不行，道："你就为这点事犯愁啊？不过几十两银子而已。要不我帮你先还了？你以后有钱再还我好了。"

　　蒋琰知道蒋家被抄了家，想着蒋骊珠就是有银子也多半是她出嫁时压箱底的救命银子，她怎么能动？

　　"不用了。"蒋琰不好意思地道，"借了你的还给陈嘉，那不是拆了东墙补西墙？倒还把你也给牵扯进来。"她不想让蒋骊珠再为她的事操心了，就笑着转移了话题，道："哥哥升了官，肯定是要宴请亲戚和同僚的，你说，哥哥的宴请会不会和元哥儿的百日礼同一天举行啊？"

　　"应该不会吧！"蒋骊珠猜测道，"可以连在一起，正好可以玩两天。"

　　蒋琰点头。

　　宋墨却决定把这两件喜事放在同一天："既是庆贺我升了金吾卫的都指挥使，又是庆贺元哥儿满了百日，一举两得。也免得有人觉得我们大操大办，太高调了。"

　　窦昭道："那辽王那边？"

　　"车到山前自有路，难道辽王一日不反，我们的日子就不过了？"他安慰窦昭，"你只管放心，我无论如何也不会让你和孩子受苦的。"

就是因为知道宋墨不管自己受什么苦也会护着她和孩子，她才会更心疼啊！

窦昭轻轻地抚着宋墨的鬓角。

宋墨却低声在她耳畔轻语："是不是知道我的好了？"

窦昭嗔怪地拧了宋墨一下。

宋墨哈哈大笑，待还要调侃窦昭两句，乳娘抱着元哥儿进来了。

见窦昭两口子正肩并着肩手拉着手坐在炕上，她脸一红，忙垂下眼睑，急急地解释道："夜深了，我怕元哥儿哭起来……"

元哥儿到了晚上就要找窦昭。

窦昭忙抱过了儿子，宋墨就摸了摸元哥儿的头，轻笑道："你来得可真是时候啊！"

元哥儿对着父亲傻笑。

宋墨忍俊不禁，喊着"傻儿子"……

蒋琰的债务还没有着落，给她说亲的人却要把英国公府的门槛给踏破了，让她又添了一桩心事。

宋宜春知道了冷笑："好马不配二鞍，烈女不嫁二男。他们也好意思大张旗鼓地给蒋琰找婆家，就不怕被人戳断了脊梁骨？"

宋翰默然。

苗安素却劝他："大伯升了官，于情于理我们都应该高高兴兴地去给大伯和大嫂道个喜才是。孝顺固然重要，可你以后毕竟要靠着大伯吃饭，有些事还是别那么倔强才是。"

照她看来，伸手不打笑脸人，宋翰只要弯得下腰去巴结宋墨，宋墨说不定心一软，也就不和宋翰计较了。就算宋墨是从外面抱回来的，那也是宋家的血脉。宋家子嗣又不多，宋翰何必非要和宋墨成死敌呢！

宋翰闻言气得浑身发抖，咬着牙道："你就看死了我不如宋墨，以后都要靠着他吃饭？"

苗安素怎么敢惹怒宋翰？她忙道："我不是这个意思。我是说，大丈夫能屈能伸，我们暂时屈居大伯之下，不如避避风头，等到爷建功立业了，再和大伯分庭抗礼也不迟。"

宋翰冷冷地瞥了她一眼，拂袖而去。

季红咬着唇道："二太太，这可怎么办？"

"怎么办？凉拌！"苗安素冷着脸道，"他不去，我们去！我不过是奉承他两句而已，难道还真的指望着他建功立业不成？就算他能建功立业，有世子爷压在前面，那恐怕也是二三十年以后的事了，我们是结发夫妻，又是新婚燕尔，他对我尚且不过如此，难道二三十年以后等到我人老珠黄了，还能指望着他给我挣副凤冠霞帔不成？谁知道那时候睡在他身边的人是谁？可他不得志时的苦却要让我来受，我可没这么傻！"

季红不敢说什么，唯唯应诺，和苗安素去了颐志堂。

窦昭正在和来给宋墨道贺的六太太说体己话："……也不知道这孩子到底要嫁个怎样的？这么多说亲的，她硬是一个也没有瞧上。我怕她是从前的事在心里郁结成了魔障，不愿意和男人过日子了。如果真是那样，那可怎么好？她又乖巧又听话，就算是在家里住一辈子我也不会嫌弃她，可就怕世子心里过不了这个坎。看到她独守空闱无所事事地消磨日子，对国公爷和宋翰的恨意就会更深一层，到了哪天管不住自己的时候，做出什么出格的事来。"

六太太也觉得窦昭的推断有一定的道理,给她出主意道:"那你们就先别急着给她找婆家,多带她出去走走,认识的人多了,眼界开阔了,这心境就不一样了,婚姻的事,说不定就水到渠成了!世子爷若是问起来,你就说这些人家都不合适——人无完人,你要挑错,难道还怕挑不出毛病来!"

窦昭笑着竖起大拇指:"果然姜还是老的辣!"

六太太笑着拧她的面颊:"竟然敢编派我!"

窦昭哈哈笑着躲过了。

六太太神色一端,笑容渐敛,看了眼在旁边服侍的甘露。

窦昭忙遣了屋里的丫鬟婆子,低声道:"六伯母,怎么了?"

六太太正色地道:"你父亲可来和你商量过?他这次正式向你五伯父提出收你十二哥做嗣子!"

窦昭愣住,转念一想,觉得父亲如果拿定了主意,她这个做女儿的也不应该反对才是。而且窦德昌为人磊落又不失风趣,很对父亲的脾气,父亲后半生有他做伴也未必不是件幸事。

她道:"六伯母不同意吗?"

六太太面露踌躇。

窦昭握了六太太的手,真诚地道:"十二哥都这么大了,六伯父和父亲又向来亲厚,说是过嗣,父亲难道还会阻止十二哥和六伯父来往不成?我和窦明也都嫁了,家里的事自有父亲做主,您还有什么可担心的?"

六太太欲言又止。

窦昭道:"您是怕东窦的人说闲话吗?"

六太太贤惠了一辈子,临到老了,却要因为儿子过继而被人视作贪婪无情之人,她心里恐怕会像刀扎似的。

谁知道六太太却摇头,低声道:"就算你十二哥过继到了西窦,难道就不是窦家的子孙?长辈们看得更远更深,未必不愿意。只是我总觉得你父亲还年轻,日后说不定还会有自己的子嗣。最好的办法还是让你父亲纳个妾室或是收个通房……"她说到这里,一时语凝。

窦昭却明白了六太太的意思。

自窦明和父亲闹开之后,父亲失望之余,和窦明几乎断了来往,如今能在父亲面前说得上话的,也只有自己了。

窦德昌过继过来,如果父亲百年之后没有留下遗言,按律,窦德昌就能继承西窦一半的财产,余下的一半,将由窦昭和窦明平分。东窦自然是乐见其成的。

可六伯母和六伯父还是希望父亲能有自己的继承人。

但她的生母就是因为父亲纳妾而自缢的,六伯母想让自己去劝劝父亲,却又开不了口。

窦昭很感谢六伯母的善意,她想着母亲已经走了这么多年,父亲一个人一直孤孤单单的,若是能把从前的事都放下,重新开始,也未尝不是件好事。

她笑道:"我去问问父亲的意思。"

六太太松了口气,轻轻地拍了拍她的手,道:"你能放下从前的事,我也能放心了。"

尽管知道事情应该如此,窦昭的心情还是有些失落,见到苗安素的时候,说话就有些心不在焉。

苗安素暗暗奇怪，不知道发生了什么事，试探了窦昭几次未果，她还想旁敲侧击，窦昭的大堂嫂文大奶奶和六堂嫂郭氏、十堂嫂蔡氏前来道贺。

三人见六太太纪氏在这里，纷纷上前行礼，又起哄要窦昭请她们吃燕翅宴。

窦昭笑盈盈地应"好"，延安侯世子夫人安氏和景国公府三太太冯氏也联袂而来。

蔡氏是自来熟，何况安氏和冯氏她是见过的。见礼的时候她打趣两人："没想到您二位也约了一起来。"

安氏笑笑没有作声，冯氏却道："我们是在路上碰到的。"

话音未落，小丫鬟进来禀说陆家的三位奶奶一齐过来了。

众人又上前和她们一番契阔。

一时间屋子里热热闹闹，笑声不断。

苗安素只好把好奇放在了心里。

晚上，窦昭翻来覆去睡不着。

宋墨把她搂在怀里，吻了吻她的额头，道："改天我陪你去寺里给岳母上炷香吧！让她老人家不要再挂念这一世的人事了，安安心心地好生投胎转世，最好能够荣华富贵、幸福美满地过一辈子。"

他怀抱里的温度，冲淡了窦昭心头莫名的忧伤。

第二天窦昭起来，宋墨已经去了衙门，她舒展了一下身子，心情果然好了很多。

她吩咐段公义明天去大相国寺里上香。

窦昭嫁到英国公府之后，就为母亲在大相国寺点了盏长明灯。

段公义很快就安排好了相关事宜。

宋墨知道后却让她迟两天再去："忙完这两天，我就有空了。"

邵文极突然被丢到了诏狱，公事上连个交接都没有，宋墨只好请了兵部和吏部的人做见证，清点金吾卫的东西，还要防着金吾卫的那点小金库被曝光，忙得团团转。

"我不过是去上炷香，又不是去游玩，"窦昭笑道，"你难得休息，我要把你的休沐日留着和你出去走走。"

宋墨听着，甜到了心里。他反复地叮嘱蒋琰好生照顾窦昭，让夏珰也跟着窦昭一起去大相国寺。

蒋琰唯唯诺诺，紧张得不得了，一会儿问"嫂嫂，您带披风了没有"，一会儿问"嫂嫂，带了路上吃的盐津青梅没有"，一会儿又问"嫂嫂，我们是坐车去还是坐轿去"，俨然一个小管家婆。

窦昭笑得不行，拉着她身边坐下，道："这些事自有嬷嬷们安排，你到时候只要跟我去散散心就行了。你哥哥也是这个意思。"

蒋琰讪讪地笑。

两人去大相国寺上香，大相国寺的住持亲自出来迎接。

窦昭跪在大慈大悲的观世音面前，莫名地，泪水滚滚而下。

大相国寺的住持见多了深闺怨妇，只当没有看见。

窦昭擦干了眼泪，在大殿里站了一会儿，等到情绪平静下来，才出了大雄宝殿。

住持留窦昭在寺里用斋饭，窦昭婉拒了，她决定下午去静安寺胡同。

走下丹墀的时候，她遇到了纪咏。

纪咏穿着件灰色的道袍，头上簪了根竹簪，仙风道骨地与个相貌俊雅的和尚并肩低声说着话。

窦昭讶然。

走在纪咏身边的，竟然是德福。

他们两个人怎么搅和到一起去了？窦昭在心里嘀咕。

纪咏像有所感应似的突然抬头朝她这边望过来，看见是窦昭，他眼底立刻浮现出温和的笑意。

他小声和德福说了几句话，德福也抬起头来，目光中带着几分探究地打量了窦昭一眼，和纪咏一起走了过来。

窦昭和纪咏见礼，又把蒋琰介绍给他。

蒋琰红着脸，低着头匆匆朝着纪咏福了福。

纪咏瞥了她一眼，对窦昭道："这就是宋砚堂那个被调了包的妹子？"

窦昭咳了一声，纪咏失笑，道："你也别掩耳盗铃了，京都都传遍了……"还是一如往日的飞扬肆意，毫无顾忌。

窦昭打断了他的话："掩耳盗铃怎样了？至少别人知道我们不愿意说这件事。"

纪咏很久没见窦昭了，可不想和窦昭吵架，嗯嗯了两句，算是揭过了这个话题。

已给住持行过礼的德福神色间闪过一丝诧异，双手合十向窦昭行了个礼。

窦昭和蒋琰忙屈膝还礼。

纪咏就问窦昭："宋砚堂怎么让你一个人来大相国寺上香？你儿子呢？听说取了个乳名叫元哥儿？他满月的时候我正奉旨在福建，就托姑母给元哥儿带了条长命锁过去，是请了普陀山的得道高僧开过光的，你拿出来给他挂在床边，可以镇邪！"

窦昭听得直冒冷汗。

当着大相国寺的住持和德福，他竟然告诉她普陀山的得道高僧开过光的长命锁能镇邪，这就好比在王婆的摊子前夸李婆的瓜甜……

她飞快地睃了住持和德福一眼，却发现两人毫无表情，好像没有听见似的。

这是个什么情况？

窦昭的脑子有些混乱，只好道："你去福建做什么？还顺利吗？"

纪咏道："我去做御史啊！你不知道吗？福建自定国公死后，乱得很，倭寇时时上岸杀人劫财，说民不聊生也不为过。皇上让我去看看那边抗倭的情况。"

定国公还没有平反好不好？就算是这样，你也不能大庭广众之下这样评论政事啊！

窦昭又看了住持和德福一眼。

住持还好，德福却笑眯眯地道："宋夫人无需担心，我觉得纪大人的话很有道理。"

窦昭窘然。

纪咏看了呵呵地笑，对她道："你快回去吧！小心元哥儿哭着找你。我和德福和尚约了今天辩经，不招待你了。下次你再来大相国寺的时候提前跟我说一声，我请你吃大相国寺有名的糖醋鱼。"

辩经？不去隆善寺在大相国寺？

窦昭想说些什么，又觉得说什么都不合适，她笑着冲纪咏点了点头，和蒋琰上了马车。

蒋琰松了口气，忙道："嫂嫂，这位纪大人是什么人？他看上去很不好相处的样子……"说着，还有些后怕地拍了拍胸口。

她的直觉倒很准！

窦昭就把自己和纪家的关系解释给蒋琰听。

蒋琰正色地道："嫂嫂，您还是少和他接触的好！"

窦昭哭笑不得，这两兄妹不知道为什么都不喜欢纪咏。

回到家里，窦昭让甘露把纪咏送给元哥儿的长命锁找出来。

元哥儿满月礼送贺礼的人太多了，她不知道纪咏也给元哥儿送了东西。

甘露翻箱倒柜，就是没找到纪咏送的长命锁。

窦昭道："是不是和六伯母送的东西混在一起了？"

"我仔细看过礼单了，"甘露道，"六太太送了一对长命锁，一个是金镶玉的，一个是银雕字的，纪大人只送了一枚长命锁，应该是单的才对。"她说着，打开装长命锁的匣子给窦昭看。

还真是没有。

那东西到哪里去了呢？贺礼都是要上礼单的，不可能是有人拿了。

窦昭道："你查了礼单没有？会不会是写漏了？"

礼单通常是送礼人写过来的，写漏的可能性很小，但也不能完全排除。

甘露忙去查礼单。

若彤进来禀告，说马车已经准备好了。

窦昭想赶在父亲下衙之时到达静安寺胡同，看着时间快来不及了，只好暂时把这件事抛到脑后，去了静安寺胡同。

窦昭和窦世英是前后脚进的门。

窦世英看见窦昭，开门见山地道："你是为嗣子的事而来的吧？"然后不等窦昭说话接着道，"这件事你就不必劝我了！我想了很久。我当初就曾跟王映雪说过，除了名分，我什么也不能给她，她还是执意要留在窦家。如今我们走到这一步，她固然有错，可我也太固执了。但你若是想让我把我从前作的那些孽放下，我却忘不了。

"我这些日子看到元哥儿，想起你们小的时候。你像地里的草，自己迎着风长；明姐儿被我丢到王家，自生自灭。你们两个都是好孩子，托生到我的膝下，却是苦的时候比甜的时候多。我不仅没有好好地教导你们，也没有好好地为你们谋个前程，反而累得你们因为我在婚事上都一波三折的，受了很多的怨气。"

他说到这里，眼眶有些湿润起来。

"特别是你，夫家门第显赫，夫婿温柔体贴，孩子来得及时，又活泼健康，让我看着就喜欢，觉得自己还不算是一无是处。

"我和王映雪，是注定过不到一块的。我早年间还想着和离，可现在……她既然不愿意，那就这样凑合着过好了。不然她闹腾起来，让你脸上无光，我这个做父亲的也没脸见你。

"你六伯父是个小事上马虎、大事上极有主见的人，你六伯母为人贤淑又行事端正、不失机敏，德昌又已是快弱冠的人了，不像幼童，还需要嗣母的照顾甚至是教导，我这个做嗣父的帮不了他，你六伯父和你六伯母却能帮他拿主意。而且我百年之后，有他这个嗣子在，王映雪也不可能牵扯到你那里去。

"先祖们拼命地打拼，不就是为了让子孙后代过上好日子？

"我舍了西窦四分之一的财产，换你一生清泰，也是值得的。

"你就什么也不要说了。不管你怎么说，我都不会改变主意的！"

态度十分坚决。

窦昭语塞。

难道父亲是为了不让王映雪将来成为她的麻烦才要把十二哥过继过来的不成？

她不禁道："父亲您一定会长命百岁，走在七太太后面的。"

"黄昏路上无老少。"窦世英笑道，"谁知道谁会走在谁前面？还是提早安排的好。"

两世为人，窦世英都活得好好的。

窦昭望着父亲满头的乌发，心里骤然觉得堵得慌。

屋里的气氛变得有些凝重。

那些她觉得自己永远都说不出口的话脱口而出："父亲这次可猜错了！我来可不是为了您过继十二哥的事。兴亡继绝，本是人之常情。父亲觉得十二哥好，想让十二哥过继过来，我这个做女儿的只有乐意的，哪里会反对！我这次来，却是为了父亲的私事——七太太在娘家长住，父亲也找个人照顾自己吧！正如您所说的，我和窦明都嫁了，您年纪渐长，却膝下空虚，如果有个人能在您身边嘘寒问暖地照顾您，我们做女儿的也就可以放心了。"

窦世英愕然，他愣愣地望着窦昭。

窦昭轻轻地点了点头。

窦世英突然笑了起来。

"我的寿姑，长大了！"他叹息，"我还以为你会恨我一辈子呢！"

这下子轮到窦昭诧异了——自己表现得这么明显吗？

好像看穿了她的心思似的，窦世英道："自你母亲去世后，你看我的眼神就是冷冷的，就是偶尔激动起来，也只是别过脸去，不想让我知道……"

前世，她看父亲的目光更冰冷。

父亲是不是也知道自己的恨意呢？

窦昭心里五味杂陈。

她含笑道："我现在长大了嘛！"

窦世英颔首，笑道："是长大了！不过，管得也多了。"

窦昭错愕。

窦世英道："我现在挺好，既不想纳妾，也不想找个通房。你既然已经是大人了，就应该知道，这世间难求一个自在，你就不要跟着你六伯母起哄，非要给我找个女子在身边服侍了。"

毕竟是父女，谈及这样的话题还是十分尴尬。

窦昭讪然，道："您知道是六伯母……"

"除了她还有谁？"窦世英笑道，"别人巴不得我就这样下去，到时候好选了他们的孩子来承嗣。"

父亲心里这样的明白，倒让窦昭一时不知道说什么好。

窦世英道："我小的时候都听你祖父的，长大了都听你五伯父的，只有你的婚事，我谁的话都没有听，却给自己找了个好女婿。这一次，我也不会再听别人的了。"说完，转移话题问起了元哥儿，"你是什么时候出的门？出来这么久他会不会饿着？我看着时候不早了，砚堂明天休沐，今天应该回来得比较早，你也早点回去吧！"直言不讳地赶她走。

窦昭不由在心里嘀咕，宋砚堂如果事先和她不认识，就父亲这做媒的水平，恐怕她早就被宋砚堂给吃得连骨头渣子也不剩了！

现在看来，父亲做事果然不靠谱。自己该怎么做才好呢？

窦昭把事情的经过告诉了宋墨。

她以为宋墨会打趣父亲几句，没想到宋墨肃然道："寿姑，岳父说得对。他这一生几乎从来都不曾自己拿过主意，现在他好不容易想自己拿一回主意了，你不应该拦着他——就算他做错了，那也是他自己的决定，哪怕是失意沮丧怨恨也都是他应该承担的后果，你们不能总这样大包大揽。你应该让他老人家自己拿主意。"

窦昭若有所思。

宋墨让她一个人思考，抱了元哥儿笑道："明天爹爹放假，我们看你外祖父去！"

元哥儿咯咯地笑，不知道有多可爱。

隔天，窦昭去了猫儿胡同，把父亲的决定和宋墨的规劝都告诉了六伯母。

纪氏感慨："没想到砚堂却是个好丈夫。"

窦昭调侃六伯母："可见人不可貌相。"

纪氏一愣，随后大笑了起来："的确，的确。是我以貌取人了。"

有时候，太漂亮了也是种麻烦。

韩氏亲自指挥着小丫鬟端了茶点进来，两人说起了孩子经。

窦政昌和窦德昌从学堂里回来，堂兄妹见面，自有一番契阔。

纪氏留窦昭用午膳，窦昭惦记着元哥儿，推了午膳，打道回府。

纪氏就问起窦德昌的功课来。

窦德昌颇为意外。他是次子，性子又懒散，父亲对他们兄弟二人一视同仁，母亲却对哥哥窦政昌更严厉些，像这样不问哥哥的功课反问起他的功课，还是第一次。

他规规矩矩地应了。

韩氏的神色却显得有些异样。

窦政昌看在眼里，私下问妻子："是不是出了什么事？"

"你是问什么？"韩氏服侍婆婆，猜到了一些，但事情没有定下来，她连窦政昌也不敢说，只得装糊涂，"这些日子家里好像没有发生什么不寻常的事啊？"

窦政昌还以为是自己看花了眼，不再追问，去了书房里练字。

韩氏松了口气，坐在灯下给儿子七斤做兜兜，心里却乱糟糟的。

母亲前些日子来看她，话里话外问的都是窦德昌的事，像是想要给窦德昌做媒似的，自己笑着问是谁，母亲却支支吾吾地说没有这回事。还提到了堂嫂令则……母亲这是什么意思呢？

韩氏百思不得其解。

窦世英却比任何时候都果断。

他很快就正式向窦世枢提出了过继窦德昌为嗣子的要求。

窦世枢私下和窦世英不止一次讨论过这件事，此时见窦世英坚持，他分别给已致仕回家的二老爷窦世棋、窦氏宗房的窦环昌、打理家中庶务的窦世祥和二太夫人写了封信。

真定那边虽然惊讶，但窦世英从前就提过一次，并不意外。窦环昌和窦世棋、窦世样商量之后，代表家族写了封信过来，同意让窦德昌过继到西窦。

窦世横叹气，对窦世英道："等元哥儿做了百日礼，我就写过继文书给你。"

窦世英得偿所愿，高兴得直点头。

窦德昌的心情却很复杂。过继之后，他和东窦六房就没有关系了，再遇到自己的父母，也只能称"伯父伯母"了。

窦世英安慰他："不过是搬到我那边去住，就当是提前进了国子监。"

窦德昌听了哭笑不得，心里的悲伤却莫名地消失殆尽。

元哥儿的百日礼车水马龙，人声鼎沸，不仅功勋世家齐至，连禁卫军里颇有些头脸的人都能看到，就是太子也来坐了片刻。

英国公府里丝竹不绝,走在安定门大街上都能听得见。

顾玉像只花蝴蝶般地在席间穿梭,加上一个有名的纨绔冯冶,一个哪里热闹就往哪里凑的沈青,硬是把一场酒宴闹腾得语笑喧哗,喜庆十足。

宋翰坐在角落里冷眼旁观,没等散席就悄悄地离开了大厅。

魏廷瑜则坐在那里低头喝闷酒。

如果他当初选择了窦昭,今天的热闹是不是就属于他了呢?

他想到窦明时而温柔小意时而横眉怒目的阴晴不定,酒喝得越发快,越发多了。

窦昭却始终没有找到纪咏送的那枚长命锁。

她问甘露:"纪大人来了没有?"

上次元哥儿满月,她记得很清楚,自己并没有给纪咏送请帖,纪咏还是送了东西。这次她倒是不好意思不给纪咏送请帖,可凭纪咏的性子,谁知道他会不会来?

甘露出去问了一圈,回来禀道:"没有看见纪大人。"

果真是他干得出来的事。

窦昭道:"别管他了。你吩咐茶房的丫鬟婆子机灵点,今天来的客人多,小心热水不够。"

甘露应声而去。

窦昭整了整衣袖,出了内室,迎面却看见了蒋骊珠。

第一百五十章　百日·漆黑·难为

蒋骊珠独自一个人,正喊住了个小丫鬟问着:"看见表小姐了吗?"

"奴婢没有看见表小姐。"小丫鬟忙道,"要不奴婢这去帮奶奶找找?"

窦昭听着笑道:"怎么了?琰妹妹不见了?"

蒋骊珠苦笑,道:"怕是又躲到哪里去了。"然后叫住了那小丫鬟,"你去忙你的吧!"扭过头来对窦昭道,"我去碧水轩看看,说不定她回了碧水轩。"

家里也宴过几次客了,蒋琰这怕生的性子窦昭多少看出来了点,她笑道:"那就有劳十二表妹了——今天的客人太多,我也没时间管她了。"

"表嫂不必担心。"蒋骊珠笑道,"琰妹妹交给我就是了。"

她屈膝朝着窦昭福了福,去了碧水轩。

碧水轩里静悄悄的,只有两个刚刚留头的小丫鬟坐在屋里一边做着针线,一边聊着天。

"表小姐不在吗?"蒋骊珠困惑地问道。

两个小丫鬟忙丢了针线站起来,齐齐地回道:"表小姐由映红姐姐服侍着去吃酒了。"

咦!那她去了哪里?

蒋骊珠暗忖,沿着湖边的小径一路寻找。

眼看着就要到垂花门了，却看见几个丫鬟站在垂花门前的石榴树下，旁边有一男一女正站在那里说话。

她定睛一看，男的穿着件丁香色的杭绸袍子，系了玄色的丝绦，垂着一块羊脂玉的玉佩；女的一身粉红色的妆花褙子，乌黑的鬓角簪着的莲子米大的珠花莹润光华，衬得一张脸玉兰花似的娇美，不是陈嘉和蒋琰还是谁？

蒋骊珠的心莫名地就怦怦地跳了几下。

只见那陈嘉说了几句话，蒋琰就捂着嘴笑了起来，那眉眼，如花般绽放开来，十分娇憨可爱。

她不由得疾步上前。

看见蒋骊珠的蒋琰笑盈盈地和蒋骊珠打着招呼："堂姐！"随后解释道，"我听说陈大人过来吃酒，特意过来向他道声谢，顺带问问黎亮的事。"

此时陈嘉已听到动静转过身来。他微笑着朝蒋骊珠拱了拱手，不卑不亢地称了声"吴大奶奶"。

蒋骊珠心里乱得很，草草地和陈嘉点了点头，拉了蒋琰的手，嗔道："你怎么跑到这里来了？表嫂正四处找你呢！"

蒋琰闻言眉眼立刻垮了下来，她对陈嘉道："这件事就麻烦您了！"

陈嘉语气恭谨："不客气。如果有了消息，我就让陶二媳妇来给映红姑娘说一声。"

蒋琰点头，和蒋骊珠手挽了手，由映红等人簇拥着往内院去。

蒋骊珠这才道："你又托了陈大人什么事？"

"我上次不是让陈大人帮我送些银子给黎亮吗？"蒋琰道，"我就想问问黎亮现在怎样了。谁知道陈大人是托人送过去的，那人来回信的时候陈大人忘了问黎亮的事，我就让他若是遇到那人，就帮我问问黎亮现在的情况。"

有必要闹得这样麻烦吗？

蒋骊珠没有作声。

蒋琰要回碧水轩，蒋骊珠费了九牛二虎之力才说动蒋琰和自己一起去窦昭那里。

来的女眷都在花厅那边听戏，正房的宴息室只有窦昭和长兴侯夫人肩并着肩在说话。

见两人进来，长兴侯夫人就饶有兴趣地笑着瞥了蒋琰一眼，打住了话题。

蒋骊珠不动声色地和蒋琰上前给两人行了礼。

窦昭柔声问蒋琰："刚才到哪里去了？外面正在唱《浣纱记》，演旦角的是曾楚生的那个徒弟，唱得还不错，你天天闷在家里做针线，偶尔也应该出来走动走动才是。"

蒋琰应是，话茬却被蒋骊珠接了过去："我在碧水轩找到她的时候，她正如表嫂说，在做针线呢！要不是我生拉硬拽地把她给拽了出来，只怕这会儿我们还在找她。"说完，她又对蒋琰道，"我就说嘛，表嫂如果知道你在碧水轩里做针线，肯定会让你出来听戏的。被我说中了吧！"

这是？

蒋琰讶然。

如果说"是"，那岂不是对嫂嫂扯谎？如果说"不是"，岂不是说十二姐在说谎？

她踌躇着不知道该怎么办好。

旁边的长兴侯夫人却笑道："小姑娘家，就是应该多出来透透气，整天不出门，再机灵的人都要变得呆头呆脑了。表小姐快去听戏去吧！这个时候应该正唱到《分别》，这可是曾楚生的拿手好戏，他的徒弟也应该不会太差才是。"

一副要打发她们俩快走的样子。

蒋骊珠想到刚才进屋里的情景，猜出长兴侯夫人是有话单独和窦昭说，却被自己和蒋琰打断了。

她笑吟吟地称"是"，拉着蒋琰出了宴息室。

窦昭就对长兴侯夫人摇头道："你也看到了，我家这位还像个孩子似的，又是再醮，给您娘家的大弟弟做宗妇，我就怕她担当不起啊！"

"要不怎么有'量媒'之说呢！"长兴侯夫人不以为意地笑道，"我家那大弟弟，不是我夸嘴，在十里八乡那可是出了名的能干，家里家外的事没有他拿不起的。可这能干之人也有能干之人的短处，那就是性子好强。我那弟媳妇在世的时候，没少为这个和我大弟弟吵架，有一次甚至气得我大弟弟把我接了回去劝我那弟媳妇。所以我大弟弟这次续弦，就明说了，女方是姑娘家还是再醮、有没有嫁妆都不在乎，只要人温顺懂礼。我就是看着你们家表小姐的性子好才起了这心思。再说了，我那大弟弟比你们家表小姐年长十几岁，你们家表小姐又是个貌美如花的，这事若是成了，老夫少妻的，他不一手汤一手洗脚水地殷勤服侍着，还敢发脾气不成？你就等着瞧好了，保管到时候我那大弟弟在表小姐面前服服帖帖的，不敢大声说句话。"

窦昭笑道："这件事还请夫人容我和我们家世子爷商量商量。"

"那是当然。"长兴侯夫人笑眯眯地点着头，和窦昭去了看戏的花厅。

大家听戏听得入迷，只有少数几个人注意到长兴侯夫人和窦昭去而复返，而窦昭见蒋琰和蒋骊珠两人坐在长廊的尽头由丫鬟婆子服侍着嗑着瓜子吃着茶，不禁微微一笑，也认真听起戏来。

不一会儿，酒宴摆好了，管事的嬷嬷来请大家入席。

众人笑呵呵地进了花厅，分了主次尊卑坐下，冷盘热菜流水般地端了上来。

景国公府三太太冯氏就找了个机会低声问窦昭："长兴侯夫人可是想为她娘家的兄弟求娶贵府的表小姐？"

窦昭心中一动，微微点了点头。

冯氏就提醒她："长兴侯夫人的大弟弟倒是个精明能干的，家中也很是富裕，不过就是太能干，如今想捐个官，长兴侯嫌他事多，这些日子把他晾着，他多半是为了赌口气，想另谋条出路。你小心赔了夫人又折兵。"

先不要说长兴侯夫人的大弟弟比蒋琰大了快二十岁，就凭以后长兴侯会折在窦启俊手里这一条，窦昭就无论如何也不会答应让蒋琰嫁过去的。

她笑着朝冯氏点头，表达着感激。

冯氏不再作声。

用过午宴，大家移到廊庑下继续听戏。

蒋骊珠悄然移了过来，低声问窦昭："表嫂，那长兴侯夫人是不是想给琰妹妹做媒？"

窦昭见她十分关心的样子，笑着打趣她道："怎么？你有好人选？"

蒋骊珠讪讪然地笑了笑，没有说话，在阵阵喝彩声中，她轻手轻脚地回到了她和蒋琰的座位，和蒋琰耳语："初嫁由父，再嫁由己。你可想过你想嫁个怎样的人？"

蒋琰神色一黯，半晌才声若蚊蚋地道："我这样的女子，失德失贞，谁会要？他们要娶我，不过是想攀上我哥哥这棵大树罢了。我给哥哥和嫂嫂惹的麻烦还少吗？就这样老老实实地待在家里不给他们惹是生非不好吗？又何必要再嫁人！"

蒋骊珠要不是全神贯注，又连蒙带猜的，在高亢的唱腔中，恐怕一个字也听不清楚。

她低声问蒋琰："如果给你找个像陈大人这样的，你也不嫁？"

蒋琰错愕，随后明了地笑了起来："你是看我常常麻烦陈大人吧？陈大人不同，我最落魄的时候他都见过，最不济，也不过如此。我在他面前用不着装来装去的。"

蒋骊珠颔首。

蒋琰还想向她解释解释自己和陈嘉的关系，蒋骊珠的目光已经转向了戏台。

她抓了蒋琰的手臂笑道："快看，接下来是唱《相逢》了。"

蒋琰只好把话咽了下去。

可她想起蒋骊珠的话，又不禁一阵心慌，觉得自己以后再不可和陈嘉见面了，若是哥哥和嫂嫂也这么想，陈嘉可就完了。

她从小在市井里长大，知道一个人没有背景想混成陈嘉这样不知道付出了多大的代价，她不想因为自己坏了陈嘉的前程。

蒋琰不由怅然地叹了口气。

而窦昭把长兴侯夫人求亲的事告诉了宋墨之后，宋墨连连摆手说着"不行"，说"年纪太大"。

他的反应，在窦昭的意料之中。

她以此为借口，推了长兴侯夫人的提亲。

长兴侯夫人气得胸口发闷，私下对身边的丫鬟道："她以为他们家的那个表小姐是个金人不成？再醮之妇，还挑来挑去的，小心以后嫁不出去！"又觉得自己弟弟出了个馊主意，把弟弟叫来狠狠地训斥了一通。

他弟弟很是委屈，道："姐姐，您在内宅待的时候太长了，外面的消息都不大灵通了——这女子可是宋砚堂的同胞妹妹！那宋砚堂如今在皇上面前可是红人，过了这个村可就没这个店了。您要是不相信，可以写信问问我姐夫，看他怎么说！"

长兴侯夫人半信半疑，写了封信给丈夫。

长兴侯回信把长兴侯夫人骂了一通，骂她头发长见识短，这么好的机会为什么不抓住了？！还说她就不应该自己去跟窦夫人提亲，应该求石太妃去提亲云云。

这都是后话了。

元哥儿百日礼的第二天，蒋骊珠非常罕见地主动来英国公府拜见窦昭。

窦昭还惦记着蒋柏荪和宋墨的那桩公案，听说蒋骊珠求见，立刻把她迎到了内室，遣了屋里服侍的，问她："你可是有什么要紧的事？"

谁知道蒋骊珠却道："琰妹妹的婚事很不顺利吗？"

"是有点不顺利。"窦昭叹道，"来求亲的多是别有目的而来。"又道，"我也知道琰妹妹是再醮，别人前来求亲，肯定是想了又想的，别有目的也是人之常情，只要不是恶意，也未尝不可。可那些人要不就是年纪太大，长子都快成亲了；要不就是能力不济，得依附家中兄弟长辈生活。琰妹妹的个性温驯单纯，我实在是不放心把她嫁到那样的人家去。"

蒋骊珠点头。

年纪太大，或者就过不到头；得依附家中兄弟长辈生活，是非就多。何况蒋琰是再嫁，受委屈是在所难免，而且受了委屈丈夫还没能力给妻子出头，最糟糕不过了。

她犹豫片刻，沉吟道："表嫂，我提一个人，您看可行不？"

窦昭有些意外，但她知道蒋骊珠不是那种不知道轻重的人，她既开了口，多半是在心里反复思量过的，因而正色道："你说。"

蒋骊珠道："锦衣卫镇抚司的陈嘉陈大人，您看如何？"

窦昭大怒，她没有想到陈嘉是这样的人！

自己托了陈嘉出面办蒋琰的事,那是自己信得过他,他现在却打起了蒋琰的主意!

真是其心可诛!

窦昭差点就跳了起来。可当她看到蒋骊珠真挚坦诚的神色时,又冷静了下来。

就算是陈嘉有这样的心思求到了蒋骊珠的面前,蒋骊珠也不会听风就是雨,跑来跟自己说这样一番话。

难道这是蒋骊珠的主意?或者是蒋琰的意思?

窦昭心里有片刻慌乱。

她怕陈嘉拿甜言蜜语哄了蒋琰……就算她揭穿了陈嘉的面目,可放下去的感情岂是说收回来就能收得回来的?

蒋琰身世坎坷,她怎能忍心再让蒋琰伤心?

窦昭不由深深地吸了口气,道:"你是怎么想到了陈大人的?"

蒋骊珠就将自己两次见到陈嘉和蒋琰在一起的情景说给了窦昭听。

窦昭闻言不由陷入了深深的沉思中。

蒋骊珠就道:"这件事本来我不应该插手,一来我看得出来,表哥和表嫂都是真心疼爱琰妹妹;二来我和琰妹妹投缘,看着表哥和表嫂为了琰妹妹的婚事操碎了心,又想着你们一不想通过蒋琰联姻,二不是为了给自己挣个好名声,这才多了句嘴。我也知道表嫂担心什么,我可以保证,琰妹妹和陈大人都是守礼的君子,绝没有那等龌龊的心思,是我觉得这两人合适,才想撮合他们的。"她又把自己试探蒋琰的话告诉了窦昭。

如果窦昭和宋墨想挣个好名声,把蒋琰留在家里守节可比想办法把她嫁出去更容易,也更能得到大家的赞扬。

而窦昭则是做梦也没有想到过把蒋琰许配给陈嘉。

在她看来,蒋琰对自己的过去讳莫如深,陈嘉是知情人,她就算是不躲着陈嘉,也应该在陈嘉面前有些不自在才是,怎么会反而在面对陈嘉的时候最为放松呢?

她抚着额头喃喃地道:"你让我想想!"

蒋骊珠领首,起身告辞。

蒋琰和陈嘉?

窦昭越想越觉得不好。

陈嘉功利,有手腕,有野心,蒋琰嫁了他,他会真心对待蒋琰吗?

而且陈家很复杂。陈嘉是借袭叔父之职进的锦衣卫,据说因为这件事,他的几个叔叔大闹了一场,要不是陈嘉见机请了陈氏的族长出面,陈嘉的差事早就黄了,他的几个叔叔也因此和他断了往来。

这件事,还是算了吧!

窦昭思忖着。

蒋琰过来了,她笑盈盈地问窦昭:"我听说十二姐过来了,她人呢?"

那笑容,灿烂得像正午的阳光,没有一丝的阴霾,眉宇间哪里还有半点平日时常挂在脸上的拘谨?

窦昭不由道:"我有件事想问你……"

"嫂嫂请说。"蒋琰亲亲热热地坐在了窦昭的身边。

窦昭语气有些踌躇,低声道:"骊珠过来,是想给你做媒……"

蒋琰的脸腾地红了起来,而不是像平时那样一听说有人来给她说亲就害怕得脸色煞白。

窦昭暗暗留心,道:"她提到了陈嘉陈大人……"

"嫂嫂快别听十二姐的！"蒋琰突然想起蒋骊珠试探她的话，紧紧地抓住了窦昭的胳膊，脸色瞬时转白，"我和陈大人真的没有什么！我只是找他帮我打听了两次消息……"她落下惊恐的泪水，"嫂嫂，我求求您，您千万别为难陈大人，他是个好人……我以后再也不会见他了……他有今天不容易，您千万不要跟哥哥说……"

蒋琰的反应出乎窦昭意料的激烈，她不禁想起蒋骊珠提及蒋琰和陈嘉在一起时的话。

窦昭忙揽了蒋琰的肩膀，温声道："你别急，我没有误会你们。我知道你是个守礼的好孩子，骊珠也是诚心想给你做这个媒人……"

蒋琰心中微安，连连摇头："嫂嫂，我知道你们是为了我好，我不嫁，我谁也不嫁……"

窦昭看她神情惶恐，忙道："好，好，好！你不想嫁就不嫁！在家里帮着嫂嫂带元哥儿好了。"又搂了她轻轻地拍着她的后背，安抚着她的情绪。

蒋琰此时真是又悔又恨，眼泪忍不住簌簌落下。

早知道这样，她就应该把借银子的事告诉哥哥嫂嫂，陈嘉也就不会惹上这样的麻烦了。

她哽咽着把借银子的事告诉了窦昭："嫂嫂，这件事都怪我。要不是我向陈大人借了一百两银子，陈大人是不会见我的……"

窦昭愕然，道："你说，你还了陈大人四十八两银子，还欠他五十二两银子？"

蒋琰生怕窦昭不相信，忙道："银子是府里的小厮帮我送去的，您要是不相信，我可以叫那小厮进来问话。"

"胡说八道。"窦昭抚着她的头轻声呵斥她，"你是府里的大小姐，你说是就是，你说不是就不是，哪有叫了小厮进来问话的道理。"

蒋琰点头。

窦昭亲自倒了杯热茶给她，道："快擦擦眼泪，喝杯热茶。"

蒋琰温顺地擦了眼泪，喝茶。

窦昭叹气。

蒋琰在黎家生活的时间太长了，有些习惯已经很难改掉了，让她做宗妇，的确是为难她。

她帮着蒋琰把有些凌乱的头发理了理。

蒋琰求窦昭："嫂嫂，您帮我还了陈大人的那五十二两银子吧？就算我把月例提前支了。"

窦昭笑着点头，想起了陈嘉。

陈嘉难道还缺这一百两银子不成？他又是出于什么样的心态才会收了蒋琰那四十八两银子呢？

窦昭的心情变得有些微妙难言。

她觉得自己好像知道了些什么，又觉有些不敢相信自己的猜想。

窦昭立刻安排人去还银子。

蒋琰从窦昭的屋里出来，却一路无声地哭回了碧水轩，她一回到碧水轩，就立刻差了映红："你快去陈家跟陶二家的说一声，就说我嫂嫂已经知道我借钱的事了，让陈大人小心些。"

多的，她也不敢说，怕被传出去了会让陈嘉的处境更加艰难。她相信以他的厉害，肯定能猜出自己的言之意，想出对策来，让哥哥和嫂嫂相信他的。

映红应是，却不敢擅作主张地去传话。

她先去禀了窦昭。

· 33 ·

窦昭正在看账册，闻言淡淡地说了声"知道了"，道："既然是表小姐的吩咐，你照着去做就是了。"

映红不知道窦昭是什么意思，战战兢兢地应诺，退了下去，转身去了玉桥胡同。

窦昭长叹了一口气。

她这样抬举蒋琰，蒋琰却连自己身边的丫鬟都收服不了。

如果蒋琰嫁了陈嘉……以陈嘉的厉害，想必谁也不敢在蒋琰面前耍手段吧？

她放下了账册。

让映红去给陈嘉报个信也好，这件事成与不成，就看陈嘉怎么选择了。

陈嘉很晚才回来。

他远远地就看见自家的门前有人在等自己。陈嘉一开始还以为是求他办事的人，待走近了些，才发现是陶二家的。

他颇为惊讶。

陶二家的管着内院，他内院又没有妇人，能有什么事？

只是他的轿子还没有停稳，陶二家的就急急地迎了上来。

"老爷，府里的映红姑娘来过了。"话已经说到了，陶二家的打住了话题。

陈嘉心中一跳，下了轿就大步朝内走，陶二家的小跑着跟在他身后。

陈嘉在院子中间站定，小虎守在垂花门口。

他看了一眼无人的院子，这才低声道了句"说"。

陶二家的就把蒋琰的话告诉了陈嘉。

陈嘉立刻明白了蒋琰的意思。

他顿时像被雷劈了似的，半晌都没有回过神来。

以宋砚堂的为人和对蒋琰的爱护，他肯定是宁可杀错也绝不放过的！

自己怎么这么倒霉？

不过是借给了蒋琰一百两银子，就被怀疑引诱蒋琰……可见这滥好人做不得。

这可怎么办是好？

去向宋砚堂解释？

他会听吗？

像自己这样的角色，在宋砚堂眼里恐怕还不如他养的一条狗。

不解释？

自己辛辛苦苦努力奋斗所得到的一切，只怕都会像流水一样付诸东流了！

陈嘉望着夜空，觉得自己的人生就像这夜空似的，黑漆漆的，看不到一丝光亮。

可莫名地，他的脑海里却浮现起蒋琰的眼睛。

乌黑亮泽，定定地望着他，眼中全是信任。

陈嘉顿时觉得为难起来。

以蒋琰的性子，定已向窦夫人解释过了。可她还是急急地让人传了话过来，可见窦夫人并不相信她的话。

他若是证实了自己对蒋琰没有任何非分之想，窦夫人会不会因此误会了蒋琰呢？

蒋琰从小在黎家长大，虽然和宋砚堂有血缘关系，可感情却不深，英国公不认她，她又遭了韦贺之事，这样名不正言不顺地待在宋家，原本就很尴尬，全仗着宋砚堂和窦夫人维护，如果让窦夫人误会，她以后的处境可就不只是尴尬了，一个不小心，可能连个安身立命的地方都没有了。

可就这样任宋砚堂把这屎盆子扣在自己头上……他又不甘心！

自己好不容易走到了今天，难道就为了个莫须有的罪名把前程丢了不成？

陈嘉在屋里走来走去，直到听见三更鼓响，他才脱衣上床。

可上了床也没有睡意。

一会儿想，邵文极关在诏狱，宋砚堂肯定很关心邵文极都说了些什么，自己可以拿这个做借口悄悄地去拜见宋砚堂，顺便告诉宋砚堂自己已经瞧中了谁家的小娘子，请宋砚堂给自己做个媒人，这个危机也就不攻自破了；一会儿想，如果蒋琰知道自己这样迫不及待地和她撇清关系，会不会觉得自己为了讨好宋砚堂就对她殷勤备至，宋砚堂略一不悦就对她敬而远之，为人太过世俗，太过功利而瞧不起他？

这可真是左也难右也难！

他明明有个很好的法子把自己给择出去，却偏偏觉得心中很是不安，好像做了什么亏心事似的。

不，做了亏心事的时候他想想自己落魄时受到的白眼，那小小的不自在也就过去了。可这次，他委实没办法做决定！

陈嘉拉着被子盖住了脑袋，想着反正事已至此，今晚他就是想破脑袋也见不到宋砚堂，事情最终还是要等天亮之后再说，那就等明天再做打算了！

何况他又没有门满意的亲事等着提亲，就算他的主意再好，也得有个对象才成。

他强迫自己闭上了眼睛。

可到了第二天起床，陈嘉在镇抚司衙门的心腹却跑来告诉他："史大人悄悄去了诏狱！"

史大人是指锦衣卫都指挥使史川。

诏狱归锦衣卫镇抚司管，史川这样不声不响地去了诏狱，陈嘉大吃一惊，匆匆穿了飞鱼服就往诏狱赶。

可等他赶到诏狱的时候，史川已经走了。

他悄声地问心腹："史大人来见了谁？"

心腹心声地道："邵文极。"

据陈嘉所知，邵文极和史川并没什么私交。

他暗暗觉得不妙，吩咐心腹："快，把邵文极给我里里外外地搜查一遍，牙缝也不能放过。"

皇上这些年越发地阴晴不定，今天把你下了诏狱，说不定明天就把你给放了出去。而且有资格进诏狱的，那最少也得是个六部重臣，说不定什么时候别人就把你给记住了，出去后什么也不干，先让你穿两双小鞋了再说。所以像邵文极这样的，在流放或是贬为庶民之类的圣旨下来之前，镇抚司是不会轻易得罪的，更不要说发生搜身这种污辱人的行为了。

心腹素来佩服陈嘉的远见卓识，一句多的话也没问，亲自带了人去搜查邵文极。

他们在邵文极的胯下搜出了一把锋利的小刃。

心腹勃然变色，将小刃呈献给陈嘉看。

陈嘉面无表情地用指腹刮着小刃，心里却像沸水似的翻滚着。

史大人为什么要这么干？

他是受了谁的指使？

一个想法隐隐浮现在他的脑海里，他只觉得自己的大靠山宋砚堂此时如同站在悬崖边。

陈嘉的额头冒出豆大的汗珠。

他吩咐心腹："这件事谁也不要告诉,悄悄地把邵文极看管起来,不要让别人发觉,我出去一会儿就回来。"

心腹想,陈大人肯定是找人讨主意去了。

他恭声应是。

陈嘉去了平日里一个非常要好的朋友那里,却派了虎子去见杜唯。

不到两个时辰,杜唯那边传话过来,让陈嘉给邵文极一根筷子。

陈嘉心领神会,回了诏狱。

午膳的时候,邵文极将折断了的筷子插进了自己的喉咙里。

陈嘉派人去救治他的时候,他朝着陈嘉微微笑着咽了气。

在血泊中,看着是那么地瘆人。

陈嘉轻轻合上了他的眼睛,走出了牢房。

宋砚堂都知道了些什么?为什么他比自己还要小好几岁,行事却能这样地老到?

仿佛天下的事都掌握在他手里似的,胸有成竹,指挥若定。

自己什么时候才能像宋砚堂那般,站得高、看得远呢?

陈嘉又想到了蒋琰。

他该怎么办?

自己刚刚给宋砚堂立了功,这个时候求见宋砚堂,宋砚堂怎么都会听他说两句话的。

这可是个好机会!

但他去了,蒋琰怎么办?

男人有些风流韵事,可以说浪子回头金不换;女人若是与人言行暧昧,那就是私相授受,放荡淫乱……

去,还是不去?

因为邵文极的死,陈嘉在镇抚司衙门一直忙到了半夜才回家。

进了玉桥胡同,他听见外面一阵喧哗。

他撩帘一看。

原来是纪家的小纪大人在送客。

他们衣饰光鲜,说说笑笑地互相打趣着,大红灯笼的光照在他们的脸上,个个眉宇间透着踌躇满志。

他不由得多看了几眼,随轿的虎子忙道:"是纪家的小纪大人,没等庶吉士散馆,就任了都察院御史,辖江南十三道史政。"

陈嘉点了点头,放下了轿帘。

心里却突然有些羡慕纪咏来。

像他这样脚踏实地读书,考取功名,三年两考稳稳妥妥地升官入阁之人,肯定不用像他这样要殚精竭虑地讨好上司吧?

他们这些人,就算是得罪了上司,也可以把官印往上司面前一扔,扬长而去,回到江南,依旧做他的名士,鲜衣怒马,恣意地饮酒作乐,纵情山水。

陈嘉莫名地觉得很累。

他步履有些蹒跚地下了轿,慢慢地往内院去。

蒋琰的事,就这样吧!

他懒得去解释,去分辩了!

宋砚堂要误会就让他误会吧!

他已经做了自己能做的，自问问心无愧，对得起自己的良心，宋砚堂想怎样就怎样吧。

大不了自己回乡种田去！

又想起几个叔叔的嘴脸。

一时间心里有些晦涩起来。

窦昭知道陈嘉派人来求见宋墨，她问宋墨："陈嘉找你做什么？"

"是为了邵文极的事。"宋墨想到邵文极的事，心里也不由很是唏嘘，把邵文极自杀的事告诉了窦昭。

窦昭脸色发白，指了指北边。

宋墨微微颔首，上前揽了窦昭的肩膀，笑道："你别担心！他要找我，怎么也要等我和五舅舅的公案了了再说。就看他是向着我，还是向着五舅舅了。"

如果辽王向着宋墨，就得要劝蒋柏荪让步，蒋柏荪本就是为了辽王的事才和宋墨起争执的，辽王这样待他，他怎么会不觉得委屈？因此而和辽王生隙也是很正常的；如果辽王又向着蒋柏荪，宋墨又凭什么投靠辽王？

窦昭立刻感受到了宋墨这着棋的精妙之处。

她朝着宋墨跷起了大拇指，望着宋墨的目光中不由带着几分钦佩："你可真厉害！"

"不过是因势利导罢了。"宋墨淡淡地道，眼中却难掩得意。

窦昭忍不住抿了嘴笑，问他："陈嘉找你，就没其他的什么事？"

"没有啊！"宋墨奇道，"是不是他犯了什么事？"

这件事暂时还是别让宋墨知道好了。

窦昭思忖着笑道："他能犯什么事？不过是随口问问。"

宋墨倒没有多心，正巧乳娘抱了元哥儿进来，把这件事给岔了过去。

陈嘉那边久等不到英国公府的反应，心里犯起疑来。

难道是自己会错意了？

他有心去探探消息，把前几天下面人孝敬他的一篓福橘让陶二家的带去了英国公府。

窦昭不动声色地收下了。

陈嘉心里一松，问陶二家的："窦夫人说了些什么？"

"奴婢没有见到窦夫人。"陶二家的恭敬地道，"窦夫人的父亲要回真定，正过来和窦夫人道别，窦夫人没空见奴婢。"

陈嘉颇有些意外。

这不年不节的，窦世英回真定干什么？

他很快就打听到了窦世英要过继嗣子的事。

而苗安素却没有陈嘉这么灵通的消息网。

季红打听了几天也没有打听到窦世英回真定做什么。

苗安素有些气馁地道："算了，我就算是知道了也没什么用！反正这也不关我的事。"心里却暗暗惊骇，颐志堂经营得如铁桶般，她想知道什么都打听不到。反观樨香院，她嫁过来没多久就知道了宋宜春的通房是谁。

难怪公公斗不过大伯！就凭这一点，公公就输了。

她为宋翰和宋墨的关系发起愁来。

有小丫鬟进来禀道："两位舅爷来探望您了！"

苗安素一愣，道："哪两位舅爷？"

小丫鬟是她的陪房，对苗家的情况很熟悉，笑道："是五舅爷和六舅爷。"

五舅爷是她的胞兄苗安平，六舅爷是她大伯的幼子。

"请他们进来吧！"苗安素换了件衣裳，去了会客的小花厅。

苗安平穿了件时下流行的宝蓝色织深紫色五蝠捧寿团花的锦袍，头上戴了根步步高升的金簪子；她的六堂兄则穿了件暗红色织四季平安纹的锦袍，头上戴了根年年有余的金簪子，两人都打扮得明灿灿的，耀人眼睛。

苗安素想到窦家厅堂里陈设的玉石盆景，不禁眉头微蹙，淡然地指了厅堂的太师椅道："两位哥哥坐下来说话吧！"

第一百五十一章　秋风·分家·出府

苗安平和堂弟嘻嘻哈哈地笑坐下。

有小丫鬟端了茶点进来。

苗安平的眼睛一直盯着那小丫鬟瞧，瞧得那小丫鬟手脚发颤，茶盅簌簌作响。

苗安素不悦地轻喝道："你往哪里看呢？"

"嘿嘿！"苗安平挤眉弄眼笑了几声，道，"这是妹夫屋里的小丫鬟吧？我瞅着挺面生的。瞧这身打扮，穿金戴银的，我要不是在你屋里碰见了，还以为是哪家大户人家的小姐呢！妹妹，你现如今可是掉到福窝子里去了！不像哥哥我，吃了上顿没下顿，还为生计犯愁呢！"

苗安素听着心里就是一阵烦躁，很想把手上的茶盅砸到苗安平的脸上。

她的这桩婚姻就是典型的驴子拉屎——表面光。先不说宋翰的身份，自他们成亲以来，宋翰从来都不曾正眼看过她，就是夫妻之间的事，也从来不曾尊重过她，他是怎样待季红的，就是怎样待她的，有时候，待她甚至还不如季红，她隐隐觉得，宋翰这是有意在羞辱她。她每每想起这件事，都觉得十分难堪又不知道怎么办才好。

只是她刚刚嫁进来，什么都只能忍着。

她一心一意地盼着回娘家住对月，好和母亲商量这件事该怎么办。

谁知道她的父亲母亲兄弟叔伯见着她先不是问她过得好不好，而是话里话外都透着"她如今依靠着苗家的名声享福了，是不是应该救济家里一点了"的意思。

人人都盯着她的荷包！

那一刻，她才清楚地看明白了自己在苗家的地位。

夫妻不和邻也欺！

苗家见她和宋翰恩恩爱爱的还好，若是他们知道宋翰对她不过是面子情，苗家哪里还会把她放在眼里。

她把要说的话咽了下去。

苗家已经不是能为她遮风避雨的地方了！

她双手抱肩，只感觉无比的孤单和寂寥，还有对未知的未来的害怕。

借口元哥儿要做百日礼，苗安素勉强在苗家住了两天就回了英国公府。

不承想，她的好哥哥竟然追了过来。

他到底要干什么？

苗安素冷笑："嫁鸡随鸡，嫁狗随狗。我这福气也是太后娘娘和二爷给的，我一个内宅妇人，肩不能挑、手不能提的，也不过是靠着别人赏口饭吃罢了。"

这就是把他拦到了门外头喽！

苗安平立时就翻了脸，道："妹妹，话可不能这么说！要不是太妃娘娘、太后娘娘能知道你是谁？你这样过河就拆桥，到时候可就别怪我们这些做哥哥的不能替你出头了！"

苗安素大怒。

可她到底不敢真和苗安平翻脸。她本就不被宋翰待见，娘家又不得力，时间一长，这府里还会有谁把她当回事？

苗安素强忍着心中的怒火，低声道："哥哥说这话是什么意思？你难得来一回，怎么见着我就刺我？倒好像我是那忘恩负义之人似的。这里也没有旁人，你有什么话只管说就是了。这样拐弯抹角的，难道还让我听话听音不成？"

苗安平有求而来，自然不会和苗安素顶真，闻言立刻就坡下驴："哥哥是个不会说话的，你还和哥哥一般计较不成？"说着，看了自己的堂弟一眼，低声道，"我来也不为别的，听说句容县要新增两个捕头，求你跟二爷说一声，给我们家留一个名额。以后苗家的人也算有了个前程，不用处处看人眼色了，说不定还能从胥吏转成正经的官员呢！"

胥吏是可以世袭的。

苗安素怒极而笑："你以为二爷是吏部的大老爷啊！我们想怎样就能怎样？"

苗安平大言不惭地道："二爷虽然没有什么本事，可他爹英国公能说得上话啊，他哥宋砚堂可以说得上话啊！就算他二位说不上话，他二位可比我们这些平头百姓认识的高官权贵多，人托人，人找人，怎么就会办不成？你这是怕麻烦，不想帮忙吧？你可别犯糊涂！你嫂子走在外面，人人都要称她一声'窦夫人'，她娘家人有多显赫，就不用我提醒你了。你现在嫌娘家人丢你的脸，袖手旁观地只想讨好宋家的人，不愿意扒拉着娘家人，等过几年，苗家连给你的孩子打银锁片的钱都没有了，我看你还怎么要面子！"

苗安素气得差点哭了起来，可也不能否认苗安平的话有道理。

她只好道："我试着求求二爷！"

苗安平这才露出了个笑容，大大咧咧地靠在了太师椅上，道："我们今天中午就在你这用午膳了。你去跟厨房里说一声，好好整几个下酒菜，我和妹夫喝两盅。"

苗安素哪里敢让宋翰来陪客，若是叫苗安平看出什么端倪来，苗家的人还不得活吃了她！

她不由道："你以为人人都像你似的不上进！二爷每天都要进学，中午的时候怎么能喝酒？要喝，你自己和六堂兄喝好了！"

苗安素的六堂兄听了嬉皮笑脸地凑了过来，道："姑奶奶，听说英国公从前是皇上的养子，皇宫里有的东西他家就有。我也不求别的，您把那御赐的酒搬几坛来我们尝尝，也不枉我们进了趟英国公府，回去后别人问起来，我也好有个说辞！"

是想回去以后好和县里的那些帮闲吹牛吧？

苗安素懒得揭穿他，朝季红使了个眼色，让她去厨房里安排。

上等的酒宴还好说，这御赐的酒，哪是她能轻易弄到的东西？

季红无计可施，只好去找栖霞。

栖霞自苗安素进了府，只在书房里服侍，和苗安素等人倒也算得上井水不犯河水，相安无事。

听了季红的来意，栖霞道："这件事我也没办法。要动用御赐的酒待客，得夫人点头才行。不过，椁香院那边的小厨房里应该有些存货的，要不你去那边看看？"

季红求了栖霞："好姐姐，那边的人我一个也不认识，求您帮我走一趟吧！我记得您的恩情呢！"

栖霞在心里"呸"了一声，暗忖道："你算个什么东西？我要你记得我的恩情？"

她面上却不动声色，笑道："妹妹有所不知，二爷早先就吩咐下来，我们这些书房里服侍的，一律不准到处乱走，若是被发现不守规矩，立刻叉到外院去先打二十大板，再叫人牙子领走。我可没这个胆子敢违背二爷的话。"

季红没有办法，在屋里急得团团转，最终还是想出个好办法——她去厨房讨了些上好的金华酒当成是御赐的梨花白送到了苗安平的酒席上。

苗安平喝了不免有些狐疑。

季红咬定了这就是御赐的梨花白："奴婢又不喝酒，也不知道这御赐的酒是什么味道。酒茶房的说这是御赐的梨花白，奴婢就搬了过来。为这件事，奴婢还一直求到了夫人面前，拿对牌画押搬酒，弄了大半个时辰。"

苗安平也没有喝过御赐的酒，他的堂弟更是道："兴许这御赐的梨花白就是这个味道也不一定。"

"也是！"苗安平道，"这酒倒的确是比市面上喝到的醇厚，就是寡淡得很。"

"皇上得保重龙体，肯定是那些御医不让皇上喝烈酒。"苗安素的六堂哥大口地吃着肘子肉，越喝越觉得这酒美味。

苗安素松了口气。

待送走了苗安平兄弟她悄悄地问季红："酒是从哪里来的？"

她怕季红真的为了坛酒去惊扰窦昭，那她可丢脸丢到家了！

季红忙将原委说了一遍。

苗安素气得把手中的胭脂盒都扔到了地下。

但她很快就有了主意。

她问季红："你说，我让二爷把栖霞收了房，怎样？"

季红的脸通红，喃喃地道："这事自然由您做主，您问奴婢做什么？"

苗安素叹了口气，拉了季红的手，语重心长地道："我的处境，你最清楚不过了，现在可不是争风吃醋的时候。你看窦夫人，把个颐志堂经营得水泼不进、火烧不透的，那才是真正的厉害。等我们站稳了脚跟，我难道不抬举你反倒去抬举栖霞？"

季红低了头道："奴婢都听您的。"

苗安素满意地笑了笑。

她看着时候不早，去了宋翰的书房。

苗家虽然待她凉薄，可她若是能给胞兄谋个差事，不仅能加重她在苗家的分量，以后她的儿子也脸上有光，甚至可以让苗家为她所用，她到时候才能收服宋翰。

宋翰不在书房。

栖霞笑道："国公爷把二爷叫去了。"

苗安素脸上发烧。

丈夫去了哪里，自己不知道，反而要他屋里的丫鬟告知，还有什么比这更打她的脸的了？

她望着栖霞脸上的笑，恨不撕了那张脸。

苗安素不禁在心里道："我让你得意！等宋翰把你收了房，看我怎么收拾你！"

她为了不落下个善妒的名声，不好随意收拾丈夫的婢女，难道还不能收拾丈夫的屋里人？

苗安素去了樨香院。

樨香院的人暂时还摸不清楚这位新进门的二太太的底细，对她还是十分客气，恭敬地将她迎到了小花厅里喝茶，温声地告诉她："国公爷正和二爷在书房里说话，通常这个时候都不允许人打扰的，二太太且在这里坐一会儿，我们在门前守着，书房的门一开我们就来禀了您。"

苗安素笑着打赏了那丫鬟一个红包，朝着季红使了个眼色，和那小丫鬟闲聊起来。

季红出了小花厅。

过了大约一炷香的工夫，她脸色苍白地折了回来。

苗安素立刻打发了身边服侍的，问季红："出了什么事？"

季红道："世子爷要把二爷分出去单过，国公爷正为这事找二爷商量呢！"

苗安素闻言心中一喜。

虽说她嫁进来的时候媒人就提过宋翰是次子，日后会分家单过，可那到底只是说说而已，谁家会新媳妇一进门就分家的？

所以她虽然知道宋翰和自己会被分出去，但却没有想到会这么早就被分出去。

如果她不知道关于宋翰身世的传闻，没见识过宋墨对宋翰的冷淡，她肯定会觉得这是宋墨容不下自己的胞弟，心思狠毒。可现在，她却希望能越早分出去越好。至少宋翰不再在宋墨的眼前晃悠，宋墨对宋翰的厌恶就会少一点，她的处境也会更安全一些。

苗安素忙低声道："那国公爷是什么意思？"

"还不知道。"季红悄声道，"不过是小丫鬟们进去续茶的时候听了一耳朵。"

苗安素点头，沉思了半晌，道："那我们先回去！今天不是说哥哥的事的时候。"

要分家了，宋翰肯定有自己的思量，这个时候提她哥哥的事，不仅帮不上她哥哥，说不定还会引起宋翰的反感。

季红也明白，她虚扶着苗安素回了内室。

宋翰直到掌灯时分才回来，苗安素亲自服侍他梳洗更衣，沏了壶热茶，这才柔声道："二爷，您今天怎么这么晚才回来？妾身让灶房里炖着鸽子汤，二爷要不要用一点？"

宋翰挥了挥手，去了书房。

苗安素气得直跺脚。

颐志堂那边，窦昭正坐在临窗的大炕上，她一面给元哥儿做着肚兜，一面和宋墨说着话："这么说，国公爷是不同意分家了？"

宋墨喝了口茶，伸手夺过窦昭手中的针线丢到一边，道："天太晚了，仔细伤了眼睛。要做，明天再做。"然后才道，"父亲肯定是不会同意的，可这件事由不得他。我已经跟舅老爷商量过了，如果父亲最终咬紧牙关不同意分家，那就给宋翰谋个差事，把他支出去。我倒要看看，如果宋翰去了西北大营，父亲的嘴还会不会像现在这样硬！"

窦昭讶然，道："如果国公爷不同意分家，你要把宋翰弄到西北大营去？"

那可是苦寒之地，很多人有命去没命回，而且一年也难得回来一次，和被流放也差不多了。"

宋墨冷笑。

宋宜春却是勃然大怒，指着来游说的陆湛大声喝着"你给我滚出去"。

陆湛何曾受过这样的羞辱，一张脸红得仿佛能滴下血来。

他草草地给宋宜春行了个礼就匆匆离开了英国公府。

得到消息的窦昭忙嘱咐宋墨："你快去追上陆家大伯。陆家大伯今日受辱，全是为了给你出头。"

"我知道。"宋墨面色隐隐发青，凝声道，"这件事我会给湛表哥一个交代的。"说完，换了件衣裳就出了府。

窦昭让人继续关注着梽香院的动静。

没想到劝宋宜春的却是宋翰。

"父亲，我知道您心疼我，可我是次子，本就应该分出去单过，早一点，晚一点，又有什么关系？"而且他分出去得越早，外面的人就越发会觉得宋墨心狠手辣，冷漠无情，连自己的弟弟都不放过，是个惹不得的人，更加不要说和他交往了。他在心里暗暗琢磨着，表情却十分恭敬谦和，"而且就算我分出去了，难道就不是父亲的儿子？说不定您到时候还可以两边轮着住，到处去散散心。"如果父亲能常在他的府第里住着，说不定还能让宋墨背上"不孝"的名声，那就更好了。"父亲不必为了我的事和哥哥置气，气坏了身体可怎么得了？您现在年纪大了，我们做子女的只盼着您能身体健康，长命百岁，我们有什么事，也好有个长辈教导我们。您可千万不能有什么事！"

宋宜春听着面色微霁，宋翰就笑道："您看，我就在四条胡同那里置个宅子怎样？也不需要很大，我回府看您既便利，您有个什么事我也好过来……"

英国公府所在地是一条胡同，四条胡同和英国公府相隔三条胡同，近是近，可那边的房价却不便宜，而且常常是有价无市，要在那里置个所谓的小宅子，也不是很容易的。

但宋翰这番话却让宋宜春十分动心。

自己如果不同意把宋翰分出去，宋墨肯定有办法把宋翰弄到西北大营去。而且宋墨因为是定国公的外甥，在军中素有声望，他既然要把宋翰弄到西北大营去，西北大营多半是有他的人，到时候他一句话递过去，宋翰是怎么死的自己都可能不知道。还不如像宋翰所说的那样，把他们分出去，就在附近置个宅子，有个什么风吹草动的，就把宋翰叫回来刺刺宋墨，让宋墨也别想安生……

宋宜春想到这些，脸上露出了一丝微笑，叹道："还是你孝顺……宅子的事，你就不要管了，我会让人办妥的。你回去之后好好地跟你媳妇说，免得你岳父家以为是我们宋家容不得你们小两口才把你们小两口分出去的。"

这不是容不得他还是什么？

父亲这么说，是担心在苗家人面前失了颜面吧？

那苗家人算什么东西？宋家的狗都比他们尊贵，犯得着怕他们吗？

不过，他好歹还得了幢宅子，不算太吃亏。

可父亲想就这样让他搬出去，却是万万不能的！

宋翰在心里暗讽，面上却恭谨地请教宋宜春："那您说，我怎么跟我岳父说搬家的事呢？苗家这门亲事是御赐的，苗氏刚刚进门，我们就要分家，这……您也知道，苗家是破落户，什么事都做得出来，我就怕到时候他们家的人会来我们家闹事，让别人看笑话。"

宋宜春想到苗家竟然连他的聘金也贪得无厌地一口吞了，不由对宋翰的话连连点头。

他沉思了良久，道："要不这样，你就说按祖制，次子要分家单过，只能分母亲的陪嫁和父亲的私产，英国公府公中的产业是不能动的，我想给你多分点财产，所以想趁机把你们先分出去。我想这个说辞苗家肯定不会说什么的。"

宋翰听了心中暗喜，不动声色地应是，回去后却什么也没有和苗安素说，反而是叮嘱栖霞收拾东西："过几天我们就要搬出去了。"

栖霞大吃一惊，连忙问出了什么事。

"你别管，收拾东西就是。"宋翰懒得和她多说。

栖霞不敢再问，忙出去吩咐小丫鬟们清理箱笼，自己却在心里琢磨开来。

她虽是二爷屋里的人，可卖身契却是在英国公府的。二爷面甜心苦，连把他当亲生儿子养大的蒋夫人都能下得了手，更不要说其他人了。她就是把心掏出来，忠心耿耿地服侍二爷一回，却未必能讨了什么好去，还不如趁着这机会求了夫人把她留在府里。反正她年纪也大了，到时候就算是随便配了府里的哪个小厮，也比从分出去的宋翰屋里嫁出去强啊！

打定了主意，栖霞再也坐不住了。

她低声向体己的小丫鬟交代了几句，抱了几件首饰，去了若朱那里。

而窦昭那边，正和宋墨商量着栖霞等人的去处。

宋墨是从心底厌恶一切与宋翰有关的人和事，他有些不耐烦地道："我们这又不是济慈院，凭什么把那些阿猫阿狗的都收进来？你趁早让他把他屋子里的那些牛鬼蛇神都一起带走了干净！"

窦昭却道："我想把栖霞几个留下来。"

宋墨挑了挑眉。

窦昭道："你让宋翰搬出去，是不是准备从此就和宋翰你走你的阳关道，他过他的独木桥，从前的种种恩怨都就此了结了？"

"他想得美！"宋墨厉声道，"我让他搬出去，不过是想和他划清界限，以后他出了什么事，不会连累到我们而已！"

"既然如此，那栖霞几个还是留下来的好。"窦昭笑道，"宋翰的事总有清算的一天，我们虽不怕那些流言蜚语，可有人证在手，总比空口无凭更让人信服些。"

宋墨沉思。

窦昭巧笑道："我们不是要分家了吗？正巧栖霞等人的年纪也大了，到了该放出去的年纪。我看不如就把栖霞等人配了府里的人算了。至于宋翰那边，由苗氏做主，重新买了丫鬟婆子服侍，我想苗氏肯定是愿意的。而且这也是为宋翰积福，谁还能拦着不成？"

宋墨微微地笑。

英国公府是窦昭主持中馈，这种丫鬟许配人的事，自然是由她做主的。哪些人放出去交给父亲，哪些人寻个好人家嫁了，哪些人配给府里有头有脸的管事做媳妇，全凭窦昭一句话。而像栖霞这种曾经近身服侍过宋翰的，配给府里有头有脸的管事做媳妇，可谓是门当户对，最是体面不过了。

这女子嫁了人，相夫教子，也就安下心来了。等到哪天要她们出面说说当年服侍宋翰的事，她们难道还会不顾丈夫子女的前程为宋翰隐瞒？

宋墨颔首，道："还是你考虑得周到，就依你的。"

窦昭抿了嘴笑。

宋墨还想打趣她两句，若朱求见。

· 43 ·

他去了一旁练字。

若朱把一包首饰摊在了窦昭的面前,将栖霞想留在府里的事告诉了窦昭。

窦昭不禁失笑,道:"这可真是两好合一好了。栖霞的事我知道了,你只管回她就是了。"

若朱笑着退了下去,答应栖霞在窦昭面前帮她说情。

栖霞前前后后又送几件首饰过来答谢若朱,若朱都收下给窦昭过了目。

窦昭将这些首饰都赏了若朱。

没几天,窦昭就召了府里的管事嬷嬷,道:"眼看着要过年了,有钱没钱,娶个媳妇好过年,这次府里凡是年满十八岁的丫鬟都要放出去,你们谁家的小子要是想娶媳妇的,就跟我说一声。"

英国公府顿时炸开了锅。

窦昭就找了苗安素来商量:"二爷屋里的栖霞几个都是原来国公爷赏给二爷的,在你进门之前就服侍着二爷。我想你们过几天就要出府独立门庭了,不如趁这个机会把栖霞几个也配了人,你们另行买了小丫鬟自己重新调教,你看如何?"

苗安素非常意外。

她原以为窦昭是为了甘露等人的婚事才决定在年前放一批丫鬟出去的,没想到窦昭把主意打到了栖霞等人的头上。

窦昭为什么要这么做呢?

她的脑子飞快地转了起来。

是遵从宋墨的意思寒碜宋翰呢,还是打算让宋翰净身出府呢?

不管是前者还是后者,宋翰贴身大丫鬟的婚事自己不能作主却由着窦昭指人,对宋翰来说都如同在大庭广众之下被宋墨打了一记响亮的耳光。

自己是答应还是不答应呢?

答应,肯定会得罪了宋翰。

不答应,窦昭目光炯炯地望着她,显然不会让她糊弄过去的。

她不由得苦笑,道:"大嫂,您有所不知,栖霞几个除了在我第一天进府的时候来给我请过安,就被二爷安排在了书房里当差,等闲我也不能指使她们,您说,我怎么做这个主?"

窦昭轻轻地用盅盖拂着茶盅里的浮叶,淡淡地道:"这就看你怎么想了。你要是答应了,我就来给你做这个主;你要是不答应,就当我没有说过,让栖霞她们随着你出府好了。反正到时候栖霞几个的卖身契是要交给你们的,她们是留是走,全看你们自己了。"

苗安素听着心中大喜。

如果栖霞几个的卖身契交给了她,那就买卖由她了,她想干什么就干什么,又何必这个时候得罪宋翰,非要让栖霞嫁人呢?

可这喜悦刚刚在她的心中闪现,她就看见了窦昭嘴角若隐若现的讥讽。

仿佛一瓢冰水从头淋下,她立刻冷静下来。

别人家丫鬟婆子的卖身契自然是在主持中馈的女主人手里,可凭宋翰的心性,他会把栖霞等人的卖身契交给自己保管吗?如果栖霞等人的卖身契不在自己手里,就算她抬举栖霞做了通房甚至是姨娘,她又用什么拿捏栖霞呢?她把栖霞等人留在身边,岂不是养虎为患?

想通了这些关节，苗安素的额头上冒出细细的汗来。

"这件事，我全听嫂嫂的。"她急急地道，掏了帕子出来擦了擦额头的汗。

窦昭看看，在心里冷哼了一声：算苗氏聪明！

知道栖霞就算是留下，宋翰也不可能把栖霞等人交给她来管束。宋翰的疑心病太重了，他不可能把手中的权力与任何人分享，听若朱说，宋翰至今还没有把自己屋里的月例交给苗氏掌管。

"既然如此，那我就把栖霞等人留下来了。"窦昭说着，端了茶。

苗安素起身告辞。

待走出了颐志堂，季红迫不及待地喊了声"二太太"，道："要是二爷责怪起来……"

苗安素咬了咬牙，道："总比到时候府里全是二爷的人，我娘家来了人，我连壶好酒都不能招待他们的好吧！"

季红想想，不再说话。

而宋翰知道了这个消息之后，气得直跳脚。

他指着苗安素的鼻子骂道："你是头猪啊？也不动脑筋想一想，栖霞是我们的人，你现在就这样把栖霞交给了嫂嫂处置，我们连个身边人都护不住，以后谁还敢跟着我们一条心啊？你是不是想做个孤家寡人？你也不怕被鬼吃了！"

苗安素低着头，任宋翰骂，心里却嘀咕道："栖霞是你的人，又不是我的人。护不住她，丢脸的是你，又不是我，我有什么好担心的？再说了，等开了府，我再买几个小丫鬟进府亲自调教，我看谁还敢给我脸色看？她们才是我的人好不好？我的人，我自然会护着的，与你却是不相干的。"

她不由暗暗庆幸自己听了窦昭的话。

宋翰见她一声不吭，像个泥塑似的，气不打一处来，嚷了句"地沟里爬出来的就是地沟里爬出来的，上不了台面"，然后甩门而去。

苗安素气得眼泪在眼眶里直打转。

原来在他的眼里，自己就是这样一个人！

她气得心口一抽一抽的疼，躺在了床上。

栖霞对窦昭却是感激涕零。

如果夫人不是叫了二太太去商量自己的去留，二爷肯定以为是自己想走，她说不定人还没有走就被二爷活活打死了。

现在二爷却把这笔账算在了二太太的头上，觉得要是二太太执意不答应，夫人就算是天大的本事也不可能动他屋里的人。

二爷拿二太太没有办法，只好劝她主动留下来。

她耐心地等宋翰把话说完，这才柔声地道："二爷，奴婢自升了大丫鬟之后就一直在您屋里服侍，奴婢一心一意地想学那些管事的嬷嬷，在您屋里做个体面人。可夫妻一体，二太太既然答应了夫人，奴婢就是不走，也在您屋里身份尴尬。您就让我走了吧！"她说着，跪在了宋翰的面前，"这些年二爷待奴婢的好，奴婢时时刻刻地记在心上呢！奴婢就是嫁了人，也一样是二爷的奴婢，二爷有什么事，只管吩咐一声，奴婢依旧会如从前一样尽心尽力地为二爷办好的。"

宋翰难掩失望之色，可更多的，却是对苗安素的憎恨。

都怪他太大意了。

他没有想到苗安素的心眼这么小，就因为他没有让栖霞等人在她面前立规矩，她就容不下栖霞等人。

栖霞又不是他的通房，她凭什么要栖霞立规矩？

念头一闪而过，宋翰眼睛发亮。

他拉住了栖霞的手道："栖霞，要不你别嫁人了，留下来服侍我吧！"

栖霞吓了一大跳，忙道："二爷万万不可如此！若是前几日，没有出府的事，奴婢能服侍二爷，那是奴婢的祖坟上冒青烟，可现在夫人要奴婢出府，奴婢却跟了二爷，一个勾引爷们的罪名奴婢是无论如何也逃不脱的……"她"咚咚咚"地给宋翰磕着头，希望宋翰能看在她服侍了他这么多年的分上放过她。

宋翰却被自己的这个念头迷住了。

如果栖霞背上了这样一个名声，那就只有死路一条了吧？

兵不血刃，就能收拾了栖霞，从前的那些事，也就会被掩埋在坟墓里了。

从此，连那些怀疑都没有了。

他兴奋得直哆嗦，轻轻地抚着栖霞洁白如玉的面颊，低着头在她耳边道："好栖霞，你放心，爷不会让你背上这么一个罪名的……"

屋里顿时响起桌子倒地瓷盅摔碎的声音。

在隔壁做针线的彩云听了直皱眉。

这些小丫鬟，知道她们这些大丫鬟都要放出去了，越来越不规矩了，现在竟然闹出动静来。

要是让二爷知道了，又是一顿好打。

今天应该是栖霞值夜，难道她也认为自己马上就要放出去了，对那些小丫鬟也松懈起来？

她有些不耐烦地掀了帘子，还没有开口呵斥，一张脸已变得雪白。

怎么会这样？栖霞和二爷……

她唰地放下了帘子，一颗心跳得像擂鼓，拔腿就跑了出去。

栖霞怎么这么糊涂！这个节骨眼上做出这等事来，难道她不想活了吗？

还好她没有叫喊。

如果把管事的嬷嬷引了过来，什么也不必说，恐怕就是一顿乱棍。

想到这里，她又有些慌慌张张地停住了脚步。

她都听到了动静，难保别人不会听到动静。她要不要帮着栖霞在外面守一会儿……

彩云的手指绞成了麻花。

最后她还是去了樨香院。

彩云也在出府的名单之列，她实在不想再节外生枝。

这件事，她就当不知道吧！

全身赤裸的栖霞面如死灰地躺在床上，目光呆滞地看着宋翰慢条斯理地穿着衣裳，手慢慢地攥成了拳。

宋翰看着她的样子，只觉得好笑。他坐在床边，替栖霞搭了床被子，温柔地笑道："你别怕，我这就跟我嫂嫂说去！她是最心慈不过的人了，定会成全我们的。"说完，站起身来扬长而去。

栖霞的眼角滑出一滴泪来。

她慢慢地爬了起来，就这样走到了屏风后面，就着桶里的冷水，开始洗身子。

走出书房的宋翰却是满面春风。

他吩咐苗安素:"你去跟嫂嫂说,栖霞已经是我的人了,她跟着我们一起出府!"

苗安素手里的茶盅"哐当"一声就掉在了地上,茶叶茶水溅了她一身。

"你说什么?"苗安素嘴角打着颤,"栖霞她……"

"就刚才。"宋翰毫不在乎地道,"你去看看她,然后赏几匹料子给她做身新衣裳,带去跟嫂嫂请个安,免得嫂嫂误会把她指了人,那就不好看了。"说完,他神色畅快地喝了口茶,出了内室。

苗安素半晌才回过神来。

宋翰这是要干什么?

想和宋墨对着来吗?

他也不看看自己凭什么能和宋墨对着来!

苗安素牙齿咬得吱吱直响,吩咐季红:"叫上几个粗使的婆子,把栖霞架到夫人那里去。"

季红一愣,道:"这不大好吧?"

苗安素冷笑:"自作孽,不可活。难道还让我替他们兜着?他敢得罪世子爷,我可不敢。"

季红应声而去。

正在哄着元哥儿睡觉的窦昭听到一阵喧闹声,她还没有起身,元哥儿却一骨碌地翻身睁开了眼睛,冲着声音的方向咿呀直叫。

窦昭忍俊不禁,起身抱了儿子:"小机灵鬼,耳朵这么尖。"

元哥儿咧着嘴冲着母亲傻笑。

窦昭就问身边的丫鬟:"外面是怎么一回事?"

第一百五十二章　　投奔·明升·暗降

当值的小丫鬟是拂叶,她稳稳妥妥地行了个福礼,沉稳地笑道:"夫人,我出去看看。"

窦昭点头,拂叶脚步轻盈地出了内室。

不过几息的工夫,她就折了回来。

"夫人。"她凑在窦昭的耳边,轻声地将苗安素绑了栖霞的事告诉了窦昭。

窦昭听着直皱眉。

这个苗氏,搞什么鬼?就算栖霞犯了什么错,也用不着这样大张旗鼓地闹得尽人皆知啊。

念头闪过,她心中一动。

难道苗氏的本意就是想让大家都下不了台不成?

她吩咐拂叶："把看热闹的都打发了，让二太太带了栖霞进来。"

拂叶应声而去。

甘露进来帮窦昭换衣服。

元哥儿手舞足蹈，非要母亲抱。

窦昭又是好笑又是好气，点着儿子的额头道："你爹那么沉闷的性子，你怎么偏偏看见热闹就爱往上凑呢？也不知道是随了谁！"

屋里服侍的都抿了嘴笑。

窦昭把元哥儿交给了乳娘，去了厅堂。

苗安素一副恼羞成怒的样子站在屋子的中央，几个粗使的婆子压着栖霞的头，跪在苗安素的脚边。

窦昭注意到栖霞的头发湿漉漉的，像是刚刚洗过了似的。

如今已进了十月，怕头受了风着了凉，大家早就不在这个时辰洗头发了。

她不动声色地在大厅的太师椅上坐定，不待苗安素开口，已开口训斥甘露："二太太初来乍到，不知道厅堂不是随意能进的，你在我身边服侍了这么多年，难道也不知道？"

甘露忙跪下来请罪。

苗安素的一张脸已红得能滴出血来，她忙道："这件事不怪甘露姑娘，是我不知道规矩。"说着，已朝着几个粗使婆子使着眼色，"你们还不快退下去。"

几个婆子慌慌张张地退了下去。

窦昭这才道："出了什么事？竟然如此沉不住气，闹出这么大动静来。"也不请苗安素坐下。

苗安素不安地挪了挪脚，看了甘露一眼。

甘露机敏地带着丫鬟婆子也退了下去。

苗安素这才愤愤不平地将事情的经过告诉了窦昭，并道："您说这是个什么事？她是二爷身边的老人了，有这样的心思跟我说一声就是了，却要自己硬往爷们儿身边凑，您让我这个做太太的面子往哪里搁？我一气之下，也就顾不得许多了，让人把她绑了，到嫂嫂面前来评个理。嫂嫂这么一说，我这才惊觉自己做事太鲁莽了……"

窦昭大吃一惊，却不相信是栖霞勾引宋翰的。

如果栖霞有这个意思，当初又何必拿了自己辛辛苦苦攒下来的私房钱来求若朱？

她目光如炬地盯着栖霞，想从栖霞的神色间看出点什么来。

栖霞却低着头，一动不动，仿若木胎泥塑。

窦昭不由暗暗叹了一口气，沉声道："栖霞，你抬起头来。"

栖霞抬起头来，如玉的面孔上已满是泪水。

苗安素很是意外。

窦昭问栖霞："你可知错？"

栖霞满心不甘，可她更知道，辩解只会让自己的处境变是更艰难，甚至有可能连累家里人。

她恭恭敬敬地给窦昭磕了三个头，低声道："奴婢知错了！"

窦昭颔首，道："既是如此，留你在府里就不太合适了。我让甘露陪着你去把自己的东西收一收，下午你就跟着人牙子出府吧！"

"是！"栖霞应着，一面给窦昭磕着头，一面泪水如雨点般地落了下来。

听到动静的甘露进来扶着她退了下去。

苗安素有些发愣。

快刀斩乱麻，事情就这样结束了？

她还有很多话没有说，很多事没有问呢！

苗安素朝窦昭望去。

只见窦昭正满脸平静地喝着茶。

她欲言又止。

窦昭也不点破她的那点小心思，笑道："你既然把这件事交给了我来处置，你放心，我会给你一个交代的。听说国公爷送了座宅子给你们，修缮粉刷，收拾箱笼，重新张罗丫鬟婆子，想必你也忙得很，我就不留你了。"说着，端起了茶盅。

苗安素讪讪然地走了。

窦昭看着她的背影笑了笑，回了内室。

等宋翰知道栖霞被苗安素交给了窦昭的时候，栖霞已被人牙子领走了。

宋翰气得脸色铁青，差点一巴掌扇在了苗安素的脸上。

他揪着苗安素的衣领问："那人牙子叫什么名字？是哪个牙行的？他是什么时候来的？什么时候走的？栖霞除了随身的衣服首饰还带了些什么东西走？"

瞧那光景，竟然是要追上去的模样。

苗安素大恨，敷衍他道："我也不知道。人牙子是大嫂叫的，人也是从颐志堂领走的……"

宋翰一把推开了苗安素，转身就离开了内室。

苗安素一个趔趄，差点就摔倒在地。

她冲着宋翰远去的方向"呸"了一口，只觉得心里十分难受。

而此时神色木然的栖霞突然发现马车停了下来。

她不由撩帘朝外望。

暮野四合，周围全是密密的树林，显得十分荒芜。

她要被灭口了吗？

栖霞心里一片死灰。

车帘被掀了起来，露出人牙子一张憨厚的面孔："栖霞姑娘，这位是夫人身边的崔大管事。夫人知道你受了委屈，可府有府规，不处置你，又难以服众。所以夫人把你交给了这位崔大管事。你以后就跟着这位崔大管事好了。"

栖霞的眼泪像泉水似的涌了出来。

她甚至没有看清楚崔大管事的面孔，就这样挽着个包袱跟着崔大管事走了。

宋翰花了很大的力气都没有查清楚栖霞的去向。

他越发觉得这件事不对劲，在家里又急又气地转悠了两天之后，他去了颐志堂。

谁知道窦昭却不在家，而且元哥儿和真定的那帮人也都不在。

他很是奇怪，问颐志堂的人："嫂嫂去了哪里？"

颐志堂的人笑道："夫人和大爷跟着世子爷一起出去了，小的怎么知道夫人和世子爷去了哪里？"

大爷这个词像针尖似的刺痛了他。

他寒着脸回了屋，心里却不停地琢磨：宋墨带着窦昭和元哥儿去了哪里呢？马上他们就要分家了，难道去了陆家？或者是去了窦家？

这两家一个是老舅爷，一个是少舅爷，分家的时候都是要来当见证人的。

宋翰坐不住了，他先去了陆家。

宋墨和窦昭并不在。

他又去了窦家。

窦世英也不在家。

他们到底去了哪里呢？

宋翰站在静安寺门口，望着来来往往的香客，无措而茫然。

而宋墨和窦世英几个此时却就在静安寺胡同背面的后寺胡同里。

宋墨在后寺胡同买了个两进的小宅子，把崔姨奶奶从真定接了过来。

窦昭正和崔姨奶奶抱头痛哭呢！

坐在堂屋里的宋墨和窦世英直摇头，而元哥儿见母亲哭了，也跟着哇哇大哭起来。

崔姨奶奶忙推开窦昭擦着眼泪："你看你，把我们的宝贝元哥儿都惹得哭了起来。"

窦昭红着眼睛抿了嘴笑，眼泪却再一次不由自主地落了下来。

崔姨奶奶就抱了元哥儿哄他，一边哄，一面和窦昭说着话："世子爷常让人给我送信，把你的事都说给我听，你怀孕生子，我也都知道。本来你生了元哥儿我就想来看你的，可世子爷非要我等元哥儿做了百日礼才来。我知道，他是怕孩子满月礼和百日礼的时候宾客盈门，我会被人怠慢。这孩子，真是有心。寿姑，你可嫁了个好姑爷，你要好好地待他才是。"

窦昭哭着点头，道："您这次来，就不走了吧？"

"不走了。"崔姨奶奶笑道，"世子爷说得对，只要这骨肉团圆，哪里都是故乡。我以后就在这里住下了。你要是想我了，就抱着孩子来看看我。"

而且这里离静安寺胡同很近，父亲想来看祖母了，也能随时来看看。

窦昭不住地点头。

崔姨奶奶就夸元哥儿："这孩子，长得壮实，就像你小时候一样。"

我小时候有这么壮实吗？

窦昭破涕为笑。

窦世英听着叹了口气，对宋墨道："你有心了……我看见后院还有块菜地……"

宋墨谦逊道："没什么！原是个小花圃，我看着也没种什么好花，就擅自作主改成了菜地。"

窦世英很是感慨。

跟过来的武夷跑了进来，他低声道："世子爷，史川史大人请您到醉仙楼吃酒。"说着，拿了张拜帖出来。

宋墨刚想说不出去，窦世英已道："你有事就忙你的去吧，这边有我陪着寿姑和崔姨奶奶，不会有什么事的。"又提醒他，"史川可是锦衣卫都指挥使，皇上最忌讳他和人交往，他找你喝酒，肯定是有要紧的事。"

多半是为了邵文极的死。

宋墨知道，筷子的事瞒不过史川。

不过，他明明知道陈嘉是他的人还递给邵文极一把小刀，这史川也太不把他放在眼里了！

宋墨想了想，道："我去看看他找我干什么！您让寿姑等我一会儿，到时候我来接他们母子回家。"

正好留了时间让窦昭和崔姨奶奶说说话。

窦世英送了宋墨出门。

宋墨去了醉仙楼。

史川四十来岁，中等个子，皮肤微黑，长相平凡，是属于那种丢在人群里就找不着的人。

宋墨见到他的时候不意间想到了陈嘉。

难道干锦衣卫干得好的人都得是这副长相？

他们也不是没有见过面的。

宋墨笑着和史川寒暄着，分宾主坐下。

菜很快就上来了。

史川的话题就从菜系开始，最后说到了陈嘉，道："十分能干，镇抚司有了他，办起事都顺畅多了，不愧是世子爷器重的人。所以我想再给他加加担子，调他到锦衣卫衙门任同知，管着锦衣卫的内务。"

镇抚司，是锦衣卫的核心部门。锦衣卫同知虽然管着锦衣卫的内务，可管内务的能和管刑名的一样吗？

宋墨微微地笑，道："锦衣卫的同知，好像和镇抚司的镇抚一样，都是正四品吧？"

史川早知道宋墨没这么容易答应，闻言笑道："镇抚司这几年在陈赞之手里倒也平平安安没出什么事，我正寻思着要不要给他请个世袭的百户，以表彰他这几年的功劳。"

世袭的百户！史川为了把锦衣卫掌握在自己手里，可真舍得下本钱啊！

有些事，不能操之过急。

宋墨笑着举起了杯："陈赞之有史大人这样的上司可真是他的福气啊！"

史川呵呵地笑，举起杯来和宋墨轻轻地碰了一下。

这件事，就这样办妥了。

可史川心里却一点也不轻松。

宋砚堂到底知道了些什么？又到底知道了多少？

他望着笑容优雅而雍容的宋墨，心里没底。

而后寺胡同里的崔姨奶奶的宅子里，元哥儿已经睡了，窦昭正有一下没一下地拍着儿子，耳朵却支了起来，全神贯注地听着堂屋里的动静。

父亲窦世英的声音很是苦涩："……您老又何必如此？静安寺胡同那边那么大，王氏又常住娘家，您去了，内院正好有个当家作主的人。您住在这里，让砚堂怎么想我？让家里的亲戚朋友怎么看待我……"

祖母的声音却依旧如从前一样轻快："你这个人，就是喜欢那些虚名！砚堂是我们家的孙姑爷，他孝敬我的，我为什么不要？何况这宅子布置得深得我心，我很喜欢住在这里。搬去你那里住，逢年过节的，老五、老六家的过来看望你，是来给我请安还是不来给我请安呢？他们如今都位高权重，我也不为难他们。我住在这里，彼此装作不知道的，大家都安生，何乐而不为？你不要把简单的事弄复杂了，这样挺好。你也不用说什么了，我已经决定了，就住在这里。"

"这……"窦世英喃喃地道，还想劝说劝说崔姨奶奶。

窦昭却松了口气。

宋砚堂之所以要等元哥儿做完了百日礼才接祖母到京都，也是不想她老人家一把年纪了，却只能受五太太、六太太的半礼，被人怠慢。如今这样很好，她老人家清清静静地住在这里，里里外外服侍的都是自己人，槐树胡同和猫儿胡同就装作不知道她老人家来了京都，他们不用来行礼，祖母也不用还礼，彼此都自在。

窦昭就把元哥儿交给了乳娘看着，自己撩帘出了内室。

"父亲，我们都知道您孝顺，"她劝着窦世英，"不过崔姨奶奶她老人家年纪大了，您就让她老人家按照自己的喜好过日子吧！"

祖母不停地点头，笑道："还是寿姑知道我！"

窦世英不好再坚持，讪然道着："那您缺些什么，要买些什么，就让红姑去跟我说一声。"说完，朝服侍祖母一同进京的红姑点了点头。

红姑忙屈膝福了福，恭敬地道着："七老爷您放心，我会好好服侍崔姨奶奶的。"

祖母则挥了挥手，笑道："好了，你们也不要说这些乱七八糟的了，我既进了京，以后说话的时候还多着呢！我听灶上的婆子说砚堂特意让人从南边运了一篓子螃蟹过来，寿姑吃不得，我这几年也不大用这些寒性的东西了，倒是你从小就喜欢吃这些，我让红姑去寻了坛花雕，你今天就在这里用晚膳吧！"

窦世英脸上闪过一丝错愕。

他没想到生母知道他的饮食习惯……他以为，她只是生了他的那个人……一时间，他的眼角有些湿润。

他忙低下头，轻轻地应了声"是"。

红姑立刻吩咐摆饭。

很快，堂屋的八仙桌上满满都是碗碟。

灶上的婆子讨好地道："这是脆皮乳鸽，世子爷特意吩咐给老安人做的；这是卤肘子，世子爷说了，老安人年纪大了，得少吃甜的，多用些好克化的，奴婢就做了这道菜，老安人您尝尝合不合口味？这是清蒸双蔬，奴婢摆了个太极模样，祝老安人福如东海，寿比南山……"

祖母和窦昭都忍不住笑了起来，祖母更是道："我这又不是过寿，还福如东海，寿比南山！"

灶上的婆子脸涨得通红，忙跪了下去，道："奴婢没读过书，不会说话，老安人息怒！"

祖母笑道："我这里没有那么多的规矩，你快起来！"然后吩咐去扶灶上婆子的红姑，"赏她一个封红。"又道，"你今天辛苦了，下去吃饭吧！这里不用你服侍了。"

灶上的婆子见祖母是个好说话的，欢天喜地地接了封红，朝着祖母谢了又谢，这才退了下去。

窦世英低下头，决定不再提让生母搬去静安寺胡同的事了。

静安寺胡同的仆妇，怎么会这样巴结她？谁过日子不想个舒心和欢畅，既然她喜欢，就这样吧！

窦世英默默地吃饭。

窦昭却让人又赏了两个上等的封红给了那灶上的婆子，并让甘露带话："服侍好了老安人，另有赏赐。"

窦世英出手更大方。

十两银子！

惹得宅子里其他的仆妇又是羡慕又是妒忌，逮到个机会就往祖母身边凑，逗得祖母每天笑容满面的。

当然，这都是后话了。

当晚宋墨接了窦昭和孩子回府后，窦昭不顾宋墨正在更衣，从他身后紧紧地抱住了他。

她抱得很紧，宋墨被勒得都有点喘不过气来，心里也隐隐有点明白，窦昭被自己的举动感动了。

他颇有些得意，又有种莫名的满足，轻轻地抚了抚她羊脂玉般白皙嫩滑的手背，笑道："你喜欢就好！"

"很喜欢！"窦昭靠在他的肩头，轻轻地吻了吻他。

两人在屋里靠在一起，气氛温馨无比。

守夜的甘露坐在厅堂里打络子，心里却想着窦昭在回来的马车上和她说的话："一家是英国公府的外院的三等管事，和你一样大，只有个妹妹，已经说了亲，这两年就要出嫁了；另一家是世子的绸缎铺子里的二掌柜，读过几年书，十二岁就在铺子里当学徒，据说人挺不错的；再就是张富贵家的长子，比你小两岁，如今跟着他父亲跑腿，我瞧着那孩子比他父亲长得可端正多了，行事也比他父亲沉稳，又是知根知底的，这才把他也列了进来……你想想，看哪家合适？"

哪家合适？她也不知道。

素心姐姐和素兰嫁了人，过得都挺不错的。

她觉得自己如果能和她们一样就行了。

至于哪家合适，还是让夫人拿主意吧！

她信得过夫人！

想到这里，她脸上火辣辣地烧，不由得仔细地聆听着内室的动静。

隐约有窦昭的笑声传过来，十分欢快。

甘露也不由跟着笑了起来。

夫人这样，过得可真好！

她低下头，继续打着络子。

陈嘉却十分惊恐不安。

快下衙的时候，史川突然把他叫去了锦衣卫衙门，先是长篇大论地夸奖了他一番，然后告诉他，从明天开始，他就擢升锦衣卫同知了，他的差事，由锦衣卫千户柳愚接手，让他这两天就和柳愚把差事都交割了。

这是赤裸裸的明升暗降！

谁都知道他是宋墨的人，柳愚是史川的心腹。

这是宋墨因为蒋琰的事对他的惩罚，还是自己无意间卷入了邵文极的事里被史川忌惮呢？

不管是前者还是后者，面对像宋墨和史川这样的重量级人物，他都如同一只微不足道的蜉蚁。

自己该怎么办呢？

他在屋里走来走去。

虎子在旁边看着，不由咬了咬唇。

第二天他借口头痛，没有随陈嘉去镇抚司衙门。

但等陈嘉前脚出门，他后脚就去了英国公府找段公义。

段公义和陈嘉走得比较近，自然认识虎子。

听虎子说他是奉了陈嘉之命来见蒋琰的，也没有多想，让人带了信给映红。

可虎子当着映红却什么也不说，非要见蒋琰不可。

· 53 ·

映红知道蒋琰托了陈嘉打听黎亮的消息，不敢阻拦，去禀了蒋琰。

蒋琰听了十分惊讶，她很快就见了虎子。

没有经过陈嘉的同意就来找蒋琰，虎子看见蒋琰的时候目光不免有些闪烁。

他期期艾艾地道："蒋小姐，我们家大人昨天刚得了信，擢了锦衣卫的同知。"

"那很好啊！"蒋琰闻言不由得喜上眉梢，"能从镇抚司调到锦衣卫衙门，不用和那些犯人打交道了，阿弥陀佛，真是菩萨保佑！"

虎子闻言欲哭无泪。

蒋琰一愣，道："其中莫非还有什么蹊跷不成？"

虎子立刻换了副沮丧的面孔，道："蒋小姐，您想想，锦衣卫什么衙门最重要？当然是镇抚司了！可我们家大人原本干得好好的，却毫无征兆地说调走就调走了，您说，这里面怎么会没有蹊跷啊？"

蒋琰脸色一白，想到了一个可能。

她欲言又止。

虎子毕竟是陈嘉的随从，她怎么能当着虎子的面说自家的哥哥？

蒋琰沉默良久，道："那，我能帮陈大人些什么？"

她声细如蝇，显得很是柔弱。

虎子不安地挪了挪脚，喃喃地道："我就是想请蒋小姐帮帮忙，给世子爷打声招呼，别让我们家大人再像从前那样被同僚们排挤……那日子实在是不好过。"

"我知道了。"蒋琰点头，心里却非常茫然。

如果陈嘉真的是受了自己的牵连，哥哥知道陈嘉派了人来向自己求情，会不会更加愤怒呢？可她也不能看着陈嘉就这样蒙受无妄之灾啊！

她坐立不安，在家里想了半天，想到了蒋骊珠。

十二姐那么聪明，她肯定知道该怎么办！

她急急地去了窦昭那里，说想去蒋骊珠家里串门。

窦昭既然留心了蒋琰和陈嘉，虎子上门的事怎么瞒得过她？

她对陈嘉有些失望，见蒋琰一副想和蒋骊珠说说心里话的模样，想着蒋骊珠遇事沉稳大方、细心体贴，觉得蒋琰遇事能找她倾诉也是件好事，遂什么也不问，笑着让嬷嬷们准备蒋琰出行的事。

吴家接到了帖子，为了给蒋骊珠做面子，十分重视，蒋琰到后，不仅蒋家的太婆婆打赏了蒋琰一根金簪，蒋骊珠的婆婆也给了一个二两银子的封红，弄得蒋琰满脸通红，看蒋骊珠的目光满是歉意。

蒋骊珠安慰她："你要是心中不安，吴家以后有什么事，你记得来随个礼就行了。"

这一点蒋琰还是做得到的。

"一定，一定！"她松了口气，和蒋骊珠躲在屋里说陈嘉的事。

蒋骊珠讶然。

她没有想到窦昭在蒋琰面前提也没提陈嘉的事，居然就对陈嘉明升暗降，可见宋墨和窦昭是不同意这桩婚事的。

蒋骊珠不由暗暗地叹了口气，她先表扬蒋琰："还好你没有贸贸然地跑去求表哥，不然以表哥的脾气，定会以为是那陈嘉不甘心，利用你出面说项，到时候陈嘉可就不是调到锦衣卫做同知那么简单了，甚至被调到下面卫所做个百户千户都有可能。"又道，"表哥和表嫂都不是那心胸狭窄之人，他们既然惩戒了陈嘉，陈嘉只要不再犯错，就不会再摆布他的,你只管放心!陈大人是个有能力的,过几年,等这波风声过去了,陈大人的仕途也就会明朗了。"

蒋琰听着落下泪来,道:"毕竟是我连累了他!我听人说,这做官最讲资历的,他坐了这几年冷板凳,这资历也就比不得别人,以后升职多半会受牵连……早知如此,我就不应该问舅舅的事,我倒安心了,却害了陈大人!"

蒋骊珠忙掏出帕子来给她擦眼泪,劝道:"你以后不再见陈大人就是了。"

蒋琰连连点头,但心里始终像有根刺似的,让她不舒服。

她在吴家勉强待了半天,就打道回府了。

锦衣卫里的人都觉得陈嘉这是在给柳愚挪位子,又暗暗猜测陈嘉是不是得罪了宋墨,待他的态度从以前的巴结奉承渐渐转为观望试探,让陈嘉心烦不已。倒是柳愚,隐隐知道些内情,待陈嘉却十分尊敬,两人很顺利地办完了交割,柳愚还在醉仙楼设宴给陈嘉送行,史川也派了心腹亲自接了陈嘉到锦衣卫的衙门上任,锦衣卫的人见这才知道陈嘉背后依旧有人撑着,纷纷给他接风,迎来送往地闹了四五天才消停,陈嘉这才后知后觉地发现虎子去找蒋琰的事。

他顿时吓出一身冷汗来。

蒋琰可是藏不住一句话的,虎子这样一闹,她还不去找宋墨去说情?宋墨见他指使得动蒋琰,不扒了他的皮才怪!

他拿起板子就给了虎子一顿好打:"我的事什么时候轮到你拿主意了?竟然敢背着我去找蒋小姐!英国公府那也是你随便能进出的?我不教训教训你,你还不知道要闯下什么大祸来呢!"

虎子咬着牙不求饶,道:"要不是蒋小姐,大人能沦落到被赶出镇抚司的地步吗?"

"你还嘴硬!"陈嘉又多打了虎子二十板,"没有世子爷,我能进镇抚司吗?如今不过是受了点委屈就受不了,嚷嚷得到处都是,这是做大事的人吗?你是不是想让我在锦衣卫同知的位置上坐到死啊?"

虎子这才后悔了。

陈嘉下决心要收收虎子的性子,把人丢在院子里不管他,自己换了衣裳出门,去了英国公府。

他不好直接拜见蒋琰,借口有黎亮的事跟蒋琰说,让段公义帮他传了个话。

蒋琰听了蒋骊珠的话,觉得非常有道理,正想找个机会劝劝陈嘉,让他安心在衙门里当差。听说陈嘉要见她,她立刻在小花厅里见了陈嘉。

陈嘉见面就急切地问蒋琰:"我的事,不知蒋小姐可向世子爷求情了?"

蒋琰不免有些讪讪然,心虚地道:"还,还没有……"

陈嘉如释重负,忙道:"那就好,那就好!"

蒋琰奇道:"你不让我帮你跟哥哥说项吗?"

"不是,不是!"陈嘉忙道,"这全是虎子自作主张。"他把前因后果说一遍。

蒋琰就拿了蒋骊珠的话劝他:"……我哥哥不是那种盯着别人不放的人,等过些日子就没事了。"

宋砚堂不是那"盯着别人不放的人"?那还有谁敢称得上是"盯着别人不放的人"?

陈嘉听了只觉得好笑,可当着蒋琰的面却不好流露丝毫,怕蒋琰追问起来不好交代,索性随着她笑着称是,把此行的来意告诉她:"外面的事复杂得很,不要说你一个内宅妇人了,就是我这样常在官场里混的人遇事也要在脑子里多转两道才敢开口,你以后再遇到这样的事,千万不要插手了,知道了吗?"

· 55 ·

蒋琰愕然。

陈嘉想着她像白纸似的，自己的这番话只怕说服不了她，想了想，道："我这次虽然失去了锦衣卫镇抚司镇抚之职，却得了个世袭的百户作补偿，这可能是世子爷和史大人背后协调的结果，并不像你想的那样，我受了世子爷的什么惩戒。虎子不懂事，乱嚷嚷，你别听他胡说八道的。"随后庆幸道，"还好你这次没有立刻去找世子爷求情，不然可就闹出大笑话来了。"

一席话把蒋琰说得脸色通红。

想着自己竟然误会陈嘉是被自己连累的，陈嘉心里还不知道会怎么笑自己不知天高地厚，她恨不得有个地缝可以钻进去，羞愧地低声说了句"知道了"，转身就要走。

陈嘉看着她神色不对，心里一急，就叫住了蒋琰。可等蒋琰温顺地停下脚步，低着头等他开口的时候，他望着蒋琰乌黑亮泽的青丝，一时间又不知道说什么好。但不说什么，更不合适，只好语无伦次地道："是不是我的话说得太重了？我这也是为了你好，你千万别往心里去。你有时候就是心思太重了，什么事都闷在心里。有时候人就是这样，越是一个人自己琢磨，就越容易把事情往坏处想，事情没发生，倒先把自己吓着了。我也知道你在这个家里不自在，我看吴大奶奶倒是个爽快的，你要是有什么事，不妨和她多商量……"他说着，心里也有些不自在起来，自己原本是想着以后恐怕再也见不到蒋琰了，趁着这次见面，就好好地给她打打气，她以后遇事胆子也能大一些的，可他这话里话外的味道却全变了，变成批评她了，她原本就脸皮薄，这下子只怕要伤心得掉金豆子了，又忙把话题给拉了回来，道，"不过你这次做得很好，没有立马就去找世子爷，这件事我还是刚知道，当时我还在想，这下可完了，世子爷十之八九会误会了，没想到你这么冷静，还没有跟世子爷说，倒是我急吼吼地跑过来，显得有点可笑了……"

可没等他的话说完，安静地站在那里的蒋琰突然一转身，跑了。

陈嘉傻了眼，忙追了上去。

可刚出院子门，就被段公义给拦住了："赞之，我给你报这个信，是因为夫人同意了的，你要是这样冒冒失失地闯进了内院，可有失君子之道。"

陈嘉急得额头冒汗，但也冷静下来。

是啊！自己再不能和蒋琰纠缠不清了。

要是让宋墨或是窦昭知道了，不是事也成了个事了！

念头闪过，他心里一慌，忙拉了段公义的衣袖道："段大哥，你刚才说什么？我见蒋小姐，是夫人同意了的？"

段公义颔首。

陈嘉只觉得脚底一滑，差点摔了下去。

第一百五十三章　馅饼·截和·砸中

段公义一把扶住了陈嘉，似笑非笑地道："陈大人，您看您既然都来了英国公府，是不是给夫人去问个安啊？"

陈嘉身子有点发软。

他自幼丧父，母亲性子软弱，小时候在族中受尽了欺辱，长大后又苦苦挣扎，却从来没有像此时这样害怕过。他勉强露出一个笑脸，硬着头皮道："自然是要去给夫人问个安的。"

段公义笑眯眯地瞥了他一眼，道："请陈大人随我来！"

陈嘉忐忑不安地跟在了段公义的身后。

蒋琰却是低着头，一路埋着头径直往碧水轩去。

她羞愤难当，都不知道怎样面对陈嘉才好。若不是自己胆小怕事，左右为难，不敢拿主意，只好去找蒋骊珠商量，自己又怎会按兵不动？陈嘉却说自己比从前懂事多了……自己怎么当得起他这样的夸奖？

要不是蒋骊珠，自己恐怕就坏了他的大事了！

蒋骊珠，真的是很好。

不仅漂亮，而且还有头脑，而且待人也很真诚，就像自己的嫂嫂似的。

所以哥哥非常地尊重嫂嫂。

吴家人也很看重蒋骊珠。

自己如果能有蒋骊珠一半的好，又怎么会落得如此下场？

想到这里，她的眼泪就止不住地落了下来。

她何尝不想做个让人喜欢的女子，可她实在不知道该怎么做才能像嫂嫂或是蒋骊珠那样……

蒋琰把自己关在了内室。

映红吓得脸色发白，忙叫了自己心腹的小丫鬟去给窦昭报信，自己则守在内室的门外。

颐志堂正房的厅堂里，窦昭笑盈盈地请陈嘉坐下，吩咐小丫鬟把前几日宫里赏的水晶梨和橘子都装些进来，并对陈嘉道："虽说是贡品，可未必就比外面的好，你且将就着尝尝！"

陈嘉在英国公府经营了一年多，可从来不曾得过到杯茶，如今不仅得了个座，还有瓜果茶点招待。

不知怎的，陈嘉就想到了那狱里的犯人，临刑前狱卒们都会客客气气地让他们吃饱喝足了好上路……

他背心里全是汗。

谁知道窦昭什么也没有问，聊了聊京都的天气，说了说这些日子的菜价，就端了茶。

陈嘉战战兢兢地进去，又稀里糊涂地出来，心里却越发地惶恐起来。

他想给蒋琰带个信，让她小心点，却苦于没有传话的人，又怕自己弄巧成拙，让蒋琰的处境更艰难，一时间竟然不知道如何是好，连怎么从英国公府出来的都记不清了。

而窦昭送走了陈嘉，仔细地问过段公义陈嘉和蒋琰都说了些什么之后，不由暗暗点头。待到晚上宋墨回来，她就提了陈嘉的事。

宋墨还没有等窦昭说完就跳了起来："他简直是癞蛤蟆想吃天鹅肉！阿琰岂是他能觊觎的？他是不是看我这些日子抬举他，有点不知道天高地厚了？你趁早跟他说，让他趁早给我打消了这个念头！"

窦昭就知道会这样。

宋墨在蒋琰面前是长兄为父，而全天下的父母都有个通病，觉得自己的孩子是天底下最可爱、最听话、最乖巧的孩子，纵然有什么不好，那也是受别人的影响。

她不作声，静静地坐在那里做针线。

宋墨讪讪地挨着她坐下，柔声道："我不是在怨你，我知道你治家向来严厉……我只是在气陈嘉……简直是不知所谓嘛！"

窦昭想了想，问宋墨："你和我成亲可曾后悔过？"

宋墨瞪着眼睛，道："当然不曾后悔！"

"可外面的人都觉得我配不上你。"窦昭道，"可见两口子过日子，如同脚穿鞋，合适不合适，只有自己知道。我们如今既不需要琰妹妹锦上添花，又不需要她帮扶一把，你又何必么看重对方的出身门第呢？"

宋墨何尝不知，可陈嘉……在他心里就是一把好使的刀，这样一个人，怎么能做他的妹夫呢？

窦昭能理解宋墨的感受，她刚开始的时候还不是不能接受陈嘉。因而她也不逼他，笑着打了水服侍宋墨洗漱更衣。

宋墨默默地任由窦昭摆弄着。

睡到半夜的时候突然爬了起来，用手肘拐醒了窦昭，道："我想了想，还是觉得这个人不行。"

窦昭睡得正香，闻言打了呵欠迷迷糊糊地道："你爹还看我像悍妇呢！你不同意，可琰妹妹觉得好，你又能怎样？"说完，翻个身又睡了。

宋墨一个激灵，再也睡不着了，他趴在窦昭的耳边喊着"寿姑"，"你别睡了，阿琰觉得陈嘉好，到底是怎么一回事？"硬是把窦昭给闹醒了。

窦昭想着反正也睡不着了，索性披衣坐了起来，把前因后果都跟宋墨说了一遍。

宋墨听了半晌无语。

窦昭就劝他："这日子得自己过，你就是再不喜欢陈嘉，可琰妹妹和他在一起觉得自在，我们就由着她吧！她小小年纪，却把别人一辈子受的苦都受完了，你就不要再强求她了。"然后又讲了前世她曾经听到过的一个故事，"……因在庙会的时侯见过一面，惊为天人，不顾那女子只是个小户人家出身，非要娶了回去。结果那女子连手脚都不知道怎么放好，日子过得战战兢兢，没两年就去了。老祖宗讲求'门当户对'，不是没有道理的。琰妹妹从小在市井里长大，你非要她嫁到大户人家去做宗妇，也要她拿得起才行啊！"

宋墨沉默了好一会儿，道："你说的是宣宁侯郭海青的侄儿吧？"

"咦！"窦昭惊道，"你怎么知道？"

宋墨笑道："我还要问你怎么知道的呢！郭海青的那个侄媳妇才过世没两个月。"

窦昭就有些出神。

前世，她曾帮着郭夫人去治丧；今生，她和郭夫人却始终形同陌路。

她不由长长地叹了口气。

宋墨就搂着窦昭亲了亲她的面颊，道："我搂着你，你在我怀里睡会儿吧！"

窦昭就顺势搂了宋墨的腰。

屋子里静悄悄的，灯芯接连爆出几朵噼里啪啦的灯花。

宋墨沉声道："反正，我觉得陈嘉不合适。"

窦昭不由失笑，道："我和你打个赌吧？你做出一副要惩治陈嘉的样子，如果琰妹妹立刻就赶来给陈嘉求情，琰妹妹的亲事就听我的；如果琰妹妹过了片刻才来，她的亲事就由你做主。你觉得如何？"

宋墨有些犹豫。

窦昭笑道："可见你心里也知道琰妹妹和陈嘉合适！"

"没有这回事。"宋墨不承认，道，"打赌就打赌！"

窦昭抿了嘴笑。

宋墨别过脸去。

窦昭低声地笑了起来。

真是别扭！

明明心里已经认同了，嘴却紧得像蚌壳，丝毫不露。

她抬起头，扳过宋墨的脸，吻上了他的唇……

第二天早上醒来，窦昭发现屋外飘起了细雨，屋里的温度也比昨天冷了几分。

她吩咐甘露："把窗户都关好了。"又吩咐乳娘，"不要把元哥儿抱出去了，就在屋里玩。"

乳娘笑着应是，抱着吃饱了的元哥儿去厅堂里玩。

窦昭出了内室，宋墨坐在宴息室临窗的大炕上，几个小丫鬟正在摆早膳。

窦昭笑盈盈地在宋墨的身边坐下，宋墨装作没看见，低了头喝粥。

窦昭笑着把正指使着一群小丫鬟摆早膳的甘露叫到一旁，低声吩咐她："你去趟碧水轩，就说世子爷大怒，派了人去抓陈大人。"

甘露骇然，见窦昭笑容满脸又不像是生气的样子，一时间也不知道发生了什么事，急忙应是，匆匆地去了碧水轩。

窦昭坐下来和宋墨用早膳，一个花卷还没有吃完，蒋琰已跟着甘露冒雨过来了。

她一进门就跪在了宋墨的面前，没有说话眼泪先落下来："哥哥，这件事与陈大人没有关系，全是我的错！是我求他，他不得不答应……"

窦昭算准了蒋琰会来给陈嘉求情，可没想到她来得这么快，更怕她一口气把托陈嘉给黎亮送银子的事也说了出来，忙下炕扶了她，道："你这个样子成什么体统？还不快快起来把眼泪擦一擦！"说着，掏出帕子递给她，打断了蒋琰的话。

蒋琰接过帕子擦了擦眼泪。

宋墨的筷子却"啪"的一声拍在了炕桌上，脸色变得铁青。

蒋琰吓得直向窦昭身后躲。

窦昭安慰她："别怕，我们到屋里说话去。"随后低声对甘露道，"把元哥儿抱过来。"

宋墨看见儿子，就什么气都没有了。

甘露应声而去。

窦昭和蒋琰去了内室。

她一面让小丫鬟打了水服侍蒋琰梳洗，一面低声道："屋里那么多丫鬟婆子，你怎

· 59 ·

么进来就帮陈大人说话？若是让那些丫鬟婆子传出去一星半点的，你和陈大人还要不要做人了？没有的事都变成了确有其事！"

蒋琰听着吓得瑟瑟发抖，拉着窦昭的衣袖道："好嫂嫂，我心里着急，没顾得上，您千万别恼我……"

要不是关心则乱，怎么会自己轻飘飘的一句话她就跑了过来呢？

窦昭道："你什么也别说，自有我给你做主。"

蒋琰不住地点头。

外面传来元哥儿咯咯的笑声。

窦昭放下心来，待蒋琰梳洗完了，和她一起出了内室。

宋墨正单手托着元哥儿的脚把他举在半空中，元哥儿手舞足蹈，不知道有多高兴。

看见窦昭和蒋琰出来，宋墨一句话也没有说，继续逗着元哥儿。

蒋琰羞怯地笑。

武夷进来，利索地行了个礼，恭敬地道："世子爷，该上朝了。"

宋墨"嗯"了一声，把孩子交给了窦昭，径直出了正房。

蒋琰立刻拉了窦昭的手，紧张地道："嫂嫂，哥哥不会真的去找……他的麻烦了吧？"

谁知道呢？

就算宋墨去找陈嘉的麻烦，也不会伤了陈嘉的性命，所谓的麻烦也就称不上麻烦了。

窦昭想着，笑道："你哥哥做事自有分寸，你不用担心。"

蒋琰倒把窦昭的话听了进去，果真不再担心陈嘉的事。

而宋墨出了颐志堂，只觉得满腹的牢骚没处发，抬眼却看见有宋翰身边的小厮领了个身材高大、相貌英俊的男子朝东路去。

他定睛一看，竟然是苗安素的哥哥苗安平。

苗安平此时也看见了宋墨，他忙上前和宋墨见礼。

宋墨不待见宋翰，自然也就无意和宋翰的岳家打交道。他客套地和苗安平寒暄了两句，就借口要去上朝，出了英国公府。

路上，武夷小声把苗安平谋求句容县捕快的事禀了宋墨，并道："苗舅爷这些日子隔三岔五的就登门问信，这次想必也是为了此事而来的。"

宋墨冷笑一声。

宋翰倒是钟鼓楼上摆肉案——好大的架子。

他有什么能力帮苗安平谋求句容县捕快一职？

宋墨想了想，吩咐武夷："你去问问夫人，真定来的那些护卫里有没有谁想去句容县做捕快的，我推举他出府为吏。"

武夷一溜小跑着回了英国公府。

窦昭得了宋墨的话，莫名其妙摸不着头脑，武夷就把前因后果跟窦昭说了一遍，窦昭听了忍俊不禁，叫了段公义来，传了宋墨的话。

段公义和陈晓风无意离开英国公府，却都觉得这是件好事——跟着窦昭过来的人若是能被举荐为吏，那些年轻点的也就有了奔头和盼头，只会对窦昭更忠心了。

两人一商量，让那些护卫自荐。

有愿意去的，也有不愿意去的，段公义和陈晓风就来了个现场挑选，比资历、比忠诚、比身手，最后确定了一个人选报给了窦昭。

窦昭就把那人的名字、三代身家都写给了武夷，让武夷送给了宋墨。

宋墨当天就赶着让人送到了句容县。

这些事苗安平并不知道。他站在那里，满脸羡慕地望着宋墨的绯红色官袍，直到宋墨不见了身影，他这才随着小厮去了绿竹馆。

宋翰和苗安素搬家的日子已经定了，苗安素正在收拾东西，家里的陈设不免有些凌乱和潦草，苗安平看了大吃一惊，道："这是怎么了？"

苗安素刚起来。

宋翰昨天晚上歇在她的另一个陪嫁丫鬟月红的屋里。

她正由季红服侍着梳妆。听说苗安平来了，她不由得抚额，抱怨道："他怎么这么好的精神？这一大早，他就不怕别人说闲话？"

这些日子又是分家，又是丫鬟们配人，还弄出了栖霞的事，宋翰十分暴躁，没事都能挑出刺来，她哪有机会和他提句容县捕快的事。偏偏她这个哥哥一点也不省心，咄咄逼人地非要问出个结果不可。

季红不敢吭声，倒是来禀报的小丫鬟无知者无畏，笑道："舅爷遇到了世子爷，世子爷正准备上朝，还特意停下来和舅爷说了两句话才走。"

苗安素一愣，忙问道："世子爷和舅爷都说了些什么？"

小丫鬟笑道："就是问舅爷用过早饭了没有，还有天气越来越冷，屋里不点地龙写字手都伸不开了之类的话。"

苗安素松了口气，去了厅堂。

苗安平站在多宝格架子前打量着上面的一对霁红梅瓶，听到动静他转过身来，见是苗安素，他皱着眉头迎了上前，不悦道："英国公要把你们分出去单过，这么大的事，你怎么也不派个人回娘家去说一声？英国公府的家产没有二十万两银子少说也有十万两银子，你就不怕被他们给坑了？他们分给你们多少家产？妹夫可签字画押了？谁做的公证人？他们凭什么把你们给分出去？"倒像是他分家似的。

苗安素疲惫地道："我就算是告诉了你们，你们能帮我些什么？找一帮子人来吵闹？英国公府有惯例——世子继承家产，次子分出去单过。"她实在是怕这个哥哥闹起来得罪了好面子的公公，不得不耐着性子解释道，"婆婆的陪嫁分给了二爷五分之三，另五分之二分给了世子爷，世子爷后来又出高价把那五分之三的产业换了回去，婆婆这边的财产已算清了。至于英国公府的产业，都是公中的，最多能把公公名下的产业分一半给二爷。但公公现在正值壮年，怎么可能这个时候就分财产……"

她的话还没有说完，苗安平已跳了起来："你傻了吧？这个时候你不把该得的东西拿到手，难道还指望着以后公公断气的时候留一半产业给你们不成？你也知道你公公正值壮年，他要是续弦又生下幼子怎么办？还有，谁跟你说英国公府有惯例的？这惯例是你见过还是我见过啊？还不是他们嘴一张！他们要是不把财产的事分清楚了，你就不能答应分这个家……"

苗安素苦笑。

如果宋翰是英国公府的嫡次子……不，甚至是庶子，她都可以照着别府庶子离府的规矩争取一番。偏偏宋翰身份暧昧，他根本就不敢去争，说什么都不敢有二话，你让她一个做媳妇的怎么去争啊？

她没好气地道："分家是国公爷同意了的，二爷也答应，你让我去跟我公公争不成？你是不知道我公公的脾气，你越是向他要，他越不给；你乖乖地听话，他反而会怜惜你。正因为如此，二爷才什么也没有说，分家的事全听了我公公的，我公公不就花了一万多两银子在四条胡同给我们买了个宅子吗？而且我公公还分了个每年有两千两银子出息的田庄给我们，说以后每年再贴补我们四千两银子过日子。你就不要在这里乱掺和了！"

"呸！"苗安平恨铁不成钢地道，"口说无凭，立字为据。他是哪张纸上写了每年都会贴补你们四千两银子过日子？这是今年有明年还不知道有没有的事，你在娘家的时候那么精明，怎么出了嫁反倒糊涂起来了？再说了，哪有分家不请了娘家人来做见证的？是不是我妹夫把你哄得不知道东南西北了？"

他正说着，就看见苗安素的脸突然涨得通红，还朝着他使了个眼色。

苗安平心中一动，若有所觉地转身，看见宋翰沉着张脸走了进来。

也不知道他听到了多少。苗安平在心里嘀咕着。

他敢在苗安素面前放肆，却不敢得罪有所求的宋翰。

苗安平忙换了个笑脸迎了上去，亲亲热热地喊了声"妹夫"，道："您用过早膳了没有？我们家门口有一家卖蟹黄包的，味道极好，我特意带了一笼过来，妹夫尝尝味道如何？"

季红机敏地端了包子进来。

刚才苗安平说的话宋翰都听见了。

他不由在心里冷笑。

什么都不懂的蠢货！你以为人人都出身市井，稍不如意就捋了衣袖打场架，完了见面依旧能笑呵呵地喊声"哥哥"。

自己若不答应分家，等待自己的就是个"死"字！连命都没了，还谈什么其他的？

分出去了也好。

自立门庭了，也就有借口谋个差事了。

不用在宋墨眼皮子底下过日子，可比什么都强。谁知道宋墨什么时候发起疯来会怎么整治自己？

反正父亲不开口，宋墨也不能指责自己以庶充嫡，自己仗着英国公府二爷的名头在外面还怕没有人巴结？

宋翰看见苗安平脸上那谄媚的笑容，恶心得连隔夜饭都要吐出来了。

他站起身来，道："马上要搬家了，陆家舅老爷那里、几位叔伯那里我都得去一趟，早膳我就在外面用了，你们兄妹正好说说话。"然后在苗安平一连串"妹夫，妹夫"的叫喊声中拂袖而去。

苗安平觉得被扫了面子，寒着脸质问苗安素道："他这是什么意思？"

苗安素横了他一眼，道："谁让你非议人家的家事了？"

"我这不是为你好吗？"苗安平心虚地嘟囔了几句，见捕快的事又没了着落，三下五除二，把自己带来的几个蟹黄包全部塞进了嘴里，这才回了大兴。

苗父忙问他："你妹夫怎么说呢？"

"别提了。"苗安平把在英国公府的遭遇一五一十地告诉了父亲，还道，"您说，我妹妹是不是脑袋被驴踢了啊？"

苗父却被那一万多两银子的宅子和每年四千两银子的补贴给镇住了。

他呵斥儿子："你管那么多事干什么？你妹妹上有公公下有夫婿，她不听公公和夫婿的，难道还听你的不成？"他说着，眼珠子直转，又道，"不知道那四千两银子是一次性给清？还是分期分批地给？要是一次性给清，不说别的，就是拿出一半来放印子钱，一年最少也能挣个千儿八百两的——我们家一年只要二三百两银子开销就够了。"

苗安平立刻明白父亲的用意。

他凑到了父亲的面前，低声道："这件事可别让大伯他们知道了。我看最好说是英国公府有这样的惯例。"

苗父不住地点头。

苗安平就有些按捺不住，道："爹爹，要不我去探探行情？这放印子钱，也不是谁都能干的！"

"当然。"苗父催他，"你快去问清楚了我们爷俩儿好拿个章程出来。"

"嗯！"苗安平高高兴兴地出了门，晚上喝得烂醉才回来。

次日苗安平睡到了日上三竿才起床，可一起床就被他的狐朋狗友告知：句容县的两个新增的捕快名单已经下来了。

一个是句容县主簿的侄儿。

一个是英国公府的护卫。

苗安平牙齿咬得咯吱直响，恨恨地道："怎么着？我不过是不疼不痒地说了宋家几句，他宋翰就要记恨我一辈子不成？不帮忙不说，竟然推了家里的一个护卫出来打我的脸，他这是把我当成打秋风的穷亲戚啊？"然后不管不顾地冲到英国公府。

宋翰根本就不知道这件事。他气得脸色发青，冷冷地看了苗氏兄妹一眼，道了声"你们兄妹之间的事，不要把我给扯进来"，拂袖而去。

苗安平像被点着的炮仗似的跳了起来，把苗安素骂了个狗血喷头，逼着她去找宋宜春换人。

苗安素哭得稀里哗啦，却坐在那里怎么也不动。

事情怎么这么巧，她的哥哥刚刚说要谋求句容县的捕快，跟着窦昭从真定过来的一个护院就得了这差事……要说其中没有蹊跷，她是无论如何也不会相信的！

宋翰也是这么想的。

他虽然讨厌苗安平，可苗安平到底是他的舅兄，苗安平被这样打脸，他一样没有面子。

宋翰望着颐志堂的方向，心里像沸水似的翻腾不止。

颐志堂里，得了差事的护院正在给窦昭磕头谢恩。

窦昭笑道："这个事可与我无关，全是世子爷的主意，你要谢，就去谢世子爷吧！"

那护卫十分机敏，奉承道："没有夫人，世子爷哪里知道我们这些人？世子爷我要谢，夫人我也要谢。"

一席话说得大家都很高兴。

窦昭就赏了他五十两银子置办官服、打点上峰。

护卫谢了又谢，这才退了下去。

回到东跨院，他托高兴的媳妇帮着置办了几桌酒席，请了颐志堂的护卫喝酒，大家很是高兴了两天。

窦昭这边却琢磨着，既然宋墨默认了蒋琰和陈嘉的婚事，这层窗户纸就得捅破才成。

看陈嘉的行事派头，估计从来没有往这方面想过；蒋琰那里，也得讨个口风才行。而且这抬头嫁姑娘，低头娶媳妇，从来只有男方主动向女方提亲的，若是女方主动向男方提亲那可就低了一头。

她想来想去，这个中间人只有蒋骊珠最合适。

窦昭就请了蒋骊珠到家里来听戏，透了个话音给蒋骊珠。

蒋骊珠是个聪明人，立刻就有了主意，笑道："这件事您就放心交给我吧！"

回到家里，她请了陶二家的去说话。

待陶二家的从吴家出来的时候，昏头昏脑的都有些找不到北了。

她一路激动地回了玉桥胡同，进门就拉了陶二道："你快捏捏我，看我是不是在做梦！"

陶二笑道："你发什么癫呢！"

他的话音刚落，陈嘉从衙门里回来了。

陶二家的一个激灵，忙道："大人，今天吴大奶奶请了奴婢去他们府上说话。"

陈嘉想着若不是为了蒋琰的事，蒋骊珠怎么会找了他家的管事嬷嬷说话，不由得心中一紧，脸上却水波不兴，道："吴大奶奶找你去做什么？"

陶二家的不说话。

陈嘉把陶二家的叫进了书房，陶二家的这才道："英国公府的表小姐要再醮，吴大奶奶叫了我去问大人您家里的事。"

陈嘉一口茶从嘴里喷了出来，把陶二家的喷了个满脸。

"你说什么？"他惊愕地道，"吴大奶奶叫你去问我的家事？"

陶二家的一把抹了脸上的茶水，笑道："是啊！吴大奶奶还说，是受了窦夫人之托。"

陈嘉的下巴都快要掉下来了。

他在书房里团团地打着转，想着陶二家的的话。

难道宋家有意将蒋琰许配给他，所以让吴大奶奶从中传个话？

但这不可能啊！他是什么出身，他自己心里清楚，宋家就是选错了人也轮不到他啊，他怎么就入了窦夫人的眼呢？

不会是宋家误会他和蒋琰私相授受吧？

要是这样可就遭了！

他无所谓，大老爷们一个，大不了被人嘲笑两声"癞蛤蟆想吃天鹅肉"，说不定还有人佩服他有野心呢！

可蒋琰怎么办？这一生恐怕也难以洗清这个污名了！

他还是去找窦夫人说说，把这个误会解开吧？

陈嘉想着，一只脚都迈出了门，另一只脚却怎么也抬不起来。

他有机会娶蒋琰……娇娇柔柔，像朵春花似的蒋琰呢！

陈嘉的心头一热。

错过了这次机会，他就永远别想娶到蒋琰了。

自己到底是去还是不去呢？

他站在门槛上，生平第一次没有了主意。

蒋琰此时却在和蒋骊珠谈心。

她惊讶地望着蒋骊珠，急得眼泪都快落下来了："十二姐，我真的和陈大人没有什么！你们为什么就是不相信呢？"随后发起誓来，"若是我和陈大人有私情，让我被天打五雷……"

蒋骊珠吓了一跳，忙捂住了她的嘴巴，把她的话堵在了嘴里。

"我的小祖宗，这种誓你也敢乱发！"她骇然道，"是我瞧着陈大人不错，你又认识，这才起了心思给你做个媒。你倒好，怎么平白地咒起自己来了？"她说着，松了手，"早知道这样，我就不费这个神了。"

蒋琰闻言满脸的愧疚，道："我知道姐姐是为了我着想，只是我谁也不想嫁。陈大人虽好，却与我无缘。"

蒋骊珠没想到蒋琰会这么说，正色问道："你怎么会这么想呢？"

蒋琰垂了眼睑，低声道："哪个男子知道了我的遭遇会瞧得上我，自我在客栈里自缢不成，我就知道我这一生也就这样了，怎么敢想别的？"

蒋骊珠道："若是陈大人来提亲呢？"

"不可能的。"蒋琰头摇得像拨浪鼓。

"可如果陈大人真的来提亲呢？"蒋骊珠不死心，又问了一遍。

这天底下，没有谁比陈嘉更清楚她的底细了，如果陈嘉还愿意来提亲……是不是表示，陈嘉不嫌弃她呢？

蒋琰心中一动，顿时乱了起来，好一会儿都没有说话。

蒋骊珠松了口气，道："那我们就看看吧。"又忍不住劝她，"人要往前看，过了这个村，未必还有这个店。你还年轻，又不像别人家那些大归的姑奶奶，或是能帮着嫂嫂管家，或是能帮着教导侄儿侄女读书写字、女红针线，年轻的时候还好，年纪大了些，你还真准备去庙里不成？以你的性子，就算去了庙里，只怕也会是那个挑水浇园的，你莫非天真地以为庙里真的就是清静之地，不惹一丝尘埃？"

"我，我没有。"蒋琰喃喃地道，"从前我跟着黎寔娘去庙里进香的时候，那些尼姑就想着法子要人捐香火钱，谁的香客捐得多，住持就会看重谁。"

"你既然知道，这件事你就好好想想吧！"蒋骊珠起身告辞。

蒋琰躺在床上，睡意全无。

自己该怎么办好？真的嫁给陈嘉吗？

要是哪天陈嘉嫌弃起自己来……她想想就锥心地疼。

可若是陈嘉真如蒋骊珠说的那样来求亲，自己若是拒绝……

蒋琰像烙饼似的在床上翻来覆去的。

一时间两人都有些不知所措。

窦昭等了几天都没有等到陈嘉前来提亲，不由暗暗地叹了口气。

可能是两人有缘无分吧？她把这件事暂且搁到了一边。

宋墨则是乐见其成，更没有主动问及的道理。

窦昭和宋墨两人就把精力放到了宋翰分府的事上。

请了顺天府尹黄祈黄大人做见证，窦世横、陆复礼做中间人，宋翰签了分家契书。

宋宜春躲在樨香院不愿意出来见客。

窦世横拜托黄祈去劝宋宜春："这兄弟不和，多半是父母不公引起的，您这样早早地把家分了，未必就不是件好事。京都之中的权贵之家如果都能像您这样头脑清醒，我们顺天府的官司都要少一半。"

虽然知道黄祈是在安慰他，但宋宜春有了台阶，正好顺势出来和窦世横、陆复礼打了个招呼。

窦世横私底下"呸"了宋宜春一口，道："真是又要做婊子，又要立牌坊！"

窦世英苦笑道："总算是把家分了，也不枉六哥跑了这一趟。"

窦世横倒有些怜悯起窦昭来，吩咐窦德昌："寿姑命运多舛，你过去之后，要多多照顾她才是。"

窦德昌恭声应是。

他是小儿子，从前最顽皮不过，可现在，他既然要被过继，想起这些年来父亲的舐犊之情，他反而对父亲恭敬起来。

窦世横叹气，轻轻拍了拍次子的肩膀，让他退了下去，和窦世英说起窦德昌的事来："既然已经记在了族谱上，你就不用顾忌我，安排个时间让芷哥儿搬过去吧！这样两边吊着，难免会耽搁了他的功课——你既然挑了他，他也应该在举业上有所精进，支应起门庭来才是。"

窦世英也正准备和窦世横商量这件事："你看腊月初一搬过去怎样？一是过年的时候亲戚间好走动；二是我准备请个老翰林在家里坐馆，让芷哥儿能一心一意地备考。"

今年是大比之年，隔年有乡试。

窦世横点头。

窦世英把这件事告诉了宋墨。

宋翰正忙着搬家，宋茂春等三家顾着大面都过来帮忙，一些平日总想奉承宋家却苦于没有门路的故旧也都纷纷到绿竹馆去凑热闹，宋墨无意管这档子闲事，主动请缨，帮窦世英打理窦德昌过继的事。

窦世英就如三九天里喝了杯热茶似的，极为舒服，笑道："有什么事要你动手的？你只管过来陪我喝茶就是了。"

宋墨笑道："王家那边，您打过招呼了吗？"

按礼，窦德昌过继之后，王映雪就是他的嗣母了，他无论如何都应该去拜见一番。

第一百五十四章　田庄·风帆·记名

窦世英只觉得头痛。

宋墨看岳父的样子，哪里还有不清楚的，因而笑道："要不我陪您去一趟吧？"

窦世英求之不得。

窦世横知道了之后特意叫宋墨过去，道："你不用理会王家，把该说的话说到就行了。他们若是叽叽歪歪的，你只管回来告诉我。我们长辈不会坐视不理的。"一副怕他吃亏的样子。

宋墨心中微暖，出主意道："我看到时候不如让十二哥和我们一道过去吧？十二哥也正好给七太太磕个头，到了正日子的那天，就不要惊动七太太了。"

他是担心王家借口让嗣子给王映雪行礼，把王映雪送回了静安寺胡同。

窦世横一听就明白过来，他也不愿意自己儿子头上压着这样一个嗣母。

窦世横看着宋墨的目光，就多了几分赞许，道："那就让芷哥儿和你们一起去吧！"

宋墨笑着应好，隔天就和窦世英、窦德昌一起去了柳叶胡同。

王知柄已猜到了窦世英的来意，客客气气地把三人迎进了厅堂。

可待到窦世英说明了来意，他顿时脸色有些发青。

他以前之所以一言不发，就是打定了主意想趁着窦世英这一房过继的时候把王映雪送回去，不想打草惊蛇让窦家发现他的意图，没想到盘算却落空了。

他心里十分苦涩，但还是忍不住道："过继这么大的事，怎么能缺了映雪？事情也不急这一时。你们难得来一趟，在这里好生用顿酒席，等到下午，我让映雪和你们一起回去。"

宋墨还想先委婉地说两句，窦世英却语气生硬，冷冷地道："我让芷哥儿过来，是给王家脸面。原来王家是不稀罕的，倒是我多事了！"说完，招呼宋墨和窦德昌，站起身来就要走，"既然她没空，也不用等到下午，我们这就回去了。"

王知杓就是随父亲流放的那几年，也不曾受过这样的羞辱。他脸涨得发紫，可想到母亲的交代，又不得不硬着头皮挽留窦世英。

窦世英拉着宋墨和窦德昌走得飞快，王知杓又不知道从什么地方冒了出来，一把拽住了王知柄，脸色难看地道："哥哥，你不能再这样宠着妹妹了。父亲为着她，到如今还被同僚们讥讽。我们难道为她做得还不够？她就算回到窦家去，窦家的人会把她当人看吗？你知不知道，檀儿因为她，婚事又黄了！"

王知柄默然，脑海里闪过妻子为难的面孔，闪过弟媳因为侄儿的婚事一次又一次的不成叉着腰站在台阶上对着妹妹住的院子叫骂的模样，闪过儿媳妇捂着孙子耳朵时窘然的神色，他长长地叹了口气。

王知杓悬着的一颗心这才落了下来，他揽了哥哥的肩膀，道："我们不能再为她得罪人了，楠儿和檀儿他们还要做人呢！我们还是去送送姑爷，人家给我们面子，我们也要以礼相待才是。"

王知柄闻言不由笑道："你现在也稳重多了！"

从前因王映雪的事影响了王檀的婚事，庞玉楼常常会在家里闹腾一番，王知杓就会趁机在王许氏面前哭诉，把家里闹得鸡飞狗跳墙，这次说出来的话倒有几分道理。

王知杓干笑了两声，想到这些都是老婆告诉他说的，他越发地对老婆信服起来。

送走了窦世英他们，他就去了王许氏的屋里。

"娘！"他一如往日，一开口眼睛鼻子就挤到了一块，"这件事您可得给我们拿个主意啊！檀儿的婚事又黄了！楠儿自己有本事，檀儿却是要指望着岳家帮扶的，手心手背都是肉，您就可怜可怜檀儿吧！别人像他这么大的，孩子早就在地上跑了，他还单身一人，您让我们这做父母的怎么吃得下饭睡得着觉？"

王知杓很想说一句"您不能为了自己的女儿就把我的儿子给害死了"，但想到庞玉楼的叮嘱，他还是把这句话给咽了下去。

王许氏只是摇头。

她年纪大了，高氏厚道，庞氏奸狡，映雪以后只能靠着长子过日子。

"你想怎样？"她只好问次子。

王知杓目光闪烁，道："我，我想搬出去住！"

虽然早就在预料之中，王许氏心中还是一阵刺痛。

她闭上了眼睛，半晌才睁开，道："我写封信给你父亲。"

王知杓心中狂喜，眉角眼梢不由得流露出几分喜色来。

他应着"是"，有些迫不及待地离开了正房。

后罩房却传来庞玉楼的骂声："……你个臭不要脸的，为了个男人宁愿祸害自己的娘家的兄弟和侄儿，结果还是被你男人给像双破鞋似的甩了，我要是你，早就一抹脖子了结了！你男人刚才可是带着嗣子来了，你知你男人都说了些什么吗？人家怕你回去之后又坏了嗣子的婚事，特地过来放话的，让你过继的时候别去败了窦家的兴！"

· 67 ·

王家的宅院并不大，加之王楠成了亲，王檀也大了，王映雪回娘家后，原以为自己很快会回窦家的，就住进了母亲的后罩房，之后却一直没有"空"房子安置她，她也只得在后罩房里落了脚。

　　这两年庞玉楼说话越来越难听，和那市井妇人骂街没有什么两样，王家上上下下的丫鬟仆妇也因此都轻看了王映雪几分。

　　而王映雪因为自己辛辛苦苦十月怀胎生下来的女儿却嫌弃自己，脾气变得越发暴躁，哪里忍得住庞玉楼这样的挑衅，推开门就和庞玉楼对骂起来："你算个什么东西？不过是王家落难时被你爹爹倒贴给我们王家的罢了，上不敬姑婆，下不教导子女，是我们王家厚道，没有休了你……"

　　屋里的王许氏听着，一口气没有喘上来，人就昏了过去。

　　正房立刻乱成了一团。

　　王知杓怕妻子搅了分家的事，顾不得母亲，急急地去了后院，把站在抄手游廊上大骂的庞玉楼拉到了一旁，低声道："你这是干什么？母亲已经应了让我们搬出去过，你还吵什么吵？也不怕丫鬟婆子们看笑话！"

　　我就是看不得王映雪那副狗眼看人低的样子。

　　庞玉楼在心里道，抬眼却看见了高明珠屋里的一个小丫鬟，正扒后门口探头探脑地朝里张望，她知道不是高明珠就是高氏让人来看动静的，心中一动，冲着那小丫鬟道："你回去跟大嫂说一声，我们虽然要搬出去了，可楠哥儿和檀哥儿还是两兄弟，我也还是楠哥儿的婶婶。楠哥儿今年落第，都是被这贱妇给闹的，让楠哥儿跟了我们一起出去读书去，不能叫她把这屋里大大小小的全都给祸害了！"

　　小丫鬟哪里敢搭话，吓得拔腿就跑。

　　得了信的高氏却唏嘘不已，对儿媳妇道："若你二婶真的搬了出去，你们就跟着她过去读书吧。家里这样乱糟糟的，也不怪楠儿这一科落了第。她虽然势利，可势利也有势利的好处——楠儿是少年举人，若是中了进士，对她、对檀儿都有好处。没有了你姑母，你二婶做起表面文章来还是一套一套的。"

　　高明珠愕然。

　　她婆婆向来贤淑，现在竟然说出这样的话来，可见是忍无可忍了。

　　"那您呢？"她也不想待在这个家里，不说别的，王映雪和庞玉楼的对骂就让人听了面红耳赤不自在，何况她还有年幼正在学说话的儿子。

　　"我？"高氏无奈地道，"就这样熬着呗！"

　　总好过把儿子媳妇都折进去的强。

　　她此时深深地后悔，当初怎么就为王映雪出了头的？这难道是报应不成？

　　高明珠迟疑道："要不让我和孩子服侍相公去高家读书吧？那里更清静。"

　　她很不喜欢庞玉楼。

　　高氏摇头，道："你公公不会答应的。"

　　那就只能退而求其次，跟着庞玉楼他们搬出去了。

　　可那也比现在强。

　　她轻轻地点了点头。

　　一向维护王映雪的王知柄这次破天荒地没有反对，而是轻轻抚了抚妻子的肩膀，低声道："你也跟着一起过去吧！孙儿年纪小，楠儿要读书，家里没有个主事的人不成！我就留下来。总不能让母亲面前没有个伺候的人。"

　　高氏讶然，王知柄朝着妻子笑了笑，道："我也不是没有私心的。"

高氏紧紧地握住了丈夫的手。

王许氏却像一下子苍老了十岁似的，她目光锐利地盯着长子，厉声道："这是你的意思还是高氏的意思？"

王知柄心头一颤，但还是咬了牙道："这是我的主意！"

王许氏的目光一下子散了，人也颓然地倒在了大迎枕上。

这个家，要散了！

难道要她为了那个不孝女，就把儿子媳妇孙子都撵走不成？

念头闪过，她听见儿子喃喃地道："我这也是为了映雪好。她这样，窦家肯定是不管了的，窦明那孩子又是个不知道轻重的，也一样指望不上，她以后还得跟着侄儿侄媳妇过日子，这要是让孩子们对她生出怨怼之心来，她以后的日子可怎么过啊？"

王知柄的一席话打动了王许氏。

她拨了半天的佛珠，对长子叹道："你们也别吵着分家了，我做主，把映雪送到乡下的田庄里去！"

王知柄重重地给母亲磕了几个头。

王映雪知道了在屋里寻死觅活的。

王许氏这次铁了心，让心腹的婆子押着王映雪去了田庄。

高氏也算是和庞氏联手了一回，趁着这个机会把家里的丫鬟婆子放的放、卖的卖、配人的配人，全部都换了，又悄悄地派了得力的婆子去了田庄，并嘱咐她："把人看管起来，别让她和外面的人接触，免得疯言疯语的传出去不好听。若是老爷老太太追究起来，自有我为你做主。"

婆子奉命而去。

庞玉楼也悄悄地派了婆子去"服侍"王映雪，前面的话和高氏说得大同小异，后面的话却是："这人哪没有三病四痛的？除了老太太，谁还记得她？你只要别把人给折腾死了就行了。"

婆子笑着领命而去。

王家发生的这一切，窦世英等人都不知道。

窦世英只觉得如释重负，松了口气。

他高兴地揽了宋墨的肩膀，对窦德昌道："等会儿回去把你父亲叫过来，我们好好地喝两盅。"

过继之后，称呼就要换过来了，窦德昌得称呼窦世横为"六伯父"。

他倒是记得，偏偏窦世英还没习惯。

窦德昌讪讪然地笑。

宋墨忙给他解围，道："岳父大人说错了话，等会儿可要罚三大杯。"

窦世英这才惊觉失言，忙道："好，好，好！等会儿我自罚三大杯。"看向窦德昌的目光不免带了几分歉意。

毕竟是不得不和父母生离，窦德昌原来还有些芥蒂的，可这样的窦世英，不知怎的，让他扑哧一笑，胸中的那点郁闷突然间不翼而飞，他感觉到自己不是被父母送了人，而是因为嗣父太可怜了，让他去安慰陪伴这个孤独的长辈。

"父亲到了请客的日子别说漏了嘴就行了。"他笑吟吟地道，"不然六伯父定然不会放过您的。"

窦世英呵呵地笑。

宋墨见两人这样，很是欣慰。

而窦德昌对着宋墨，心里就多了一点点佩服。

自己比宋墨年长，行事却不如宋墨观察入微，体贴周到。

他对宋墨不免高看两眼。

窦德昌过继的事，就这样正式定了下来。

窦世英正式发了帖子请窦家在京都的姻亲到静安寺胡同里喝酒。

窦明这才知道窦德昌被过继到了窦世英名下，她顿时气得气血翻涌，抬手就把炕桌给掀了，跳起来道："我不同意！凭什么把窦德昌过继过来？"

周嬷嬷欲言又止，在心里道：当初七老爷也曾想着把你留在家里招赘的，可你抢了四小姐的姻缘，四小姐又嫁入了英国公府，西窦不过继，难道还绝嗣不成？何况窦家虽然子弟众多，适合过继的除了十二爷还真没有旁人了。

可这话她怎么能当着窦明说？

窦明这大半年来脾气可是越来越暴躁，就是侯爷，也要时不时地被她刺上两句，屋里服侍的丫鬟婆子们个个战战兢兢，大气也不敢出，整个正院多半时候都是静悄悄的，像个冰窟窿似的，让人进来就觉得遍体生寒。

窦明却越想却觉得自己有理，吩咐周嬷嬷备车，去了静安寺胡同。

窦世英硬着心肠不见她，让高升传话给她："出嫁从夫，夫死从子。你既然已经是别人家的媳妇，应当孝顺婆婆，服侍丈夫，以后有什么事让丫鬟婆子来传个话就是了。"

窦明却觉得父亲还在气恨自己当初选了魏廷瑜，朝着高升就是一脚，嚷道："他们那样逼我，父亲不仅不出面维护我，现在还和我秋后算账，难道只有窦昭是您的女儿，我就不是您的女儿吗？"

窦世英听了只觉得窦明蛮横无理，想到纪氏委婉的指责，他不得不承认，自己把这个女儿给惯坏了。

现在教她正道，不知道还来不来得及？

窦世英躲着不见窦明，窦明在那里闹了半天没人理会，怒气冲冲地回了济宁侯府。

仆妇们面露惊恐，但纷纷上前迎接。

窦明看着，心里更加烦躁，眼角的余光却看见一个小厮飞快绕过影壁不见了。

她认得那个小厮，叫如意，在魏廷瑜的书房里服侍，是魏家的家生子，今年八岁，身材瘦小，人却很机灵。

他为什么看见自己就跑？自己是吃人的妖怪不成？

都说跟着谁就向着谁，难道平时魏廷瑜跟他说了什么？

窦明心里立刻像生了根刺似的，她打发了外院的丫鬟婆子，带着周嬷嬷等人转身就去了魏廷瑜的书房。

魏廷瑜不在书房里。

如意上前禀道："侯爷跑马去了！"

自己一回来他就跑马去了，这是什么意思？

窦明心头冒着火，目光挑剔地在书房里扫了一圈。

书房里非常整洁，搭琴的杭绸换成了宝蓝色的，四角还垂了金黄色的璎珞，显得很贵气；书案上的青花瓷花觚里插了一把大红的山茶花，让书房都变得明丽起来。

没想到书房的丫鬟小厮还挺用心的！

窦明冷笑一声，转身回了内室。

她带信给柳叶胡同的母亲，告诉她过继的事。

柳叶胡同那边只简短地回了句"知道了",就没有了下文。

她觉得很是奇怪,让周嬷嬷带了些东西去柳叶胡同,只说是孝敬王许氏的,让周嬷嬷探探那边的情况。

周嬷嬷回来告诉她:"老太太挺好,只是没有见到七太太,说是和二舅太太大吵了一架,心里不舒服,歇着了。"

王映雪常和庞玉楼吵架,窦明是知道的,她并没有起疑,问周嬷嬷:"那窦昭可知道过继的事?"

周嬷嬷道:"听说英国公世子爷曾陪着十二爷去给七太太磕头。"

窦明气得把手里的梳子都扔到了地下。

她左思右想也没有别的办法阻止窦德昌的过继,只好吩咐周嬷嬷:"过继的事,你不要声张,他们事先不告诉我一声,也别指望着那天我回去给他们添光增彩。"

言下之意,也不用告诉魏家的人。

周嬷嬷暗暗摇头。

就算侯爷两口子都不去,于窦家的颜面又能有什么影响呢?

别人只会说窦明这样不给面子,不过是怕嗣兄夺了本应该属于她的那一份家产,是个十分小气贪婪的人。

这件事若是发生在去年,周嬷嬷就是冒着惹窦明生气的危险也会劝劝窦明的,可现在……窦明早就谁的话都听不进去了,她多说几句,连早年间的那的点情分只怕也没了。

五小姐,怎么就过成了这个样子呢?

周嬷嬷在心里可惜着。

窦昭却微笑着坐在宴息室临窗的大炕上听着陈嘉请来的媒人夸耀着陈嘉:"……虽说从前有过一位娘子,却没有留下子嗣。人性子沉稳可靠不说,还很有本事,年纪轻轻的,已是四品的武官,照这个样子下去,最多不过十年,就会升了三品。贵府的表小姐一嫁过去就是官太太,还有什么比这样的亲事更好的?"

她没有作声,笑着收下了陈嘉的庚帖,让人打赏了媒人十两银子。

媒人一愣,随后喜得眼睛都笑成了一条缝。

陈嘉要请官媒到英国公府来提亲,几个官媒听说了都连连摆手,只有她,贪图陈嘉的那五两银子两匹绫布的谢媒礼,硬着头皮进了英国公府胡同。尽管如此,在她没有见到窦昭之前,心里也在嘲笑陈嘉不自量力,没想到英国公府的世子夫人竟然收了陈嘉的庚帖……这,这可真是太阳打西边出来了!

她乐颠颠地去了玉桥胡同给陈嘉回话。

陈嘉只觉得脑子里一阵晕眩,半晌才回过神来,忙叫了陶二家的打赏。

媒人喜滋滋地走了,陈嘉却是全身发软,坐在太师椅上好半天都没站起来。

宋家,真的接了他的庚帖!

也就是说,他和蒋琰的婚事不是戏言,而是有可能成为现实!

陈嘉的心像被吹满的船帆鼓鼓的,说不出是欢喜还是庆幸,直到陶二夫妇来给他道贺,他这才回过神来,想起这屋子还是上任屋主搬来的时候粉过,如今好多地方已有了污垢……后院虽有个小花园,他早出晚归的,内院又没有个主事的妇人,早被灶上的婆子开辟成了菜园子,还好那墙角有株老腊梅,扒了菜园子,种上几株芍药牡丹金菊什么的,倒也勉强能对付过去……还有屋里的陈设,他卖宅子的时候全都单独卖了,前任屋主也就只给他留下了几张断了腿的板凳、褪了漆的杂木箱子之类的,他刚刚升职,上面的要打点,下面的要赏赐,还有从前的印子钱要还,也顾不得添什么东西……英国公府可是用的一色的紫檀木,他是比不上的,可这黑漆的松木家具总得打一套吧?还有抄手游廊上的彩画,门前的影壁,都得好好整整……想想还有好多事呢!

他再也坐不住了,风风火火地叫了虎子进来吩咐道:"你这就去街上找几个手艺过硬的泥瓦匠来,还有这油漆匠也要招几个……我记得上次老陈家娶媳妇的时候那套新打的家具不错,你去问问是找谁打的,请了来打一套……"

陈嘉连珠炮似的吩咐,虎子的脑袋都大了,勉强重复了一遍,就一溜烟地跑去了陶二那里:"您快给我几张纸,我要把爷说的记下来。"

陶二呵呵直笑,在旁边帮他磨墨,心里却寻思着,这门亲事要是真的成了,他们可就像那书里说的"一人得道,鸡犬升天了"……人家英国公府的一个护院放出来就是京县的捕头,他儿子以后最少也能混个课税司的役吏吧?那他可做梦都要笑醒了。

陈家的人像风车似的忙得团团转了起来。

窦昭这边也没有闲着,打首饰,做衣裳,采购嫁妆,忙得脚不沾地。

好在有蒋骊珠帮忙,女人又天性爱买东西,忙碌变成了快乐,颐志堂里笑声不断。

蒋琰躲在碧水轩里,心里有几分欢喜,更多的是却是害怕。

她很想见陈嘉一面,想亲口问问他到底为什么要娶自己。如果有一天他要是嫌弃自己是再醮的妇人,能不能不要骗她?只要坦白地告诉她,她肯定谁也不会说,一个人静悄悄地躲到庙里去的。

可看着嫂嫂和十二姐欢喜的神情,想和陈嘉见面的事,她实在是说不出口。

窦昭感觉到蒋琰心事重重,有心想安慰她几句,可宋翰那边要搬家了,宋茂春等人都来帮忙,宋墨甩了手不管,她少不得要到场说几句客气话,等到宋翰搬完了,又是乔迁之喜,窦昭人虽没去,礼数却必须尽到,也前前后后地忙了两天,再去找蒋琰的时候,她已平静下来,窦昭笑笑,也就没有多问。

过了两天,宋墨休沐。窦昭和他商量蒋琰的婚事:"庚帖已经请大相国寺的德福和尚看过了,说是天作之合,都不犯什么忌讳。你看我什么时候给陈家回话好?他们也好来下定!"

宋墨从心底对这桩婚事是十分不满的,在他看来,这等于是把自己的胞妹嫁给了个下人。

虽然他知道窦昭看人看事极准,蒋琰的事一直是她在操劳,而且蒋琰也乐于和窦昭亲近,蒋琰在经历了韦贺之事之后不可能不受任何影响,如果窦昭觉得蒋琰嫁给陈嘉比较合适,那就肯定很合适,但他心里还是过不了这个坎,完全采取了拖延政策,明明知道陈嘉已经来提亲了,窦昭也收了庚帖,他就是装作不知道这件事似的不闻不问。此时听窦昭提起,他赌气道:"急什么急?阿琰今年才刚刚及笄。从前是没人帮她当家作主,如今她回了家,怎么也要多养她两年。陈家若是有诚意,难道还等不得这几天?"

窦昭有些哭笑不得,道:"这议亲下定请期,没有个一年半载哪能定得下来?到时候琰妹妹也有十七八岁了,正是嫁人的时候了。"

宋墨不置可否地"哦"了一声,答非所问地道:"既是合婚,怎请了大相国寺的人?我怎么不知道他们大相国寺还帮人看生辰八字?那个德福是什么人?"

别扭得很。

窦昭只觉这样的宋墨十分可爱。

她笑道:"德福是大相国寺的一位知客大和尚,对命理很有研究。听我五伯母说,姚阁老、何阁老得闲的时候都喜欢去找他清谈;何阁老家去年嫁孙女,就是请他合的婚,极准。所以这次我也拜托了他。"

实际上是窦昭知道德福之所以最后能成为大相国寺方丈，能和纪咏打擂台，除了精通佛法和《易经》之外，他还十分喜欢给那些权贵家的女眷看相，等他做了大相国寺的住持之后，已是一卦难求，而且他看相还很准，破解之法也很灵验，这也是他那么受欢迎的原因之一。

宋墨就趁机转移了话题，笑道："还有这等人？那哪天我们也去大相国寺碰碰这位大和尚，让他给我看看相。我总觉得自己这几年流年不利，一桩事接着一桩事，让人心烦。"

窦昭抿了嘴笑。

她可没看出宋墨哪里心烦。

不管事情多艰难，他总是迎难而上，从不自怨自艾，心志十分坚强，让她这个两世为人知道一些前事的人都非常佩服。

窦昭上前抱了宋墨的胳膊，声音不由得柔了下去："好啊！到时候我们带了元哥儿去给菩萨上炷香，也让菩萨保佑他平安康泰。"

她顺着他的意思，不提蒋琰和陈嘉的事。

宋墨就笑得十分开怀。

窦昭差点像摸元哥儿一样伸手摸了摸他的头。

陈嘉等了两三天也没有等到宋家的回信，不免有些心浮气躁。

他约了段公义喝酒。

段公义开导他："世子爷好不容易才把妹妹找了回来，怎么会舍得她这么快就嫁出去？不过你放心，夫人把那些来说媒的全都推了，又急着给表小姐置办嫁妆，应该不会有什么变数的。"

陈嘉恨不得谁给他白纸黑字的写张契书作保证才好，只觉得段公义这话不疼不痒，全无作用，闷着头喝酒，最后酩酊大醉，是被虎子架回去的。

段公义笑着直摇头，想了想，回去回禀窦昭的时候，怕窦昭觉得陈嘉不够稳重，把他喝醉的这一段给隐瞒了下来。

正好家里的厨子为了过年做了些萝卜糕、核桃酥之类的，窦昭让段公义给陈嘉带了些去，算是安抚他有些浮躁的心，又用礼盒装了些送到了猫儿胡同、槐树胡同和蒋骊珠等人府里，至于祖母那里，她带着元哥儿亲自送了过去。

祖母高兴极了，抱着元哥不放手，吩咐红姑："你派个人去趟静安寺胡同，让七老爷下了衙就过来吃饭。"然后对窦昭笑道，"他最稀罕元哥儿，让他也过来看看，解解馋。"

窦昭不由得再次感激宋墨。

他把祖母安排在这里，祖母果然不像在真定的时候，就算跟她住在一起，也好像是在做客，很少轻易表露自己的看法，更不要说像现在这样发号施令了。

她笑盈盈地应"好"。

元哥儿却不耐烦地扭着小身子要到屋外去玩。

祖母满脸笑容地哄着他："我的乖乖，外面冷，等开春了，太婆领着你种豆角。"

窦昭听了哈哈大笑，元哥儿也跟着母亲咯咯地笑。

一时间屋里像春暖花开似的，温暖中带着几分热闹，笑容就从祖母眼中一直溢到了眉梢。

两人就在炕上摇拨浪鼓和元哥儿玩。

元哥儿开始还安静地听着，很快就不耐烦地去抓拨浪鼓，窦昭把拨浪鼓递给了他，他想学着窦昭的样子摇拨浪鼓，又摇不响，扁着嘴就把拨浪鼓丢在了炕上。

祖母乐得眼睛都眯成了一条缝，"哎哟"道："这可是随了谁的脾气？一点委屈也受不了。"

窦昭笑道："肯定是随砚堂。"

祖母打趣她："你以为你小时候的脾气很好吗？"

窦昭有些意外，奇道："我小时候您见过我？"

"当然啊！"祖母从不把在窦家受的委屈放在心上，也不忌讳说这些事，"我听说你出生，就换了件粗布衣裳，跟着送菜的婆子悄悄地去了正院。你母亲知道是我，特意让人把你抱出来给我看了一眼。后来我再去，她就装作不知道的样子，由着我和你玩一会儿。后来被你祖父无意间发现了，我怕他责难你母亲，就没敢再去。"又道，"我还记得你小时候，胖嘟嘟的，只要是尿片没有垫好或是把你放在床上的时候被子没有压好，你就不停地哭，把你母亲和你的乳娘哭得六神无主，要不是我，她们还找不着缘由呢！"

说到这里，她老人家露出几分得意来。

屋里就突然响起了宋墨的声音："可见元哥儿的坏脾气不是随我了！我小时候可听话了，让躺着不敢坐着，让坐着不敢躺着，若是敢大声地哭，照着屁股就是一巴掌。"

"砚堂！"窦昭没想到他会这个时候过来，不禁眼睛一亮。

宋墨已笑吟吟地走了进来，恭敬地给祖母行了个礼。

祖母看见他过来也非常高兴，忙请他在炕边的太师椅上坐下，让丫鬟上茶点，并关切地道："你怎么这个时候过来了？衙门里没什么事吗？"

元哥儿已经有些认得人了，宋墨又每天都抱他一会儿，他就在窦昭的怀里朝着宋墨蹿。

宋墨笑着伸手抱了孩子，在太师椅上坐定，道："从前做同知的时候，头上还有个都指挥使，事事都还有所顾虑，现在自己做了都指挥使，没人在头顶上压着，走动就方便多了。"

祖母竟然一脸感同身受的表情点头赞同道："是这个道理。"

元哥儿又闹腾着要去外面。

宋墨也怕风吹着孩子，抱着他去厅堂里看多宝格架子上陈设的玉石盆景。

祖母就不满地悄声对窦昭道："砚堂过来了，你也不下炕迎一迎，哪有这样的道理。人无千日好，花无百日红。谁不喜欢被人看重？你和砚堂的日子还长着，你别总仗着他对你好就端着个架子，时间长了，任谁都会疲的。"

一席话说得窦昭尴尬不已。

可再仔细一想，祖母的话却很实在。

难怪别人常说"家有一老，如有一宝"。

窦昭虚心受教，去堂屋里和宋墨一起带孩子玩。

宋墨眉宇间果然多了几分欢快，低声地道："你别担心，元哥儿和我亲，不会哭闹的，你多陪老安人去说说话，她老人家在这里人生地不熟的，也没个知心的人，你既然来了，也给老人家解解闷。"

他从不称祖母为"崔姨奶奶"，而是随着晚辈称祖母为"老安人"。

窦昭心里暖暖的，想着祖母的话，有意让宋墨开心，也压低了声音道："可我想和你在一起嘛！"

笑意顿时就止不住地从宋墨的眼里溢出来。

他的表情更加柔和，态度却愈发坚定了，道："你去陪她老人家吧，我又不是小孩子。"

窦昭捏了捏他的手，这才转身进了内室。

直到窦世英下衙赶过来，宋墨脸上的笑意也没有减少分毫。

窦昭不由深深地反省自己。

她好像把前世的夫妻相处模式慢慢地拿到了她和宋墨之间。

这可是个大忌！自己以后一定要改。

而那边宋墨却一面和岳父逗着儿子，一面笑着问起过继的事："家里的亲戚朋友都已经下了帖子吗？"

窦世英从衣袖里摸出个和田玉雕的玉玲珑塞到了元哥儿的手里，笑道："毕竟是家事，没有请朋友。"

宋墨欲言又止。

他很少流露出这样的表情，窦世英不由得神色一正，道："是不是有什么不妥当的地方？"

"不是，不是。"宋墨踌躇道，"我自柳叶胡同回来，就有个想法……"

一副不知道当讲不当讲的样子。

窦世英笑道："你少在我面前打马虎眼！想说什么就说。你可是我的半儿子。"

宋墨讪然干笑了两声，却也顾不得许多，索性开门见山地道："这原配嫡妻和妾室扶正的续弦毕竟不一样，您就没有想过可以把十二哥记在岳母的名下？"

第一百五十五章　亲事·掳人·嫁妹

窦世英还就真没有想过这个可能。

毕竟王映雪还活着，而赵谷秋已经去世十几年了。

他不由一拍大腿，兴奋起来，道："你这主意好！就这么办！"说完，用完了晚膳就去了槐树胡同。

五太太知道了，道："我和六弟妹都想到过这一茬，只是都不好提这事，没想到七叔自己一下子想通了。"

窦世枢也笑道："他这些日子行事比从前有章法多了。"

五太太点头，望着丈夫两鬓冒出来的银丝，心疼道："他们能顺顺当当的，你也能少操点心。"

窦世枢朝着妻子温和地笑了笑，塞了个墨锭给五太太，道："来，帮我磨墨，我给二哥写封信去，让他在族谱上添一笔。"

五太太笑着应是，挽了衣袖静静地帮丈夫磨着墨。

·75·

回到家里的窦昭和宋墨胡闹了一番。

第二天早上，乳娘抱了元哥儿过来喂奶。

窦昭羞得都有些不敢看元哥儿的面孔，强装镇定地吩咐乳娘："今天早上你喂他！"

只有始作俑者的宋墨神色淡定，慢条斯理地喝着粥。

可等他一走出门，嘴角就高高地翘了起来。

元哥儿勉勉强强地吃了几口乳娘的奶水，没等一个时辰，就哭着朝着窦昭怀里拱。

时间太短，窦昭的身体还没有恢复过来，元哥儿依旧只吃了个半饱，没半个时辰，又闹了起来，把平日的作息时间全给打乱了。

窦昭暗自脸红，自己溺爱地宠着儿子，他想吃的时候就让他吃，结果是元哥儿片刻不离地赖在她的怀里，以至于若朱来回禀她说蒋琰这些日子神思有些恍惚的时候，她只好抱着元哥儿去了碧水轩。

仔细一瞧，蒋琰是比从前瘦了些。

窦昭让她和元哥儿玩，问她："你可是有什么心事？"

蒋琰沉默了一会儿，低声道："我想去大相国寺上炷香……"

窦昭有些奇怪，可再问，她红着脸不作声。窦昭想着她快出嫁了，有些别样的心思不好意思说也很自然，笑着应允了，又让人安排出行的马车和随行的粗使婆子。

蒋琰羞涩地向窦昭道谢，怯生生地道："能不能邀了十二姐一起去？"

"有她陪着，那自然再好不过了。"窦昭原准备自己陪她去的，既然她有了自己贴己的姐妹，窦昭乐得放手，因而鼓励她写了帖子邀请蒋骊珠。

蒋骊珠嫁进吴家已经有大半年，夫妻恩爱，生活顺遂，却不知道为什么身上迟迟没有动静，婆婆虽然安慰她这种事不能急，可她心里还像火烧火燎似的，正寻思着要不要去给观世音菩萨上炷香，接到蒋琰的请帖，她欣然答应。

吴太太也是从做孙媳妇熬到做婆婆的，很是理解蒋骊珠的心情，亲自吩咐人备了香烛，送蒋骊珠上了马车。

宋墨也希望蒋琰可以有个朋友走动，知道她去大相国寺上香，还让人拿了一百两纹银给她做香火钱。

蒋琰推辞着不要，宋墨的脸色立刻变得铁青。

窦昭忙朝着蒋琰使眼色。

蒋琰这才后知后觉地发现自己做错了事，忙收了银子向宋墨道谢，神色仓皇地退了下去。

宋墨不由按了按太阳穴。

窦昭就笑着将手掌伸到了他的面前，嗔道："今天银楼的掌柜会送琰妹妹出嫁的首饰过来，我要打个珍珠头箍！"

宋墨失笑，顺势就把窦昭拉坐在了自己的膝头，咬了她的耳朵道："我连人都是你的，还能少了你的珍珠头箍？我们不打珍珠头箍，我给你打个百宝璎珞，好不好？"

"平时谁戴百宝璎珞？"窦昭和他抬杠，"你就不想让我如愿罢了。"

宋墨哈哈大笑，心里十分快活，拉着她不让她走。

夫妻两个正在那里纠缠着，武夷隔着夹棉门帘禀道："世子爷，耿立过来了。"

宋墨放开了窦昭，温柔地亲了亲她的面颊，柔声道："我去去就来。"

窦昭乖巧地帮他整了整衣襟，送他出了内室，站在门口直到宋墨的身影出了正院，这才转回内室。

宋墨虽然不动声色，可她刚才还是感觉到他听到"耿立"这个名字的时候身子微微有些僵硬。

她招了杜唯留在府里的小厮刘章,问他知不知道耿立这个人。

越是知道得多,越是明白窦昭在宋墨心中的地位,对窦昭就会更忌惮。

刘章回答的时候牙齿打着颤,道:"小的知道,他是辽王麾下的第一幕僚。"

窦昭愕然,遣了刘章退下,有些心神不宁地坐在临窗的大炕上等着宋墨回来。

做了都指挥使,辽王的手最终还是伸向了宋墨。

难道老天爷冥冥之中自有安排?那辽王荣登大宝,是不是也是天意呢?

窦昭暗暗思忖,连手中的茶水洒落在了马面裙上都没有察觉。

丫鬟们七手八脚地上前服侍。

宋墨折了回来,表情还算平静,眼底却带着几分玩味。

窦昭不由奇怪。

宋墨等窦昭换好了衣裳,屋里服侍的都退了下去,这才笑道:"你猜猜,那耿立来见我是为了什么事?"

窦昭猜着他和耿立的谈话应该还算愉快,打趣道:"莫非是来给你送礼的?"

"虽不中亦不远矣。"宋墨朝她眨着眼睛,"耿立代表辽王来见我,想求娶阿琰为夫人。"

窦昭骇然,失声道:"正式册封的夫人吗?"

宋墨点头,道:"若是我们同意这门亲事,他即刻就上表请旨,连上表都让耿立带了过来。"

这件事来得太突然了,窦昭心中激荡不已,好不容易才把"不行"两个字压了下去,担心地问宋墨:"你有什么打算?"

宋墨道:"自然是委婉地回绝!"他说着,神色变得有些冷淡,"阿琰受的苦已经够多的了,我无意让阿琰远嫁。"

窦昭不由为自己刚才那一刻的动摇脸红。

她道:"那陈嘉和琰妹妹的婚事?"

宋墨皱了皱眉头,咬着牙道了声"便宜那小子了"。

窦昭忍俊不禁。

武夷惊慌失措地跑了进来:"世子爷,夫人,不好了!表小姐在去大相国寺的路上被人劫持了!"

宋墨腾地一下站了起来,厉声道:"你说什么?朱义诚呢?"

窦昭也慌慌张张地站了起来。

今天跟过去的是朱义诚。

大相国寺是京都香火最鼎盛的禅寺之一,每天香客如云,是什么人敢在京畿重地掳人?

她朝宋墨望去。

宋墨已大步流星地朝外走,一面走,还一面肃然地吩咐武夷:"立刻叫上夏珥!给我备马!"

武夷应是,急急地跑了出去。

窦昭喊了声"砚堂",道:"让段公义也跟着你一起去吧!"

宋墨点头,疾步出了正院。

窦昭有些不放心,跟了过去。正好看见宋墨跃上马背,勒了缰绳朝着武夷大吼:"把我的弓给我拿来。"

而夏琏和段公义等人已整装待发。

窦昭胆战心惊。

上一世，宋墨一箭射死了太子。

她情不自禁地跑上前，拽住了宋墨的衣袍，焦灼地道："琰妹妹是女孩子，你不能闹得尽人皆知。"

宋墨眉宇间戾气萦绕，略一沉思，点了点头。

窦昭松了口气。

武夷扛了宋墨的弓来。

门外传来一阵急促的马蹄声，众人的目光均循声望去。

就看见陈嘉脸色苍白从大门外跑了进来。

看见院子里的情景，他微微一愣，神色很快激动起来。

他朝着宋墨抱拳，道："世子爷，我和您一块去！"

宋墨骑在马上，目如寒冰居高临下地望着陈嘉，半晌无语。

陈嘉错愕。

宋墨冷冷地道："刚才辽王派人来求娶阿琰做夫人，我前脚婉言拒绝了，阿琰后脚就被人掳了去，你还愿跟我去吗？"

陈嘉脸上的血色褪得一干二净，面色比刚才更苍白了几分。

他慢慢地跪在了宋墨的面前，郑重地给宋墨磕了三个头，凝声道："世子爷，请您带我一起去吧！"

宋墨勾着嘴角笑了笑，策马出了府，夏琏等人哗啦啦地跟了上去。

留下被丫鬟簇拥着的窦昭和孤零零跪在院子中间的陈嘉。

窦昭眼眶一湿，轻声对陈嘉道："刀枪无眼，你小心一点。"

陈嘉朝着窦昭抱拳作揖，疾步跑出了英国公府。

窦昭不禁抬头望天，长长地吁了口气，嘴角绽放出欣慰的笑容。

掳走蒋琰的，自称是江洋大盗。

这些大盗声称，他们并不知道蒋琰的身份。

他们收了别人的巨额佣金，照吩咐扮成大户人家的护院，当着围观的百姓说是奉了主人之命捉拿和护院私奔的小妾。

朱义诚暗叫"不妙"，可越是争辩，旁边看热闹的越是觉得兴致勃勃，甚至有帮闲不怀好意地起哄要撩了马车的帘子，看看淫妇长的什么样子。

蒋琰当时就吓傻了，那些被胁迫的过往一一浮现在她的脑海里。

她宁愿死也不愿意再跟着陌生人走，拉了映红的手不住地哀求："你让我死了吧！"

英国公府经过清洗的时候映红的年纪虽小，可到底是经过事的人，比起寻常的小姑娘多了一份镇定从容，虽然不知道这些人的来历，却知道如果蒋琰落在他们手里，不仅仅有损于蒋琰个人的闺誉，而且还关系到英国公府甚至是宋墨的声誉。如果蒋琰宁愿一死，说不定还是件好事。

主死仆辱，她自然也不可能活着。

想到这些，她的手脚就有些发软，眼泪也不由自主地落了下来，哽咽道："小姐，我们手边连把剪刀也没有，您，您怎么死啊？"

蒋琰茫然不知所措，只知道喃喃地道着："反正我不活了，我不活了。"

映红一咬牙，哭道："小姐，我们不能落到他们手里！就算是您死了，那些人也有办法侮辱英国公府。我们不如跑出去吧？众目睽睽之下，最多也就是被乱刀杀死，至少能保住清白……"

蒋琰顿时像抓住了一根救命稻草似的，撩了车帘就往下跳，落地时脚踝一阵剧痛，人倒在地上起不来了。

映红急得团团转。

蒋琰推她让她快走："能逃脱一个是一个。"

自己就算是逃脱了，等着自己的恐怕是比死更悲惨的下场吧？

映红认了命，扶着蒋琰一瘸一拐地往外逃去。

那群江洋大盗却是早有准备，朝着朱义诚等人就是一把石灰粉，不要说朱义诚等人，就是旁边看热闹的，也被呛得一阵尖叫咒骂。他们却趁机拿出湿帕子围在脸上，两个身手矫健的大汉穿过粉雾，老鹰捉小鸡似的把蒋琰和映红拎上了马车，驾着马车就朝城外疾驰而去。

路上的人惊呼让路，又纷纷交头接耳："这是谁家的马车？竟然在闹市中奔驰，就不怕撞死人吗？五城兵马司的人怎么也不管管？"

有眼尖地道："好像是英国公府的马车！"

有人摇头，也有人避祸般地悄然走开。

守着西城门的卫兵看到马车也有些犹豫，等听到马车里呼救的尖叫声反应过来的时候，马车已冲出了城门……被朱义诚悄悄掩护着派去英国公府搬救兵的随从也已赶到了英国公府的门前。

宋墨冷笑，吩咐夏璃和六扇门的一起去给京都的武林人士放话，要他们各自自扫门前雪，把行踪可疑之人交出来；又借了五城兵马司的兵马，由陈嘉带着他在锦衣卫镇抚司的心腹从西城门追了出去。

北直隶的武林人士都沸腾起来，更有脾气暴躁的老宿额头冒着青筋地直跳脚："这莫不是哪个王八犊子要借了英国公世子的手血洗我们北地武林吧？"

而那些江湖上有头有脸的大佬听了想起英国公府走水的事，一个个脸色发青，不得不暂时放下成见聚在了一起，不分黑白两道，挑选了好手分成几路帮着宋墨找人。至于那些什么拍花堂、行门之地的名宿，为了表明自己与这件事没有关系，都急急地吩咐徒子徒孙赶紧去六扇门下效力，帮着探听消息。

不过两个时辰，掳了蒋琰的人就被堵在通往通州的一个小村庄里。

等宋墨到时，那些人死的死，伤的伤，只留下了几个活口。

就这还是京都的黑白两道怕被宋墨怀疑，为了证明他们的清白而有意留下来的，至于口供，就连六扇门的人也没敢问，更不要说那些江湖人士了。

所以宋墨一走进那个关押着人犯的柴房时，那些人就迫不及待地全"交待"了。

黑白两道都松了口气。

六扇门的却为难起来。

什么江洋大盗？江洋大盗不踩盘子就敢接活？这话连刑部大堂的老爷们也敷衍不过去，更不要说是宋墨了！难不成这些人还要让六扇门的人收监不成？

这种神仙打架的事，他们这些小鬼还是躲远点的好！

几个捕头不动声色地挪搬了脚步，低头弯腰地出了柴房。

宋墨把人交给了陈嘉，自己去看被吓昏了还躺在马车里的蒋琰和映红。

可没等陈嘉的人上前，那几个活口就纷纷咬了藏在假牙里的毒药，自杀身亡了。

陈嘉气得嘴角直哆嗦，大骂那些在京都混饭吃的江湖人士："这种小手段是爷早就玩得不要了的！现在人死了，你们就更脱不了干系了！"

在那些早混成了精的江湖大佬手里，这等假牙藏毒的把戏根本不算什么，抓着人的时候就应该把下颌给卸下来，那几个活口怎么可能自杀？

唯一的解释就是他们知道这件事不简单，不想把自己给牵扯进来，所以都睁只眼闭只眼地装聋作哑。

几个江湖大佬苦笑，私底下和体己的兄弟或是弟子叹道："我们这也是没有办法了啊！"

一时间，在京都活动的江湖人突然少了很多。

当然这都是后话了。

宋墨知道几个活口都自杀了，淡定从容地点了点头，道："那就一把火烧了，骨灰都撒河里喂鱼吧！"

陈嘉的几个手下闻言身子一颤，看着陈嘉的目光不禁多了几分同情和敬佩。

陈嘉脸一红，有些不自在地轻轻咳了两声。

宋墨去了蒋琰歇息的厢房。

被六扇门紧急招来的大夫如释重负地从内室走了出来，恭敬地给宋墨行礼，道："贵府的两位小姐都没什么事，吃几剂安神的汤药就行了。"

宋墨打赏大夫，带着蒋琰和映红回了英国公府。

久等蒋琰不至的蒋骊珠听到有人议论什么私奔的小妾时就有了不祥的预感，待派出去的丫鬟一打听，她立刻意识到出事的可能是蒋琰。

她心急如焚，匆匆地赶往英国公府。

窦昭出于对宋墨的信任，温声安慰着蒋骊珠。

蒋骊珠慢慢平静下来，和窦昭坐在屋里等着蒋琰的消息，待蒋琰回府，她虚扶着窦昭迎了上去。

宋墨见蒋琰还懵懵懂懂的不知道发生了些什么事，干脆告诉她是那些人认错了人，待东家发现就报了六扇门。

蒋琰想着前因后果，并没有起疑。她心中大定，见到窦昭和蒋骊珠的时候虽然满脸惊惶，但还能安慰窦昭和蒋骊珠"我没事，是场误会"。

窦昭不动声色，笑盈盈地顺着蒋琰说话，高高兴兴地吩咐着小丫鬟给蒋琰准备桃木水洗澡，煮平安面吃，送蒋琰回了碧水轩。

蒋骊珠也装作若无其事的，和窦昭一唱一和的，但等到蒋琰回了碧水轩，她眉宇间就闪过了一丝郁色，有些担忧地问宋墨："表哥，琰妹妹的事，没什么大碍吧？"

"没什么大碍。"宋墨面带微笑，目光锐利，显得胸有成竹。

蒋骊珠放下了心来，颇有眼色地对窦昭道："我既然出来了，就陪陪琰妹妹。也免得老人们担心。"

窦昭笑着点头，回了正院。

她将蒋骊珠的事告诉宋墨，眼角眉梢情不自禁地流露出些许的向往："可惜我进京得晚，没能目睹蒋家鼎盛时的光彩。"

宋墨明白她的意思，笑道："梅花香自苦寒来。那个时候你未必就能体会到蒋家的坚韧。"

窦昭不住地点头。

有小厮进来禀道："世子爷、夫人，顾公子过来了！"

宋墨吩咐小厮："你让他在书房里等会儿，我换件衣服就到。"

小厮应声退下。

小丫鬟刚刚打了水进来，又有小厮来禀，马友明来访。

宋墨刚换好衣裳，姜仪也赶了过来。

窦昭帮他整了整衣襟，道："看样子大家都知道这件事了。"

宋墨"嗯"了一声，道："我看他们编的那个理由不错，我们对外就宣称是有人捉拿和护卫私奔的小妾认错了马车好了。"

窦昭笑着颔首。

而此时的锦衣卫都指挥使史川，却背着手站在醉仙楼最顶层的栏杆旁，朝着英国公府的方向眺望。

禁宫方圆百丈之内都禁止建造两层以上的建筑，英国公府位于禁宫旁，从醉仙楼望过去，实际上什么也看不清楚。

但不知道为什么，史川却觉得自己好像看见宋墨正站在英国公府宽阔的正院中间望着自己的方向。

他的手紧紧地握住了朱红色的栏杆。

柳愚的心随着他的手一紧，不禁问道："若是被宋砚堂发现了，我们怎么办？"

"他不会发现的。"史川斩钉截铁地道，"辽王也好，宋砚堂也好，别看他们见着我们的时候一副和蔼可亲的样子，可骨子里，他们才是主子，我们都不过是他们的仆人。你讨了他们的欢心，自然会赏你几个甜枣；可你若是惹怒了他们，那也是翻脸无情的。"

柳愚忍不住在心里嘀咕：既然您也知道他们这些人翻脸无情，您为什么还要趁耿立前脚从英国公府出来，后脚就派人掳了蒋琰呢？

"你不懂！"史川看出了柳愚的心思，笑道，"在辽王心里，只有宋砚堂才配和他说话，我们，最多也就是给他提鞋的。有宋砚堂在，我们都别想出头。"

柳愚依旧不懂。

在他看来，辽王的事成不成还是两说，这个时候就互相倾轧，是不是早了点？

可他见史川无意再说什么，聪明地跟着保持了沉默。

能统领锦衣卫，史川也不是等闲的角色，看见柳愚眼中闪过的不以为然，他不由在心底深深地叹了口气。

支持辽王，原本就是为了"奇货可居"，如果不能独享，他又何必冒如此大的风险呢？

史川暗忖，吩咐柳愚："你立刻替我写封请罪书，就说宋砚堂不识抬举，我原本想掳了宋砚堂的妹妹逼迫宋砚堂答应了这门亲事的，谁知道派出去的人失了手，被宋砚堂擒拿……宋砚堂虽然没有得到口供，可以宋砚堂的聪明，应该很快就会查出来是谁干的……请主公责罚。"

柳愚躬身应是。

史川背着手，慢慢地下了楼。

辽王在京都的府邸，接到消息的耿立勃然大怒，将手中的纸条揉成了一团，对心腹的随从道："史川这个人，不能用！私心太重了！"

随从沉吟道："可锦衣卫镇抚司镇抚的位置已被他的人拿在了手里，我们要换他，恐怕会很麻烦。"

耿立在屋里团团打转，道："我当初就不赞成将镇抚司镇抚的位置交到史川的手里——镇抚司已在他的手里，他在锦衣卫也就真正地一手遮天了！这对我们是十分不利

·81·

的。偏偏主公听信那陈瘸子的话,不仅把英国公世子的人换了下来,而且还费劲拿了一个世袭的百户来安抚英国公世子,平白让英国公世子心里不舒服。现在又做出这等胆大妄为之事……"

他跺了跺脚。

陈瘸子是辽王的另一个幕僚。

耿立的随从闻言眉头紧锁,迟疑道:"主公应该会惩戒史川的,您也不要太担心!"

"不!"耿立斩钉截铁地反驳道,"主公不仅不会惩戒史川,而且还得替史川收拾烂摊子!"

耿立的随从略一思忖就明白过来了。

辽王还需要史川帮他刺探京都的消息,此时不管史川做了什么,辽王都必须大度地原谅史川,并且为史川善后,让那些投靠辽王的人都知道辽王是个"胸怀宽广,礼贤下士"的人,以换取那些人的忠心。

他有些不甘地道:"难道史川就不怕主公秋后算账?"

耿立苦笑道:"他大可向旁人解释他是在试探主公是否有容人之量!"

这样一来,辽王就更不能动他了。

耿立的随从也跟着苦笑起来。

英国公府的颐志堂,顾玉义愤填膺地挥舞着手臂大声嗤笑道:"江洋大盗?亏他们想得出来?现在北直隶的黑白两道谁敢掳天赐哥的人啊?这准是有人要害你!这人是谁呢?董其?不可能啊!他没这么蠢呀!除了他,还有谁啊?"

宋墨能说是辽王吗?

不能吧!

他瞪着眼睛望着顾玉。

窦昭忙道:"掳阿琰的人既然已经找到了就不愁,慢慢地查就是了,京都虽大,有你,有马大人,有姜大人,难道还查不出来不成?你就别着急了。"然后问起天津的船坞来,"听说工部派了人去你那里取经,想借用你手下的工匠造几艘能载火炮的大船?"

提起这件事,顾玉就如同被挠中了痒处了,说不出来的得意。

"是啊!"他尾巴都快翘上天了,"工部的那些蠢货,好好的海船图被他们放着喂蛀虫,却到我这里来取经。我也不客气,让他们拿了当年下西洋的海船图来换。"说到这里,他顿时兴奋起来,身子歪向宋墨凑了过去,"天赐哥,我们也造几艘大船出海吧?那些江浙的商贾可太黑了,一万两银子的货,硬能赚十万两银子回来,这简直就是点石成金嘛!"

宋墨乐得他转移话题,笑着在他的额头上凿了一个爆栗,道:"不要吃着碗里的还惦记着锅里的。你把船造好了,还怕没有人花大钱买?你把手头的事做好才是正经。天下的银子多着呢,怎么可能全都到我们怀里来?吃独食,小心被咽着!"

顾玉讪讪然,正巧乳娘抱了元哥儿过来,他又高兴地去逗着元哥儿玩,倒把这件事给抛到了脑后。

宋墨和窦昭都不由齐齐地松了口气。

等到晚上顾玉走后,窦昭和宋墨商量:"早点把阿琰的婚事定下来,辽王不过是求娶阿琰做夫人,尚且好推辞。可若是有人上书求娶阿琰做正室,我们总不能不顾宫中的懿旨吧?"

宋墨心里还是有点不舒服,可想到陈嘉在蒋琰被掳后鞍前马后地奔波,他瓮声瓮气地"嗯"了一声。

窦昭失笑，劝宋墨道："你别这样嘛！以后陈嘉就是自家人了，你遇到他了，态度好点，琰妹妹脸上也光彩些！"

宋墨听了像炸了毛的猫似的跳了起来，道："他能娶到我妹妹就是他们家祖坟冒青烟了，他还想怎么着？！"

像被夺了珍爱的玩具的小孩子。

"好，好，好！"窦昭又是好气又是好笑，把他当小孩子收拾，安慰着他，"以后让他没事别登门，谁让你是他大舅兄呢！"

宋墨"哼"了几声，神色到底有所缓和。

等到陈家来下聘的那天，他对陈嘉虽然淡淡的，但好歹没有摆脸色给陈嘉看。

陈嘉倒没什么，毕竟是宋家让他来提亲的。可他的那些同僚眼珠子都差点掉了下来，等宋墨一走，就有人叫了起来："你快掐我一下！刚才我看见宋大人笑了笑！我不是在做梦吧？我去金吾卫公干不下十次，可从来都没有看见宋大人笑过！"又艳羡道，"赞之，你行啊！竟然做了英国公世子爷的妹夫！"

众人哈哈大笑。

宋宜春却鼻子都气歪了。

他叫了宋墨去质问："怎么蒋琰的婚事你招呼也不打一声？"

宋墨笑道："您不是说蒋琰和您没什么关系吗？我想她既然姓蒋，有蒋家的长辈同意就行了，所以没跟您说。您不会是生气了吧？要不，您认了蒋琰，我就推了这门亲事再给蒋琰找门显赫人家好了！"他说着，见宋宜春睁大了眼睛又惊又怒地瞪着他，他忍不住刺道，"太可惜了！不知道辽王听说了些什么，前几天他派了幕僚过来，说是想求娶蒋琰做夫人。我怕引起皇上和皇后娘娘的猜疑，只好忍痛把这门亲事给推了！您说，要是您当初认下了蒋琰，您现在就有个亲王女婿了，该有多好啊！"

说完，他扬长而去。

宋宜春却半晌都没有回过神来。

等他回过神来，嘴角一抽一抽的，心里百般不是滋味。

那边苗安素也接到了帖子，她问宋翰："我们随多少礼好？"

宋翰搬到四条胡同之后，生活起居虽然不如从前奢华，但做起了大老爷，进出都没有了个管头，不禁有些后悔没有早点搬出来，对布置新宅子生出无限的乐趣，大冬天的，常常带着小厮丫鬟在院子里逛不说，还给各个地方都题写了匾额，忙得不亦乐乎，却也心情舒畅，兴致盎然。家里的琐事都交给了苗安素打点，苗安素提起蒋琰出嫁的事，他颇为惊讶，他以为宋墨会养蒋琰一辈子。

"这有什么好去的？"宋翰不以为然地道，"又不是大姑娘出阁！"

苗安素只好回了内室，却看见季红白着脸躲在花树后面呕吐。

她微微一愣，很快意识到季红可能是怀了身孕。

苗安素心里又酸又苦，吩咐大夫来把脉。

大夫是惯在英国公府走动的，知道四条胡同的情景，忐忑不安地说了声是喜脉，就拿了眼角打量着苗安素，连句"恭喜"也不敢说。

苗安素送走了大夫，失神地坐了一会儿，去了宋翰的书房。

宋翰没有一点喜色，眉头紧皱，道："怎么会有身孕的？会不会是弄错了？难道你就没有让身边的丫鬟喝汤药？你是怎么打理家事的？这个孩子是庶孽，不能要。你去叫个医婆进来给她灌碗药。"

· 83 ·

苗安素不知道自己到底是怎样一个心情。

喜，好像谈不上；悲，也好像不全是。

她把宋翰的意思跟季红说了。

季红默默地点了点头，什么也没有说，等到苗安素出了房门，她咬着帕子无声地痛哭了起来。

苗安素从自己的陪嫁的库房里拿了一支五年的老参给季红补身子，接着听说了宋大太太和儿媳妇谭氏去英国公府给蒋琰添箱的事。

她急了起来，再次向宋翰询问蒋琰出嫁随礼的事。

宋翰脸色很不好看，沉默了很久，才不情不愿地道："既然大家都去，你也跟着走一趟好了。"

苗安素这才放下心来，开了库房拿了二十两金子出来给蒋琰打了套头面送了过去。

窦昭留了苗安素和宋三太太、宋四太太一起用膳。

席间大家说起怀了身孕的谭氏，给还没有动静的苗安素出主意："听说是请了大相国寺的德福大和尚帮着请的神，你也去试试好了。"

苗安素悻悻然地笑，心里却像吃了黄连似的。

窦昭则额头直冒汗。

没想到德福连这种事也干！

她想起了纪咏。

纪咏这辈子应该不会又出家做和尚了吧？

用过午膳，苗安素和宋三太太、宋四太太正要告辞，纪氏和韩氏过来给蒋琰添箱，大家少不得一番契阔。

话没有说完，槐树胡同的婆媳三人到了，众人迎上前去，又是一番说笑。

宋三太太和宋四太太不由交换了一个眼神。

窦家，这是把蒋琰当成了正式的亲戚来对待，她们是不是也要上上心呢？

第一百五十六章　过问·站队·醒悟

宋三太太心里就有些责怪宋大太太。

宋大太太从前和她们都是同出同进的，这两年却和她们渐渐疏远起来。给蒋琰添箱，宋大太太只是派人意思意思地去问了她们一声，然后就和自己的长媳谭氏一起去了英国公府，把她们撇到了一边。

她不无讽刺地对宋四太太道："大嫂的脑筋倒转得快，早早就赶了过来。"

宋四太太微微一笑，没有搭腔，心里却道：要不是你喜欢掐尖要强，窦昭刚一进门就纵容着自己的女儿打头阵挑衅她，宋砚堂和窦昭又怎么会对她们这些做妯娌的都只有些面子情？

她暗自警醒，自己是不是也要学学宋大太太，和宋三太太疏远些？

两人各怀心思，宁德长公主和陆老夫人来了。

窦昭由一群丫鬟婆子簇拥着迎了上去。

宋四太太不由得咋舌，回去后和丈夫说起这件事来，道："看来那些仆妇的传言不假，蒋琰可能真的是英国公府的嫡长女。"

宋同春暗暗皱眉，抱怨道："二哥怎么做出这种事来？那宋翰到底是谁的孩子？二哥那几年老实得很，难道宋翰是二哥从哪里抱回来的？"他越想越觉得宋翰不像是宋家的孩子，"砚堂自不必说了，风仪雍容，文武双全；就是宋钦几个，那也聪明得很，读书习武都不费劲……可怎么我听说宋翰却蠢得很，四书五经读了这么多年也没见他下场，而且你看他的模样，与二哥和砚堂也不过只有四五分的相似。不是有种说法，谁养的孩子像谁，说不定这几分相似都是因为从小养在二嫂屋里。难怪砚堂宁愿多出银子也要把二嫂的陪嫁换回来。"说到这时，他低声地叮嘱妻子，"这话你我之间说说就算了，千万不能说出去！以庶充嫡，冒养良家子，随便哪一条都够二哥喝一壶的了。到时候宋家的名声坏了，我们也会跟着倒霉的。"

宋四太太不悦地道："这点道理我还不懂？你放心好了，我谁也不会说的。"

宋同春听了沉吟道："既然如此，你就跟你娘家的嫂嫂们说一声，蒋琰出阁的时候，大家都去随个礼。"

宋四太太应了。

她当然不会对别人说，可自己的母亲、自己的嫂嫂，怎么是别人呢？

很快，宋翰身世可疑的流言就开始在那些英国公府的姻亲和故旧中悄悄地传开了。

宋翰自然是什么都不知道。

宋墨早已无心理会这些。

他收到了辽王的亲笔道歉信，耿立的态度更是谦卑到了极点。

回到内室，宋墨不由对窦昭感慨："难怪他野心勃勃，就凭这一点，他也足以称得上胸怀四海了。"

蒋琰被掳，宋墨一时气愤怀疑到了辽王的头上，可等他冷静下来，立刻察觉到了异样。

辽王正是用人之际，他之所以想纳蒋琰为夫人，不过是想得到英国公府的支持，和自己交好而已，就算自己拒绝了他，以他目前的处境，不可能冒着打草惊蛇的风险强行掳人才是。

宋墨重点地查了史川，他很快就明白了事情的经过。

而窦昭却最恨辽王逼迫宋墨了。

要不是他，宋墨前世怎么会射杀太子？又怎么会被天下人唾弃？又怎么会弑父杀弟？

见宋墨的语气里流露出对辽王的惺惺相惜，她头皮都有些发麻，强笑道："那是，没登基前，哪个不是胸怀四海？可一旦登了基，哪个不是'鸟尽弓藏'？龙子龙孙，没一个好相与的。"

宋墨失笑，但不得不承认窦昭的话有道理。

两人暂且把这件事放到了一旁，专心地筹备着蒋琰的婚事。

宋翰却正为出不出席蒋琰的婚礼发愁。

按道理，蒋琰名义上是英国公府的表小姐，他作为英国公府的二爷，去随个礼就行了。可婚期还有一个多月，宁德长公主和陆老夫人就开始往英国公府跑，那些亲戚朋友看了肯定会拿蒋琰的婚礼和他的婚礼做对比的，他去了，简直是赤裸裸地站在那里给人扇耳光。

可他要是不去，自己的表妹出嫁，宋家的亲戚朋友都到了，就缺他一个，别人会不会因此误会他已无力影响英国公府了呢？

他想到自己前些日子去大相国寺吃斋饭，竟然要在外面等空位，这要是搁在从前，是做梦都想不到的事。他如鲠在喉，转身就回了四条胡同。

没有了英国公府这把保护伞，他就是个没有功名的平头百姓。

他必须得入仕，而且还得管辖一方。

如果是个世袭的佥事或是同知，那就更好了。

不管是以父亲的资历还是宋墨的资历，都可以给他谋个恩荫。

看来这件事还得找父亲！

宋翰在书房里琢磨着，听说苗安平来拜访他，他没等小厮禀完已不耐烦地道："我很忙，有什么事让他跟太太说去。"

小厮把没说完的话咽了下去，见了苗安平却不敢原话奉还，而是委婉地道："我们爷正忙着，请舅老爷您先喝口茶，等爷忙完了，再过来和舅老爷叙旧。"

苗安平点头，在厅堂里喝了七八盏茶也没有见到宋翰。

他醒悟过来，气得嘴角发颤，一甩衣袖，去了内院，对苗安素道："我本想指点你们发个小财，谁知道你们瞧不上眼！你以后也不要说什么娘家没有的话了，不是我们不顾着你，是你眼睛长到了头顶上，瞧不上娘家的这些穷亲戚！"

要是苗安平有什么好路子，苗家早就发了财，还等到他们？

深知哥哥秉性的苗安素只好道："我们虽然从英国公府搬了出来，但好歹也是英国公府的人。搬出来前国公爷曾叮嘱过二爷不可坏了英国公府的名声，做生意之类的事，一律不允许插手。只怕要辜负哥哥的好意了！"

苗安平拂袖而去。

苗安素不由长长地叹气。

宋墨此时也有些头痛。

快下衙的时候，太子让崔义俊请了他过去，打发了身边服侍的人，和他去了暖阁，悄声地问他："你表妹被掳，到底是怎么一回事？你可别和我打马虎眼，英国府的马车上挂着银螭绣带，京都大户人家仆妇出外行走，第一件事就是要认得百官品阶。你是不是惹了什么不该惹的人，所以才拿这个理由搪塞众人？"

谁说太子软弱无能？至少这几句就说得可圈可点。

宋墨觉得自己说什么都是错，索性苦涩地对太子笑了笑。

太子沉默了半晌，才闷闷地道了一声"我知道了"，随后神色黯然地端了茶。

宋墨很想问太子一句"您知道了些什么"，可看见他那副如丧考妣的样子，他莫名地就觉得心情有些复杂起来。

待他出了东宫，崔义俊的笑容渐敛，凝声对太子道："您实在是不应该叫了宋砚堂过来问话，像他这样的人，是什么也不会说的。"

太子温和地道："要是换成是我，我也什么都不会说。何况砚堂从小就在宫里长大，我是太子，他反而和我比较疏远；那位只是皇子，在外人面前总是一副豪爽的样子，又善骑射，本就和砚堂玩得到一块去。手心是肉，手背也是肉，你让他说什么好？他今天没有否认，也没有向我求助，已是在帮我了。你以后不要再说这种话了，有些事你不懂，砚堂就像我们的弟弟，我们兄弟之间有罅隙，你让他这个做小的帮谁好？"

这天底下没有比宋砚堂更狡猾的人了,偏偏太子看他却觉得厚道宽和。

崔义俊的手紧紧地攥成了拳,只能恨恨地低头应诺。

太子起身,笑着往太子妃那里去:"翀哥儿现在一天一个样,有趣得很。砚堂家的翮哥儿和翀哥儿只隔了一天,应该也长得很有意思了。应该让太子妃宣了英国公世子夫人带着翮哥儿多进宫走走才是。"

崔义俊眼睛一亮,忙笑着应是。

第二天一大早,太后娘娘就传旨让窦昭带着元哥儿隔天进宫觐见。

宋墨已经把太子召见他的事告诉了窦昭,窦昭隐隐觉得这件事与太子的召见有关系。

她从容地准备着进宫的事宜,宋墨的眼底却闪过一道寒光四射的锋芒。

窦昭能理解宋墨的愤怒。

或者是因为和父亲决裂,他素来把家人和亲情看得比什么都重要。先有辽王威胁蒋琰,后有太子隐晦告诫,他心里只怕像火在烧。

窦昭忙握了宋墨的手,温声道:"琰妹妹被掳,我们不也以为是辽王的手笔吗?我还没有见到太后娘娘和太子妃,有些事不能想当然。"

宋墨的情绪慢慢平静下来。

他冷哼道:"他们最好别打你的主意,不然我不会轻饶他们。"

他们一个是太子,国之储君,一个是王爷,皇后嫡出,宋墨就算气愤,又能把他们怎样呢?窦昭只当宋墨是在安慰他。

宋墨却正色道:"我不是说气话。皇上年事已高,最怕儿子不孝顺,他们都是正值壮年的儿子,皇上未必就对他们没有一点忌惮。只是这件事做起来多半会'杀敌一千,自损八百',不到那个时候,我们也犯不着和他们斗成个不死不休的局面。"

窦昭愕然。

宋墨比她想象的更有心计。是不是因为如此,所以前世他做了那么多惊世骇俗、人神共愤的事,辽王也拿他没有办法呢?

窦昭温柔地搂住了宋墨。

十月一过,各家就要开始忙着操办起过年的事宜了。宫里也不例外。皇后娘娘开始准备给各府的赏赐,宫中的妃嫔们则忙着做新衣打首饰,窦昭抱着元哥儿走在内廷的青石甬道上,虽然寒风凛冽,却依旧能感觉到一股新年将至的欢欣雀跃。

昨天晚上下起了雪,早上太阳一出,就显得格外地冷。

窦昭停下了脚步,披了披儿子的皮斗篷,把元哥儿捂得更严实了。

乳娘见了忙上前几步,低声道:"夫人,还是奴婢来抱元哥儿吧?"

元哥儿进了宫有些认生,紧紧地抓着母亲的衣襟不放手,窦昭心疼儿子,就这样亲自一路抱着他往慈宁宫去。

金桂和银桂有些不安地交换了一个眼神,也想上前请缨抱元哥儿,远远地却看见一群宫女快步朝他们走了过来。

"是英国公世子夫人吧?"领头的是个花信年纪的宫女,她笑盈盈地道,"奴婢是慈宁宫的阿兰,太后娘娘不放心,特意让奴婢来迎一迎。"说着,上前屈膝给窦昭行礼,伸手就要去抱元哥儿。

元哥儿却身子一扭,躲进了母亲的怀里。

窦昭认出那女子是太后娘娘面前最得力的宫女。

她暗自惊讶,没想到太后娘娘如此看重太子妃!

她重新审视着太子妃的分量，歉意地笑着对兰姑姑道："对不住了，这孩子有点认生。"

兰姑姑倒毫不介意，笑着摸了摸元哥儿的头，道："既如此，夫人就随我去偏殿吧！"

窦昭笑着应是。

元哥儿从斗篷下好奇地打量着兰姑姑，一双眼睛乌溜溜的，非常可爱。

兰姑姑忍不住朝着他和善地笑了笑。

元哥儿害羞地把脸埋进了斗篷。

兰姑姑不禁笑道："这孩子真可爱。"

窦昭微微一笑，看儿子的目光却越发柔和起来。

兰姑姑抿着嘴笑了笑，领着窦昭和元哥儿去了慈宁宫后殿的暖阁。

太后娘娘坐在临窗的大炕上，太子妃搂着三皇孙坐在炕边，太后娘娘正拿着个拨浪鼓逗着三皇孙玩。

见窦昭进来，两人不约而同地露出了笑容。

等到窦昭行了礼，太后娘娘就招了窦昭到炕边坐，并笑吟吟指了三皇孙道："让两个孩子比比，看谁高一些。"

太子妃笑盈盈地把三皇孙放到了炕上，窦昭也把元哥儿放到了三皇孙身边，两个孩子并排躺着，同样都粉嘟嘟胖乎乎的，个头不分伯仲。

太后娘娘看了呵呵直笑，道："这两个孩子，都养得好。"

窦昭和太子妃笑着谢太后娘娘夸奖，两个孩子不知道什么时候侧过身去，你抓了我的衣襟，我抓了你的流苏，纠缠到了一块。

太后娘娘哈哈直笑，元哥儿和三皇孙的乳娘却吓得够呛，忙上前去想将两个孩子分开。

太后娘娘摆了摆手，制止了两个乳娘，道："这小孩子就应该和同龄的多打打闹闹。像当初，我还没进宫那会，村里的孩子谁不你按着我、我按着你打几场架，却个个壮得像小牛犊似的。宫里的孩子倒好，养得精细，站得住的却没几个。"说到这里，她轻轻地叹了口气，吩咐两个乳娘，"别管他们，让他们玩会儿。"

前几天皇上宠爱的刘婕妤好不容易生下个皇子，还没满月就夭折了。

乳娘悄然退了下去，窦昭和太子妃站在炕前照看着孩子。

两个小家伙你扯我的衣角我扯你的衣带，玩得不亦乐乎，咯咯直笑，让屋里的气氛都变得温馨起来。

转眼间就过了一个时辰，两个孩子都被抱下去喂奶，太后娘娘就问起宋翰来："听说他们分府单过了？"

窦昭知道太后娘娘的心意，但她无意掺和进去，恭敬地笑着应了声"是"。

太后娘娘笑道："理应如此！这孩子大了，就得自立门户。你这个做嫂嫂的也别太溺爱他们，有什么事让他们自己处置，时间长了，他们也就知道怎么过日子了——哪个孩子都是这么长大的。"

窦昭觉得自己额头都要冒汗了。

还好太后娘娘没有继续这个话题，吩咐了兰姑姑留窦昭用膳，就让她们退了下去。

太子妃就请了窦昭到外间去说话。

窦昭知道这才是今天的重点，笑盈盈地跟着太子妃出了暖阁。

宫女们上了茶点，轻手轻脚地退了下去。

太子妃这才笑道:"昨天的事,多谢世子了。要不是世子,殿下还不知道竟然有人有这么大的胆子。殿下想谢谢世子,又怕被有心人看在眼里生出事端来,所以特意让我来向夫人道个谢。"

宫里的贵人心思多,但凡有点体面的个个都能在关键时候弯得下腰,也都喜欢事后算账。

窦昭忙站了起来,神色间带着几分惊慌,道:"太子妃娘娘这么说可真是折煞我们家世子爷了。殿下是国之储君,为殿下效力,原本就是做臣子的职责,臣妾惶恐!"

太子妃眼底闪过一丝欣慰之色。

她忙拉窦昭重新坐下,笑道:"跟你说这些,也是怕你们误会。你若是因此而心生不安,倒显得我弄巧成拙了。"

窦昭明白,太子妃这是在透过她向宋墨问话呢!

她半坐了锦墩上,谦逊道:"是臣妾愚昧,没有体会太子妃娘娘的良苦用心。"

太子妃笑着点了点头,请了窦昭用茶,开始说起孩子经来,再也没有提太子召见宋墨的事。

窦昭笑着和她说了一会儿话,在慈宁宫用了午膳,这才抱着元哥儿出了宫。

宋墨早就打点好了。

他虽然不知道太子妃对窦昭说了些什么,可窦昭进宫的过程他却知道得一清二楚,但看到妻子和儿子平安出了宫,他还是松了口气。

抱过越长越结实的元哥儿,宋墨和窦昭上了马车。

窦昭轻声将太子妃都说了些什么告诉了宋墨。

宋墨沉默半响,道:"今年你进宫给太子妃拜个年吧!"

这是要投靠太子不成?窦昭讶然。

宋墨笑着搂了搂她,笑道:"你想到哪里去了?殿下给我们投之以桃,我们总不能无动于衷吧?辽王那边,我们也照着往年一样送年礼节就是了。"

发生了史川这件事,宋墨就不可能投靠辽王了,不然别人还以为宋墨怕了辽王,到时候岂不是连底线也没了?谁想上前踩宋墨两脚都可以。

窦昭笑着应是。

回到英国公府,却在门口碰到了高升。

高升笑道:"明天十二爷就正式过继过来了,老爷让我来跟姑爷和姑奶奶提醒一声,明天不要忘记了去静安寺胡同喝酒。"

宋墨笑着应了一声,让高升给窦世英带几坛宫中赏下的梨花白回去。

高升千恩万谢地打道回府。

次日,宋墨和窦昭带着元哥儿穿戴一新去了静安寺胡同。

窦世英抱着元哥儿就不放手了。

客人们陆陆续续地到了,看见窦世英怀里粉雕玉琢的小孩子,都不禁地要上前逗一逗。

一时间厅堂里欢声一片。

就有人问:"怎么没见五姑爷和五姑奶奶?"

窦世英怕窦明闹腾起来让窦德昌面子上不好过,只跟魏廷瑜说了一声。至于他来不来,那就是他的事了。

可看见魏廷瑜真的没有出现,窦世英心里还是有些不高兴的。

他微微皱眉,正想解释两句,魏廷瑜赶了过来。

魏廷瑜穿了件崭新的宝蓝色绣淡蓝色团花的锦袍，披了件玄青色灰鼠皮披风，进门就朝着大家作揖赔礼道不是，道："明姐儿原本要跟着一起来的，谁知道昨天吹了风，今天就有些不舒服，叫大夫开了几剂药，吃了昏沉沉的想睡，我就没让她来。"

　　大家并不在意。

　　窦明有些日子没回娘家了，窦家有什么红白喜事也只会跟魏廷瑜打声招呼，他愿意来就来，不愿意来也没有人去三催四请的。

　　窦政昌等人笑着上前和他相互见礼。

　　有小丫鬟跑过来接了魏廷瑜的斗篷。

　　窦济昌眼尖地发现魏廷瑜的脖子上有几道抓痕，他朝着窦德昌使了个眼色。

　　窦德昌轻轻地咳了两声，示意他别管闲事。

　　窦济昌回到家就把这件事告诉了五太太。

　　五太太也叮嘱他："这是济宁侯府的事，你装作不知道就行了。"

　　魏廷瑜回到济宁侯府，直奔田氏孀居的院子。

　　丫鬟们忙上前帮他解斗篷，他却一把推开小丫鬟，急急地问田嬷嬷："她怎么样了？"

　　田嬷嬷眼神一黯，低声道："大夫说若是能熬过了今夜，就母子平安；若是熬不过今夜……"

　　魏廷瑜闻言脸色大变，咬着牙恨恨地道："她怎么有狠毒的心肠？一碗汤药就要了我孩儿的命！"

　　田嬷嬷低下头，没有作声。

　　魏廷瑜快步进了内室。

　　烧了地龙的内室，温暖如春。

　　临窗的大炕上躺着个面色苍白的少女，竟然是那日在书房里服侍魏廷瑜的丫鬟。

　　田氏正坐在炕边捻着佛珠念经。

　　听到动静，两人都望过来，那少女含泪喊了声"侯爷"，挣扎着要起来。

　　田氏却把她按在了炕上，柔声道："你快躺下，小心动了胎气。"

　　那少女眼巴巴地望着魏廷瑜，乖乖地躺了下去。

　　魏廷瑜坐到了田氏的身边，关切地问那少女："你还好吗？"

　　少女点头，魏廷瑜神色微霁。

　　田氏却眼眶微湿地转过头去，低声道："你准备怎么处置明姐儿？"

　　魏廷瑜有些茫然，道："明姐儿毕竟是嫡妻……"

　　他偷了丫鬟，原本是他不对，明姐儿发脾气他认了，可她不应该那么狠心，竟然要打了他的孩子……窦昭的孩子都快半岁了，他却膝下犹虚……

　　田氏闻言，怒道："事到如今，你竟然说出这样的话来！阿萱肚子里的，可是你的亲骨肉啊！你的心肠难道是铁打的？"她说着，掏出帕子抹着眼角小声地哭了起来。

　　魏廷瑜的脸色别提多难看了。

　　小丫鬟阿萱面露怯色，她轻轻地拉了拉田氏的衣袖，喃喃地道："原是奴婢不对，太夫人能收留奴婢，奴婢已是感激不尽。求您老人家不要为了奴婢的事和侯爷起争执，奴婢不配！"

　　田氏听着这温声细语求饶的话，更反感窦明的跋扈，轻声呵斥："胡说！这岂是你一家之事，分明是侯爷夫纲不振……"

　　魏廷瑜听着，又羞又愧地喊了声"娘"，欲言又止。

他总不能为了个婢女就和结发的妻子闹腾吧？如果让外面的人知道，他还要不要做人？

可他向来事母至孝，这样的话，实在是说不出口。

田氏看着，面上难掩失望之色。

她淡然地道："既然如此，那就请了你姐姐回来拿个主意吧？"然后吩咐田嬷嬷，"你去请大姑奶奶回府一趟。"

就算是亲姐姐，魏廷瑜也不想让魏廷珍知道自己的丑事。

他狼狈地道："娘，这件事我自会处置的，您就别惊动姐姐了。"

柔顺的田氏这次却像铁了心似的，摇头道："我知道你会怎么处置——把阿萱放到外面养着或是帮她找个人家嫁了。我也是做人嫡妻的，难道还会纵容那些勾引主子的仆妇不成？可你扪心自问，这次是谁惹出来的祸？如果家里的事都是你自己的主意，娘什么也不说，你把阿萱养在外面，娘只当不知道；你要把阿萱嫁了，娘立刻帮她置办嫁妆。可这是你的主意吗？自从窦明进了门，这家里的事有几桩是你的意思？我把你养这么大，难道就是让你给个女人糟蹋的？你什么也别说了，这件事等你姐姐来了再说。"

她侧过身去，再也没看魏廷瑜一眼。

阿萱咬着被角哭了起来。

魏廷瑜无奈地望着母亲和阿萱，低着头出了田氏的内室。

济宁侯府的正房内室，窦明正喝着燕窝羹。

听说魏廷瑜回来后直奔田氏的院子，她冷笑连连，道："我现在才知道，他原来竟是个痴情的人！怎么，看我收拾了他的心头好，想要和我对着来不成？不怪济宁侯府败落了，有我婆婆这样的媳妇，可真是害了三代人——她竟然把个被打了胎的小丫鬟接到了自己屋里静养，这是做婆婆该干的事吗？她还是个侯夫人呢，我看比街上那些不识字的老太太还不如……"

周嬷嬷等人等低眉垂目，像泥塑似的，没有一个人敢搭腔的。

窦明看着心里火苗噌噌地直往上蹿，抬手就将燕窝羹朝小丫鬟头上砸去。

还好那燕窝羹不太烫，小丫鬟虽然被砸了一身，可没有烫着，咬了牙一动不动地站在那里，任窦明发着脾气。

窦明看着心里更窝火，冲着小丫鬟就喝了一声"滚"，小丫鬟没命似的跑了出去。

周嬷嬷忙让人清扫内室，又亲自打了热水服侍窦明净手。

窦明的眼泪这个时候才落了下来。

"他怎么能这么待我？"她一把抓住周嬷嬷的手，伏在周嬷嬷的肩上哭了起来，"不过是个黄毛丫头罢了，人都还没有长齐整呢，他竟然任由那老虔婆抬举那小贱人！我为了他，连娘家也不要了，他就这样回报我的……回来了不到我这里来而去看那小贱人，我以后还怎么在府里做人啊？"

周嬷嬷像小时候一样轻轻地拍着她的背，哄着她，心里却只叹气。

如今田氏和魏廷珍拧成了一股绳对付窦明，魏廷瑜是个耳根子软的，窦明又和窦家的人闹翻了，窦明怎么可能有胜算。

她忍不住小声道："要不，奴婢去给静安寺胡同带个信？七老爷向来看重您，他老人家不理您，也是气恼您之前不听话，如今您有了难处，七老爷不会坐视不理的。"

"不，你不准去！"窦明猛地推开了周嬷嬷，脸上满是泪水，却倔强地咬着唇道，"他既不要我，我也不要他！"

周嬷嬷还欲再劝，窦明已道："你什么也不要说了，我从前还盼着他能回心转意，和从前一样待我好，现在我可看清楚了，他魏廷瑜就是只白眼狼，是只吃我的用我的穿我的花我的，却怎么也养不熟的白眼狼！他们全家不是要和我斗吗？那我就和他们斗一斗，看到底谁厉害？反正这世上不是婆婆压倒媳妇就是媳妇压倒婆婆。她能从我手里把那小贱人夺回去，不就仗着她屋里养了几个粗使的婆子吗？嬷嬷，你这就去开了我的箱笼，拿五百两的银票出来，帮我买几个五大三粗的婆子进来服侍，我就不相信了，手里有钱还办不成事！"说到这里，她陡然间想到了窦昭。

窦昭一直窝在真定。

在此之前她都认为窦昭是在和她母亲闹别扭。为此她还曾私下嘲笑窦昭因此放弃了进京长见识的机会，实在是太傻了。

可这一刻，她发现，真正聪明的人是窦昭。

窦昭虽然偏居一隅，可她有人有钱有窦家庇护，想干什么就干什么，还招了那么多的护卫防身，嫁到英国公府的时候甚至把那些护卫都带了过去。

宋砚堂怎么敢怠慢窦昭？

想到这些，窦明胸中一阵气闷。

原来真正傻的人是自己！她早就应该学窦昭，花自己的钱用自己的人，谁又敢不听话？

可这念头一起，她心里又觉得一阵说不清道不明的难受。

难道她就永远得跟着窦昭的屁股后面跑不成？

但这又是她摆脱目前困境的最好办法了！

窦明猛地摇了摇头，把脑海里这些乱七八糟的念头都压到了心底，对周嬷嬷道："我才不管那老虎婆如何，我要把这府里的丫鬟婆子都换了，我看她还能指使得动谁？"

周嬷嬷觉得窦明早就应该如此，连声称"好"，转身去了库房。

窦明靠在临窗大炕的大迎枕上，望着屋檐下挂着的大红灯笼发着呆，心里却冒出个念头：不知道窦昭现在在干什么？

宋墨和窦昭正襟危坐端着茶盅，看着窦德昌给祖母磕头。

"好孩子，没想到竟然是你过继到了西窦。"祖母满脸慈爱地弯腰携了窦德昌的手，道，"以后你父亲和你妹妹们就拜托你照顾了。"

"谨遵老安人的吩咐。"窦德昌正色回答着祖母的话。

祖母笑眯眯地颔首，招呼站在一旁的窦世英："坐下来说话。"

窦世英恭敬地坐了下来。

昨天窦德昌已经正式搬到了静安寺胡同，窦世英跟宋墨和窦昭说了一声，特意带了窦德昌过来给祖母磕头。

大家坐着闲聊了几句，就到了午膳的时候，用过午膳，窦世英几个在外面说话，祖母则和窦昭守在熟睡的元哥儿身边小声说着话。

"怎么不见明姐儿？"

"说是身子不爽利，"窦昭无意让祖母为自己和窦明担心，笑道，"济宁侯过来喝了酒，今天就没有邀他一起过来。"

祖母道："明姐儿还没有动静吗？她嫁过去已经一年多了。"

"说是身子还虚，要养些日子。"窦昭笑着拍了拍睡得有些不安生的元哥儿。

祖母叹了口气，道："大人造孽，你们这些孩子也跟着遭殃！"

窦昭不置可否地笑了笑。

前世她的处境可比窦明艰难多了，她不也走过来了？

可见这日子是好是坏，全看怎么过！

一家人高高兴兴地在后寺胡同里玩了一天，回到颐志堂，武夷悄声地禀告宋墨："大兴卫千户的次子想进五城兵马司，找到了苗家，想找二爷在您面前说句话，二爷没有理会，苗家舅爷在四条胡同闹了起来。"

宋翰虽然搬出去了，宋墨却派了人盯着他。

第一百五十七章　嫁人·你来·我往

宋墨听着挑了挑眉角，冷笑一声，抱过窦昭怀里的元哥儿，抬脚就朝屋里走。

武夷等人不敢多言，低眉顺眼地跟在他们身后。

窦昭不由为那个找宋翰求情的人默哀了半刻钟——以宋墨对宋翰的恨意，那人不找宋翰出面求情还好，若是找了宋翰帮着求情，只怕他此生都与五城兵马司无缘了。

可让宋墨和窦昭都有些意外的是，宋翰没有出面，苗安平却私下找到了姜仪，说那人是自己的一个表兄，求姜仪帮忙给安排个位置，还暗示姜仪，如果这件事成了，他愿意出五千两银子答谢姜仪。

若是别人，也许就屁颠颠地把人给安置了，然后找个机会在宋墨面前说一声，宋墨不想领他这个情也得领情，何况还有五千两银子可得。偏偏姜仪知道宋氏兄弟不和，一打听，苗安平又是个帮闲，他寻思着这货是不是扯了宋墨的虎皮做大旗，万一苗安平是在哄骗自己，自己帮了苗安平一场宋墨却不领这个情，岂不是亏死了？

他找了个机会来颐志堂串门，委婉地问宋墨知不知道这件事。

宋墨没想到苗安平这么大的胆子，他顿时脸色有些发青，姜仪也不用多问，知道这苗安平是在空手套白狼，回去后回绝了苗安平，并道："五城兵马司的事，宋大人说了才算。你们既然是姻亲，求宋大人写张条子过来，这好位置还是任你们挑，你们又何必舍近求远呢？"

苗安平苦恼不已。

他收了别人六千两银子，拍了胸保证能把事办成了，现在事情没有了着落，银子他已经花了二三百两了，他怎么填得上这个窟窿？

苗安平只好又去找苗安素。

苗安素被他逼急了，找到了窦昭这里。

窦昭听了直笑，道："你也知道，我从来不敢过问世子爷在外面的事，这种买官卖官之事，那就更不敢张口了。"又道，"此事非贤妻之举，弟妹也应当慎重才是。"

苗安素苦着脸道："真是自家的亲戚，推不掉了，这才来找嫂嫂的。求嫂嫂帮着在大伯面前提一提，银子的事都好说。"

窦昭笑着端了茶，苗安素失落地走了。

宋墨知道了后非常气愤，道："苗氏若是再为这种事来烦你，你只管让她来找我好了！这种欺上瞒下的事我见得多了，就苗安平那点小手段，还不够我看的，让他少丢人现眼了。"

窦昭笑着端了杯茶给他，温声道："你也别发火，横竖四条胡同的事我们不管就是了。"然后和他说起蒋琰的婚事来："陈家来催妆的那天，你可不能摆脸色。"

说到妹妹出阁，宋墨的神色不由自主地缓和下来。

他笑道："我什么时候摆脸色了？还不是你让我干什么就干什么，我可曾说过一个'不'字？"

窦昭哼道："你是什么也没说，可那模样，让人一看就知道你不情不愿的，你还不如就待在书房里不出来算了，免得好好的一场喜事，因为你变得冷冷清清，大家连说个笑话都不敢。"

"我到时候一定笑容满面就是了。"他说着，把窦昭推倒在床上，低声道，"你何必为了外人的事和我置气？我们先把自己的小日子过好了才是正经。"

窦昭知道他心里不痛快，也就随着他去折腾了。

到了十二月初五陈家来催妆的时候，宋墨脸上虽无笑容，表情却也显得很温和，这让陈家来催妆的人不由得松了口气。

窦昭请了蔡氏做女方的全福人。

待蔡氏带着映红随着陈家的人去玉桥胡同安房之后，纪氏等人也告辞了。

窦昭去了蒋琰那里，和她说了一些夫妻相处之道。

蒋琰是嫁过人的，她并没有和蒋琰说什么闺房之事，只是在主持中馈上提醒了蒋琰一番。蒋琰的脸却红得像火烧，望着窦昭欲言又止。

窦昭就笑着握了她的手，温声问道："怎么了？"

"我，我……"蒋琰低下头，不安地喃喃地道，"他，会不会嫌弃我？"

窦昭能理解蒋琰的担心，她轻轻地抚着蒋琰乌黑的青丝，笑道，"不会的。我们阿琰性情温顺，又长得这么漂亮，陈赞之能娶到你那是他的福气，他怎么会嫌弃你呢？你若是不相信，等到回门的那天再和嫂嫂说悄悄话。"

蒋琰满面绯红，小声道："十二姐也是这么说的。"

窦昭就给她打气："那你也要打起精神来，好生地和陈赞之过日子才是。"

蒋琰羞怯地点头。

门外传来一声重重的咳嗽，窦昭一听就知道是宋墨来了。

她笑着去撩了帘子，宋墨板着张脸走了进来。

蒋琰怯生生地望着他，衣角被拧成了咸菜。

宋墨从衣袖里拿出一张纸递给她："这是西大街上两间铺面的契书，没有上嫁妆单子，你自己收好了，以后有什么事不想让陈赞之知道的，就可以动用这两间铺子的收益。"

蒋琰完全不能理解"有什么事不想让陈赞之知道"这句话。

她懵懂望了望窦昭，又望了望宋墨，磕磕巴巴地道："哥哥嫂嫂已经给我置办了两万两银子的陪嫁，我再也没有什么地方要用钱的，这契书我不能收，您还是留给元哥儿吧！"

宋墨大恨，狠狠地瞪了蒋琰一眼，把契书拍在了炕几上，"唰"地撩帘而出。

蒋琰吓得脸色发白，悄悄地拉了窦昭的衣角，求助地望着她。

窦昭直叹气，道："你哥哥这也是以防万一。你嫁了人，陈家的老仆要打赏吧？陈赞之身边的随从要打点吧？要给娘家送个信之类的，那些小厮接了银子是不是就跑得更快些呢？"

蒋琰恍然，随后又满脸的羞愧，道："嫂嫂，我去给哥哥赔个不是。"

"那倒不用了。"窦昭把契书塞到了蒋琰的手里，道："把契书收好了，小心别丢了。你哥哥不会责怪你的。"

蒋琰温顺地"嗯"了一声，收了契书。

窦昭起身告辞："你早点歇了，明天是你的好日子，你可要当个漂漂亮亮的新娘子啊！"

蒋琰红着脸应是，送窦昭出了碧水轩。

窦昭回了正房。

宋墨在书房里练大字，瞧那阵势，正气着呢！

窦昭哭笑不得，道："她心思单纯，你的担心她全然不懂。你与其送她私房银子，还不如送她两个得力的丫鬟婆子。玉桥胡同离咱们府里这么近，你还怕陈赞之敢怠慢她不成？"

"我就不知道她的脑子是怎么长的！"宋墨恨铁不成钢，"我是白替她担心了。"

窦昭挽着他的胳膊，温声道："我知道你是担心陈赞之发现你在他家里布置了眼线，会引得他和琰妹妹生隙，这才送琰妹妹两个铺子的。你也别气馁，从前她无人教导，年纪又轻，这才会轻易被人摆布的，如今她有你我看着，会慢慢长大的。"

宋墨有了窦昭的安慰，渐渐气消。

第二天蒋琰出门，他怅然了半晌。

宋宜春根本就没有参加蒋琰的婚礼，他是早就邀了朋友出城去赏雪，到了晚上才回来。

看见门前正扫着鞭炮渣的小厮，他寒着脸问曾五："表小姐走了？"

曾五忙低头弯腰，笑道："刚出门不到两个时辰。"

宋宜春站了片刻，回了椒香院。

宋墨说的那些"辽王想纳蒋琰为夫人，如果成了，您就有个亲王女婿了"之类的话，一直在宋宜春的脑海里回荡，他一开始以为这不过是宋墨气他的一种手段，可随着那耿立三番五次地拜访宋墨，又有六百里加急送来的辽王的亲笔信，他开始有些不确定，前几天终于忍不住派了人去调查这件事。

没想到竟然是真的！

他一听就乱了手脚。

如果当初这个孩子长在府里，做辽王的王妃都绰绰有余，又怎么会被纳为夫人？

他顿时又悔又恨。可这情绪如昙花一现，很快又散去。

相比之下，把宋翰养在府里，让蒋氏痛心疾首，更让他觉得解恨。

宋宜春大步朝正房走去。

守在正房门口的小厮远远见了，一溜烟地迎了过来："国公爷，二爷来了。"

宋宜春一愣。

厅堂的帘子已被高高地掀起，露出宋翰堆满笑容的英俊面孔。

"父亲，您回来了。"他恭敬地道，侧身让宋宜春进门。

宋宜春威严地"嗯"了一声，道："你来喝喜酒了？"

宋翰笑道："原本不想来的，因想见见父亲，就过来了，谁知道父亲却出去访友了。"他一面说，一面服侍宋宜春坐下，接过丫鬟手中的茶送到了宋宜春的手边。

宋宜春端起茶盅来喝了一口,这才懒洋洋地道:"你有什么事找我?"

宋翰笑道:"我已经自立门户了,不能再像在府里似的两耳不闻窗外事,一心只读圣贤书了。我想找个事做,想让父亲帮着拿个主意,做什么好?"

宋宜春也正寻思着这件事。

既然要抬举宋翰,就不能让宋翰这样无所事事地在家里闲着。

他道:"已近年关,我进宫面圣的机会比较多,到时候寻着机会帮你讨个恩典吧!"

宋翰没想到这件事这么容易就办成了,他不禁大喜,对着宋宜春谢了又谢。

宋宜春很满意宋翰在自己面前的恭顺谦卑,道:"你就安安生生过年,等我的好消息。"

宋翰欢天喜地地回了四条胡同。

宋宜春正纠结着给宋翰谋个什么差事好,宫中赏下了腊八节的腊八粥,那天也正巧是蒋琰回门的日子。

宋墨留了陈嘉喝粥,窦昭则和蒋琰去了正屋的内室说话。

望着水灵灵像朵盛开的春花似的蒋琰,窦昭笑着打趣道:"嫂嫂没有骗你吧?"

蒋琰羞涩地低下了头。

窦昭呵呵地笑,叮嘱她:"别东想西想的,过去的事就过去了,好生地和姑爷过日子。谁喜欢总对着个愁眉苦脸的人过日子?"

蒋琰红着脸应是。

蒋骊珠和吴子介过来了。

蒋琰愕然。

窦昭笑道:"是我请他们过来的——你今天回门,我请了他们两口子作陪。"

名义上,蒋琰是蒋家的女儿,她出嫁,蒋大太太等人都送了贺礼过来。

蒋琰很喜欢蒋骊珠,闻言不由面露喜色,待到蒋骊珠过来,两个人就凑在一起说着悄悄话。

外面花厅里,又是另一番景象。

吴子介身材高大,相貌俊朗,此时面色肃静,眼角眉梢都透着股正气凛然的端穆。

"表哥,"为了表示亲近,他随着蒋骊珠称呼宋墨,"这件事外面传得沸沸扬扬的,其中是不是有什么误会?"

近日,京都最新的八卦是宋墨和蒋柏荪争产之事。

据说两人互不相让,从前投靠宋墨的人有的留了下来,有的则因此离开了颐志堂。

吴子介不相信蒋柏荪是那样的人,刚才说起给濠州送年节礼的事,吴子介忍不住说起这件事来。

陈嘉眼观鼻,鼻观心,却在心里暗暗骂吴子介愚蠢——你是来做客的,何必说这些让主人家不高兴的事?真是脑子进了水!

吴家肯依照原来的约定娶了蒋骊珠,宋墨对吴家因此也高看了一眼,何况这件事也是他让人宣扬出去的,吴子介提起这件事,他倒没有多想,解释道:"这倒不是误会,五舅舅的确让我把从前大舅舅送给我的一些东西还给他。我从小就跟着五舅舅上山打猎、下河摸鱼,他的性情,我再清楚不过了。五舅舅从前向来不把这些身外之物放在眼里,我也怕是有什么误会,特意派了人去问,可五舅舅的话说得却很明白,就是让我把得了的东西还给蒋家。我想,也许是环境变了,心性也跟着变了……"

吴子介默然,眉宇间却闪过些许的失望。

宋墨在心里叹了口气，这件事传出来，不知道有多少像吴子介这样对蒋柏荪失望的人。

他心里闪过一丝犹豫：自己这样做，到底对还是不对呢？

晚上，送走了客人，他和窦昭提起这件事。

窦昭道："你还有更好的办法吗？"

"没有！"宋墨说着，心志渐渐又坚定起来。

他不由拉了窦昭的手，喃喃地道："还好有你在我身边。"这样他才不至于因为一时的迷茫而迷失了双眼。

可这件事毕竟关系深远，不仅皇上知道了，就是太子也听说了。

太子很关心地问起宋墨这件事。

宋墨颇为无奈地道："您也是知道我五舅舅的，吃喝玩乐是一把好手，其他的事却素来不关心。如果濠州那边也和五舅舅是一样的想法，我二话不说，立刻把大舅舅送给我的东西还给五舅舅。可我大舅母的想法却和五舅舅背道而驰，东西是我大舅舅留下来的，我怎能罔顾我大舅母的意愿？"

太子连连点头，道："你五舅舅在京都的时候，的确是孟浪了些，也难怪你不放心把你大舅舅送给你的东西还给他。"他不由得为定国公而唏嘘道，"那样英雄的一个人，竟然落得如此下场。"

宋墨听着心中一动，佯装作伤心的样子低下头抹着眼睛。

太子长叹了口气，端了茶。

宋墨派了人打听这件事，却始终没有什么进展，正巧太子妃赐了几件过年的衣服给元哥儿，窦昭要进宫谢恩，就试着说起了定国公的事："世子爷回去虽然好一阵子难受，可也感念着殿下的关心，想进宫来谢恩，又怕给殿下惹出麻烦来，特意叮嘱臣妾，请太子妃殿下向殿下转达我们世子爷的感激之情。"

辽王的举动，太子和太子的幕僚们并不是一无所察。太子定下的策略就是以不变应万变，做个恭顺听话让皇上放心，也抓不到任何把柄的太子。如果他出手对付辽王，只会惊动皇上，让皇上觉得他不念手足之情，还没有登基就开始清算兄弟，他这储君的位子也就难保了。

古往今来，不知道多少太子毁在轻举妄动之上。

可看着辽王蠢蠢欲动，万皇后为他千般遮掩，太子就像坐在悬崖边，觉得自己随时有可能坠入万丈深渊，却无能为力。他的这种焦虑能瞒得过别人，却瞒不过多年来一直与他同心协力的结发之妻。

太子妃也是因为如此，才会在皇太后面前下功夫，这才得到了皇太后的支持。

宋墨是金吾卫的都指挥使，拱卫着禁宫的安全，又督管着五城兵马司，如果宋墨站在他们这一边，日后不管辽王使出什么手段，以宋墨的能耐，怎么也能抵挡一二。有了这一二之机，神机营、五军营就可以赶过来救驾了。

窦昭的话，让太子妃动起了心思，她想了想，屏退了左右的人，低声对窦昭道："定国公在福建的所作所为，皇上心里清楚得很，纵然有一两件胆大妄为之事，却是瑕不掩瑜。皇上要问定国公的罪，殿下曾向皇上为定国公求情——我还记得当时是在偏殿，皇长孙生病了，皇上来探病——皇上对殿下很是失望，道：'定国公是什么人？国之栋梁，你就算是要为他求情，也要等到他在诏狱里受了刑，求天天不应、求地地不灵的时候。你还是储君呢，连这种时机都把握不了，以后怎么治理祖宗留下来的这一片大好河山？'殿下听了这话极为高兴，对我说，皇上这是在为他铺路，要把定国公留给他登基之后用。

可谁承想，皇上这话说了没几天，定国公就死在了路上……殿下也一直纳闷着，不知道是皇上临时改变了心意？还是有人推波助澜害了定国公……"

窦昭心如鼓擂，脑子嗡嗡作响，半晌才回过神来。

太子妃已笑着问起元哥儿的日常起居来。

窦昭忙静心凝神，和太子妃聊起了孩子经，直到女官来禀告太子妃，说太后娘娘有请，窦昭这才告退出了东宫。

宫里的甬道宽阔平坦，她却不知道自己是怎么走出来的。

金桂和银桂见窦昭脸色有些苍白，忙上前扶她上了马车。

窦昭定了定神，吩咐车夫："快点回去！"

她很少这样的急切，车夫不敢迟疑，应了一声，扬鞭驱车朝英国公府疾驰而去。

窦昭深深地吸气，努力让自己的心情平静下来。

不过两炷香的工夫，马车已稳稳当当地停在了英国公府的垂花门前。

窦昭吩咐金桂："你快去把世子爷叫回来，就说家里有急事。"

金桂坐着窦昭的马车去了金吾卫的衙门，窦昭长吁口气，回了内室。

直到甘露服侍她洗梳了一番，她还感觉到双腿有些发软。

窦昭躺在临窗的大炕上小憩，宋墨急匆匆地赶了回来。

窦昭不待他开口，就吩咐甘露："让正院里的人都站到院子里去，我有话和世子爷说。"

甘露忙退了下去。

窦昭这才拉了宋墨耳语。

宋墨神色大变，骇然道："此话当真？"

"不知道。"窦昭道，"是太子妃亲口对我这么说的。"

宋墨坐不住了，在屋里转了两圈，道："有些事，我得让人去查一查。"

窦昭叮嘱他："你小心点！"

宋墨笑着点头，亲了亲她的面颊，转身出了内室。

窦昭忍不住在家里供奉的观世音面前上了几炷香。

宋墨连着几天早出晚归，又把严朝卿和陈曲水都叫到了书房。

窦昭忙着送年节礼。

宋宜春就清闲下来，他请吏部和兵部的侍郎吃饭，想为宋翰谋个差事。

吏部的侍郎话说得十分客气，却把皮球踢给了兵部的侍郎："窦阁老和您是亲戚，这差事的事，还不就是您一句话的事，兵部让我们怎么办手续，我们就怎么办手续。"

兵部的侍郎笑道："您这不是杀鸡用牛刀吗？贵府的世子爷手里掌着金吾卫，眼睛盯着五城兵马司，你在家里吩咐一声就得了，何必找我们？"

英国公府父子不和，他可是听到风声了的，宋墨太狠了，他可不想得罪宋墨。

你们父子俩的事，你们自己解决去。到时候只要你们开口，兵部的缺任你们选！

宋宜春总不能当着外人的面说自己指使不动大儿子吧？

他笑道："这任免官员的事，还是少不了两位大人，有您二位帮着背书，可比砚堂靠谱得多。"

两位侍郎呵呵地笑，就是没句准话。

宋宜春气得要命，却又无可奈何，只好关在家里生了几天的闷气。

宋翰收买了宋宜春身边一个贴身服侍的小厮，他很快就知道了这件事。

宋翰傻愣了半天。

没想到宋墨让人如此忌惮！难道宋墨一日不点头，他的差事就一日没有着落不成？

宋翰如困囚笼，狂躁不已。

苗安素避得远远的，生怕宋翰这把火烧到自己的头上。

宋墨则和严朝卿、陈曲水抽丝剥茧，发现线索慢慢地指向了首辅梁继芬。

这个时候，大雪纷飞，他们迎来了承平十八年的春节。

调查梁继芬的事只能暂时先放下，宋墨为此郁闷不已。

去宫里吃罢团年宴回来，他忍不住在马车里就和窦昭说起了悄悄话："你说大舅到底哪里惹了梁继芬？大舅被锦衣卫的人迫害致死，他竟能眼睁睁地看着……"

这么多年，定国公的惨死，英国公的反目，都是宋墨心头的结，不解开，他心中就不得安宁。

窦昭握了宋墨的手，柔声地安慰他："我们既然已经寻到了人，知道结果是迟早的事，你先别着急。"

宋墨点了点头，轻轻地叹了一口气。

窦昭就说起她进宫的事来："……太子妃很热情，当着太后娘娘和皇后娘娘的面，邀请我元宵节的时候带着孩子进宫观灯，太后娘娘呵呵地笑，很高兴的样子，皇后娘娘却像没有听见似的，一直和长兴侯夫人说着话，"她苦笑道，"只怕太子殿下也有自己的打算！"

她之前把宫变这件事看得太简单了。

一直觉得是太子天真软弱，这才会被辽王算计的。

可这几次和太子妃接触后，她才知道事情也许不像她想象的那样。

她之所以能如此笃定自己和宋墨只要齐心协力就能闯过这一关，与她认为自己窥得了天机有很大的关系，此刻却变得有些忐忑不安起来。

"除非辽王准备从城外打进来，否则是无论如何也绕不过金吾卫和五城兵马司的，"她继续道，"殿下说不定也知道这个道理，所以才想把你攥在手心里，我们要未雨绸缪才是。"

窦昭这才认识到了锦衣卫镇抚司的重要性。

她最后感慨道："如果姑爷还在镇抚司就好了。"

"有心算计无心，陈赞之就算是有三头六臂也不行。"宋墨不以为然，道，"还不如就这样让出来，既向辽王示了弱，也保全了陈赞之的性命。"说到这里，他有些不耐烦地道，"陈赞之待阿琰还好吗？怎么不见阿琰过来串门？"

窦昭哈哈地笑，道："阿琰出嫁还不到一个月，又近年关了，她是新娘子，哪里有空回娘家。等过了元宵，我们再接她回来好好住几日就是了。"又笑道，"你有什么话要问她的，现在就告诉我，免得到时候又胡思乱想的。"

宋墨讪讪地道："我也没别的意思，只要那陈赞之待阿琰好，我不会亏待他的。"

"知道啦！"窦昭调侃他，"知道你待人向来大方——初二的时候你陪我去给老安人拜个年吧！"

"这是自然。"宋墨笑道，"我听说老安人喜欢花草，早让人准备了几盆水仙花，让他们想办法养着，待到了初二的时候再开花。"

窦昭很是高兴，和宋墨说着新年的打赏、给元哥儿的红包等，气氛渐渐恢复欢快，等到两人下了马车，宋墨已是满脸笑容，晚上更和窦昭在床上好好地腻歪了两回，以至于第二天的大早朝两人差点就迟了。

· 99 ·

因是过年，严朝卿和廖碧峰都出了府，陈曲水孤家寡人的，在段公义屋里蹭饭吃。白天的时候他和来给段公义母子拜年的人吃喝谈笑，晚上回到家一个人，他就拿出这些日子收集的关于定国公死因的线索在灯下琢磨。

而宋宜春则一直上蹿下跳的，想为宋翰谋个差事。

很快，就到了正月十五，长安街上摆满了花灯。

窦昭怕元哥儿被城门上凛冽的寒风吹了，抱着儿子看了一会儿灯就借口不舒服下了城门。

元哥儿却正看着起劲，在窦昭怀里咿咿呀呀地扭着，怎么哄也哄不好。倒是三皇孙，打着哈欠在乳娘的怀里早就睡着了。

太子妃就让皇长孙将手中的八角琉璃走马灯给元哥儿玩。

皇长孙三岁能识字，五岁能识文，书读得非常好，皇上因此非常器重皇长孙，常常把他叫去询问功课。他的为人颇为大方，很爽快地手里的宫灯递给了窦昭身边服侍的。

如果不出意外，皇长孙也将是未来的储君，窦昭哪里敢接。连声地推辞。

皇长孙笑道："没事。去年皇祖父也赏了我一盏这样的宫灯，不过是八仙过海图，这个，就给翮哥儿拿去玩吧！"

他的声音温润如玉，让人听了顿生好感。

作为母亲，窦昭不由得感到一阵心痛。

这样好的一个孩子，最终却被饿死在了钟粹宫。

她恭谨地道谢，让金桂接过了宫灯。

元哥儿立刻被骨碌碌转动的宫灯吸引住了，扭着小身子要去戳那宫灯。

皇长孙看着有趣，让金桂把宫灯提到元哥儿的面前去。

"不可！"太子妃忙道，"小心灯光刺了翮哥儿的眼睛。"

皇长孙顿时脸色绯红，不好意思地看了窦昭一眼。

窦昭给皇长孙找台阶下，笑道："还是娘娘细心，我就没有想到这一茬。"

她的话音落下，就听到皇长孙轻轻地吁了口气。

窦昭不禁嘴角微翘，一行人去离城门不远处的暖阁。

一路上挂着各式各样的宫灯，璀璨如星，元哥儿目不转睛地盯着，早就忘了皇长孙给的那盏八角琉璃走马灯，等进了暖阁，更是哈欠连连，没等上茶的宫女退下，他已耷拉着眼皮睡着了。

太子妃笑着摸了摸元哥儿的小脑袋，笑道："这孩子，倒和我们家老三一样的脾性，能吃能睡能闹。也不知道长大以后是个怎样的性子！"

窦昭笑笑没有作声。

太子妃吩咐元哥儿的乳娘："让翮哥儿睡到三皇孙旁边，你们这样抱着他，他睡得不舒服！"

皇上虽然大度地让带着孩子的窦昭和太子妃提早下了城门，元哥儿在宫中却是没有歇息的地方的。窦昭知道这是太子妃对自己示好，自己若是再三推脱，谁知道太子殿下和太子妃会怎么想？

她笑盈盈地道谢，让乳娘把孩子带下去歇了，两人就坐在宴息室里说起了年节里各嫔妃的衣饰首饰。

有宫女神色略显慌张地走了进来，在太子妃耳边低声说了几句话。

太子妃神色一紧，嘴角紧紧地抿了抿，把目光落在了窦昭的身上，苦涩地道："有御史弹劾世子，说世子飞扬跋扈，公器私用，指使五城兵马司的人捉拿得罪世子表妹的富绅护卫。"

窦昭愕然，道："这个时候？在皇上面前？"

太子妃点了点头。

窦昭想让那宫女去探听到底是怎么一回事，又因身份地位不能差使那宫女，她不禁眉头紧锁，心浮气躁。

是辽王指使的，还是真有人看不惯宋墨的做派趁机发难呢？

或者是有人看见他们这些日子和太子走得太近，想给他们一个警告？

不管是前者还是后者，这个时候弹劾宋墨，可见都是抱了置之死地的决心，不知道皇上会怎么处置这件事？

她暗自担心，太子妃已焦灼地呵斥那宫女："还不快去听着。若有什么异样，立刻来禀了我们。"

宫女惶恐地应是，匆匆地退了下去。

太子妃眼底闪过一丝愧疚，安慰窦昭："不会有事的。今天是元宵节，皇上不会在这个时候惩罚臣子的。"

窦昭颔首，眉宇间难免还是流露出几分焦虑。

但愿太子妃说的是对的。

她情不自禁双手合十，朝着西方念了几声"阿弥陀佛"。

两人安静地在暖阁里等着。

大约过了一炷香的工夫，那宫女欢喜地走了进来。

"娘娘，夫人，"她屈膝行礼，眼中全是钦佩之色，"世子爷说，举贤尚且不避亲，五城兵马司原来就维护着京都的治安，总不能因为被掳的人是世子爷的表妹，世子爷就必须按兵不动了。皇上听了觉得很有道理，笑着罚了那御史三杯酒，准备将这件事就此揭过。谁知道那御史还揪着不放，在那里叽叽歪歪的，皇上一怒之下让人把那个御史给叉了出去。还发脾气说，难道当自己是暴君不成？一个两个的都要沽名钓誉地争着做诤臣？吓得满殿的臣工都不敢说话了，还是皇后娘娘让嬷嬷把十五皇子抱到了大殿上，皇上这才息怒的。"

十五皇子今年才三岁，是目前年纪最小的皇子，皇上完全将他当孙子在看待，十分宠爱。

窦昭和太子妃不约而同地松了口气。

这件事看似就这样过去了，却引起了宋墨和窦昭的警觉。

宋墨派了人监视着那个御史的一举一动。

窦昭则派人去接蒋琰回娘家住对月。

陈嘉送了蒋琰回来，窦昭请了蒋骊珠作陪。

蒋骊珠见蒋琰面色红润，精神饱满，打趣她："你现在还担心陈赞之会嫌弃你吗？"

蒋琰闹了个大红脸，抱着窦昭的胳膊偎着她坐下，悄悄地问窦昭："嫂嫂刚嫁进来的时候也不管家的吗？"

窦昭听她话里有话，笑道："怎么，你没有管家吗？"

蒋琰摇了摇头，又点了点头。

窦昭不解，蒋骊珠也支了耳朵听。

蒋琰这才赧然地道："赞之倒是把内宅的事都交给了我，可他又嘱咐那个陶二家的帮我主持家中的中馈，家里一共就我和赞之两个人还有十几个仆人，那陶二家的又能干，我每天除了听她报报账，什么事也没有了……吃了睡，睡了吃的……"

她很是不安。

窦昭和蒋骊珠面面相觑，又忍俊不禁。

蒋骊珠更是道："你这是身在福中不知福！你当那管家是好管的？一会儿油一会儿米的，不知道有多累人。既然陈赞之找了人帮你，你就放手歇着好了，有什么好担心的？"

第一百五十八章　推论·豁然·忌讳

蒋琰不安地问窦昭："我，我能这样吗？"

"有什么不能的？"窦昭笑着顺了顺她的头发，道，"各家都有自己的小日子，只要你自己觉得过得舒心就行了，至于是怎么过的，和别人有什么不同，则不必去比较。"

蒋琰认真地点头。

气氛就变得有些严肃起来。

蒋骊珠掩了嘴笑，问起蒋琰准备回娘家住几天。

蒋琰红着脸小声地道："赞之说过两天就来接我。"

窦昭愕然。

蒋骊珠"扑哧"一笑，道："他也太霸道了些！竟然只让你在娘家住两天。"

蒋琰喃喃地不知道说什么好。

窦昭就想起自己回娘家住对月的时候，宋墨第二天就追到了静安寺胡同……她不由笑道："那就过两天回去。反正你们住得离英国公府也不远，想什么时候回来就能什么时候回来，也不拘这一时。"

蒋琰松了口气。

宋墨和自己的这位妹夫实在没话说，他索性问起陈嘉的公事来："我听说柳愚这段时间风头很劲，对你有没有什么影响？"

他如今是宋墨的表妹夫了，等闲人可不敢为难他。

他恭敬地道："史大人和柳愚对我都很客气。"

宋墨就道："你有没有想过换个地方当差？"

这是什么意思？陈嘉有些拿不准。

宋墨道："锦衣卫虽好，可到底凶名在外，得罪的人多，想做锦衣卫都指挥使，必须是皇上的心腹，你起点太低，就算有我帮你，你想坐上那个位置还有点难。依我的意思，不如调到神机营或是五军营，那边的机会多一点。"

锦衣卫是世袭，四品以上就有机会在皇上面前当差，只有这样的人，才可能在皇上心目中留下印象。陈嘉是借袭，想尽办法才做到了小旗，根本就没有机会见到皇上，更不要说让皇上记住他的名字了，就算他努力地让皇上记住他的名字，想取得皇上的信任还得看机缘和运气。

陈嘉自己心里也明白。

他从前最大的愿望是能成为锦衣卫同知或是佥事，再想办法捞个世袭的百户之类的，惠及子孙，就已心满意足了。

他没想到自己这么快就达到了目标。

如果说他不想再进一步，那是假的。可让他离开锦衣卫重新开始，他心里又有点觉得麻烦。

陈嘉思忖半晌，道："我暂时还是先待在锦衣卫吧！锦衣卫的事我已经是熟门熟路了，办什么都方便，这个时候去神机营或是五军营，不免要花很多精力在人事上……"

也就是说，他希望这个时候更关注自己的小家。

宋墨非常满意他的回答，道："反正去神机营也好，去五军营也好，都很方便，你既然现在不想离开锦衣卫，那就以后再说。不过，史川现在和我有些不对付，你在锦衣卫里要多个心眼，最好什么事也别掺和。"

陈嘉恭声应是，欲言又止。

宋墨皱眉，道："你有什么事只管说就是了，吞吞吐吐的像什么样子！"

陈嘉低头应诺，斟酌道："您昨天在大殿上被人弹劾的事我已经听说了，只怕这件事不简单，世子爷还是要未雨绸缪才好。"

宋墨听了颇有些意外，但想到自己和陈嘉的初次见面，他的表情不由缓和下来。

有小厮进来禀道："杜唯求见！"

应该是查到什么消息了。

放下心中的成见，宋墨也不得不承认陈嘉是个有能力的人。他想了想，吩咐陈嘉："你跟我来！"

陈嘉没想到宋墨虽然不喜欢他，却也没有和他见外。

他步履稳健地跟了过去。

不一会儿，杜唯走了进来。看见陈嘉，他微微有点惊讶，但很快就恢复了平静，恭敬地道："弹劾您的那位御史春节期间一直都没有出门，今天早上却突然去了城西的一个卖羊蝎子的食铺，和一个穿着长衫文士模样的人一起喝羊蝎子汤。我派了人打探那人的底细，发现他曾在沐阁老府上做过幕僚……"

沐川，是皇后娘娘的人。

陈嘉傻了眼。

宋墨却喃喃地道："这就对了……如果是梁继芬，他肯定会谋定而后动，绝不会这么鲁莽……只有皇后娘娘才会面面俱到。如果能成，趁机把我给换下来；如果不成，就当是给我个警告……"

陈嘉听着，就想到了一个可能。

他的脸色顿时苍白如雪，张大了嘴巴，半晌都没有回过神来。

宋墨笑着调侃道："你若是后悔做了我的妹夫，我劝你最好现在就赶紧想个脱身之计。"

陈嘉想到蒋琰温温柔柔坐在灯下给他补衣裳的样子，胸口一紧，道："世子爷多虑了，我并没有后悔娶阿琰的意思！我只是没有想到……"

宋墨微微地笑，喝了口茶。

武夷跑了进来："世子爷，玉桥胡同的窦五少爷过来了。"

窦启俊？宋墨有些惊讶，请他到书房里说话。

窦启俊知道陈嘉是宋墨的表妹夫，进了书房，这才露出几分焦虑来，道："我有急事想单独跟您说。"

宋墨和他去了隔壁的暖阁。

窦启俊低声道："是五叔祖父让我来见您的。他老人家说，弹劾的事只怕与沐川脱不了干系，让您仔细沐川的人，小心被别人钻了空子。若是实在不行，避其锋芒，韬光养晦，才是正经。"

宋墨万万没有想到窦世枢会向自己示警，他吃惊地望着窦启俊。

窦启俊见自己这个向来镇定从容的姑父竟然露出了惊讶的表情，他不由得呵呵一笑，道："五叔祖父也是怕家里的人出事，所以特意让我来跟姑父说一声。"

宋墨点头，心里不由感慨，难怪窦世枢能成为窦家的首脑。

他真诚地道："你代我向五伯父道谢，说我会小心的。"

窦启俊"嗯"了一声，道："四姑父听说御史是沐川的人，并没有十分震惊，莫非四姑父已经知道这人与沐川有关系？"

宋墨含蓄地道："我刚刚知道。"

窦世枢能查出这层关系，多半是靠着窦世枢现在的位置和这么多年来打下的人脉，而宋墨也能很快就知道……这就有点耐人思味了。

窦启俊满脸敬佩地看了宋墨一眼，笑着站起身告辞。

宋墨留他喝腊八粥，窦启俊笑道："我还要给五叔祖父回话。等哪天得了闲再专程登门拜访。"又道，"有什么事要我帮着跑腿的，您吩咐我一声便是了。"

宋墨笑着送窦启俊到了大门口才折了回来。

陈曲水不知道什么时候来了书房，正和陈嘉说着闲话。

见宋墨进来，他笑着给宋墨行礼。

如今很多人都知道宋墨被弹劾的事，宋墨以为他也是为了此事而来，笑着请了陈曲水坐下。

陈曲水见宋墨没有让陈嘉回避的意思，也就直言道："我这个春节都在琢磨定国公府的事。我记得窦六老爷有次在槐树胡同喝了酒，和窦家的几位爷说起科举的事来，其中就提到了梁阁老，说他出身寒微，因而特别瞧不上那些高门大户的子弟，用人喜欢用寒门士子，评时文喜欢文风慷慨激昂的，如果梁阁老被任命为春闱的主考官，大家可得小心点，别被梁老阁点了会元，到殿试的时候却不知深浅地冒犯了天颜才好。

"世子爷，我记得那时候梁阁老刚刚主持内阁，皇上又旧疾复发，您说，他这么做会不会只是因为看不惯定国公府的煊赫张扬呢？"

宋墨闻言神色凝重，道："你的意思是？"

陈曲水道："我的意思是，皇上可能怕自己突然宾天，想让定国公辅佐太子，又怕定国公桀骜不驯，所以寻个错处要问定国公的罪。丁谓与定国公有隙，趁着这个机会指使钟桥折磨定国公。而梁继芬新任首辅，正想在皇上面前表现一二，觉得定国公拥兵自重，不敬朝廷，因而对定国公的遭遇视而不见。那钟桥毕竟只是一个小小的指挥使，他见锦衣卫对定国公用刑，而随行的御史装聋作哑，有可能觉得这是丁谓早就打通好了上面的关节，这才肆无忌惮，按照丁谓所说的谋害定国公……"

陈嘉是当事人。他仔细回想当初的情景，还就真有这种可能。

锦衣卫和都察院隶属于两个不同的圈子，平时井水不犯河水，能同时让锦衣卫和都察院都保持沉默的，除了皇上，没有第二个人。

他不由得口干舌燥起来，哑着嗓子道："世子爷，我们当初的确都以为这是皇上的意思。"

宋墨嘴里像含了枚苦胆似的。

若是真如陈曲水所推断的那样，大舅死得可真是太冤枉了！

他心里更多的，却是悲愤。

梁继芬，当朝的阁老，怎么能以出身论英雄？他的书难道都读到狗肚子里去了？

宋墨想到梁继芬因嘴角有两道深深的褶皱而显得苛刻而不好相处的面孔，手紧紧地攥成了拳。

他高声喊着武夷，道："你快去把窦五少爷追回来。"

武夷飞快地跑了出去，在府学门口追上了坐着轿子的窦启俊。

窦启俊满腹狐疑地折了回来。

宋墨问起梁继芬的事。

窦启俊回忆道："我也曾听六叔祖父说起过这件事。"

宋墨拉了窦启俊："走，我们一起去趟槐树胡同。"

窦启俊不知道发生了什么事，但见宋墨的面色很难看，连声应诺，和宋墨一起去了槐树胡同。

窦世枢今天也休沐，他正在和翰林院的几个年轻学子说话，听说宋墨和窦启俊一起过来了，他想了想，让长子帮着待客，自己去了小书房。

在宋墨认识的人里面，没有谁比既是梁继芬的同僚又是他的竞争对手的窦世枢更了解梁继芬的了，而且从格局上来讲，也没有谁比窦世枢看得更深远，知道的更多。所以在宋墨见到窦世枢的时候，并没有隐瞒自己的意图，他把曾经发生在定国公身上的事都告诉了窦世枢。

窦世枢没想到宋墨一直没有放弃给定国公翻案。

大丈夫立世，有所为而有所不为！

他看宋墨的目光，就多了一分欣赏。

但为了宋墨的私怨和梁继芬对抗……

莫欺少年郎！

窦世枢望着英气勃发的宋墨，端着茶盅沉默良久，这才下决心道："据我所知，梁继芬这个人谨小慎微，他那个时候刚刚接手内阁，前有曾贻芬的余威，后有叶世培的强势，旁边还有姚时中、戴建盯着，他的当务之急是要站稳脚跟。而他若要想站稳脚跟，揣摩圣意是第一要务，他就算心胸狭窄地想仇视定国公，又怎敢冒天下之大不韪地违背皇上的意愿？"

宋墨眼睛一亮，道："您的意思是，其中还有人做了手脚？"

窦世枢点头，正色道："皇上后悔定国公之死，还因此如此恩宠于你，按道理，定国公因意外亡故，皇上就应该善待蒋家人才是。可最终定国公的亡故也没能换来皇上的释怀，可见当时皇上是极为气愤的，一点宽恕蒋家的意思都没有，因此你的几位舅舅一进京就被投到了诏狱里。

"倒是你们那招声东击西用得好——诋毁定国公，让皇上觉得定国公不得人心，皇上在处置蒋家的时候才会网开一面，五岁以上的男子流放，五岁以下的男子和妇孺贬为庶民，还留下了可以遮风避雨的蒋家祖宅，之后又让汪渊去收拾当时曾经参与谋害定国公的人，这个时候皇上肯定是发现了自己的错误，想弥补一下定国公。

"是谁挑起了皇上的怒火？又是什么事让皇上幡然醒悟？

"根据你的推断，皇上是想在自己宾天之后让定国公辅佐太子，就算如此，皇上也不可能只把太子交托给一位臣工，对于身后事，皇上十之八九还有其他安排，为何独独在定国公身上出了差错呢？

"再就是丁谓。他本是个无根之人，一身荣辱全系在皇上身上，能成为皇上身边的红人，别的本事我不知道，可这察言观色，定然是一等一的。他又怎敢轻易谋害皇上的托孤大臣？"

宋墨闻言，突然有种茅塞顿开之感。

他道："辽王之事，是我让伯彦跟您说的。"

这个时候，不可能再藏着掖着了。如果因此而让窦世枢判断错误，说不定会让他们都面临万劫不复的局面。

窦世枢讶然，随后露出恍然大悟的表情。

他之前就怀疑，以窦启俊的身份地位，怎么可能发现辽王的意图？不过他行事慎重，想着不管窦启俊是从何处知道的这个消息，既有这样的传言出来，就不可能是空穴来风，还是宁可信其有的好。

他立刻吩咐窦家的人不要惹是生非，然后顺着这条线好好地摸了摸辽王的底。

真是不留心不知道！

辽王在京都可谓是用心良苦，不仅有幕僚和管事常驻在他京都的豪宅里与京中一些功勋和权贵结交，还经营着一份收益不菲的产业。

他这才全然相信了窦启俊的话。

让他意外的是，这个消息竟然是宋墨告诉窦启俊的。

这就对了。

宋墨一手掌握着金吾卫，一手掌握着五城兵马司，除非辽王领兵造反攻打进来，否则就没办法绕过宋墨。

元宵节的殿宴上有人弹劾宋墨，他立刻意识到是有人要动宋墨。

宋墨是勋贵，与窦家不在一个圈子里。可宋墨个人能力强，和皇家的关系十分密切，皇家有什么动静，他是第一个能知道的。自己现在虽然贵为阁老，在别人看来风光无限，可风险也是极大的，随时知道皇上的情绪，对他和窦家的安危有很大的帮助。

他必须支援宋墨，所以他派了窦启俊去给宋墨示警。

窦世枢不禁呵呵笑了两声。

现在看来，宋墨比自己想象中的更精明能干。

有个这样的盟友，窦家的未来定会变得更辉煌。

大家也不用兜圈子了，他肃然地压低声音，道："你是否曾拒绝过皇后娘娘的好意？"

事关重大，宋墨的声音也低了几分，道："我不是拒绝了皇后娘娘，而是拒绝了辽王。"

这和窦世枢猜测的一样。

他道："有没有可能定国公和你一样，也曾拒绝过辽王？"

宋墨抿着嘴，半晌没有说话。

福建，是走私的窝子。在定国公去福建之前，那里豪门大户没有一家手脚是干净的，定国公去了后，开始抽成，既约束了那些乡绅，又贴补了卫所的开销，自然也就挡了一些人的路。

何况造反又是件极耗银子的事。

窦世枢轻声道："只有这样，这件事才解释得通。丁谓窥破上意，决定顺势而为；

梁继芬顺水推舟，谋定而动；皇后娘娘……"

适当地添油加醋，就足以让定国公死无葬身之地！

宋墨眼睛微湿。

大舅死在这些人的手里，实在是太不值得了！

他闭上了眼睛，不想让窦世枢看见他眼中的泪水。

窦世枢长叹了口气。

入了仕，越往上走，越是如履薄冰，再警醒也难免会有被算计的时候。

所以盟友太关键了！

他道："虽然说英国公府一直地位超然，但你现在的职位关键。是东还是西，你要快做决断。"又劝他，"当断不断，反受其害！"

"我知道。"宋墨点头，想到了远在辽东的蒋柏荪。

如果五舅知道大舅的死有可能与皇后娘娘和辽王有关，他还会寄期望让辽王给蒋家沉冤昭雪吗？

他呷了口茶。

窦世枢什么也没有说。

宋墨还没有及冠，让他在生死关头立刻就做出判断和选择，未免有些强人所难。

念头闪过，他在心里叹了口气。

自己的两个儿子比宋墨年长，如今却还在为先生布置的时文犯愁。相比宋墨，差得太远了。以后两个孩子的科举和仕途自有窦家的人照顾，可遇到困境的时候，恐怕还得请宋墨帮着多多照应。

想到这些，他看宋墨又顺眼了几分。

"这件事你好好想想。"窦世枢的声音不自觉地就变得比刚才更温和，"实在为难，佯装惶惶不可终日地借口生病辞职也未尝不可，反正怕皇后娘娘的人也不止你一个。"最后一句话，他语气有些促狭。

这，是不是待他太亲近了些？

宋墨还有些不自在，笑着起身告辞。

窦世枢亲自送他到了大门口才折回书房，一直关注着书房动静的五太太端着热茶走了进来。

"老爷，"她有些担心地问道，"可是英国公府那边出了什么事？"

"没什么事。"事关重大，窦世枢在妻子面前也保持了沉默，"他被人弹劾，来找我出出主意。"

五太太松了口气。

窦世枢突然提起了郭氏："我记得她常带了静姐儿去英国公府串门的，这些日子还去吗？"

丈夫从不无的放矢。

五太太肃然地道："这些日子过年，大家都有些忙，郭氏有两个月没去英国公府了。"

窦世枢就道："让她没事的时候多去看看寿姑，这亲戚也是越走才会越亲近。"

这分明是要让郭氏交好窦昭。

五太太愕然，但还是相信丈夫，什么也没有问，笑着应好。

而宋墨回到家中时，窦昭和元哥儿都已梳洗完毕，窦昭正逗着只穿了件夹袄的元哥儿在炕上翻身。

儿子的憨态和无邪的笑容驱散了宋墨心头的寒冷，他亲了亲儿子的小脸，把犹带着寒霜的衣服换下，洗去了风尘，挨着窦昭坐下，学着窦昭的样子逗着元哥儿翻身。

陈曲水把事情的经过都已禀过了窦昭，窦昭知道他去了槐树胡同，因而笑着问他："此行可还顺利？"

"很顺利！"窦世枢不愧是阁老，看事情的眼界比起他身边的幕僚高了好几个台阶，宋墨把事情的经过全都告诉了窦昭。

"是皇后娘娘吗？"窦昭喃喃地道，心里却有点乱。

人在外面走，靠的就是一张脸。

因为史川所干的事，宋墨已经不可能投靠辽王了。而现在又得罪了皇后娘娘……想保持中立，已经是不可能的了。

难道他们就因此而投靠太子不成？可前世辽王才是最后的胜利者啊！

窦昭绞着手指头，想着太子打小就尊贵，身边不知道有多少人想投在他的门下，此时就算宋墨投靠过去，只怕也没办法成为太子的心腹。

这样一来，可就更危险了！到底该怎么办好呢？

夫妻两个都想保持中立，此时的心情就有些糟糕，宋墨搂着窦昭，良久都没合眼。

既然有了果，再顺藤摸瓜去寻因，事情就变得比较容易。

宋墨吩咐杜唯照着窦世枢推断的去寻找线索。

陈嘉则来接蒋琰回家。

蒋琰红着脸，带着窦昭给她准备的大包小包的东西回了玉桥胡同。

她见陈嘉表情有些严峻，担忧地道："是不是哥哥给你脸色看了？"

蒋琰能感觉得到宋墨不喜欢陈嘉。

"没有。"陈嘉笑着摸了摸蒋琰的头，温声道，"是衙门里有事，我正想着怎么办好。"

这种事她就帮不上忙了。

蒋琰"哦"了一声，温柔地服侍陈嘉洗漱。

陈嘉的笑容从眼底溢到了嘴角。

杜唯原是定国公的人，他擅长跟踪、刺探。定国公在福建的时候，他就是定国公在京都的耳目。

等到京都下起第一场春雨的时候，杜唯的情报就已经递到了宋墨的书案上。

宋墨负手站在窗棂前，望着屋檐外如线的雨丝，心乱如麻。

窦昭还是有些不相信。她坐在窗边的太师椅上，端着茶盅喃喃地嘀咕着"怎么可能"。

宋墨转过身来，修长挺拔的身子靠在窗棂上，苦涩地朝着她笑了笑，道："我也不希望是她。"他说着，声音渐渐低了下去，"我还记得小时候陪着母亲进宫，天气很热，宫里没有树，我站在屋檐下，汗水湿透了衣衫。母亲担心得不得了，生怕我中了暑。是她让宫女给我端了一碗冰镇绿豆水，还让宫女带我下去换了件衣裳。那件衣裳还是辽王的……她和母亲，私交甚密。皇上宠幸王嫔的时候，连着几天都没上早朝，她很生气，大朝仪过后留了母亲说体己话……昨日种种，仿佛就在眼前……可事情却急转直下，好像从前的种种都是一场笑话……"

他垂着眼睑，神色间透着几分悲凉。

窦昭心疼如绞，上前抱了宋墨的腰。

宋墨抚着她的青丝，低声道："我没事……说出来就好了。"

窦昭点头,道:"你能让我看看杜唯的呈报吗?"

宋墨将杜唯的呈报递给窦昭。

在宋墨被御史弹劾之前,皇后的内侍去过沐川府上几次;沐川的幕僚和弹劾宋墨的御史见过几次面;辽王当年曾派谁去的福建,又见过定国公几次……都查得一清二楚。

如果说这件事和辽王、皇后没有关系,任谁也不相信!

但窦昭更相信宋墨不是认贼为主、为虎作伥之人。

她道:"我们要不要再查清楚一点?"

宋墨摇头,道:"杜唯打探一下别人的行踪还可以,若想知道皇后娘娘和皇上都说了什么话,不要说他了,就是锦衣卫的人也未必打探得出来。我已邀了汪渊一起用晚膳,等我见过了汪渊,事情就会一清二楚了。我也想知道,这件事到底和皇后娘娘有没有关系!"

窦昭轻轻地叹了口气。

下雨的春日,夜晚来得特别早。

小厮们挑着灯笼冒雨送宋墨上了马车。

汪渊今天好不容易能出宫一趟,他无意应酬谁,邀了宋墨在自家的院子里喝酒。

宋墨到时,酒已经温好了,倒酒的婢女明眸皓齿,如春风晓月。

"汪大人好情调。"宋墨笑吟吟地夸着,和汪渊分宾主坐下。

汪渊的宅院里的一草一木都是他自己精心设计和挑选的,却碍于身份,来的人很少。这就好比是锦衣夜行,让汪渊每每想起心里就是一阵抽痛。

宋墨的话,正好挠到了他的痒处。

端起酒盅,汪渊就夸耀起自己的宅子来。

宋墨微笑地听着,时不时问上几句,让汪渊的谈兴更浓。

一顿饭就有说有笑地吃到了快亥时。

汪渊手一挥,俏婢端着美酒悄然退下,刚才热热闹闹的花厅,此刻只剩下满室的寂静和一桌子残羹冷炙。

"世子爷来找我,恐怕不仅仅是为了讨杯酒喝吧?"他笑盈盈地望着宋墨,眼底透着几分狡黠,"我和世子爷也不是一天两天的交情,您有什么事也不用和我绕弯子,只要是我老汪办得到的,哪怕鞠躬尽瘁,死而后已,也一定给您办到!"

宋墨呵呵地笑,道:"鞠躬尽瘁,死而后已?您也太抬举我了。不过,我的确有件小事要请您帮忙。"他说着,笑容渐敛,目光变得锐利起来,"我知道大人一向在皇上身边服侍,我就是想知道,我大舅事发后,皇后娘娘都对皇上说了些什么?"

汪渊心中骇然。可长期在皇上跟前服侍,早已把他训练得七情六欲不上面了。

他笑眯眯地望着宋墨,道:"世子爷僭越了。我们做奴婢的人,哪能非议主子呢?这可是件掉脑袋的事!此事恕我帮不到世子爷。"

宋墨自嘲地笑了笑,道:"我这也算是病急乱投医!大人督管着锦衣卫,而锦衣卫的史川又和辽王交好,您怎么会告诉我关于皇后娘娘的事呢?"他说着,举起还剩下点残酒的酒盅敬了敬汪渊,一口饮尽,仿佛自言自语地道,"先是谋害了我大舅,后又让沐阁老的人弹劾我……我也不知道是哪里惹着皇后娘娘了,她大可免了我的职,又何必玩这些花样?这兔子急了还咬人呢,皇后娘娘怎么就算准了我会乖乖认命呢?"

汪渊听着汗毛都竖了起来。

藩王结交朝臣,这可是大忌!他虽然是督管着锦衣卫,可锦衣卫都指挥使史川也是皇上的心腹,他主要的精力还是放在服侍皇上上,史川和辽王交往,若是有心瞒他,他

·109·

怎么会知道？

可问题是，皇上会相信吗？

宋砚堂这是要干什么？

威胁自己，

还是想让自己给皇后娘娘传个话服个软？

汪渊目不转睛地盯着宋墨。

宋墨神色平静，没有一丝求饶的样子。

汪渊不禁在心里骂了一句。

你还以为你真是皇子龙孙，皇上会为你和皇后反目！

等等！

汪渊脑子飞快地转了起来。

宋砚堂是什么意思？

皇后娘娘在下他的黑手？

一个是君，一个是臣。君要臣死，臣不能不死。

皇后娘娘要收拾宋砚堂，一句话的事，为什么要这样悄悄地算计宋砚堂呢？

宋砚堂可不是个好相与的，他告诉自己这件事，到底有什么用意呢？

皇后娘娘和宋砚堂之间，又发生了些什么事？

还有辽王……宋砚堂说史川和辽王有私交，是在暗示些什么吗？

念头闪过，汪渊的脸色一白。

他想到那天皇上拿着辽王的请安折子看了良久，然后叹了口气去看了皇长孙。

汪渊的额头冒出密密的汗。

宋墨看着火烧得差不多了，笑着站了起来，道："今天打扰汪大人了。史川最近在给我妹夫小鞋穿，我怕万一我和史川打起来了会叫汪大人为难，借着这个机会和您提前说一说。"他哈哈地笑，神色轻快，"若是闹到皇上的面前，您可要为我说几句好话啊！"

打起来……汪渊的脸都黑了。

英国公府粉饰太平，却瞒不过他这个督管锦衣卫的。

什么家里遭了贼？那些护卫就是他杀的！不仅把人杀了，还把尸身整整齐齐地码放在院子中间等英国公回来。

这是一般人干的事吗？

看他一副人模人样的，相处久了，倒把这件事给忘了。

可恨自己当时根本不知道，皇上问的时候还被他糊弄过去了，之后知道了真相，却没敢跟皇上明说了，眼睁睁地看着他把一个正三品文官和一个正三品的武官给拉下了马。

想到这些，汪渊心中有些不安起来。

宋墨向来谋定而后动，他这么做，到底是什么意思？

汪渊一夜都没有睡好，回到宫里，脸下还一片青色。

皇上打趣他："你昨天干什么去了？不会是金屋藏娇了吧？"

在旁边服侍皇上梳洗的汪格带头笑了起来。

汪渊忙涎着脸跪了下去，道："奴婢是怎样的人，皇上还不清楚吗？奴婢就是有那个心，也没这个胆啊！"

"快起来吧！"皇上笑着踢了他一脚，道，"今天让汪格在书房里伺候，你去补个觉吧！"说着，大步出了偏殿。

汪格等人疾步跟上，只剩下汪渊孤零零地跪在偌大的偏殿里。

他慢慢地爬了起来，站在丹墀上望着皇上远去的背影发着呆。

有小内侍朝着这边探头探脑的。

他皱了皱眉。

立刻有小太监去把那小内侍揪了过来。

汪渊一看，竟然是皇后宫里的。

他温声道："你这是干什么？还好皇上不在，要不然一顿板子是怎么也跑不了的。"

小内侍连声求饶。

汪渊就问他："你过来干什么？"

小内侍道："奴婢就是路过。"

汪渊"哦"了一声，让人把小内侍放了。

小内侍飞一般撒腿就朝宫外跑去。

汪渊的脸沉了下来，吩咐身边的人："给我看看他去干什么了！"

不一会儿，小太监恭敬地给他回话："是皇后娘娘差了他来找汪少监。"

汪少监，是指汪格。

汪渊的脸色更阴沉了。

他怎么忘了，这乾清宫，还有汪格！

汪渊背着手，缓缓地去了乾清宫后面的庑房。

窦昭怀疑地道："你这样，汪渊会说吗？"

"他最是多疑了，就算他不说，心里也会种下一根刺。"宋墨淡淡地道，"他常年服侍皇上，皇上的龙体他最清楚不过，皇上宾天，他何去何从，正好给他一个选择。"

前世，汪渊留在了万皇后身边。从这也可以看出来，汪渊并不是个安分守己的人。否则他大可以什么也不管，皇上死后去守寝陵。

赵良璧从湖广回来了。他难掩心中的喜悦："湖广种占城稻，一年两季，已取代江南成为鱼米之乡。舅老爷帮着买了大大小小九个田庄，多的有六千亩地，少的也有两千亩，到时候仅仅我们自家的田庄就足够自家米铺的销量，不用再去江西等地贩米了。"

并告诉窦昭，赵璋如生了个八斤重的大胖小子。

这些不过是窦昭产业中的九牛一毛，倒是赵璋如生产更让她欢喜。

她吩咐赵良璧："你过年的时候都不在家，素心很是担心。你快回去歇歇吧，这些事我们过两天再说。"又道，"你看我表姐都做了母亲，你们还没有动静。"

赵良璧赧然地退了下去。

第一百五十九章　吐露·送礼·西苑

赵璋如孩子的洗三礼和满月礼是赶不上了，窦昭忙着给孩子准备百日礼。

宋墨却决定再刺激一下汪渊。

三月中旬，陕西都司都指挥使回京述职，皇上为表彰他抗蒙有功，特赏下黄金百两、珍珠十斛和绫罗绸缎百匹，并恩荫其后嗣一个世袭的从四品同知之职。

原本这样出风头的事都是由汪渊去宣旨，但这次，汪渊在服侍皇上梳洗的时候脚滑了一下，差点把水盆打翻，皇上哈哈大笑，指了一旁年富力强的汪格去传旨，还说汪渊："卿家也老了。"

汪渊越想越觉得是有人推了自己一把，可他暗暗左右打量，身边不是他的干儿子就是讨了他欢喜的小徒弟，他查了又查，还是没有查出是谁。反倒是汪格，他是负责乾清宫书房事务的，根本不应该在皇上梳洗的时候出现，但汪格不仅出现在皇上的寝宫，而且在汪渊滑了一跤之后，汪格恰到好处地捧了几块墨锭进来，服侍皇上写大字。

他悄悄地吩咐小徒弟，把一份江浙水患的折子藏在了炕垫子下面。

内阁急等着批红，梁继芬亲自上折求见，皇上这才发现原本早就应该传到内阁的折子不见了。

皇上大怒，汪格被杖责二十大板。

只是汪格的板子还没有打下去，皇后娘娘就出现了。

最后汪格还是被打了二十大板，可那二十大板，不过是让汪格受了点皮肉伤，相比皇后娘娘让人赏了汪格一瓶金疮药的殊荣而言，那二十大板根本无足挂齿，反而让汪格更嚣张了。

这很不同寻常。

汪渊知道，万皇后之所以能得到皇上的器重，很大的一个原因是万皇后一心向着皇上，从来不拉帮结派，更不会违背皇上的意思。

他神色阴郁地回了自己的宅第，在书房里转悠了良久，让小徒弟去叫锦衣卫镇抚司的镇抚过来。

柳愚飞奔而至，恭敬地给他请安，他这才想起镇抚司的镇抚早已换上了史川的人。

汪渊不禁有几分后悔。

他打发了柳愚，叫了东厂的人去查汪格。

不查不知道，一查他吓一跳。早在辽王就藩之前，汪格就已开始为辽王办事了。

汪渊恍然大悟，想到皇上这几天把他当手脚不利落的老人看待，他就想吐血。

回到宫里，汪格的小徒弟正在那里趾高气扬地训斥着几个做错事的小内侍。

汪渊心里更不是滋味了。

所以看见宋墨从乾清宫的书房里出来，他冲着宋墨笑了笑。

宋墨就朝着他拱了拱手，道："大人什么时候出宫？我请大人喝酒。"

汪渊顿时就有些怀疑是宋墨做了什么手脚。

可望着宋墨那张坦然的面孔，他又觉得不太可能，是自己多心了。

"好啊！"他笑眯眯地点头，"哪天再约世子爷！"

宋墨微笑着点头而去。

汪渊恶狠狠地瞪了一眼汪格歇息的庑房，这才弯下腰，慢悠悠地进了书房。

等到他再次有机会和宋墨喝酒的时候，当年的事也就一一地呈现在了宋墨的眼前：

"……皇上那个时候时常发病，太医院又只敢开些太平方，皇上觉得自己活不长了，准备在陕西都司都指挥使和定国公之间挑一个，皇后娘娘觉得定国公比较好，说是勋贵出身，和英国公又是姻亲，是自己人……后来定国公被捕，几位阁老纷纷为定国公求情，也有浙东一带的封疆大吏弹劾定国公私交朝臣，皇上心里极不舒服，让锦衣卫问话……御史那边的密折过来，也只说是锦衣卫飞扬跋扈，连对股肱之臣也敢刑讯逼供，至于定国公受了怎样的刑、伤势如何，却是只字不提。皇上留中不发，没有理会。谁知道没几日，就传来了定国公的死讯。

"皇上震怒，把史川叫进宫就是一顿劈头盖脸的臭骂，并限他十日之内查清楚事情的真相。

"接着就是言官弹劾定国公的折子。皇上气得肝痛，说：定国公公正廉洁，活着的时候一个个都称定国公是国之梁栋，这人一死，头七都没有过，就什么脏水臭水都往他身上泼，全是些势利小人！

"要为定国公正名。

"不承想皇后娘娘却劝皇上，若皇上此时赦免了定国公，岂不是承认定国公之死是皇上的错？

"皇上就有些犹豫起来。

"皇后娘娘就道：'蒋家除了定国公，还有蒋竹荪、蒋兰荪，您既然决定将蒋家的人留给太子殿下用，不如让蒋家吃些苦头，将成年的男丁流放到辽东，妇孺之类的贬为庶民返回原籍。蒋家还有祖宅祭田，蒋家的人要是感念圣恩，自然会过得很好；若是心怀不满，就算是皇上此时赦免了蒋家人，蒋家也一样会觉得委屈不平。雷霆雨露，都是君恩。正好趁着这个机会看看蒋家是真的忠贞还是假的忠贞。'

"皇上觉得皇后娘娘言之有理，很快就下了圣旨，将蒋家五岁以上的男丁流放辽东，老弱妇孺贬为庶民遣返濠州。

"至于蒋家三爷和五爷，我知道皇后娘娘身边的内侍曾去见过钟桥，至于说了些什么，我没敢问钟桥。"

宋墨望着手中的酒盅，心中满是苦涩，半晌才淡淡地道："如果那些大臣不是弹劾我大舅而是为定国公喊冤、求情，皇上又会如何呢？"

汪渊叹了口气，道："满门抄斩已是好的，只怕还会株连三族！"

宋墨想起窦昭。

若他没有遇见窦昭，蒋家、自己，如今又会是怎样呢？

他回到颐志堂，孩子已经睡了，窦昭正坐在灯下画花样子。

听到动静，她抬起头来，朝着他盈盈一笑，道："你回来了！"

清澈的目光如泉水，倒映着他一个人的影子。

仿佛涌动的潮汐，拍打着他的胸口，让他心动得一句话都说不出来。

他上前几步抱住了窦昭。

"寿姑，如果没有你，我会成什么样子？"他闭着眼睛，把头埋在她的青丝间。

窦昭的心立刻软成了一团。

她安抚般地轻轻地拍着宋墨的肩膀，笑道："如果没有我，你肯定会娶个温柔体贴的妻子，纳几个色艺俱绝的姬妾，生几个活泼可爱的孩子……"

"不会！"宋墨反驳道，"我只喜欢你，不要别人！"

不会？是不会娶个温柔体贴的妻子，还是不会纳妾？

窦昭呵呵地笑。

不管怎样，宋墨如今好好的——荣华富贵，位高权重，前程似锦！

她紧紧地搂着他，笑道："你今天喝了酒？要不要我让灶房给你做碗醒酒汤？"

宋墨放开她，摇了摇头，道："你叫了小丫鬟进来服侍我梳洗就行了。"

窦昭点头应好。

宋墨梳洗过后拉着窦昭一起倚在临窗的大炕上，他握着她的手，把见过汪渊的事告诉了她。

窦昭愕然，随后若有所思。

宋墨向来重视窦昭的看法，见她有些心不在焉，忙道："怎么了？是不是有什么不妥的地方？"

窦昭回过神来。

"没有。"她语气微顿，道，"我是在想，如果当初大家都上折子为定国公喊冤求情，惹怒了皇上，皇后娘娘会不会在旁边火上浇油……"

"不会。"宋墨很冷静地道，"她在皇上面前素来贤淑大度，蒋家已经要倒霉了，她犯不着给自己惹麻烦，平白得罪人。这次她之所以插手，不过是想着既然已经得罪了蒋家，索性一不做二不休，除了蒋家以绝后患。"说到这里，他冷笑了一声，"果真是成大事的，翻脸无情！那时候我母亲焦急如焚，她还在一旁安慰我母亲，我母亲对她感激涕零，却不承想害我大舅的就是她！不过是没有偏向辽王而已，她就能下得了这样的毒手，这要是和她作对，岂不是要死无葬身之地？"

所以，前世皇后并没有对蒋家动手！

窦昭听着心中一松，又涌起另一个念头来。

她斟酌道："砚堂，你有没有想过，如果定国公仅仅是没有偏向辽王，皇后就能费这么大的功夫斩尽杀绝，那些委婉拒绝了皇后的，皇后岂不是要将他们锉骨扬灰才能解恨？"

宋墨一愣。

窦昭道："我们都察觉到了辽王的野心，可没有一个人敢告诉皇上，不过是因为一来没有证据，二来怕皇上不相信，反而令自己身陷囹圄。可如果跟皇上这么说的人是定国公，你说，皇上会有什么反应？"

宋墨神色大变。

如果是定国公，皇上就算是再相信皇后，再相信辽王，也会心生疑窦！

这才是皇后要对定国公和蒋家下手的真正原因。

她怕定国公的死，让蒋竹荪和蒋兰荪说出对辽王不利的话来。

宋墨眼角湿润："可恨我五舅现在什么也不知道，竟然认贼为主，助纣为虐！"

窦昭也被自己的这个推断弄得心有戚戚。

她道："我们是不是应该跟五舅透个音？"

宋墨颔首，匆匆去了书房。

窦昭望着还残留着半杯冷茶的茶盅，长长地叹了口气。

因为事关重大，宋墨让陆鸣亲自走一趟辽东。

陆鸣被这个消息惊呆了，半晌才回过神来，默然离去。

宋墨独自在书房伫立良久，叫了武夷进来："开了库房，我要挑几件东西送人。"

库房顿时灯火通明，宋墨在里面挑挑拣拣了好一会儿，让武夷捧着几件东西去了窦昭那里。

窦昭见拿过来的是一匣子描金扇子、一尊掷壶和几套七巧板，奇道："这是？"

宋墨表情淡然地道："你这两天抽空进趟宫，把东西送给太子妃。"

如果是送给太子妃，倒是正好。

窦昭迟疑道："你是准备交好太子吗？"

"不！"宋墨露齿笑道，"我这是要打草惊蛇！"

窦昭不解。

宋墨轻声道："我原想在辽王和太子中间和稀泥——管他谁登基，难道还能少了英国公府的俸禄不成？可现在，若是不让皇后和辽王身首异处，难消我心头之恨！

"我们这个时候投靠太子殿下，没有任何建树，难以成为太子殿下的心腹。还不如等到辽王起事之时，我们助太子殿下擒拿逆贼，这才是封妻荫子的大功。

"五舅舅和蒋家表兄弟们还在辽王的手里，我们此时不能明着和皇后翻脸，而且我相信等五舅舅知道是谁陷害了蒋家之后，绝不会继续助辽王成事。与其让五舅舅和辽王反目，还不如让五舅舅和辽王虚与委蛇，关键的时候做内应，待到太子殿下登基之后，既可洗刷蒋家的冤屈，又可建功立业，重振蒋家家声。

"我仔细想过，皇上还活着，太子作为储君也名正言顺，辽王不可能堂而皇之地攻打京都，这样一来，就算他得了手，天下不归，他也很难坐稳帝位。他若想达到目的，唯有通过宫变。可如果想宫变，就绕不过金吾卫去。

"我们和太子殿下走得近了，又不愿意归顺辽王，皇后怎能容忍我掌管金吾卫？皇上素来对皇后信赖有加，皇后要对付我们，我们可以说是防不胜防。既然如此，我们还不如先发制人，让皇后先动手。皇上这几年病体磨心，精力不济，通常精力不济的人都喜静不喜动，只要让皇上相信我是掌管金吾卫最好的人选，皇后再怎样折腾，都没有办法动我分毫，说不定她动作太大，反倒还会引起皇上的猜疑。

"只要金吾卫在我的手里，辽王起事就不可能瞒得过我的眼睛。"

窦昭笑道："所以你让我去给太子妃送礼，让皇后以为我们想巴结太子殿下，从而引起她的焦虑不安，先出手对付你？这样看来，我以后还得常常去东宫坐坐才行。"

"不错。"宋墨微微地笑，他就知道，妻子是最知晓他的人，"最好带上元哥儿。他日太子登基，元哥儿早就和皇孙们混个脸熟，总有好处。"

窦昭笑着点头，第二天就向宫里递了帖子。

对于像英国公府这样的勋贵，太子夫妻自然是乐于亲近的。

第三天，就有东宫的内侍接窦昭母子进宫。

收到窦昭送来的礼物，太子妃有些意外，但更多的，是喜欢。

一匣子的描金折扇本不稀罕，可扇面是一年四季十二月，春天的牡丹，夏天的荷花，秋天的金菊，冬天的寒梅……都镂空雕刻，用堆纱上的色，非常精美别致。

掷壶非金非木，看不出是什么材料，壶身雕着一圈跪坐的深衣美人，造形优美，古朴大方，一看就是前朝的古物。

几套七巧板既有檀香木制的，也有沉香木制的，拿着手里，暗香浮动，让人心宁。

"让世子和世子夫人破费了。"太子妃笑盈盈地让身边的女官收了礼品。

窦昭恭敬地道："一直以来承蒙您的照顾，无以回报，些许薄礼，能入您的眼就好。"

"你不用和我客气。"太子妃和窦昭寒暄着，让人抱了三皇孙过来，让三皇孙和元哥儿在东殿的大炕上玩，她则和窦昭在暖阁里说话。

从今年春天的天气到可能会流行的发饰衣裳，都是贵妇们必备的谈话主题。太子妃很感兴趣，两世为人的窦昭则有"先见之明"，两人越谈越投机，最后窦昭画了几件衣服样式，才抱着元哥儿告辞。

太子妃让针工局的照着做了两件衣裳，太后娘娘看了直称好。

她是个聪明人，窦昭既然有心亲近她，她自然也会投木报琼，抬举窦昭。

太子妃把窦昭狠狠地夸奖了一番。

太后娘娘想着过几天是万皇后的生辰，笑道："让她进宫来给我也裁两件衣裳。"话毕，想到窦昭好歹是超品的世子夫人，哪有给人做绣娘的道理，又泄气地道："算了，还是让针工局的给我做好了。"

之前为了避嫌，英国公府和东宫都是淡淡的。如果不是元哥儿和三皇孙生辰只差一日，皇上又亲自给两个孩子取了名字，他们还不敢走动。但太子妃觉得窦昭是个颇为知情识趣的人，应该不会计较这些，让人传了话给窦昭。

窦昭立刻进宫，帮太后娘娘设计了几款衣服。

太后娘娘吩咐女官把画图传给了针工局，拉着她的手笑道："辛苦啊！"

窦昭恭谦地道："您这话臣妇可不敢当。您待我们家世子爷就像长辈一样，我能代我们家世子爷在您面前尽孝，是我们家世子爷和臣妇的荣耀，哪里就称得上辛苦！"

太后娘娘对她的回答非常满意，不仅赏了窦昭两根赤金嵌和田玉的簪子，还赏了宋墨两方砚台、元哥儿几匹尺头。

待到皇后生辰那天，太后娘娘身上那袭宝蓝色配粉红色的衣裙让她光彩照人又不失端庄秀雅，而太子妃又有意做陪衬，让太后娘娘的光彩甚至压过了过寿的皇后。

皇上对这些是没有什么感觉的，皇后娘娘不免有些奇怪，派了人去打听，知道是窦昭帮太后娘娘裁的衣裳，她也只是宽和大度地浅浅一笑，道："这个窦氏，没想到还有这本事。"

太子妃想到过些日子就是太后娘娘的生辰了，怂恿着太后娘娘再做几身衣裳。太后娘娘做皇后的时候要恭顺贤淑，从来不敢穿得太艳丽，如今没有人管束，宫中岁月寂寞，难得有件新鲜事儿，太后娘娘顿时来了兴趣，隔三岔五地就叫了窦昭进宫，索性让她进宫的时候也带上元哥儿，道："正好给三皇孙做个伴。"太子妃就顺势带了三皇孙去慈宁宫玩，帮着太后娘娘出主意。她们有几次还碰到了来给太后娘娘问安的皇上，皇上看着太后娘娘这里欢声笑语中夹杂着孩子的咦呀声，一派温馨热闹，连带着太后娘娘的气色也比从前好了很多，他很高兴，逗着元哥儿和三皇孙玩了好一会儿才让内侍把孩子抱了下去。

从此窦昭进宫就更方便了，太子妃和窦昭也走得更近了。

皇后对此并没有放在心上，偶尔遇见进宫的窦昭，还会拉着她亲切地说话。

窦昭对宋墨笑道："皇后比你想的可大度多了，你计策没有奏效。"

宋墨不以为然，道："如果你都能看出皇后的情绪，那她还能在宫里混吗？"

窦昭想想也对，抿了嘴笑。

陆鸣从辽东回来了，宋墨去见了陆鸣。

没几天，濠州那边的蒋大太太就放出话来："不是世子爷不愿意把老爷留下来的东西还给蒋家，而是老爷把这些东西交给世子爷的时候曾说过：世间万物，有德者得之。蒋五爷不是支应门庭的人，就算是世子爷把东西还给了蒋五爷，也不过是被蒋五爷挥霍了，还不如留给世子爷。"

宋墨也放出话去，道："我不是要霸占大舅留下来的东西，实在是因为濠州蒋家只余妇孺，没有个能够主持大局的人，我现在不过是代蒋家保管这些东西，等到蒋家的子孙长大成人，自然是要还回去的。"

蒋柏荪的陈年旧账被翻了出来。

大家不由叹声"败家子"，对蒋柏荪与宋墨争产之事都颇为不屑。

窦昭问宋墨："你这是在逼皇后动手吗？"

宋墨朝着她眨了眨眼睛，道："还不止这些。"

这话说了没多久，他们就迎来了太后娘娘的寿辰。

满朝来贺。

英国公府受邀出席在慈宁宫举办的皇家家宴。

苗安素很紧张，宋翰则是有些愤愤不平。

同样是英国公的子弟，宋墨进宫如履平地，他却是难如登天。不仅如此，一路行来，不时有人和宋宜春、宋墨甚至是窦昭打招呼，看他们夫妻一眼的人却很少，他们夫妻简直像是宋宜春和宋墨的仆妇，特别是当顾玉出现后，他的这种愤恨情绪达到了顶点。

顾玉连皇子的脸色都不在乎，又怎么会看宋翰的脸色？他视若无睹地把宋墨拉到一旁，兴奋地嘀咕道："我又卖了两艘大船出去，你要不要抽空去天津的船坞看看？这些日子天气正好，你还可以带着嫂嫂和元哥儿同去。"

宋墨有些动心，想了想，道："我还是不去了。"然后朝着左右看了看，低声道："我这些日子在查大舅的死因，走不脱身。"

"哦！"顾玉有些失望。

皇后有些日子没有看见顾玉了，忙招了顾玉过去，嗔道："你这些日子还在天津的船坞？做生意就那么好玩？我看你还是正经做点事好！要是实在觉得无聊，去辽东找你表哥玩去。"又道，"你把手里的事理一理，交还给砚堂算了。"

顾玉没有作声。

定国公的死是大忌，宋墨查定国公的死，只会让皇上和皇后不悦，他决定保持沉默。

窦昭悄声问宋墨："你是想让顾玉给皇后传话吗？"

"不！"宋墨斩钉截铁地道，"顾玉不会告诉别人的。"他说着，面无表情地瞥了身后一眼，"自然会有人帮我传话。"

窦昭眼角的余光顺着宋墨的那一瞥望了过去，就看见时刻跟在顾玉身后的两个护卫。

窦昭立刻明白过来。

她招呼了苗安素一声，笑盈盈地抱着元哥儿去了安置女眷的后殿。

苗安素手跟手、脚跟脚地跟在窦昭身后。

宁德长公主等几位年长的皇室公主、王妃正坐在那里说话，看见窦昭抱着孩子进来，俱是一愣。宁德长公主因是窦昭的长辈，直言道："你怎么把孩子抱了进来？等会儿我们还要去给太后娘娘拜寿。"

这样的宴席，不要说是孩子，就是大人都吃不消。只是当着众人的面，这话不好明说。

她伸手让窦昭把孩子给她，道："元哥儿的乳娘随着进来了没有？你还是把孩子交给乳娘先带回府去。"

窦昭苦笑，道："太后娘娘特意派了内侍去府上传口谕，寿宴的这天，让我把元哥儿也带进宫来。"

几位长公主和王妃看窦昭的目光就和刚才有了很大的不同。淮南王王妃更是笑道："这孩子，倒随了他父亲，长得真是漂亮。也不知道以后谁家的闺女有福，找了他做女婿？"

元哥儿越长越像宋墨，雪白的皮肤，乌黑亮泽的眸子，大大的眼睛，睫毛又长又翘，粉嘟嘟的，十分可爱。

三公主就打趣道："您府上前几天不是刚添了个孙女吗？我看也不用费心了，把元哥儿送给您家做姑爷好了。"

窦昭额头直冒汗，淮南王王妃却道："你以为我不想啊？只可惜我那几个孙女都是庶出。"说着，轻轻地握了握元哥儿的小手。

元哥儿正是认人的时候，因这些日子常随着窦昭进宫，不时会被陌生的内侍或是宫女抱着玩，也不认生，冲着淮南王王妃就是甜甜的一笑，把个淮南王王妃稀罕得，解下了腰间用来做禁步的一块羊脂玉玉佩就挂在了元哥儿的脖子上："这个给你拿去玩。"

窦昭忙上前道谢，淮南王王妃笑眯眯地点头，道："你若是得了闲一定要去我府上串门去——我家九孙子只比元哥儿大四个月。"

窦昭笑着应是。

皇上扶着太后娘娘出来了，他们身后，还跟着皇后和太子一家。

大殿里立刻变得鸦雀无声，大家恭敬地行礼。

憎憎懂懂的元哥儿却不管这些，他看到熟悉的面孔，从母亲的怀里抬起头来，冲着大殿正中的皇上和太后咿咿呀呀地叫唤着，在安静的大殿中显得特别突兀和响亮。

窦昭和元哥儿顿时成了大家注目的焦点。

而原本安安静静地伏在乳嬷嬷怀里的三皇孙也开始扭着身子冲着元哥儿叫唤。

肃穆端庄的气氛顿时显得有些滑稽。

皇后几不可察地蹙了蹙眉。

太后娘娘和皇上却笑了起来，太后娘娘还吩咐身边的内侍："快把翮哥儿抱过来，让他和三皇孙一块儿玩去。"

内侍谄媚地笑着，抱了元哥儿。

从皇上身边经过的时候，皇上还笑着摸了摸元哥儿的小脸蛋。

大殿里的空气有瞬间的凝滞，但又很快恢复了原来的流畅。

皇上最年长的堂伯淮南王领着皇亲国戚给太后娘娘祝寿。

宋翰跟在最后面，死死地盯着站在最前面的宋墨和顾玉，心里百般不是滋味。

祝完了寿，就是寿宴。

皇后和太子妃簇拥着太后去了西殿，皇上和几位年长的皇叔说着话，内侍们轻手轻脚地摆着碗筷。

好不容易凑到了皇上面前的宋宜春也和皇上搭了几句话之后，朝着宋翰招手。

宋翰立刻走了过去。

宋宜春恭敬地对皇上道："这就是我的次子宋翰，乳名叫天恩的。"

宋翰忙跪了下去。

皇上笑着点了点头，道："今天是家宴，没这么多讲究。"然后高声喊着"宋墨"，道，"你去跟酒醋局的说一声，让他们搬几坛梨花白过来，这稠酒淡淡的，不得劲。"

宋墨笑着应是。

皇上转身和石崇兰说起长兴侯来："……听说又纳了房小妾？他现在有几个嫡子几

个庶子?"

从头到尾,都没有理会宋翰。

宋宜春很是气馁。

宋翰站在宋宜春身边,望着和大殿里的人谈笑风生显得无比熟稔的宋墨,脸上的笑容再也挂不住了。

他没有想到宋宜春在皇上面前甚至不如宋墨有面子。

不,甚至没有元哥儿有面子——刚才拜寿的时候,内侍抱了元哥儿出来,大家逗着元哥儿给太后娘娘作揖,元哥儿好不容易拉着小指头拱了两下手,太后娘娘就笑呵呵地赏了元哥儿两匣子点心和一荷包金豆子。

看来自己的差事是没有指望了。

那以后自己该怎么办呢?总不能就依靠田庄的那点收息和父亲的贴补过日子吧?

常言说得好,柴多米多没有日子多,万一父亲续弦又添了嫡子,没有立过字据的贴补还能照常给他吗?就算是能给他,只怕也要他点头哈腰地去讨要吧?

想到这些,宋翰有些茫然。

太后娘娘的寿辰之后,礼部开始准备皇上的寿辰。

六月已经很热了,皇上决定到西苑去过万寿节。

皇后笑道:"今年不如让砚堂负责迁宫的事宜。他年纪轻轻就掌管着金吾卫,很多人嘴里不说,私下却议论纷纷,正好趁着这个机会堵了那些人的嘴。"

皇上觉得皇后说得有道理,下旨让宋墨总领今年的迁宫事宜。

宋墨接到圣旨沉默良久。

皇上去西苑避暑,仪仗是由旗手卫负责,近身的侍卫由锦衣卫负责,外围的护卫由金吾卫负责。三个卫所虽然都是皇上的亲卫,却同是正三品衔,旗手卫和金吾卫还好说,锦衣卫自视甚高,向来不买旗手卫和金吾卫的账,而且历年来的迁宫总领都是锦衣卫的……

宋墨想了想,去了汪渊那里。

汪渊看见宋墨"哎哟"了几声,道:"您还真就较上劲了?皇上是主子,我们都是下人,您这可是拿着胳膊拧大腿,小心把胳膊给折了。"

"我这不也是没有办法了吗?"宋墨做出副无可奈何的样子,"我前脚说的话,汪格那个王八蛋后脚就给我捅到了皇后那里。"然后抱怨道,"您是怎么收的徒弟?怎么就看上了那个狼心狗肺的东西?他迟早要把这件事告诉皇上。"

他决定算计汪格一把。

汪渊翻着白眼,道:"您怨谁?既然是悄悄话,就不应该在大殿上说。就算是忍不住了非要说,也要先看看周围的环境才能开口。不过这也不怪您,您是锦绣堆里长大的,只有别人看您眼色的,哪有您看别人眼色的时候!可也不应该把老奴给拉下水啊!老奴还想要清泰平安地服侍完了皇上去皇陵给皇上守墓呢……"

宋墨毫不客气地打断了他的话:"那也得看您有没有这个命!先帝身边的大太监就是被皇上砍了头!"

汪渊闭上了嘴。

宋墨道:"怎么着,您给我一句话。"又道,"我又不是要您去谋反,不过是想着一个好汉三个帮,做起事来容易些罢了。"

汪渊叹气,道:"那我们可要说清楚了,辽王的事,老奴不会插手的。"

宋墨冷笑，道："您若是觉得汪格踩着您的肩膀往上爬您也忍得，那就只管站在一旁看热闹好了。我倒要看看，宫里那些惯会看菜下饭的人知道您拿汪格没有办法的时候，还会不会争先恐后地喊您'干爹''干爷爷'了。"

汪渊气得脸色发青，直跺脚。

宋墨不以为意地走了。

还没过完端午节，钦天监就把迁宫的几个吉时呈给了皇上。

皇上挑了五月初六，并道："今天就在西苑举行龙舟赛，让金吾卫和神机营、五军营都派人参加。"

汪渊笑着去着行人司下圣。

宋墨这边开始准备迁宫。

他有凶名在外，又是勋贵子弟，颇得皇上宠信，不管是旗手卫的都指挥使李汝孝还是锦衣卫的都指挥使史川都对他客客气气的，李汝孝更是派了旗手卫同知吴良和金吾卫的同知傅士杰一起负责迁宫的事，事情进行得出乎人意料地顺利。

只是等到出行的那天，用来在前面开道的黄旗和青旗不见了，红罗曲柄伞被撕了个大口子。

负责举旗和执伞的旗手早吓得瘫在了地上，负责仪仗的总旗则面如白纸，不停呢喃道："我昨天晚上还检查了一遍的，明明都好好的，怎么会这样？怎么会这样？"

还是那总旗的心腹机灵，忙道："这件事还是快点去禀了吴大人吧？先开了库房领两面旗帜和一把红罗曲柄伞补上再说。"

总旗一个激灵回过神来，匆匆去找吴良。

吴良是蒋骊珠的公公，对宋墨的事自然是全力支持。

可这个时候，他却被锦衣卫的人叫去了，说是那边出了点事，要问问他。

总旗傻了眼，一咬牙，道："我去找李大人去！"

旁边突然跑出来一个人，笑着拦了他，道："李大人正和宋大人、史大人一起说事呢！这件事要是惊动李大人，金吾卫和锦衣卫那边就瞒不住了。三卫一起行动，偏偏就我们旗手卫出了事，这让李大人的面子往哪里搁？就是吴大人，恐怕也会受牵连。我看不如让我来想想办法？"

第一百六十章　补救·抬举·周岁

众人定睛一看，竟然是个小内侍。

那小内侍嘀咕道："我曾受过吴大人的恩典，怕吴大人被你们牵连了，这才出头的。"

这个时候，大家也顾不得这么多了，拉着那小内侍就道："你有什么办法？"

小内侍笑道："你们旗手卫的库房里有备用的，内库也有备用的啊！我正好有个老乡在内库里当差，不过，你们到时候一定记得把东西还给我。"

众人眼睛一亮。

别人进不去内库，这些内侍却能狐假虎威地去内库取东西。

总旗摸遍了全身，只摸出了几两碎银子，其他的人见了，也都把身上带的银子拿出来，凑成了一堆塞到了小内侍的怀里，恭敬地道："让公公辛苦了，我们这就跟着公公去搬东西。"

小内侍一点也不客气，笑眯眯地收了银子，领着他们去了内库。

内库的大使见到腰牌，立刻笑呵呵地起身，要陪着小内侍去挑东西。

那小内侍气势十足，朝着大使摆了摆手，道："你去忙你的，有旗手卫的几位大人陪着我就行了。"

大使点头哈腰，果真就留在了库房外，一副随他们拿的样子。旗手卫的几个人面面相觑，却不敢有片刻的耽搁，取了东西直奔旗手卫，总算是把这个纰漏给抹平了。

事后，他们在私底下议论："平时看吴大人不声不响的，什么时候攀上了这么厉害的人物？"

以至于旗手卫的很多人对吴良都比从前热忱了几分。

这当然都是后话。

宋墨得到消息，不由在心里冷笑。

他早就拟定了十几套方案，有汪渊扯着皇上的虎皮行事，除非皇后亲自上阵，否则这个局注定是套不住的。

尽管如此，皇上的仪仗走到一半的时候，又出了状况。

已经净过街的街道旁有一棵枝叶繁茂的百年大树无缘无故地拦腰折断倒在地上，把通往西苑的路堵了个严严实实，差点就把站在旁边戒严的金吾卫给砸伤了。

金吾卫的人吓了一大跳，跑过去一看，树干竟被人锯断了一多半。

大家不由骂了起来，手却不敢闲着，几个人使了劲想先把树挪到一旁再说。

可那棵树太粗太壮，根本就挪不动，也有机敏的一路飞奔找在路上巡逻的，结果半天也没有找到一个巡逻的人。眼看着圣驾就要经过这里，几个金吾卫待在那里肩顶手推着纹丝不动的大树，好像这样，等会追究起责任来，他们的罪过就能少一些似的。

其中一个拿出了家中大半积蓄打点才进了金吾卫当差还不到一个月的少年，忍不住呜呜地哭了起来。

也有老成的恼羞成怒地骂"晦气"。

少年哭得更厉害了。

旁边树林就蹿出几个人来，道："我们是五城兵马司的，要不要帮忙？"

金吾卫的几个喜出望外，忙道："我们是金吾卫宋大人的属下，大家都是一家人。请兄弟们帮忙搭把手，把这树给挪到一旁去。"

五城兵马司领头的是个二十出头的小伙子，长得十分精神，闻言笑道："这可是株百年老树，若是有那吃饱了没事干的御史添油加醋地说给皇上听，物伤其类，皇上只怕会不高兴。我看不如我们齐心协力，把这棵树照原样子暂时先竖在一旁，等过两天再倒也不迟。"

"兄弟真是能干人！"金吾卫的人夸道，"不知道兄弟怎样称呼？改天我们请兄弟喝酒！"

"不敢，不敢！"五城兵马司的人笑道，"小姓姜，名仪，任南城指挥使。今天带着几个兄弟出来看热闹，没想到遇到了这样的事。"

说话间，又有几个人跑了过来帮忙。

众人拾柴火焰高。

很快，那株百年老树就用几根木桩顶着，立在了原地。

姜仪拍了拍手，道："行了，只要不乱动，一时半会儿的倒不下来。"又道，"我们先走了，免得等会儿冲撞了圣驾，可那不是闹着玩的，你们也小心点。"

金吾卫的正当值，不敢擅离职守，纷纷向姜仪道谢，赶在圣驾的仪仗经过之前昂首挺胸地站好。

在树旁当值的金吾卫吓得两腿发抖，生怕等会儿有个什么意外。

还好圣驾平安顺利地走了过去。

可纸毕竟包不住火，特别是在当事人比较多的情况下，旗手卫丢了旗帜和红罗曲柄伞、金吾卫当值的时候大树倒了的事很快就传到了汪格的耳朵里，汪格听说去内库借东西的是个小内侍，他的目光就落在了汪渊的身上。

没两天，皇上问汪渊："没想到你和砚堂的关系还挺好的？"

汪渊不解。

皇上笑道："听说旗手卫的事，是你帮他解的围？"

汪渊在心里把汪格骂了个狗血淋头，却神色恭顺地微弯着腰道："这件事还真不是老奴帮的忙，老奴实在是不好贪了这功劳。"然后道，"老奴也听说了这件事，不过，却和皇上听到的不一样——说是宋大人让人带信给宋家四老爷，是宋家四老爷帮着去内库借的东西。难怪别人说这谣言能杀人，老奴这可叫人给冤死了！上次您书房里多宝格上的那株水仙到了春节还不开花，宫里就有人说是我浇水浇多了……"他说着，可怜兮兮地用衣袖擦着眼泪，"老奴这可真是做也错，不做也错！"

皇上哈哈大笑，挥手让汪渊退了下去，转身却叫了西厂厂督进来："你去查查，是谁到内库借的旗帜和红罗曲柄伞给旗手卫的。

"一个阉奴身边的小喽啰就能什么手续也不办到内库搬东西，朕的江山岂不成了这些阉奴的？"

皇上大怒，问身边汪格的一个徒弟道："汪渊在干什么？"

汪格的徒弟没办法扯谎，道："汪公公一直坐在廊庑下晒太阳呢！"

皇上冷哼一声。

算这老狗知趣。

而此时，一柄寒光四射的匕首正架在内库大使的脖子上。

书案前，面无表情的西厂厂督正阴森地问他："果真是宋大人来借的东西？"

大使点头如捣蒜："我若说谎，让我天打五雷轰，不得好死！"

西厂厂督朝着厂卫使了个眼色，厂卫收了匕首，朝着大使就是一阵痛打。

大使一边哀号，一边庆幸，还好自己按照昨天晚上跳进他卧室的蒙面之人的话说了，要不然皇上疑心他勾结宫中的内侍盗窃内库的东西，他有几个脑袋也不够砍的。

现在只要自己死死地咬定这套说辞就行了。

就是锦衣卫想谋害朝廷命官也得找个冠冕堂皇的理由，何况是西厂的人！

他哀号得更大声了，而且还一边叫一边喊着冤枉。

西厂的厂督见实在是问不出什么，转身去了宋同春那里。

听说这件事与宋墨有关系，宋同春觉得自己若是矢口否认，肯定会得罪宋墨，可转念想到问话的人是西厂的厂督，他又觉得自己还是想办法撇清的好。

宋同春一会儿说是自己，一会儿说不是自己，反反复复，让人觉得他这是想推脱责任。

　　西厂的厂督也没有为难他，回宫回话。

　　皇上沉吟道："毕竟是违反规章，宋同春胆小怕事，说话颠三倒四也是正常。"

　　皇上至此信了汪渊，却对在他耳边总是嘀嘀咕咕的汪格有些不悦。

　　汪渊见状，高兴得几乎要笑出声来。

　　这可真是因祸得福啊！

　　宋砚堂随手就把汪格给坑了！这家伙，真是诡计多端，狡猾奸诈！

　　念头闪过，汪渊又有些不自在。

　　自己好像没有什么地方得罪过宋砚堂吧？

　　他在庑房里琢磨着，皇后过来了。

　　汪渊忙上前服侍，皇后却亲切地笑道："汪公公是服侍皇上的，本宫可不敢擅用。让汪格在旁边服侍就行了。"

　　汪渊谄媚地笑着退了下去，心里却把皇后一阵臭骂。

　　我看你能得意到什么时候，等太子登基，看这宫里哪还有你说话的份！

　　不过，若是辽王登了基……汪格可就能一辈子站在他头顶上拉屎了。

　　被收的干儿子背后捅了刀子，他可是这内侍中的头一份，"万古流芳"了！

　　汪渊心里像被猫挠似的，朝着给他捶腿的小徒弟就是一脚，道："去！听听皇后娘娘都和皇上说了些什么？"

　　小徒弟一溜烟地跑了出去。

　　过了大约两炷香的工夫，乾清宫响起了"皇后起驾"的声音。

　　汪渊忙跑了出去。

　　皇后的车辇已经走远了，汪格还站在门口张望。

　　汪渊朝着汪格的背影"呸"了一声，回了庑房。

　　他的小徒弟回来了："皇后娘娘和皇上说起移宫的事，还说，宋大人的差事虽然囫囵着没出什么差错，可也让人提心吊胆的，不如给宋大人配个老成些的副手。皇上说，宋大人年纪轻轻的，能把事情圆上就不错了，比大多数和宋大人同龄的人都强多了，金吾卫的事，还是让宋大人自己去折腾去。多折腾几次，也就不会出错了。还说，谁年轻的时候不出个错？宋大人这样，已是极好的了。皇后娘娘听了，不再说什么，和皇上说起三皇孙的周岁礼来。"

　　黄蜂尾上针，最毒妇人心。

　　要是前几年皇上还年轻，皇后这么一说，皇上就算是要抬举宋砚堂，也会听从皇后的建议给宋砚堂身边安置个老成的人看着他的。

　　汪渊冷笑，回到自己的宅院连喝了三大碗酒，想到元哥儿马上要过周岁了，让银楼用黄金打了一套实心的小碗小碟悄悄地送了过来。

　　宋墨不以为意地撇了撇嘴，道："这下汪渊总算老实了。"

　　窦昭抿了嘴笑，道："你这算是一石几鸟？"

　　宋墨笑道："能射下几只鸟就算几只鸟。"

　　窦昭忍不住大笑。

　　远在京城以西的西苑凤仪殿里，皇后端坐在暖阁的罗汉床上，细细地抚着马面裙上绣着的鸾凤，表情显得有些肃穆。

　　没想到宋同春会为宋墨掩饰。如果不是宋同春，汪渊和宋墨怎能如此轻易地过关？

说来说去，都是自己太大意了，没有把宋同春这种小人物放在眼里。

可见关键时候，这些小人物也能影响大局。

她端起茶盅，慢慢地呷了一口。

想当初，老英国公知道自己的儿子是个没本事的，就把希望寄托在了孙子身上，千挑万选，为宋宜春娶了蒋蕙荪为妻，自己也因此从来没有把宋宜春放在眼中。可宋宜春到底是宋墨的父亲，既然宋同春那种小人物都能坏了自己的事，宋宜春不可能一点用处也没有啊！

她温声吩咐身边的女官："叫了小顺子进来。"

宋家的事，得让史川好好地查查才行。

她现在既然明面上动不了宋墨，那就只能暗中行事了。

想到这些，她嘴角微翘，露出一个愉悦的表情，问身边的宫女："辽王爷的寿礼到了吗？"

宫女低眉顺眼地道："已经到了。"

"皇上在干什么？"

"在清风阁和淮南王喝酒呢！"

她想了想，道："如果皇上今天晚上过来，你们就赶在皇上来之前把辽王爷的寿礼送过来。"

宫女恭敬地应是，退了下去。

等到掌灯时分，清风阁那边传来消息，皇上往凤仪殿来了。

皇后打发了身边的人，把辽王爷送给皇上做寿礼的一件丁香色五彩龙拱寿直裰抱在怀里无声地哭了起来。

皇上见了有些头痛地道："你这是干什么？"

"没，没什么！"皇后忙擦了眼角的泪水，把衣裳放到了一旁，接过宫女捧的茶奉给了皇上。

"还说没什么？"皇上将茶盅放到了一旁的炕几上，道，"你在朕身边快三十年了，如今又母仪天下，有什么话不能对朕说的？"

"真的没什么。"皇后不好意思地笑道，"臣妾听说辽王爷的寿礼到了，怕这孩子鲁莽大意，失了礼数，就让他们先抬过来给臣妾看看……他走的时候，才十七岁，刚刚娶亲，如今长子都已经五岁了，臣妾一时没忍住……"

皇上不禁深深地叹了口气，拉着皇后坐在了自己的身边，不无歉意地道："几个孩子里，辽王不仅长得最像朕，而且性格也最像朕，不仅果敢刚毅，而且豪爽大度……可储君却是国之根本，乱不得……所以朕才把辽地分封给他……太子为人宽厚，以后太子登基，必定不会亏待他。他偏居一隅，必然可以逍遥自在……"

他的话还没有说完，皇后横他一眼，嗔道："皇上这么说，臣妾觉得很委屈！您也说了，臣妾在您身边快三十年了，臣妾是怎样的人，您还不清楚吗？臣妾为皇上打理后宫，管束宫妃，教养皇子，不敢说有功，可也兢兢业业但求无过。但臣妾有时候心也会偏一点，想念自己怀胎十月辛苦生下来的儿子，您总不能让臣妾连这点念想也不能有吧？那不是人，那是庙里的泥塑！可恨臣妾还没有修炼到那个地步！"

皇上呵呵地笑了起来。

这就是他的皇后，大事上从不糊涂，但偶尔也会自私一下，他和她在一起，没有那些颂扬，觉得很是自在。

"是朕不好！"他安抚着皇后，"等辽王生辰的时候，朕一定好好地赏他。"

"赏他就不必了。"皇后笑道，"皇上要是能让他带着两个孙子回宫给臣妾看看，臣妾死都可以瞑目了。"

她的话音一落，皇上一愣，她也好像察觉失言了般地一愣。

"看我，越说越离谱了，您就当没听见好了。"她忙道，"您这是从哪里来？臣妾还以为您今天会歇在刘婕妤那里？您用过晚膳了没有？臣妾这里今天做了鸭子肉粥，最清火不过，要不要给您盛一碗……"

西苑的避暑行宫不像禁宫有那么多的规矩，皇后带了好几个厨子过来，天天换着花样做吃的。

皇上拉了皇后的手，低声道："你容朕仔细想想……"

皇后的眼泪顿时就落了下来。

她哽咽道："您在，他还能回趟京都，若是太子登基……"

作为就藩的皇弟，锦衣卫时刻盯着呢！

"朕知道，"皇上的情绪显得有些失落，"朕知道……"

万寿节，不仅诸位皇子和王公贵戚，各行省也送来了贺礼。其中七皇子送的一座十二扇的万寿玻璃屏风高一丈，展开后有二丈有余，拔了头筹。

皇上很高兴，赏了他三坛梨花白。他彩衣娱亲，嚷着赏赐太少，要皇上把乾清宫书房里的那本《法华经》送给他。

经书是劝人向善的东西，皇上自然是欣然应允。

其他的几位皇子趁机起哄，逗皇上开心，也有让气氛更热闹的意思。

一时间大殿里闹哄哄的。

皇后由内侍女官宫女簇拥着从西殿走了过来，众人纷纷给皇后娘娘行礼。

皇后忙笑道："我这就走，你们继续。"

大家哄堂大笑。

自有瞅着这机会在皇上面前凑趣的。

皇后就朝着宋宜春笑着点了点头，宋宜春忙上前行礼。

皇后笑道："我看见砚堂了，怎么没见天恩？"

宋宜春立刻朝百无聊赖地站在墙角发呆的宋翰使着眼色。

宋翰小跑过来，跪下来给皇后磕头。

皇后受了他的大礼，待他站起来，又笑吟吟地上上下下打量了他一番，对宋宜春道："是个齐整的好孩子。"然后叹了口气，"自蒋夫人不在了，也没人带他们进宫了。女大十八变，这男子何尝不是如此？这要不是你引荐，我都不认识了。"又道，"他现在在哪里当差呢？"

宋宜春福至心灵，苦着脸道："还赋闲在家呢！"随后道，"承蒙太后娘娘抬爱，去年帮这小子找了门好亲事，今年臣让他分府单过了，却因为一直没有合适的差事，就这样闲在了家里，真是愁死人了。"

皇后笑道："你想要谋个怎样的差事？"

宋宜春笑道："金吾卫和锦衣卫是最好，可惜老大在金吾卫，又督管着五城兵马司，就只能退而求其次，在旗手卫、神机营和五军营里候缺了。他的性子好，臣怕离家太远，被人欺负。"

宋翰听了，配合着做出了一副腼腆的样子。

皇后笑着点头，道："蒋夫人和我情同手足，她的孩子，自然就和我的子侄一样。

这件事，我会帮着留心的。"

宋宜春和宋翰大喜，谢了又谢。

没几日，皇后就给宋翰谋了个锦衣卫总旗的职位。

宋宜春和宋翰欢喜得不知如何是好。订制官服、打点上峰、拜访故旧……宋宜春亲自带着宋翰走了一圈。

陈嘉知道宋翰来了锦衣卫，来见宋墨："我要不要请宋翰到家吃个饭？"

宋翰未必知道陈嘉是知情者。

宋墨觉得这个主意不错，笑道："若是他愿意去你那里做客，最好不过了。"

陈嘉会意，宋翰到锦衣卫当差的第二天就去拜访了宋翰，不仅送上了价值不菲的礼品，还邀请他到家里做客，态度十分殷勤。

宋翰知道他是宋墨的人，忍不住露出讽刺之色来："不敢当！您可是英国公府的表姑爷，锦衣卫的同知！"

陈嘉谄媚地笑道："一表三千里，怎比得上您是英国公府正正经经的二爷？又是皇后娘娘亲自推荐的，您这样说，可真是折煞我了！"

这就是宋墨给蒋琰选的丈夫！有奶便是娘的东西！

宋墨的眼光也不过如此！

宋翰心情大好。

还是皇后娘娘这张牌好使啊！如果宋墨看到陈嘉这样巴结自己，会露出怎样的表情呢？

他只要想想就觉得兴奋。

"行啊！"宋翰大方地道，"你定个日子，我一定到。"

"择日不如撞日，明天如何？"陈嘉显得有些迫不及待。

宋翰点头应了。

第二天，陈嘉不仅请了戏子唱戏，陪酒的妓女，而且还请了几个惯会溜须拍马的锦衣卫同僚。

佳酿、美女，还有不绝于耳的奉承话，宋翰觉得这才是人过的日子。

他不知不觉地喝得有点多了，道："我那阿琰表妹呢？表哥来了，怎么也不见她来陪个酒？"

陈嘉的几个同僚不由得面面相觑，都停下了筷子。

让正经的太太和戏子一块儿陪酒，那成什么了？

陈嘉却一副不以为意的样子，笑道："您有所不知，我太太多半的时候都住在世子爷给她陪嫁的田庄里，由她从英国公府带过来的丫鬟婆子服侍着。要不，我派人去接了她回来？"

宋翰听着酒醒了一半，强笑道："不用这么麻烦了，下次好了。"

陈嘉闻言笑了笑，给宋翰又斟了一杯酒，请来陪宋翰的同僚们也回过神来，纷纷举杯给宋翰敬酒。

陈嘉脚下的一块方砖碎成了好几块。

宋翰犹不自知，喝了个酩酊大醉，揣着陈嘉送给他的一千两银票回了四条胡同。

苗安素打了水服侍他梳洗，他却拉着苗安素要她和柳红一起服侍他。苗安素气得发抖，一路哭着跑去了东厢房，一夜没有回正房的内室。

宋翰则乘着酒兴拉着柳红和季红在内室胡闹了一夜。

陈嘉想着蒋琰毕竟是做妹妹的,他在家里招待宋翰,蒋琰于情于理都应该出来和宋翰打个招呼,他怕宋翰心有怨气,给蒋琰脸色看,请客那天,索性怂恿着蒋琰去了颐志堂串门。可他万万没有想到,宋翰何止是心有怨气,更是要存心羞辱蒋琰。所以他去英国公府接蒋琰的时候,没有像往常那样只在外院的小花厅里等着,而是问带他进来的小厮:"世子爷回来了吗?"

蒋琰出嫁的时候英国公没有露面,宋墨更是时常甩脸色给陈嘉看,陈嘉从前又是在宋墨的门下行走的,英国公府的仆妇们心里对陈嘉不免有几分轻视,但好在陈嘉待人很有眼色,出手也大方,他又是英国公府正经的表姑爷,那些人倒不至于怠慢陈嘉,可在陈嘉面前就不免少了几分拘谨。听他问起宋墨,小厮笑嘻嘻地道:"世子爷还没有回来呢!您有什么事?要不要我跟书房里服侍的武夷哥打声招呼,让他帮您瞧着点?"

陈嘉笑道:"那就麻烦你了!"说着,塞了一把铜钱给他。

"不麻烦,不麻烦!"小厮笑得眼睛眯成一条缝,忙去外面看着了。

宋墨下轿就听说陈嘉在花厅里等他,他奇道:"大姑爷是什么时候来的?"

陈嘉虽然娶了蒋琰,可两人的关系并没有因此而与从前有什么不同。

那小厮听宋墨称陈嘉为"大姑爷",心里"咯噔"一下,忙道:"大姑爷来了有半个时辰了,说是来接表姑奶奶回家的,听说您还没有回来,就一直在花厅里等着。"

宋墨点了点头,道:"以后大姑爷来,就请他到外院的书房里奉茶。"

小厮连声应是,小心翼翼地在前面带路。

宋墨和陈嘉去了书房里说话。

陈嘉不敢把宋翰的话原封不动地转述给宋墨听,只说:"宋翰因是皇后娘娘推荐进的锦衣卫,虽说是刚入职,风头却劲,我今天还特意请了他到家里饮酒。看他那样子,颇为踌躇满志。要是别人,不免要吃亏,可他有皇后娘娘这块金字招牌,只怕史大人遇到了他的事也会斟酌一二。"

这是在告宋翰的黑状。

宋墨听了只是微微地笑,等送了陈嘉和蒋琰出门,他的脸色立刻就阴沉下来。

皇后这是想用父亲和宋翰来对付他,她只怕是打错了算盘!

宋墨喊了陈核进来:"你帮我注意着宋翰。"

陈核曾经做过他的贴身随从,他的亲朋好友都认识,陈核成亲之后,他就让他去了回事处当差,陈核又因为与各府都熟,差事办得极好。

"是!"陈核恭敬地应是,退了下去。

宋墨回了颐志堂的内室。

窦昭正和几个丫鬟开了箱笼挑选尺头,她听到动静抬起头见是他,笑道:"可算回来了!我看见你每次见到陈嘉都板着张脸,就替你累得慌——常接了琰妹妹回家做客是你的主意,你又忍不住给陈嘉脸色看。你看琰妹妹,几乎要代你给陈嘉道歉了。"

"他敢!"宋墨冷喝着,心里却不得不同意窦昭的话有道理。他心里顿时有些乱糟糟的,不想继续说这个话题,顺手就拉了窦昭手中的布料:"这是要做什么?颜色有点沉。"

那是匹丁香色绣宝瓶纹妆花的料子。

窦昭笑道:"过几天元哥儿不是要做周岁了吗?我想带着元哥儿去看看老安人,顺道带几匹好料子过去给老安人做秋衣。"

她前几天和宋墨商量,元哥儿做周岁的时候不请祖母出席,第二天再去看望她老人家。

宋墨笑道："再顺道挑几块好皮子，秋风一起，就可以做皮抹额和皮比甲了。"

老年人都喜欢这两样东西。

窦昭笑盈盈地应是，两人又在灯下商量了半天要请哪些客人，这才歇下。

等到六月二十六的那天，宋家张灯结彩，宾客盈门，皇上、太后、皇后、太子、太子妃，还有远在辽东的辽王、开了府的几位皇子都送来了贺礼，元哥儿的周岁礼显得热闹又体面。

窦德昌作为窦昭的嗣兄和西窦的继承人陪着窦世英来喝喜酒。

宋墨很郑重地将窦德昌介绍给自己的亲朋好友。

窦世英见宋墨的朋友都很客气地起身给窦德昌敬酒，放下心来，朝花厅里扫了一眼，看见魏廷瑜默默地坐在角落里喝酒，待到散了席，众人都移座到廊庑下看戏，他喊住了走在最后的魏廷瑜："明姐儿可来了？"

魏廷瑜神色怏怏的，像没有睡好似的，有些无精打采。

他闻言道："没有——我怕她来了闹事，没告诉她今天元哥儿做周岁礼，等会儿回去了再跟她说。"

窦世英皱眉。他虽然觉得窦明蛮横不讲理，可窦明毕竟是他的女儿，他总觉得窦明走到这一步，魏廷瑜人品不端，才是罪魁祸首，窦明不过是受了其影响和祸害。这么大的事，魏廷瑜接到了请帖不告诉窦明，那就是魏廷瑜的不是了。

"她和寿姑毕竟是两姐妹。"他淡淡地道，"两姐妹，哪有那么大的气！这种场合，你就应该劝她出来走动走动才是，她这个样子，英国公府的亲戚朋友们会怎么说她？她要是坏了名声，你的脸上也没有什么光彩！"

魏廷瑜心里不以为然，当着窦世英面前却唯唯应诺。

这个场合，窦世英不好多说什么，翁婿两个去了廊庑下听戏。

回到家里，窦世英不免对窦德昌感叹："明姐儿，真是嫁错了人！"

就算是嫁错了，那也是她自找的。

窦德昌腹诽，笑着安慰窦世英："儿孙自有儿孙福。五妹妹有丰厚的陪嫁，你不必担心她。"然后笑道，"明天四妹妹和四妹夫会抱着元哥儿去看望老安人，我也准备过去凑个热闹，不如您明天早点下衙，也去那边用晚膳吧？"

他牢牢地记着自己搬到静安寺胡同之前纪氏对他说的话："不管怎样，明姐儿毕竟是你嗣父的亲骨肉，你千万不要沾明姐儿的事，若是有什么为难的，只管推到你五伯母那里去。明姐儿是嫁出去的姑娘泼出去的水，你是嗣子，你五伯母无论如何也怪不到你头上去的。"

窦世英点头，一夜长嗟短叹，第二天早早就去了后寺胡同。

窦昭正站在正房前的西府海棠边和窦德昌说着话，两人都是一脸的笑，显得很高兴的样子。

窦世英看着很是欣慰，悄声走过去突然问道："在说什么呢，这么高兴？"

两人笑着和窦世英见礼，窦昭道："正说着十二哥的举业呢！"

窦德昌准备参加今年的乡试。

前世，他会一鼓作气地去参加了次年会试，并和邬善一起金榜题名，考上了庶吉士。

然后端午节的时候，纪令则会和他私奔。窦家虽然极力为他奔走，但窦德昌的品行已损，虽然没有被革职，但余生也就只能在翰林院里混吃等死了。

前世，窦德昌是东窦的子弟，和窦昭没有关系；这一世，窦德昌是她的嗣兄，纪氏更是和她情同母女，她又怎能眼睁睁地看着窦德昌就这样自毁了前程？

在心里琢磨了好几天，窦昭问宋墨："如果你有个好兄弟，他看中了一个大户人家的寡妇，甚至宁愿为此丢了前程也要娶她，你会怎么做？"

宋墨多聪明，脑筋一转，就想到了窦德昌的身上："你说的不会是大舅兄吧？他看中了谁家的寡妇？不如纳来做小妾？"又道，"你是怎么知道这件事的？可千万别告诉岳父，当心让大舅兄记恨你一辈子。"

窦昭瞪目，宋墨亲昵地刮了刮她的鼻子，笑道："你身边来来去去就那几个人，如果是段公义他们，寡妇再醮也不是什么大事，你断然不会如此纠结；至于顾玉，他肯定会先斩后奏……我想来想去，也就只有大舅兄了。"

"你真是的！"窦昭嗔道，"一点惊喜也不给人家。"

宋墨哈哈大笑，道："大舅兄看中了谁？我想办法悄悄地让她婆家知道这件事，这桩婚事也就黄了！"

可前世，窦德昌和纪令则过得很好。

有一年元宵节灯会，她在街上遇到窦德昌和纪令则在看花灯，纪令则还买了两串糖葫芦给葳哥儿和蕤哥儿。

她现在回忆起来，还记得纪令则脸上幸福的笑容。

窦昭不禁轻轻地叹了口气。

宋墨搂过她依偎在自己的怀里，温声道："照我说，这日子是自己过的。只要大舅兄自己愿意，别人最好别插手。"

窦昭诧异道："你怎么会这么想？"

宋墨正色地道："我看到父亲，就时常想起母亲。父亲和母亲的婚姻也算是世人眼中的天作之合，可你看，最终又怎样？我和你，如果不是魏廷瑜背信弃义，父亲要拿捏我，我们又怎么可能在一起？"他紧紧地把窦昭抱在了怀里，那力道，让窦昭都觉得有点喘不过气来了，"我觉得我很幸运！"他亲吻着她的额头、鬓角，"以后我们孩子的婚姻，也不能一味地只讲究门第出身才是。"

莫名地，窦昭心中激起万丈的柔情。

这个人，尊重她，敬慕她，珍爱她。

得夫如此，还有何求？

窦昭使尽全身的力气回抱着宋墨，觉得窦德昌的事顿时没有那么重要了。

他既然爱慕纪令则，那就随他去争取好了，大不了事发之后想办法提早为他掩饰，让他不至于身败名裂。

第一百六十一章　告状·吵闹·将计

窦昭打定了主意，决定顺其自然，不再为窦德昌的事烦恼，毕竟这日子是他自己过，是好是坏，别人都无权置喙。

她开始准备府里众人的秋裳。

宋宜春却在琢磨着自己是不是应该娶房继室了——他屋里没个正经的女眷，总不是个事。

可和谁结亲好呢？

一想到这里，宋宜春的鼻子都要气歪了。

如果不是宋墨那逆子，他又怎么会连儿子都管不住，成为京都勋贵圈子里的笑话呢？

不过，还好皇后娘娘开恩，帮宋翰安排了一个差事，挽回了自己的一些颜面。

这样想来，他应该进宫去给皇后娘娘谢个恩才是。

宋宜春吩咐曾五开了库房。

宋翰带了姚记炒货的糖炒花生过来看望宋宜春。

宋宜春很是高兴，从箱笼里拿出一幅前朝的古画，道："等过几天，我们一起进宫去给皇后娘娘磕个头，谢谢她老人家对你的关照。"

这也是宋翰此行的目的。父亲不靠谱，宋墨靠不上，他唯有想办法紧紧地抱住皇后娘娘这根粗腿，不然他在锦衣卫也不过是混吃等死罢了。

宋翰高高兴兴地应了，回去做了好几件新衣裳，等到进宫那天，又拉着苗安素和柳红、季红几个左挑右选的，穿了件宝蓝色团花杭绸直裰去了宫里。

皇后见宋翰高大英俊，文质彬彬，不住地颔首，笑着对宋宜春道："国公爷的两位公子都是一表人才，真是难得。"

宋宜春却是见不得有人夸宋墨好。闻言立刻道："这是您抬举这两个孩子。天恩还好，老实本分，忠厚宽和；天赐那却是个刺头，碰不得，惹不起！不信您派个人出去打听打听，谁不知道英国公出了个混世魔王？"

皇后哈哈大笑，道："可见这做父母的都是一样，看别人的孩子都是好的，看自己的孩子却这也不顺眼，那也不顺心。照我说，你们家砚堂已经够不错了。你看这满朝文武，有谁比砚堂的年纪还小？你就知足了吧！"

宋宜春隐隐觉得皇后并不反感自己非议宋墨。

难道是因为宋墨拒绝了辽王求娶蒋琰之事让皇后娘娘觉得没有面子？

他正好也想找个机会在皇上和皇后面前狠狠地告宋墨一状，因而笑道："娘娘您是不知道，他从小被他母亲给惯坏了，任性得很，什么事都说一不二。可这世间之事，不如意的十之八九，哪能什么都顺他的意。他的这脾气啊……哎！远的不说，就说前些日子，天恩的大舅兄有个朋友想进五城兵马司，跟他去说，他也不知道为什么正烦着，不仅没帮忙，还训斥天恩，说他目无兄长，不知道规矩。天恩当时臊得满脸通红，到今天也不敢见他大舅兄的面。还有前几天……"

他絮絮叨叨地数落了宋墨的很多不是。

皇后开始还笑盈盈地听着，后来眉头就紧紧地锁了起来，道："我平时看着砚堂是个十分乖巧懂事的，没想到私底下竟然如此。可见蒋夫人去世之后，他变了很多。"

如果能让皇后出面收拾宋墨，那就再好不过了。

宋宜春想到皇后的手段，笑意就忍不住从眼底溢了出来。

"可不是！"他叹道，"他母亲在世的时候谁见着他不夸一声'好孩子'？臣也不知道他怎么变成了这个样子，偏偏他如今又长大了，不仅娶了媳妇，连儿子都有了，臣总不能当着他媳妇、儿子的面训斥他吧？可他要是长此以往，以后只怕脾气会越来越暴躁，臣也不知道该如何是好！"

皇后微微一笑，语气中就带了几分试探，道："要不，我找机会说说他？"

宋宜春心中大喜，脸上却流露出几分无奈摇着头道："他现在位高权重，只怕连皇后娘娘的话他也听不进去。要是能给他个教训才好。"

这下轮到皇后心中大喜了。

她笑道："这件事我记下了，哪天抽空我会教训他一顿的。"

宋宜春感激地道谢，和宋翰退了下去。

两人一路无语地出了宫。

宋翰忙道："父亲，皇后娘娘那里……"

宋宜春狠狠地瞪了宋翰一眼，道："不该说的话就别说，不该问的事就别问。你只要记住了，这天下还是皇上的天下，是宫中贵人的天下。"

宋翰点头，直到回到家中，眉宇间还难掩兴奋。

晚上，他和柳红、季红胡天胡地一番后，懒洋洋地使唤柳红和季红服侍他梳洗。

苗安素坐在东厢房的大炕上，不由暗暗后悔。

早知道这样，自己就不应该赌气跑到东厢房来过夜的。现在好了，宋翰竟公然地带着柳红和季红歇在了内室。还好自己分了府出来，这院子里又都是自己的心腹，若是还在英国公府，恐怕只要是个有头有脸的管事都能啐自己一脸的唾沫。

念头闪过，她心中一动。

季红和柳红不过中人之姿，宋翰如果只是喜欢美人，为何不买几个俏丽的丫鬟进来服侍他，却非要季红和柳红侍寝不可？

或许，他只是为了羞辱自己而已！

想到这些，苗安素心如刀绞。

自己的日子怎么就过成了这个样子？难道就没有别的办法了？

苗安素默默地垂着泪。

季红轻手轻脚地走了进来。

苗安素忙掏出帕子来擦着泪水。

季红却扑通一声跪在了苗安素的面前，无声地哭了起来。

苗安素胸中刚刚涌起的一股恨意顿时化为乌有。

她轻轻地扶着季红的肩膀，道："你快起来吧！你过几天跟二爷提提，看能不能让他纳了你做姨娘。"

季红流着眼泪直摇头，脱了衣衫，露出白皙圆润的肩膀。

上面青一块紫一块的，还有咬破了皮的牙印。

苗安素看得胆战心惊。

季红哽咽道："太太，看在奴婢从小就服侍您的分上，你就做主放了我出去吧？只要不是那私寮妓院，去哪里奴婢都愿意……"

苗安素咬着唇道："那柳红？"

"她还做梦哪天能被爷抬了姨娘呢！"季红道，"一直忍着。"

苗安素一夜未眠，直到天色大亮才合眼。

可她刚刚睡着，就被一阵喧哗声给吵醒。

她心浮气躁地撩了帐子，喝着旁边守值的丫鬟："这是谁在那里嚷嚷呢？"

小丫鬟忙跑了出去，折回来道："是柳红姐姐，说是身子不舒服，让苗嬷嬷去请个大夫，苗嬷嬷说您歇下了，等您醒了再说，柳红姐姐就哭闹了起来。"

她一面说，一面小心翼翼地打量着苗安素的神情。

苗安素气得差点吐出口血来。

不过是服侍了宋翰几夜，小丫鬟说起柳红的事就畏畏缩缩的了，这要是让宋翰继续这么胡闹下去，这个家里哪里还有她的立足之地。

她叫了苗嬷嬷进来，道："柳红不是说不舒服吗？免得病气过到别人身上了，你带上几个人，把她送到田庄上去休养好了。"

苗嬷嬷笑着屈膝应是。

但不到两炷香的工夫，苗嬷嬷神色尴尬地走了进来，低着头道："夫人，柳红身边的小丫鬟跑去给二爷报信，二爷派人过来，把柳红接到外院去了。"

苗安素只觉得口中一甜，眼前一黑，昏了过去。

待她醒来，已是掌灯时分，苗嬷嬷和季红都焦急地围在她的身边，却不见柳红和宋翰。

她不由恨恨地咬了咬牙。

如果是哪家大户人家，新进门的媳妇屋里出了这样的事，大可去找婆婆理论。

她却没有婆婆！

不仅如此，她还早早地被分了府，这样的委屈，她找谁说去？

娘家？

不喝了她的血就是好的，出头的事是指望不上的。

宋墨？

他连国公爷的死活都不在乎，更不要说管她的事了。

窦昭？

她不由踌躇起来。

蒋琰孀居大归，窦昭都能善待她，帮她找了个婆家，可见窦昭是个心地慈善之辈。

而且窦昭既是嫂子，又是宋家的宗妇，她有什么事求嫂子出面，也说得过去。

想到这里，她觉得呼吸都顺畅了不少，挣扎着爬了起来，道："你们备了马车，我要去英国公府。"

苗嬷嬷和季红一愣，季红迟疑道："这么晚了，要不您明天再去？我听说世子爷身边没有妾室也没有通房，下了衙就回正院……"

苗安素毕竟是做弟媳的，要避些嫌。

"现在就去。"苗安素却是一刻也等不得了，"悄悄地，别让二爷知道。"

这个家到底是宋翰的，他要发起狠了把她们主仆都软禁起来，那可就真是叫天天不应、叫地地不灵了。

苗嬷嬷和季红不敢不从，一个去安排车轿，一个服侍苗安素梳洗打扮，去了英国公府。

元哥儿过了周岁，就突然能走了。

宋墨想到三皇孙还需要人抱着，就觉得自己的儿子不是等闲之辈。

他想到过些日子就要入秋了，让人在暖阁里砌了一个大炕，足足占了暖阁三分之二的面积，他每天下了衙就带着元哥儿在炕上练习走路，一边练习，还一边鼓励元哥儿："你可真行！我没见过比你走得更稳当的孩子，你以后一定是个习武的天才！你大舅公据说一岁过了两个月才会走，你比他走得还要早，可见长大以后会像你大舅公似的是个大英雄！"

元哥儿也不知道听不听得懂，反正每次宋墨这么说的时候，他就停下脚步，对着宋墨咯咯地笑。

窦昭拿着帕子站在炕边，笑得直不起腰来——宋墨下衙之后，她就无所事事，沦为了端茶倒水给元哥儿擦汗的婆子。

窦昭一家人正高兴着，听小丫鬟禀道苗安素求见，宋墨的眉头立刻皱了起来，不耐地道："她来干什么？难道就不知道事先送个帖子来？英国公府又不是菜园子，谁想进就进，想出就出！"

小丫鬟吓得瑟瑟发抖，大气也不敢出。

窦昭想着两人毕竟是妯娌，又没有什么嫌隙，她找上门来，自己总得顾着大面才是。

她笑着吩咐小丫鬟："请二太太去花厅里坐。"然后对宋墨解释道，"我先去看看。若是她说出什么不中听的话或是做出什么不靠谱的事，我也不会由着她胡来的，这一点，你应该信得过我才是。"

宋墨不过是气她来得不是时候，道："少和她啰嗦，快去快回。"

"知道了。"窦昭笑着捏了捏宋墨的手，这才去了花厅。

苗安素正呆呆地坐在花厅的太师椅上发着愣，听到动静忙站了起来，屈膝和窦昭见礼。

窦昭这才发现她的眼睛红红的，像是刚哭过了似的。她不知道缘由，自然不能随便搭腔，装作没有看见似的，笑着吩咐丫鬟重新给苗安素沏茶。

苗安素忙道："不用，我也不过是刚刚坐下来。"

窦昭出门不过是捋了捋鬓角，换了件褙子，知道她所言不虚，也不坚持，开门见山地笑道："你这么晚了过来找我，可是有什么要紧的事？"

她不提还好，她这么一提，苗安素想到进门时自己问丫鬟窦昭在干什么，丫鬟告诉自己说，窦昭正和宋墨在暖阁里逗孩子，苗安素的眼泪就忍不住又落了下来，把宋翰如今抬举她的丫鬟和她打擂台的事讲给窦昭听。

窦昭听着心火噌噌地直冒。

这个宋翰，真是一摊烂泥！从前还不觉得，现在是越看越觉得腻味。还好宋墨一早就想办法把他分出去单过，他这要是还赖在英国公府，把英国公府的家风都要给带歪了。

她又觉得很为难。

如果她是宋翰的胞嫂，蒋夫人不在了，不要说她亲自带人去教训宋翰一顿，就是她作主把那个叫柳红的丫鬟卖了，也说得过去，可现在……她只能道："要不，你跟国公爷说说？子不教，父之过。有国公爷在，也轮不到我们这做兄嫂的出面啊！"

苗安素何尝不知？

可国公爷向来瞧不起她的出身，从不正眼看她一眼，她去求国公爷，那岂不是自取其辱？

苗安素又哭了起来："嫂嫂，您看见过谁家儿子和媳妇置气，公婆会向着媳妇的？"

这倒也是。

就算是向着媳妇，也不过是面上的事，只想和稀泥似的快点把事态平息了事。

苗安素又没个能让英国公府忌惮的娘家人。

窦昭真心道："这人病了要对症下药，这怎么过日子，也一样地讲究对症下药。如果是个好女色的，你给他屋里安置几个模样儿出挑的，言明了谁要是能先怀上子嗣就抬谁做姨娘，让她们窝里斗去。可照你说的，二爷不过是要气你，我也不知道该怎么办好了……这件事，还得你自己拿主意。"

苗安素听了神色间难掩失望，茫然地在花厅里坐了快半个时辰，这才起身告辞。

窦昭立刻把这件事告诉了宋墨。

宋墨听着冷笑，道："我一直就想不透，他怎么这么能忍？原来是找到了个发泄的地方。也好，修身齐家治国平天下，他连自己后院的事都没个章程，又怎么能建功立业？我们只管袖手旁观地站在岸上看笑话就是了。"

窦昭点头，不由为苗安素叹了口气。

没几日，四条胡同就传出苗安素生病的消息。接着，苗家的人来探望，发现苗安素身边只有季红在服侍，却不见了另一个大丫鬟柳红。

苗母生疑，悄悄地问陪嫁的嬷嬷。

陪嫁的嬷嬷原本就觉得宋翰之所以敢欺负苗安素，就是因为苗安素太老实，她添油加醋地在苗母耳边嘀咕了一番。

苗母气得差点倒仰，甩手就去了前院的书房。

柳红正站在台阶上指使着几个小丫鬟打扫院子。她穿了件苗安素陪嫁的桃红色绣折枝花的比甲，还戴了支苗安素陪嫁的赤金掠子。

苗母差点昏过去。

这可是她亲手给女儿置办的！

她三步并作两步，上前揪住柳红的头发就是几巴掌。

柳红吓得尖叫起来。

书房里的小厮是服侍宋翰的，见状忙上前将两人拉开了。

苗母嚷着要把柳红卖了，柳红在一边哭得如梨花带雨。

宋翰怒不可遏，对苗母道："也好，你把你女儿的陪嫁带走的时候也记得把你女儿一起带走。"

苗母傻了眼，道："我女儿可是皇后娘娘做主嫁给你的。"

宋翰冷笑道："不是你们家不满意我这女婿吗？怎么反倒是我的不是了？"

苗母见他一副毫不在乎的样子，顿时泄了气。

苗安平却不管这些，上前就要打宋翰。

宋翰退后一步，扶着柳红转身进了书房。

苗安平反被宋翰身边的小厮给打了一顿。

苗家怎吃得下这样的亏？用门板抬着苗安平放在了宋翰宅子的大门口。

看热闹的人把四条胡同都给堵死了。

宋三太太对窦昭道："你说，这是个什么事啊？还是快点给砚堂报个信，让他派人把姓苗的给关起来好了！"

窦昭好笑。

别人都不出头，偏宋三太太要出头做好人。

她笑道："金吾卫是皇上的护卫，又不是世子爷的护卫，三太太如此急公好义，不去顺天府报案，跑到这里来有什么用？我看，与其求世子爷出面，三太太还不如求国公爷出面。毕竟英国公府是国公爷的，丢脸也丢的是国公爷的脸，我们世子爷不过是做人儿子的。"

宋三太太被噎得半晌都说不出话来，沉着脸走了。

正在窦昭那里做客的郭氏担忧地道："她会不会去你公公那里告状啊？"

"在家从父，出嫁从夫。"窦昭不以为意地笑道，"我听我夫君的，天经地义，难道我公公还能说我的不是不成？"

郭氏想想也是这个道理，她不由腼腆道："还是我的胆子太小了。"

白姨娘前几天刚刚诞下了庶次子。

这已经是白姨娘生的第二个儿子了。

窦昭道："柿子拣软的捏。我们若是自己什么都不敢说不敢做，别人又怎么会把我们放在眼里？"

郭氏若有所思地低下头去。

暖阁那边传来静媛和元哥儿欢快的笑声。

窦昭笑着拉了郭氏："走，我们去陪孩子玩去。别为这些糟心的事怠慢了孩子。"

郭氏笑着应好，和窦昭去了暖阁。

苗安素躺在床上，眼泪流成了河，问自己的乳娘："我若是想和宋翰和离，不知道要找谁？"

她和宋翰是御赐的婚姻，想和离，恐怕没那么简单。

苗安素的乳娘吓了一大跳，忙道："我的好太太，您可千万不能有这样的念头！您要是和离了，日后吃什么？住哪里？您别看大舅爷现在闹得欢，可您若是大归，他却是第一个不容您的。"

苗安素何尝不知，只是心里不止一次地冒出这个念头来，她一时没注意说了出来。

外面传来一阵喧哗声。

苗安素的乳娘听了直皱眉，道："我去看看。"

苗安素无精打采地"嗯"了一声。

乳娘很快就折了回来。

她的脸色铁青，道："柳红那丫头，真是越来越不像话了，不过是一时有事，灶上的把热水送迟了些，她就发作起来，也不看看自己是什么出身！狐假虎威，小心被闪了腰……"

苗安素闻言发起愣来。

乳娘吓了一大跳，慌张地推了推苗安素："您这是怎么了？"

"我没事。"苗安素回过神来，越发觉得心中所思的有道理，低声道，"乳娘，您说，柳红从前也不是这样不懂事的，怎么突然间就张狂得没边没际了呢？"

乳娘愤愤不平道："这些骨头轻的，给她几分颜面就不知道自己有几斤几两了！您别伤心，看我怎么收拾她……"

"不，"苗安素道，"我不是这个意思。我是说，柳红又不是第一天服侍宋翰，怎么突然间像变了个人似的？是宋翰许了她什么，还是她决定从此就跟在宋翰身边了？宋翰是个冷酷无情之人，连季红都知道，柳红怎么就那么笃定宋翰会待她与众不同呢？其中肯定有问题！"

乳娘想不出来为什么。

苗安素让乳娘去叫了季红进来，单独和季红说了半刻钟的悄悄话。

季红犹豫片刻，点了点头。

没几日，她告诉苗安素："二爷许了柳红做姨娘！"

苗安素嗤笑道："宋翰的话她也相信？她可别忘了，宋翰想抬她做姨娘，我不答应，那就只能去求公公。公公是那种会将丫鬟婢女放在眼里的人吗？"

季红困惑地道："可我看柳红的说话做派，一副十分笃定的样子。"

一时间两人都沉默起来。

自己选的陪嫁丫鬟是怎样的性子，没有谁比苗安素更清楚了。

如果说季红因为忠心耿耿而显得有些木讷，那柳红就是机敏急智显得过于伶俐。

· 135 ·

没有十足的把握，她又怎么会如此不顾后果地帮着宋翰打自己的脸呢？

难道是柳红抓住了宋翰的什么把柄？

苗安素眼睛一亮，对季红道："你一定想办法查清楚柳红凭什么觉得自己一定能当宋翰的姨娘！"

季红点头。

可一直到起了秋风，她也没有任何收获。

辽王却从辽东回了京都。

正拿着个鞠逗着儿子玩的宋墨听到这个消息有些意外，笑着对窦昭道："看来辽王不容小视啊！"

那当然，前世，他可是皇帝。

但前世，他中途并没有回来。那他今世为什么会回京都呢？

是因为这一世和上一世的情况有所变化让他不得不改变原来的计划？

窦昭觉得对辽王怎样小心防备都不为过。

她叮嘱宋墨："你小心点。"

"我们和辽王现在还没有翻脸呢！"宋墨笑着安慰她，"我会见机行事的。"

窦昭还想嘱咐他几句，元哥儿扑了过来，抱着宋墨喊着"球球"。

宋墨忙笑着抱起了儿子，对窦昭道："我们去玩鞠去，别再说这种扫兴的事了。"

元哥儿直到周岁还不会说话，可一过周岁礼，他就像开了窍似的，不仅会喊"爹爹"，而且还会对着身边服侍的人招手说"你来"，然后指了茶盅要喝水，指了点心要吃食，让宋墨激动得一夜都没有睡，第二天不无得意地对一直担心元哥儿是不是有什么问题的窦昭道："我就说我的儿子很聪明，他这是不鸣则已，一鸣惊人。你就是喜欢杞人忧天，让我也跟着白白担心了这许久。"

窦昭含笑不语，听着他的抱怨，心中却是又酸又甜。

前世，魏廷瑜从来不管孩子，她的两个孩子到了快两岁，说话说得非常清楚的时候才开始喊"爹爹"。这一世，宋墨下了衙就陪着元哥儿，她的孩子不会喊"娘"就先会喊"爹"……她别过脸去，眨了几下眼睛，这才回过头来，重新给了宋墨一个灿烂的笑脸。

宋墨告诉元哥儿怎么玩鞠。

元哥儿站在一旁拍着小手，鞠一落地，就屁颠颠地跑过去捡起来递给宋墨，宋墨让他也踢两下，他就跑到窦昭身后躲起来，探出小脑袋打量着宋墨。若是宋墨板着脸，他就向服侍他的乳娘招手说着"你来，你来"，乳娘笑盈盈地走过去，他不是要喝水就是要吃点心；若是宋墨满脸是笑，他就会指着鞠对宋墨道着"球球，球球"，意思是让宋墨继续踢鞠。

宋墨开始还笑呵呵地踢着鞠，几次下来，才恍然大悟，哭笑不得地对坐在一旁做针线的窦昭道："敢情这小子是让我踢鞠给他看啊！我成玩杂耍的了。"

窦昭呵呵地笑。

元哥儿不明白父母为什么笑，但笑就代表着善意。他咯咯笑着捡了球，讨好般地送到宋墨的面前，睁着乌黑亮泽的大眼睛看着宋墨。

宋墨的心顿时软得一塌糊涂，蹲下来抱着元哥儿就亲了两口。

元哥儿又咯咯地笑，可爱极了。

宋墨接过元哥儿手里的鞠，笑道："看好了，爹爹踢鞠给你看。"

他把球踢得高高的,几乎要打到承尘了。

元哥儿拍着小手又是笑又是蹦的,欢快得像一只小鸟。

武夷看看,站在门边犹豫着不知道是该进来还是该退出去的好。

窦昭就朝着他点了点头。

武夷这才笑着走了进来,呈上了一张大红的拜帖:"世子爷,辽王府的耿立耿先生替辽王给您下帖子来了,说是辽王于九月十二在辽王府宴请,邀请您和夫人、大爷一起过去赏菊。"

辽王并不是一开始就在辽东就藩,而是出宫后在京都住了两年才前往辽东。他在京都的府邸也一直由宗人府帮着照看着。

窦昭觉得宴无好宴,可辽王宴请,却不好不去。特别是不知道他会在京都待多长的时间,一次可以找借口推脱,两次、三次呢?

她想了想,对拿着帖子沉思的宋墨道:"藩王结交朝臣是大忌,特别是像你这样戍卫禁宫的卫所都指挥使,这件事你要不要跟皇上说一声?"

如果皇上能表露出哪怕是一分的不悦,宋墨就有借口不去参加辽王的宴请了。

宋墨笑道:"皇上那里自然是要打招呼的,要不然你以为我现在怎么会几乎没有什么应酬?我这是要向皇上表忠心呢!不过,辽王那边这些天做了些什么?要宴请哪些人?最先给谁送的请帖?之后又给哪些人送了请帖?都要查清楚才行。"说到这里,他沉吟道,"还有宋翰那里。皇后可不是那种喜欢东家长西家短的人,她这样抬举宋翰,我就不相信她没有自己的小算盘。"

窦昭不住地点头。

翌日清早,杜唯就把辽王进京后的一举一动都查得清清楚楚摆在了宋墨的案头。

宋墨先看了情报才回内室和窦昭、元哥儿用早膳。

窦昭问他:"杜唯都说了些什么?"

宋墨一面夹了一筷子肉松喂给元哥儿,一面道:"他请的都是些皇亲国戚,按着辈分高低年纪长幼送的请帖,倒看不出有什么不妥的。他昨天人还没有进宫就先递了帖子进宫,如果没有意外,皇上今天下了早朝就会见他。到时候就看太子会不会在场了!"

如果太子在场,那至少证明皇上虽然宠信辽王,但头脑还很冷静理智,依旧如往昔一样维护着太子的储君地位;如果皇上单独见了辽王,甚至是撇开了太子,和皇后一起见辽王……太子的地位就会变得微妙起来。

窦昭也明白这一点。

她送宋墨出门的时候不禁轻轻地拍了拍宋墨的手。

宋墨笑了起来,见丫鬟婆子都远远地跟着,转过身去,飞快地在窦昭的脸颊上啄了一下,这才上了轿。

窦昭脸上火辣辣的,半响才收敛心绪神态自若地去了英国公府正院。

皇上不仅单独见了辽王,而且对提及了辽王宴请的皇亲国戚笑道:"我不过是想儿子了,招他回来叙叙;他也不过是想见见你们这些叔伯兄弟,你们也不用跟他客气,他这几年在辽东又是贩皮子又是挖参采珠的,赚了大钱,你们只管让他好吃好喝地招待你们!"

淮南王等人讪讪然笑着应是,都很有眼色地转移了话题,问起皇上辽东这几年都有些什么生意好做、辽王赚了多少钱之类的话题来。

皇上显然被辽王取悦了,谈兴颇浓,不仅转述起辽王给他说的那些辽东的奇闻趣事,而且还说起高丽等地的风土人情来。

淮南王等人哪一个不是最会察言观色的人精儿，笑吟吟地顺着皇上的话说，逗得皇上笑声不断。

宋墨站在众人的最后面，垂下了眼睑。

东宫的太子却急得团团转，他焦虑地问崔义俊："孤该怎么办好？"

崔义俊此时没有了半点贪小便宜时的猥琐，而是不动如山地道："殿下，曾先生临终前是怎样嘱咐您的？您是国之栋梁，只要您不动，就没有人能动您分毫。"

曾先生，是指已去世的三朝阁老曾贻芬。

太子想到曾贻芬临终前那殷切的目光，他的心渐渐平静下来，走到了大书案前，挥笔连写了十个"忍"字，然后深深吸了口气，这才去了太子妃那里。

崔义俊默默地把太子写的十个"忍"字烧成了灰烬，这才叫了小内侍进来打扫书房。

辽王很高调地出现在了京都。

今天去这家串门，明天去拜访那个，等到九月十二那天，辽王府门口更是车水马龙，他请的人一个不落地全来了。

辽王并没有带辽王妃同行，但将自己的长子带回了京都，他带着自己五岁的长子在大厅门口迎客，内院则由三公主帮着待客。

窦昭一下马车，就看见了紧跟在宁德长公主身后的苗安素。

她很是惊讶。

今天来的不是超品的夫人就是一、二品的郡主，苗安素并没有诰命。

苗安素望着满眼都是穿着大衫霞帔的贵妇人，也很不自在。她悄声向窦昭解释："昨天快掌灯的时候辽王府才派人给我们下了帖子，说是之前不知道二爷已单独开府，只给公公和大伯送了帖子过去。我觉得辽王爷不过是客气话，可二爷却非要来不可，还说，这是辽王爷抬举他，能来参加辽王的宴请，他以后在锦衣卫也说得起话来。我只好跟着来了。"

窦昭一向和苗安素相安无事，苗安素用这副口吻和她说话，她觉得有些不习惯，笑道："难怪我之前没有听说你们要来。不过既然来了，就好好地欣赏一下辽王府的菊花。我前几年从丰台花市淘到了两株墨菊，据说就是从辽王府出去的花匠养出来的，可见他们府里有养菊的高手。我这次来，也正准备见识见识。"

妻凭夫荣。

宋翰没有功名权势，别人也就没把苗安素这个做妻子的放在眼里。苗安素深知这个道理，趁机就跟上了窦昭："嫂嫂，我和您一起吧！这些人我一个都不认识，走路都不知道先迈哪条腿好。"

窦昭笑道："那你就应该像刚才似的跟着宁德长公主才是——她老人家出身高贵，气度雍容，你跟着她老人家，那才是无论如何也不会出错的呢！"

苗安素能感觉到窦昭对她的疏离。

她神色微黯，勉强地笑了笑。

正巧长兴侯夫人走了过来。

窦昭装作没有看见苗安素的黯然似的，笑着上前和长兴侯夫人打着招呼，随后两人说说笑笑地并肩进了花厅。

待到给三公主见完了礼，窦昭坐到了宁德长公主的身边。

宁德长公主悄悄地指了苗安素身边一个穿着玫红色妆花比甲的女子问道："那是谁？

你可认识？"

第一百六十二章　碰面·高呼·就计

窦昭顺着宁德长公主指的方向望过去，看见了个十五六岁，做丫鬟打扮的女子，杏眼桃腮的，颇有几分姿色，只是面生得很。

"我也不认识。"她笑道，"不过她既然跟弟妹，想必是弟妹身边服侍的。您怎么注意起这丫头来？要不要我帮着去问问？"

"那倒不用。"宁德长公主道，"你刚才没来的时候，苗氏跟在我身边，我是看她说话行事不像是个寻常的丫鬟，可苗氏待她却又淡淡的，我就猜，她会不会就是那位让宋家丢脸丢到大街上的。苗氏也太绵柔了些，这样的人就算是拿捏不住，也不应该带出来应酬，这不是长他人志气，灭自己威风吗？也难怪宋翰不把她放在眼里了。"

非常地不满。

窦昭没有搭话，只得朝着宁德长公主笑了笑。

宁德长公主皱眉，还欲说什么，花厅的人渐渐多了起来，有人过来和宁德长公主打招呼，宁德长公主无暇和窦昭说话，这个话题就这样揭了过去。

窦昭松了口气，随在宁德长公主左右，一块儿坐席，一块儿听戏，一块儿赏菊，从不单独行动。

苗安素暗暗奇怪，悄声问窦昭："嫂嫂不是说要仔细看看辽王府的菊花吗？要不要我帮你服侍长公主一会儿？"

"毕竟是来做客的。"窦昭笑道，"看菊花，有的是机会，若是在这么多长辈面前因爱失礼，不免有些轻浮，让人小瞧。"

苗安素恍然，也跟着窦昭行事，惹得三公主对宁德长公主笑道："您看您两个侄孙媳妇，对您多恭敬啊！"

宁德长公主呵呵地笑，看苗安素的目光却显得很是冷淡。

苗安素心中苦涩，但还是硬着头皮跟着宁德长公主——除了她们，她既不认识别人，别人也无意认识她，一转身，好像还有人对她指指点点似的。

她好不容易熬到了散席的时候，有辽王府的小丫鬟过来悄声对窦昭道："夫人，英国公世子爷说，他在门外等您。"

窦昭笑着点头，赏了那小丫鬟一个封红，待送走了宁德长公主之后，才辞了苗安素，出了垂花门。

苗安素笑盈盈地送走了窦昭，自家的马车却不见踪影，身边却陆陆续续地有人离开，她孤零零地站在垂花门口等了半晌，眼看着辽王府的丫鬟拿着扫帚站在一旁等着收拾院子了，自家的马车才姗姗来迟。

她不由恼道："怎么这么晚才过来？"

·139·

马车夫不敢应诺,畏畏缩缩地给苗安素行礼,宋翰却从马车里探出头来朝她喝道:"哪来这么多话?还不回家去!"

苗安素只得把满腔的不满和委屈咽了下去,自己踏着脚凳上了马车。

窦昭和宋墨此时却已经快要到家了。

宋墨正一面帮窦昭按着肩膀,一面和窦昭说着话:"累了吧?好在他十月初一就得启程回辽东了。"

窦昭伏在宋墨的膝头,舒服得闭着眼睛,道:"累倒不累,就是心里硌硬得慌,不想和辽王府的这些人虚与委蛇。"然后她问起辽王来,"我们没有带元哥儿过来,他没有说什么吧?"

"问了。"宋墨调整了一下姿势,让窦昭靠得更舒服些,道,"我说孩子太小,怕到了不熟悉的地方受到惊吓,他倒没说什么。"

窦昭的心这才落下来。

谁知道没过两天,宋宜春告诉宋墨和窦昭,他将在英国公府回请辽王。

宋墨面无表情地盯着宋宜春,道:"你知不知道你在说什么?辽王是藩王,你就不怕太子心中不快?还是你觉得反正英国公府以后是我的,是好是坏都与你无关?要不这样,你这就进宫去跟皇上说,你要提前把爵位传给我,那英国公府倒霉的时候,你估计可以幸免。"

宋宜春气得脸红脖子粗,喝道:"你这孽子,皇上都没有说什么,偏你要跳出来说三道四的,也不看看别人眼里有没有你!你不喜欢大可不待在家里。"

宋墨就真的跟着窦昭和元哥儿去了寺后胡同串门。

江南新上贡的糯米,宋墨也得了几斤,他见年纪大的人多喜欢吃糯食,送了一半到祖母这里,他们去的时候,祖母正和红姑用新磨的糯米和刚腌渍好的桂花糖在做汤圆,洗了洗手,穿着围兜就迎了出来,高声地吩咐身边服侍的丫鬟婆子:"快,还不去把前天六太太送过来的点心拿出来给元哥儿尝尝。"

窦昭很是意外,笑道:"六伯母来过了?"

"嗯!"祖母笑道,"说是过来给我请安,还带了很多吃食过来,有几件点心据说还是宫中御赐的,看着就好吃,我让人收了,等你们过来拿出来给元哥儿吃。"

御赐的点心对别人说来很稀罕,对常在宫中走动的元哥儿算得上什么。可祖母的心意却让人心里暖暖的。

宋墨上前扶了祖母,一面往堂屋里去,一面和她老人家寒暄着:"我们有几天没来看您了,您这些日子可还好?家里有没有什么要添置的?"

"都好,都好。"祖母望着宋墨,欢喜从眼底溢了出来。

宋墨真是和长辈有缘!

窦昭不无妒忌地想,抱着元哥儿进了堂屋。

晚上,得了信的窦世英和窦德昌过来吃饭。

大家说说笑笑的,直到掌灯时分才散。

可让窦昭和宋墨没有想到的是,英国公府这个时候才散席。

他们和送辽王出门的宋宜春、宋翰碰了个正着。

辽王上前就朝着宋墨的肩膀一拳,并笑道:"你这小子,就算我们不比从前,你也不用躲我躲得这么明显。你也太让我伤心了。不过,我可不是为了等你才逗留到现在,而是在宫里被母后问东问西地来晚了,你不必多心!"

前世,窦昭曾远远地见过一次辽王。

虽然没有看清楚辽王，但那时候的辽王，给她的感觉是威严、霸道，还有喜怒无常的神秘莫测。而此时的辽王，年轻，豪爽，语言风趣幽默，让人如沐春风。

她飞快地睃了一眼辽王后就立刻垂下了眼睑，屈膝行礼，站到了宋墨的身后。

宋墨却有些不上道。他恭敬地给辽王行礼，道："那时候是不懂事，现在知道君永远是君，臣永远是臣，不免有些惶恐。你是知道我的性子的，最怕这些纷争了，只好躲出去了。"

"少来！"辽王大笑，"你是怕事的人吗？我看只怕是对我有所不满才是。"他说着，伸手就要揽宋墨的肩膀。

宋墨却突然转身，吩咐窦昭："王爷的王妃没有过来，你带着元哥儿先回屋吧！"正好错过了辽王伸过来的手臂。

事情好像只是个巧合，却未免太巧合了。

宋宜春怒目上前，低低地喝了声"宋砚堂"，警告之意明显。

"算了，算了，您也别教训砚堂了，"辽王全然不介意地挥了挥手，显得十分大度，道，"我也知道，今日不同往昔，有些事是再也回不去了。"他说着，神色一黯，"我这次本来就不应该回来的。"

"王爷误会了！"宋宜春忙道，"皇上和皇后娘娘可都盼着您能进京来瞧瞧他们呢……"

"不说这些了。"辽王笑着打断了宋宜春的话，很快恢复了之前的爽朗，指着玩累了在乳娘怀里睡着了的元哥儿笑道，"这个是你的长子吧？听说乳名叫元哥儿，和皇兄的三儿子是一前一后出生的，名字还是父皇给取的。你倒是个有福气的。那天没有见到，"他解下了腰间的一块玉佩递了过来，"这个就给元哥儿作见面礼好了。我们以后还不知道什么时候会再见，你陪我喝两盅。"他转身朝走进了英国公府，"我正好有想问问你和柏苏到底是怎么一回事，闹得沸沸扬扬，连母后都知道了。"

宋墨想了想，跟着进了府。

宋宜春和宋翰见状，忙簇拥上前。

窦昭目光一扫，看见了低眉顺目地站在小厮中的刘章。

她瞥了刘章一眼，往颐志堂去。

等她拐过仪门时，朝后看了一眼，刘章也不见了人影。

窦昭微微点头，带着元哥儿回了内室。

帮元哥儿洗澡后，窦昭喂他喝了羊奶，哄他睡下，耳边隐隐响起二更的鼓声。

窦昭隐隐有些不安，问若彤："世子爷还没有回来吗？"

"没有。"若彤道，"樨香院那灯火通明的，酒宴还没有散呢！"

窦昭沉思片刻，吩咐若彤："你去请了陈先生过来。"

若彤应声而去，大约过了一炷香的工夫，领了陈曲水进来。

窦昭悄声把宋墨在樨香院陪辽王喝酒的事告诉了陈曲水，并道："夏珥刚才护送我们回来的，他总不能寸步不离地跟在世子爷身边，您让段公义和陈晓风他们想办法悄悄地潜入樨香院，别让世子爷一个人落了单。"

陈曲水大吃一惊，立刻意识到了现况严峻，他顾不得年事已高，小跑着出了正院。

窦昭就坐在临窗的炕上打着络子等着宋墨。

过了几刻钟，陈曲水折了回来，他的表情有几分怪异地道："夫人，陆鸣不知道什么时候回了府。"

也就是说，宋墨身边有人在暗中保护他。

窦昭念了声"阿弥陀佛"，随后感觉到了不对。

宋墨什么时候把陆鸣给召了回来？

要知道，陆鸣是负责帮宋墨训练死士的！

窦昭想了想，对陈曲水道："世子爷不是那种无的放矢之人，他秘密调了陆鸣回来，肯定是要防着辽王和英国公，烦请您再去跟段师傅他们交代一声，务必要保证世子爷的周全。"

"夫人放心，我这就再去叮嘱段公义他们一声。"陈曲水道，"除了陆鸣，段公义他们还发现了常护卫，他也带着一帮人躲在暗处，段公义说，其中有几个绝顶高手，面生得很，他怀疑是辽王爷的人……"

窦昭就知道事情没这么简单！她不由眉角一挑，冷笑道："姓常的真是活得不耐烦了！之前是因为看他这人没什么大能耐，英国公又把他当左膀右臂般的倚重，觉得收拾了他，英国公说不定又找来个更厉害的人，会给我们添乱，所以才一直没有动他的。他倒好，一心一意地做起英国公的狗来，连世子也敢咬！"她说着，神色渐渐严峻起来，"陈先生，突然多了几个绝顶高手，段师傅和陆鸣联手，可有把握把人给留下来？"

"陆鸣也发现了那几个人。"陈曲水道，"来之前我和陆鸣、段公义碰了个头，留下来有点困难，可若是生死不论，却能放手一搏。"

宋墨在明，陆鸣在暗，陆鸣这是要窦昭拿主意呢！

窦昭笑道："那就放手一搏好了！纵然拿不下那几个面生的绝顶高手，也给我趁乱把那个姓常的收拾了！"

陈曲水笑着应"是"，这才退了下去。

窦昭心中还是觉得有些不安。

好像要挥拳打过去，却完全不知道对方的致命弱点在哪里，不过是使了把蛮劲罢了。

她在屋里来来回回地踱着步。

如果她是辽王，遇到像宋墨这样会阻挠她的大事的人，她又会怎么做呢？

杀了？

不行！

宋墨出身显赫，又是朝廷命官，后果太严重。

那就只能是陷害！

贪墨？

一来宋墨从不贪墨；二来栽赃也是个技术活，牵扯的人太多，就算成功，以宋墨的身份地位，皇上说不定私下一笑了之，明面上把宋墨叫去狠狠地教训一顿完事，万一事情败露，却会暴露辽王的野心，风险太大。

谋逆？

贼通常都不敢乱喊捉贼！

有什么办法能让宋墨从金吾卫都指挥使的位置上落马而又让皇上心生厌恶，从此再不用他呢？

窦昭坐在临窗的大炕上，细细地啜着茶。

品行！

只有宋墨的品行出了问题，再也得不到皇上的信任，辽王和皇后才有办法把宋墨挪开！

不错，只能是这样！

上一世，宋宜春诬陷宋墨在母孝期间与蒋母的婢女通奸，不就是用的这一招吗？

她怎么没有想到这一点？！

是因为之前她已破了这一招吗？

窦昭"哎哟"一声站了起来，来不及多想，高声地喊着"若朱"："你去把刘章悄悄地给我叫过来。"又吩咐若彤："你去请了陈先生过来。"

两人飞奔而去。

刘章在内院，先到。

窦昭问他："宋翰过来陪客，都带了些什么人过来？"

刘章恭敬地道："除了两个护卫、两个小厮和两个赶车的车夫，再就是二太太及二太太的两个婢女、两个随车的婆子。护卫、车夫和随车的婆子都照规矩在轿厅旁的暖阁里歇着，两个小厮也被拦在了二门外，只有两个丫鬟跟着二太太去了内院。"

"二太太过来了？"窦昭有些意外。

按道理，她们没有婆婆，她过来应该来给自己问安才是。之前她不在家也就罢了，可她现在回来了，苗安素却依旧没有影子……是回去了，还是不知道自己回来了？

刘章细细地道："二爷和二太太好像都不知道世子爷和您去了后寺胡同，二太太见您不在家，辽王那边又没带女眷，就准备回去。二爷嫌二太太多事，把二太太丢给了国公爷的通房杜若，二太太气得脸都白了，可国公爷在旁边，又不敢说什么，只好随着杜若去了后罩房，到现在还在后罩房里由杜若陪着呢！"

让一个没名没分的通房去陪正妻，这种打脸的事，还就真是宋翰的做派。

窦昭道："二太太不知道我回府了吗？"

刘章沉吟道："小的不知道！"

他的话音刚落，陈曲水走了进来。

窦昭朝着陈曲水颔首，示意他在一旁的太师椅上坐下，继续对刘章道："你速去看看二太太都在干些什么，带了哪两个丫鬟进府服侍，这两个丫鬟和杜若都在干些什么。"

刘章应诺，给陈曲水行礼，跑了出去。

窦昭就把自己的担心告诉了陈曲水。

陈曲水笑道："这可是英国公府啊！陆鸣他们还在暗中盯着呢！"

窦昭不以为然，道："上回还是在世子爷母孝期间呢！出奇制胜，辽王到英国公府来不可能单单就是为了喝顿酒，和世子叙叙旧。要知道，他们之间若是撕破了脸，那可就是不死不休的局面。"

陈曲水还要争辩几句，可是想到之前发生在宋墨身上的事，说是匪夷所思一点也不为过，那再发生点出乎意料的事，也就不那么让人惊诧了！

窦昭道："我们先看看刘章都打听到了些什么。"

陈曲水点头。

两人说起窦德昌的乡试来。

"您今天去后寺胡同，七老爷都怎么说？"作为屡试不第的举子，陈曲水特别关心这一类的事。

"什么也没有说。"窦昭也很关心，倒并不焦虑，"我想着考都考了，再问也没什么意思，又怕十二哥没考好，不愿意提，所以也没有问。"

陈曲水不免有些失望，道："听说今年北直隶乡试的题目是'明明德，止于至善'，南直隶乡试的题目是'中者，天下之正道'。都是做烂了的题目，想出彩极不容易。等到时卷出来，我倒要仔细读读两直隶的会元卷。"

窦昭呵呵地笑。

刘章跑进来回话："二太太一直待在后罩房,说坐在那里枯等,睡着了,您回来,也没有个人做主通报一声。至于二太太带进府的两个丫鬟,一个叫季红、一个叫柳红的。两人也都没有乱跑,一直在后罩房里服侍着二太太。"

柳红?

苗安素又带了她出来应酬?

宋翰可真是不遗余力地打击苗安素啊!

窦昭不放心,悄声对陈曲水道："你让段公义去看看,苗氏和她的两个丫鬟及杜若,是不是还待在后罩房里?最好是派人注意她们的动向。世子爷身手不弱,暗处还有陆鸣,我倒不怕,怕就怕他们从我们容易疏忽的地方动手。"

之前陈曲水觉得胸有成竹,刚才听了窦昭的一番分析,他心里也有些没底了,急急地起身走了。

段公义见几个人中只有他年纪最大,朝着陆鸣打了个暗哨,把人交给了陆鸣,亲自去扒后罩房的瓦。

斗室内,一盏如豆的桐油灯,三个丫鬟打扮的漂亮女子正围坐在屋里唯一一张架子床前安静地打着络子。架子床帐帷低垂,看不清楚里面的情景。

看样子苗氏好像歇在帐子里。

不过,窦昭既然嘱咐过,最好还是亲自看一眼的好。

段公义想了想,怕惊动了常护卫带的人,把手中的瓦块捏碎了,"当"的一声打在了对面厢房的窗棂上。

"是谁?"住在对面的丫鬟起身查看。

把后罩房的杜若惊动了,她举着灯出来查看："怎么了?"

那丫鬟神色有些惊恐地道："我听到有人不停地叩我的门。"

院子里静悄悄的,一个人也没有,屋檐下挂着的一盏大红灯笼,孤零零地在风中摇曳。

两人齐齐打了个寒战。

那丫鬟的声音都变了："杜若姐姐,不会是有鬼吧?你让我今天晚上跟着你睡吧?"她拔腿就往杜若那边跑。

杜若忙道："不行!二太太在我屋里歇着呢!"

"那你让我也服侍二太太吧?"那丫鬟颤颤巍巍抱着杜若的手不放。

"这我可做不了主!"杜若没有办法。

听到动静的季红走了出来,温声道:"这是怎么了?"

那丫鬟又像抓了根救命稻草似的抓住了季红,求季红答应让她也服侍苗安素。

宋翰不把苗安素当人,季红更加不敢得罪樨香院的丫鬟,而且她记得这个丫鬟好像和杜若一样,是国公爷的人,因而笑道:"那你记得别出声。"

那丫鬟谢了又谢,由杜若陪着回房穿戴整齐后,和季红几个一起守在床前打着络子。

没把人引走,反而又多出一个碍手碍脚的了,段公义悔之不及,正想着用个别的什么法子把几个丫鬟调开的时候,只见那个叫柳红的丫鬟站起来,伸着懒腰道:"我要去茅房。"

杜若笑道:"外面黑灯瞎火的,姐姐就在屋里用马桶吧?我帮你倒去。"

柳红听着瞥了她一眼,道:"我们二太太在你屋里歇着,我怎么好用你屋里的马桶?"

杜若脸一红，忙道："那我陪你去茅房吧？免得你找不到地方。"

"不用了。"柳红拉季红，"我知道地方。你们不用管我，免得二太太醒了连个端茶倒水的人都没有。"说完，也不待杜若和季红开口，径直撩帘走了出去。

杜若不免有些讪讪然。

季红忙道："你别放在心上，她就是这个性子。"

杜若勉强地笑了笑，道："我知道。她就是那个让你们二太太没脸的丫鬟。"

这下子换季红尴尬了。

倒是那个丫鬟，能被宋宜春收房，也是个十分机敏的，忙低声笑道："姐姐们肚子饿不饿？我屋里还有些米粉，我再去灶上讨碟子咸菜，我们也吃吃夜宵！"

杜若指了指静垂的床帷。

那丫鬟吐了吐舌头。

季红见她性子很是活泼，不由也跟着笑了起来。

外面突然传来一声凄厉的尖叫。

屋里的人房顶上的人全都神色大变。

季红更是惶恐地站了起来，道："那，那声音好像是柳红的！"

柳红？

杜若和那丫鬟面面相觑，都觉得心里毛毛的。

三个人朝外望去。

屋檐下挂着盏大红灯笼，只能看到风吹过时树梢偶尔的婆娑起舞，再远，就黑漆漆的一片，什么也看不清楚了。

"怎么办？"杜若回头望了一眼静垂的床幔，轻声问季红。

季红咬了咬唇，小声道："二太太好不容易才歇下，总得弄清楚了再去回话吧？"

主子们最讨厌咋咋呼呼的仆妇了。

那丫鬟就壮了胆子，抱着季红的胳膊道："要不，我陪姐姐出去看看吧？"

季红朝杜若望去。

杜若忙道："我害怕，我在这里服侍二太太。"

季红闻言，脸色有些难看，但还是和那丫鬟出了门。

杜若送她们到了门口。

段公义松了口气。

就看见杜若朝着左右望了望，见没有人，又飞快地跑了回来，一边撩着床帷，一边轻声地喊着"二太太""二太太"。

段公义心生困惑。

这个杜若有点不对劲啊！

他不由睁大了眼睛。

床帷被撩了起来，绣着宝蓝色玉簪花的锦被被掀到了一边，床上空空如也，哪里有苗安素的影子！

段公义心中一震。

抬头就看见隔壁花厅后面的小院里出现了宋墨的身影。

糟糕！

段公义立刻明白过来。

但凡权贵人家，都会有几处隐秘的地方，为的就是能不让人察觉地做些掩人耳目的事。

苗氏歇息的后罩房看似偏僻，实际上离招待辽王的花厅后院的暖阁只隔着一堵墙。

而且还应该有个活门直接通往苗氏歇息的厢房。

虽然不知道宋墨怎么会孤身一人出现在花厅的后院，苗氏又怎么会突然不见了，但他本能地感觉到宋墨上了当！

他顾不得许多，提气就准备跳下去给宋墨示警。

谁知道气运丹田，身子却是一沉，再也动弹不得。

段公义大骇。

耳边传来一个阴恻恻的声音："别动，不然让你死无葬身之处！"

段公义想要破口大骂。

人都死了，还管他有没有葬身之处！

可话到嘴边，都化成了浅浅的轻哼。

他不禁又悔又恨。

悔的是自己这几年顺风顺水，太过大意，明知辽王身边的几个人身手不弱，也没提高警惕；恨的是自己受了窦昭这么多的恩惠，关键的时候自己却没能帮上忙。

他的牙齿咬得咯咯直响。

眼睁睁地看着宋墨走进了暖阁里。

原本不见了踪影的柳红不知道从什么地方冒了出来。

她鬼鬼祟祟喊着"世子爷"，推开了暖阁的门。

"是谁？"暖阁里传来宋墨低沉却带着几分严肃的质问。

"奴婢是二爷身边的柳红……"她说着，突然发出一声高亢的尖叫。

刺耳的声音回荡在院落中。

原本应该在花厅里喝酒的辽王和宋宜春却以不可思议的速度出现在小院里。

辽王的随从更是像早有准备似的分散在院子的各个角落，牢牢锁住了小院进出的每条通道。

段公义恨不得扇自己几耳光。

"出了什么事？出了什么事？"宋宜春高声喊着，声音里隐隐透着几分兴奋，赶在辽王之前推开了暖阁的门。

柔和的灯光像月光一样倾泻而出。

段公义看见一个女子拥被瑟缩在罗汉床角，而宋墨就站在罗汉床前。

完了，完了！

那女子一定是苗安素！

和自己的弟媳有染，不管有没有证据，世子爷跳进黄河都洗不清了！

他闭上了眼睛。

耳边却传来宋墨带着几分戏谑的声音："真没有想到，父亲的性子这么急，竟然把辽王殿下给引了来。哎！我原来只想教训宋翰一顿算了，您这样……让我可怎么收场？"又道，"辽王殿下，家丑不可外扬，让您见笑了！"

咦？

这是怎么一回事？

段公义张开眼睛。

明亮的灯光下，宋宜春和辽王的神色都显得有些滑稽，特别是宋宜春，张大的嘴巴都可以塞进去一枚鸡蛋了。

他再定睛一看。

宋墨站在罗汉床前不错，可宋翰却衣冠不整地躲在罗汉床旁的帷帐里。

段公义眨了眨眼睛。

他身上突然一轻。

段公义想也没想就跳了起来。

身后就传来一声轻笑："段师傅，得罪了。"

段公义扭头。

月光下，陆鸣正扬着脸对着他笑。

段公义的拳头捏得咯吱直响。

陆鸣却不以为意，指了指暖阁。

段公义只好收起满腹的不满，困惑地和陆鸣趴在屋顶上窥视着暖阁里的情形。

"出来吧？"宋墨冷冷地望着宋翰，道，"再躲就没什么意思了！"他说着，随手扯下了半幅帷幔丢在了宋翰的身上，"有什么话我们到前面去说去，你这个样子，成什么体统？"

宋翰的目光显得有些呆滞，像是被吓傻了，又像是根本不清楚眼前发生了什么事似的，木然地扶着罗汉床的床柱站了起来，喃喃地说了句"我，我这是怎么了"，眼中才渐渐恢复了光彩，人也变得精神起来，厉声地问着"这是怎么一回事"，朝着四周张望……然后他神色陡变，朝宋宜春望去，"这，这到底是怎么一回事？"

宋宜春的目光阴了下来，脸上也像挂了一层霜似的。只是没等他开口，罗汉床上的女子已嘤嘤嘤地哭了起来："国公爷，我也不知道我怎么会在这里，我在屋里服侍着二太太，柳红去上茅厕了，季红又去找柳红去了，奴婢撩开床幔一看，二太太就不见了。奴婢正要喊人，眼前一黑，就没了知觉。等到醒过来，才发现自己躺在这张床上，世子爷正站在床前看着我……我真的不知道发生了什么事！我没有和二爷私会……"

段公义的下巴都要落下来了。

杜若刚才还在后罩房里，怎么一眨眼的工夫又到了暖阁？

是谁做的手脚？

那苗氏去了哪里呢？

还有季红几个，在这件事里又扮演了什么样的角色呢？

世子爷又是怎么发现有人陷害他的呢？

他朝陆鸣望去。

陆鸣笑着朝他点头，示意他暂且先看下去。

暖阁里，宋宜春已是一声怒吼："你给我闭嘴！什么'私会'？谁说二爷和人'私会'了？"

杜若这才惊觉自己说错了话。

她惊恐地望着宋宜春。

宋墨扑哧一笑，对辽王道："不错，宋翰怎么会和自己父亲的通房私会呢？定是宋翰喝多了酒，走错了屋子，上错了床。这完全是一场误会！"

辽王神色间已恢复了原来的豪爽，闻言哈哈地笑道："还是砚堂看得明白。宋翰不过是喝醉了，走错了地方而已。"然后对宋宜春道："我们走吧！都是一场误会！"

宋宜春脸上勉强挤出一个笑容，身子微躬，请辽王先行："正是，正是。我们还是去喝酒吧！"

三人朝外走去，宋翰欲言又止。

躲在墙角的柳红却猛地跳起来去抱宋墨的腿。

宋墨灵巧地一闪，躲了过去。

柳红扑倒在地，嘴都磕出血来，她不管不顾地朝宋墨爬去："世子爷，救命！奴婢是被二爷逼的！奴婢要是不做，二爷就要把奴婢卖到私寮里去，求世子爷救奴婢一条小命，奴婢什么都愿意说……"

宋翰眼里喷着火，上前就狠狠地踢了柳红两脚，把柳红踢得吐血。

柳红却知道，自己如果不能让宋墨回头，等候自己的，将是比死还要悲惨的下场。

她不管不顾地嚷了起来："世子爷，是二爷让奴婢给二太太喝的药，还让人趁着二太太昏迷不醒的时候把您引到暖阁来，让别人误会您和二太太私通……"

这个宋翰，是怎么办的事？

既然事情暴露了，就应该一把将这贱婢捏死才是，怎么能让她胡说八道？！

宋宜春回头瞪着宋翰，恨不得把宋翰生吞了。

宋翰呢，气得脸色发白，又是一脚就踹在柳红的胸口上。

柳红惨叫一声，瞪大了眼睛，捂着胸口瘫在了地上，人事不省。

杜若吓得大声尖叫。

宋翰又上前掐住了杜若的脖子。

宋墨微微蹙眉。

门外突然传来一个略带几分威严的声音："这是怎么了？就算是婢女们有什么不对，也用不着这样喊打喊杀的，我们英国公府又不是暴发户，这让外面的人知道了岂不是要引起非议？"

辽王不禁转身，就看见个年轻女子虚扶着个十七八岁的美少妇走了进来。

她身量颇高，一双入鬓的长眉，顾盼生辉，英姿飒爽，像画本中的巾帼女子。

是窦氏！

他眼睛一眯。

早就听说宋墨非常敬重这位比他年长一岁的发妻，上次见时也觉得漂亮，却不像此时，昂首阔步，风姿无比。

再看她身边的年轻女子，梳着妇人髻，穿了件翠绿色宝葫芦纹妆花褙子，头上插着赤金簪子，耳朵上坠着金镶玉的灯笼耳环，个子不高，却也有几分姿色，神色间对窦氏很是恭敬，这应该就是宋翰的妻子苗氏了。

辽王暗自苦笑。

看样子，这计策完全失败了！

他决定马上离开。

"这是贵府的家务事，本王就先告辞了！"辽王笑着朝宋墨和宋宜春颔首，带着自己的人扬长而去。

暖阁里一片死寂。

宋翰上前朝着苗安素就是一耳光："你跑到哪里去了？竟然让柳红那小蹄子乱说话……"

宋墨一把抓住了宋翰的手，一言不发地冷冷地看着他。

他目光闪烁，想挣脱宋墨的手。

宋墨的手却如铁钳，让他动弹不得。

"够了！"宋宜春喝道，"你们还嫌不够丢脸吗？快给我放开！"

第一百六十三章　被迫·不愿·割肉

宋墨冷笑，甩手放开了宋翰。

宋翰跌跌撞撞地后退了好几步才站稳脚跟，目光闪烁地揉着自己被捏红了的手腕。

苗安素咬着牙，身子微瑟地朝窦昭身后躲了躲。

揭穿宋翰很容易，可揭穿了宋翰的后果却很严重。

自己这么做，到底是对还是不对呢？

她有些茫然。

而宋宜春却试图混淆视听地呵斥着宋墨："你这是干什么？你们是兄弟，怎么能为了个女子就动起手来……"

宋墨懒得理他，转过身去，温声对窦昭道："时间不早了，父亲的内院乱七八糟的没个干净人，你和弟妹先去歇了吧！我把这边的事处置完了，就歇在外院的书房了。"

窦昭笑着应是，示意若彤扶着苗安素，由一群丫鬟婆子簇拥着出了樨香院，看也没看宋宜春一眼。

苗安素心中微安，对窦昭道："我还有个叫季红的丫鬟，现在不知道在哪里，还请嫂嫂帮我找找，如果没有她，我也不可能给世子爷示警……"

窦昭笑道："你放心，我这就让人去找。"

她把话吩咐下去，回到颐志堂，又趁着丫鬟们收拾客房的功夫问苗安素："你跟我说说，这到底是怎么一回事？"

当时她在屋里正焦急地等段公义的消息，刘章却突然带了苗安素过来，还道："这是世子爷的意思，让您好生护着二太太的周全。"

窦昭这才知道了宋宜春和宋翰的阴谋诡计。

她顿时心急如焚，怕宋宜春和宋翰事情败露之后犹不放过宋墨，索性带着苗安素去了樨香院，有什么话也可以当面锣对面鼓地说清楚，怎么也不能让宋墨沾惹上这样的是非，她因此甚至没来得及问一问事情的经过。

苗安素闻言眼泪就落了下来："宋翰他不是个人！为了陷害世子爷，他半点也不顾念夫妻情分，连我也一块儿算计进去了……"

她哽咽着说了自己怎么发现柳红的异样，又怎么派了季红去查却一无所获，但她犹不死心，不仅派人盯着柳红，还花了大笔的银子收买宋翰身边服侍的人，发现宋翰不仅悄悄地和辽王府的人来往，而且言谈举止之间都变得有些跋扈，一副很快就能让颐志堂好瞧的模样。

苗安素不知道发生了什么事，可她却知道宋墨对宋翰很是不喜。她想借宋墨的手压制宋翰，又觉得窦昭只将这件事当成内宅事，不好意思去说第二次，就派人把这件事告诉了宋墨，结果却被宋墨查出来宋翰要陷害他的事。

窦昭愕然。

没想到一件看上去很普通，甚至只是发生在内院的争风吃醋的小事，竟然会引出这样一桩致命大事来。

她不由道："还好你心细，又把这件事告诉了世子爷，不然世子爷和你就只能被动挨打了！"

"我这哪里是被动挨打，"提起这件事，苗安素的心就像被捅了个窟窿似的，血泪汩汩地流，"他分明是要把我往死里整——世子爷到时候大可以说是喝醉了酒走错了房间，可我却是跳进黄河里也洗不清了……"

她想到被打得奄奄一息的柳红，想到身败名裂的杜若。

如果自己不是多了个心眼偷偷地将这件事告诉了宋墨，今天柳红和杜若的下场就是她的下场！

她不由哭诉道："先前世子爷还不知道他们要干什么，只是让我留心，等到我被安置在杜若的后罩房，宋翰又强留着我不让我回去，世子爷好像就猜到了宋翰要干什么似的……"苗安素到现在也想不透宋墨为什么能猜到宋翰会利用她和宋墨的身份做文章，眉宇间流露出几分困惑，"他让季红寸步不离地守着我，又让我不要吃喝樨香院的东西，我却不甘心就这样放过宋翰这个狼心狗肺的东西，求世子爷惩戒宋翰。世子爷就让我见机行事，想办法蒙蔽杜若等人。

"我发现杜若奉茶给我的时候手有些发颤，就偷偷地把茶水泼了，却佯装出副喝了她的茶水想睡觉的样子。

"她果然上了当，喜出望外地服侍我歇息。

"我就做出一副为难柳红的样子，挑剔柳红的言行，把她给撵了出去。

"杜若去安慰柳红。

"我吩咐季红想办法绊住柳红和杜若，自己则悄悄地溜出了后罩房，去了花厅后的暖阁……"

她正说着，外面传来一阵脚步声，有小丫鬟进来禀告，说刘章带着季红过来了。

苗安素立刻打住了话头，撩着帘子就迎出了宴息室。

主仆二人泪眼婆娑地抱头痛哭。

半晌，苗安素才推开季红，问季红："你还好吧？"

季红红着眼睛连连点头，道："奴婢照着您的吩咐，一直守在床边，没让她们掀开床幔。后来柳红在外面装神弄鬼地尖叫，奴婢正愁没有借口脱身，谁知道却被和杜若同院的那个丫鬟拉了出去……"她急急地将之后发生的事告诉苗安素，"奴婢就跟着那丫鬟一直躲在她的屋里，直到这位小哥找来。"她感激地朝着刘章点了点头，然后回过头去道，"小姐，您可还好？二爷有没有伤害您？"

"我也没事。"苗安素含泪笑道，"世子爷的人发现了我，把我带到了夫人这里。结果等我和夫人赶过去的时候，睡在罗汉床上的却变成了宋翰和杜若！"

她十分解气地呵呵笑了起来，吩咐季红给窦昭磕头。

窦昭在旁边静静地听着，把事情的经过听了个七七八八，至于一些细节，恐怕只有等到明天问宋墨了。

她吩咐若彤服侍她们主仆下去歇息："你们劫后重逢，想必有很多话要说，我也不留你们了。世子爷向来恩怨分明，你们帮了世子爷这么大的一个忙，以后的事，世子爷必定早有安排，你们就暂且安心在这里歇下，有什么事，等到明天见了世子爷再说。"

两人感激地给窦昭行礼，退了下去。

待到夜深人静，季红悄声地问苗安素："二太太，我们毕竟是四条胡同的人，世子爷管得了我们一时，管不了我们一世，我们现在和二爷撕破了脸，以后该怎么办好？"

她是反对掺和到宋墨和宋翰之间的纷争中去的。

只是苗安素主意已定，她只好咬紧了牙关硬着头皮跟着苗安素走。

苗安素轻轻地叹了口气，没有说话。

季红心里顿时七上八下的。

"睡吧！"苗安素道，"这件事等我见过世子爷了再说！"

季红哪里睡得着，睁着眼睛到了天亮，若彤带着几个小丫鬟服侍她们用早膳。

苗安素客气地道："哪里就用得着若彤姑娘，这里有季红就行了。"

若彤也不勉强，笑道："我们夫人吩咐了，让我们听二太太的吩咐，不要吵着您了。您有什么事，只管吩咐奴婢一声就是了。"领着几个小丫鬟退了下去。

苗安素不由叹道："她们这是留了空间好给我们说话呢！这么细心周到，不怪世子爷把她当眼珠子似的。"

季红知道苗安素嘴里的"她"，是指世子夫人窦氏。

同样是嫁给宋氏子弟，窦夫人和二太太却一个天上一个地下。

季红神色微黯。

窦昭却正在和宋墨谈及她们主仆："宋翰那里肯定是容不下她们了，我看不如让苗氏称病，你派人护着她去宋家的田庄里静养好了。"

宋墨觉得这个主意挺好，道："那你去问问苗氏的意思。如果她愿意，我这就安排人随她一起去田庄。"

窦昭笑着点头，说起昨天晚上的事来："刚刚陆鸣来讨陈先生的主意该怎么办，一转眼你就已经把宋翰'捉奸在床'，让我白白地担心了一回！"

宋墨笑了，道："我也没想到，他竟然会一而再再而三地用这种下三滥的招数。好在苗氏下定决心要和宋翰分道扬镳，宋翰又得意洋洋地想看我出丑，背着父亲和辽王跑到我的暖阁里去'捉奸'，这才让我有了可乘之机，把宋翰和杜若放在了一张床上。"

窦昭倒有点可惜自己没有机会看到当时辽王、宋宜春和宋翰的表情——那一定很精彩！

她不禁道："你应该趁着这个机会把宋翰给收拾了，偏生还给他找借口说什么喝醉了酒走错了房间……"

宋墨却目光一冷，道："就算是闹大了，也不过是让宋翰身败名裂罢了，怎能让我解恨？这样才好，让他身陷流言苦苦挣扎，不得不投靠辽王，到时候再一并收拾他那才叫痛快！"

窦昭心中一动，笑道："你是不是让他分府的时候就打定了主意？"

宋墨笑道："未雨绸缪嘛！"

真是狡猾！宋翰怎么能是他的对手呢？

窦昭抿了嘴笑，又有些担心地道："宋翰出事，真的不会连累你吗？"

宋墨道："所以我得让京都的人都知道我们'兄弟不和'啊！"

乳母抱了元哥儿过来。

元哥儿咿咿呀呀地喊着"爹爹"，非要宋墨陪着他玩不可。

宋墨陪着他玩了一会儿才去衙门。

窦昭去了客房，把宋墨的意思告诉了苗安素。

苗安素笑着称谢，神色间却有一丝犹豫。

窦昭感谢她给宋墨通风报信，耐心地问她："你可还有什么要求？我帮你传达给世子爷。"

苗安素沉默良久才低声地道："我想和宋翰和离！"

窦昭目瞪口呆。

季红更是顾不得窦昭在场，当即跳了起来："二太太，您和二爷可是御赐的姻缘！而且您和二爷要是和离了，您去哪儿？舅爷是绝不会让您大归的！"

是啊！就算宋墨能帮自己和离，和离后，自己又能去哪里呢？

苗安素苦笑。

很快，接苗安素和季红的马车就来了。

季红扶着苗安素上车，撩开帘子，里面竟然坐着那个在樨香院里直呼"有鬼"的婢女。

她笑盈盈跪迎着苗安素和季红："世子爷说，让奴婢以后服侍二太太。"

季红不由松了口气，笑道："难怪你会拉了我去找柳红！"

别人害怕有鬼都躲在屋里不敢出门，她却明知二太太歇在杜若的屋里还跑去求助，原来是世子爷安排的人。

季红亲亲热热地和她并肩坐下，小声地聊着天。

那丫鬟告诉她们："柳红从台阶上摔了下来，摔断了脖子，全身都瘫了，只有眼睛能动，二爷慈悲，打发了五十两银子，让她的娘老子把她给接了回去，听大夫说，像她这样的情形，如果家里银子流水似的用，还能拖个三五年，不然最多也就是十五六天的寿命。国公爷屋里的杜若姑娘却是突然得了急病，被国公爷移到了后花园东边的暖阁，听说连换了几位大夫都不见好，国公爷已经吩咐下去，让吕正家的提前把入殓的衣服做出来。"

苗安素不由和季红交换了一个眼色，心里不免有些感慨。

宋翰把身边的人视若草芥，动辄就喊打喊杀的；宋墨却只要是帮过他的人都会想办法妥善地安排，相比之下，高低立现。宋翰，这辈子也休想爬到宋墨的头上去。

她默默地在宋墨的田庄里住了下来。

没几日，就传出了柳红和杜若的死讯。

季红朝着地上"呸"了一声，骂着"活该"。

苗安素却不这么认为。柳红和杜若纵然做得不对，可若没有宋翰和宋宜春这两个罪魁祸首，她们这些连卖身契都被人捏在手里的弱女子又能干什么？

想到这些，苗安素就有些愤愤不平。

凭什么柳红和杜若都死了，宋翰和宋宜春却依旧风流快活？

这里是宋墨的庄子，苗安素问庄头："我想见见我娘家人，行吗？"

庄头笑道："世子爷一早就吩咐过，您想去哪里就去哪里，不过，最好别走远，怕有人趁机作乱，强行把太太送回了家，那我们家的世子爷可就是鞭长莫及了。"

苗安素忙道："我明白。只是想见见我胞兄罢了，让他给家里报个信，也免得我父母担心。"

这个理由却不好反驳，庄头派了人去给苗家送信。

苗家的人大吃一惊，立刻让苗安平陪着苗母来探望苗安素。

苗母人还没有站稳就满脸焦急地问道："你怎么会被宋家送到田庄上来？那你的吃穿用度怎么办？他们会不会休了你？"

苗安素像被捅了一刀似的。

她索性在胞兄和母亲面前哭得像个泪人："宋翰他不是个东西！竟然和公公的通房有染！柳红那小蹄子为了讨好宋翰，他和公公的通房通奸的时候，还替他在门外把风。就是宴请辽王的时候，他也淫性不改。被世子爷无意间撞破之后，他不仅不认错，还当着世子爷和国公爷的面要打我，说是我不贤，没有帮他掩饰，才会被世子爷发现的。世子爷怕他恼羞成怒，把我打出个好歹来，不得已只好把我送到了田庄上来。哥哥，你可得为我做主啊！我不能就这样白白地被他打了！"

苗安平和苗母面面相觑，好半晌苗母才讪讪地道："嫁出去的女儿泼出去的水，你的事我们这些娘家人怎么好轻易插手？上次的事你又不是不知道，你哥哥为了给你出头去四条胡同闹了一场，结果呢？你哥哥被英国公府的护卫打了一顿，到现在还腰疼，每天都要吃药，家里的一点积蓄都给你哥哥买药了……"

苗安素气得心肝痛，却又不得不和母亲、胞兄虚与委蛇。

"正因为如此，所以我才找哥哥来商量啊！"她满是委屈地道，"上次哥哥为我闹了一场，什么好也没有落着，我这心里一直惦记着呢！这次却不一样，世子爷撞破宋翰奸情的时候，辽王爷也在场，而且事后没多久柳红就摔断了脖子，杜若也病死了，我住进了田庄，您说，这件事要是捅了出去，谁还能像上次那样，说我们苗家是讹诈？而且世子爷答应过，只要我愿意，想在田庄上住多久就可以住多久。我有世子爷撑腰，宋翰不能把我怎么样，你们这么去一闹，宋翰还不得拿银子出来打点你们啊！"

苗母听了心里有点犯嘀咕，总觉得这件事没有女儿说的那么简单，可要让她说到底有什么不妥，她又说不上来。

苗安平却是眼睛一亮，道："这个主意不错！宋翰的通房没了，国公爷的通房也死了，你住进了宋家的田庄不回去，到时候我们就说宋翰和自己父亲的通房通奸，把你气得离开了四条胡同，好好敲他宋翰一笔。"他说着，抚掌大笑，"妹妹，你这次总算聪明了一回！"

苗安素抿了嘴笑，苗母却担心道："万一宋翰像上次那样，派人把我们打了出来呢？"

"上次和这次可不一样。"苗安平信心满满，"上次我们吃亏在不占理——他玩了妹妹的陪嫁丫鬟，我们家就摆脸色给他看，他自然不会向我们家低头。这次妹妹住在世子爷的田庄里，是窦夫人安排的人，他还能把妹妹强押回去不成？只要妹妹一日不回四条胡同，宋翰通奸的事就一日不能平息，宋翰还不得拿银子打发我们啊！"他说着，兴奋起来，商量苗安素，"我觉得我们不能一次把宋翰打死了，得细水长流，今儿要一点银子，明儿要一点银子，让他从此以后养着我们！"

这件事找她哥哥果然找对了！

苗安素点头。

苗安平还有点不放心，道："我这可是为你出头，你可别到时候半路反悔，跟着那宋翰回了四条胡同！"

"不会的！"苗安素为了让哥哥放心，道，"我还指望着你把从宋翰那里敲来的银子分点给我呢！"

苗安平闻言立刻紧张地道："最多给你一成！我要请人帮着臭宋翰，还要雇人和我去讨银子，万一那宋翰发了狠不认账，说不定还会被他一张拜帖丢到顺天府吃牢饭，你只用安安逸逸地坐在家里等银子……"

苗安素可不仅仅是要宋翰身败名裂。

她和苗安平讨价还价："四六开！不然我不承认自己搬到田庄是被宋翰气的。"

"最多二八开！"苗安平道，"不然我这账算不过来。"

两人你来我往地讨价还价了半天，最后决定三七开。

苗安素和苗安平皆大欢喜。

苗安平连午膳都没有心思吃，丢下苗母在这里陪着苗安素，立刻回了大兴县。

苗安素让人给苗母收拾客房。

苗母不悦，道："反正女婿也不会过来，我和你住不是一样？"

上次苗母去四条胡同做客，佯称头发乱了，要苗安素的小丫鬟服侍她重新梳头，顺手把苗安素的一根赤金簪子和一对金嵌玉葫芦耳环给戴了回去。

如果苗母见面就问她为何住进了宋家的田庄，她还会睁只眼闭只眼地让母亲住到她屋里，可这次……她铁了心和母亲撇开——宋翰靠不住，宋墨总不能养她一辈子，苗家眼里只有银子，她如果还不为自己打算，那就只有死路一条了。

季红觉得苗安素已经落得这个田地，如果再得罪了娘家人，那才是真正没有立足之地了。

她劝苗安素："小姐，您还是把你用过的旧衣裳、旧首饰什么的，赏些给老太太带回去做面子吧？"

苗安素摇头，道："欲壑难填。何况我已经下定决心和宋翰和离，不趁着如今还是宋家二太太的时候捞点东西，以后我们拿什么过日子？"然后写了封信让她给窦昭送去，"我请大嫂派人陪你去四条胡同把我的箱笼全都搬过来，你趁着这个机会把我的细软悄悄地单独收起来，让大嫂帮我保管着，免得送过来被大舅爷给搜走了。"

季红听了直流泪。

前有虎，后有狼。二太太太艰难了！

她一路轻泣着去了英国公府。

窦昭也正琢磨着这件事。

宋翰被辽王发现和英国公的通房衣冠不整地待在一个房间里，这可是个好机会！宋墨从大局着眼不愿意动宋翰，可宋翰这样陷害了宋墨一回却能毫发无伤揭过去，她可不答应！

但怎么整整宋翰，窦昭心里还没有拿定主意。

见了苗安素的信，她差点笑出声来，立刻叫了金桂和银桂两姐妹过来，对季红道："我这两个贴身的婢女都有一身好拳脚，不要说女子了，就是三五个大汉等闲也别想近身，我让她们随你去四条胡同拿东西，有什么事，你只管吩咐她们就是了。"

季红之前心里还有点打鼓，怕窦昭不愿意插手这件事，闻言不禁喜出望外，屈膝给窦昭行礼，姐姐长、姐姐短地奉承着金桂和银桂两姐妹去了四条胡同。

宋翰心里正不舒服，想着怎么把苗安素接回来。

她这么跑到田庄上去住，没有个正当的理由，是会惹人非议的。偏偏英国公府只有窦昭这一个正经的女眷，窦昭不抹黑他就是好的了，想让她给自己遮掩，那是不可能的。

听说季红来搬苗安素的东西，他鬓角的青筋直冒，抬脚就朝季红踹去："小浪蹄子，你反了天了！也不看看你吃谁的喝谁的，还敢到家里来搬东西……"

只是他那一脚还没有踹到季红的身上，旁边蹿出个小丫鬟，抬手就捏住了他的脚踝往前一拽，拽了他个狗吃屎。

宋墨并没有刻意封锁当天的消息，"二爷和国公爷的通房通奸被世子爷逮了个正着，二太太因此一气之下去了田庄静养"的传闻渐渐地在英国公府的仆妇间悄悄传播，四条胡同也有人听说了。所以当季红带着英国公府的小厮婆子来搬苗安素的箱笼时，有点眼力的仆妇都纷纷找事避开了，而那些来不及避开的仆妇望着趴在地上的宋翰，又望了望面无表情退到了季红身后的金桂，半晌都没有回过神来。

下人打主人，这可是要被判流放的！这小丫鬟怎么就如此胆大包天？

四条胡同的人全都惊呆了。

正房里寂静无声，仿佛连空气都凝滞了似的。

季红不由舔了舔嘴唇。

难怪窦夫人敢视英国公如无物，她身边的丫鬟可真是厉害啊！

今天自己如果想平平安安地从四条胡同出去，还得依靠金桂银桂两姐妹。

她对金桂和银桂的态度又平添了些许的恭敬："两位姐姐，时候不早了，你们也要回去复命，我看我们就快点帮二太太把东西收拾了送到田庄去吧！"

金桂和银桂心里明白，夫人让她们来就是威慑这些人，至于搬东西什么的，那不是她们的活。

两姐妹笑着点头，守在内室的门口。

季红忙带着几个婆子冲进了内室。

宋翰的小厮这才反应过来，忙上前去扶宋翰，宋翰一把推开小厮，自己挣扎着爬了起来。

"给我把护院找来！"他的嘴肿了起来，下巴也是青的，望着若无其事的金桂和银桂，面色十分阴沉，"养兵千日，用兵一时。我就不相信了，几个妇孺还能从护院们的眼皮子底下把东西给搬走了！"

小厮应声而去，又很快惊慌失措地折了回来："二爷，不好了！那个季红不知道从哪里请来了十几个武艺高超的大汉，如今把二门都给堵上了，我们根本出不去！"

宋翰气得直哆嗦。

苗安素这个贱人，竟然狗胆包天，敢和他对着来！他要是今天让苗安素踩到了他的头上，他以后还怎么做人？

他大步朝外走去："我倒要看看，谁敢拦我！"

小厮急急地跟了上去。

季红手脚麻利地收着东西。

她今天能顺利地闯进来，说白了，不过是出奇制胜，借助了窦夫人的人马，再不可能有这样的好机会了。当务之急是把最贵重的东西带走，至于那些半新不旧的衣裳和在器皿铺子里买回来的普通陈设之类的，只有便宜宋翰了。

季红客气地催着从窦昭那里借来的粗使婆子："麻烦几位妈妈快点，等二爷回来我们恐怕就走不成了。"

几个婆子见宋翰被打了，也正心虚着，笑着应好，手脚更快了，不一会儿就收拾好了三四个箱笼。

季红生恐迟则生变，把苗安素的细软都塞到了金桂和银桂的身上："劳烦两位姐姐帮帮忙，把这个带给我们家二太太。"

金桂银桂只听窦昭的吩咐，既然窦昭让她们帮季红，她们也就没有推脱，把东西揣到了怀里。

季红松了口气，外面突然传来一阵喧哗。

她心中焦急万分，派了个小丫鬟去看看究竟。

小丫鬟兴高采烈地跑了回来："季红姐姐，是舅爷过来了！领了一大帮人，说是要为二太太把场子找回来呢！"

太好了！有了舅老爷这个帮手，事情就又多了几分把握。

季红脸上露出几分笑意。

宋翰却被气得翻白眼。

苗安平颠倒黑白，开口闭口全是指责他和父亲的通房通奸被苗安素发现，好言相劝不听，还把苗安素送到了宋家的田庄静养的话，逼着要他拿一千两银子做遮羞费。

他可真是倒了八辈子血霉，才和苗家做了姻亲！除了银子，苗家的人就不知道有第二件东西了！

宋翰牙齿咬得吱吱直响，冷笑道："血口喷人，陷害官家，也是要坐牢的！"

苗安平不以为意，笑道："宋二爷可真是说到我的心坎上去了，那我们去顺天府说理去！我就不相信，这儿子睡老子的通房，还有道理了！对了，我听我妹妹说，好像当天辽王爷也在场，辽王爷这不还没有走吗？到时候我们把辽王爷也请到衙门里做个人证。别人请不动辽王爷，你们宋家可是勋贵里的头一家，肯定请得动辽王爷！"

宋翰气得说不出话来，却不敢真的和苗家到顺天府打官司。

他倒不是怕丢脸，反正宋墨也说过了，他是喝醉了酒走错了房间，就算是到了衙门，大可以拿这个当借口。可是如果让辽王知道他不仅办砸了差事，还连擦屁股的能力都没有，又怎么会把他放在眼里？他能有今天，倚仗的可是皇后娘娘。

宋翰眼中闪过一丝寒光："一千两银子没有，最多也就二百两，你要就要，不要，那我们就顺天府里见。"

苗安平本就打定了主意这块肥肉要一点点吃，他也怕鱼死网破，还价道："最少也得八百两，我们这些兄弟跟着我来了一趟，也得喝点茶不是。"

"最多三百两，多的一文钱也没有。"

宋翰态度坚决，苗安平死缠烂打，最终以四百两银子成交。

苗安平出了书房，呵斥着四条胡同的小厮给坐在花厅里等他的帮闲上茶点。

宋翰看着那些痞子坐在自己精心布置的花厅里，心里又是一阵刺痛。

内院的季红得了消息，望着堆满了小半边炕的衣裳咬了咬唇，对金桂银桂姐妹道："我们这就抬了东西走，说不定在前院还可以碰到舅爷，正好让舅爷帮忙搭把手。"

金桂和银桂不由腹诽。

苗安平狗肉上不了正席，就算是没他帮忙，凭她们姊妹俩，也一样能走出四条胡同。

不过她们乐得由苗家的人出头，便跟着季红往外走。

等她们走到垂花门的时候，遇到了几个看管内院的婆子，拦着她们死活不让走，还说要去禀了宋翰。

季红大声地哭闹起来。

坐在小花厅里的苗安平听到动静出来看热闹，一眼就认出了季红。

他带着几个帮闲就围了过去。

"你们这是干什么？"苗安平冲着看管内院的婆子大喝。

季红像看见了根救命稻草似的哭喊着"舅爷"："二太太住在田庄多有不便，让我们回府把箱笼抬到田庄上去，二爷死活不答应，您快帮帮奴婢。"

苗安平的目光就落在了季红身后那几口苗安素陪嫁的香樟木箱笼上。

他怎么没有想到这一茬呢？这女人失了婆家就只能靠娘家，苗安素的箱笼搬到了田庄，还不是任由自己处置？

他骂骂咧咧地撸着衣袖上前帮忙。

宋家的几个护卫见状也不甘示弱地跑了过来。

颐志堂的人站在旁边看热闹。

等到宋翰的管事兑了银子过来，垂花门前已是你追我打、你骂我跳的，一片混乱。

他忙去禀了宋翰，躲在书房里装糊涂的宋翰只得出面，高声喝着："你们这是在干什么？"

两边的人这才停了手。几个被打得厉害的婆子则不管不顾地躺在地上呻吟得更大声了。四条胡同的护卫只得跳了出来，喃喃地禀着事情的经过。

苗安平立刻不甘示弱地道："那原本是我们苗家给我妹子的陪嫁，现在我妹子被你们气得躲到了田庄上，你们凭什么不让我们把我妹子的箱笼抬走？宋翰，你是不是想我把你做的那些丑事都说出来？"又指了自己被扯破的衣裳和身边一个被打青了脸的帮闲，"别的不说，先拿五百两银子的汤药费来！"

老子宁愿出五千两银子把你给干掉！

宋翰心里发了狠，面上却越发柔和了，指了地上呻吟的人："那这些又怎么说？既然各有损失，那就各认各的。"他说着，朝管事点了点头。

管事立刻奉上了白花花的四百两银子。

苗安平知道宋翰是个铁公鸡，想从他手里拿钱不容易，又打着细水长流的主意，狠狠地瞪了宋翰一眼，接过了银子，护着季红几个抬着箱笼出了门。

上次他就来闹过一次，这次又带人来了，四条胡同的人早就等在门口看热闹，见他们出来，三五成群地站在那里指指点点窃窃私语。

苗安平在市井里长大，知道流言能杀死人，又想吓唬宋翰一下，满脸笑容地团团作揖，道："我要接我妹子回去住些日子，过些日子就回来，可不是我妹子被宋家嫌弃送去了田庄。"

听他这么一说，有妇人大着胆子问道："原来二太太去了宋家的田庄静养，我就说，好几天都没有看到二太太身边的人出来买菜买米了。二太太这是得了什么病？还要去田庄里静养？"

也有好事之徒笑道："既然如此，怎么大舅爷来势汹汹，还被撕破了衣裳？"

苗安平只是嘿嘿地笑，催着颐志堂的人快点把箱笼抬上马车。

宋翰家没一个人出面。

大家见没有更多的热闹看，慢慢地都散了，也有好奇的人跑去英国公府打听到底出了什么事。

而苗安平还没有等马车到田庄就迫不及待地打开了箱笼查点。

还好，还好！

当年那些略贵重些的陪嫁都带了出来。

他有些情不自禁地露出个笑脸，喊了季红过来问话："怎么不见姑奶奶的首饰细软？"

第一百六十四章　流言·庆祝·年关

季红闻言脸色发白，不由暗暗庆幸自己早就把苗安素的细软交给了金桂银桂两姐妹保管。

"二太太的东西全在这里了，"她怕苗安平看出端倪，战战兢兢地道，"您说的那些细软首饰什么的，我们都没有看见。"她说着，哀求般地瞥了一眼和她一起去四条胡同的丫鬟婆子，"舅爷您要是不相信，可以问她们。"

窦昭的人怎么会把苗安平放在眼里，又瞧不起他这副贪婪的嘴脸，个个眼观鼻、鼻观心地站在那里，没人说话。

苗安平不相信。

他眼珠子一转，笑道："我不是要把姑奶奶的东西占为己有，我是想问清楚，怕那些好东西都被宋家二爷给吞了，到时候姑奶奶可就亏了！"

如果能让苗安平误会东西是被宋翰留下了，岂不更好？

苗安平的话提醒了季红，她发誓自己没有收藏那些金银细软："……如果是奴婢拿了，让奴婢天打五雷轰！"

这是很厉害的诅咒了。

苗安平顿时有些犹豫，难道真的是宋翰把自己妹妹的细软给吞了不成？

他吩咐了身边的一个帮闲几句，转身又要进城。

他身边的帮闲一把拽住了他，悄声道："你不是说要好好地敲你妹夫几笔吗？既然如此，你又何必这样急切？大可以等过些日子再去找宋家二爷——有账不怕算，你还怕他不把东西交出来？"

苗安平一想，这话有道理——他刚刚收了宋翰的遮羞费和汤药费，如果又急急地去向他讨要那些细软，万一把宋翰惹毛了，一拍两散，他可就亏大了！

他对季红几个道："到时候你们都要给我做证，我们根本就没有拿到大姑奶奶的细软，那些东西都被宋翰给贪了。"

季红连连点头，窦昭的人却不作声。

苗安平看着心中不悦，季红却怕再生波澜，忙道："舅爷辛苦了！我们家二太太恐怕还不知道舅爷去过四条胡同了吧？我这就派人去跟二太太说一声，灶上的婆子也好准备些好酒好菜地招待舅爷……"

苗安平和苗安素有言在先，在宋翰那里敲到的银子两人分成，这要是跟着季红几个一起去了田庄，他刚刚得到的银子岂不要分给苗安素？可如果不跟着去，这箱笼里的东西他又怎么弄到手呢？

他左思右想，还是决定先把到手的银子藏起来了再说："你跟你们二太太说一声，就说我这边还有朋友要招待，等我送走了朋友，再去看望她不迟。"

季红松了口气，佯装什么也不知道，恭敬地送了苗安平和他的一帮朋友离开，这才屈膝给金桂和银桂姐妹行礼："不是我有意把两位姐姐牵扯进去，两位姐姐也看见了，如果我把二太太的细软交给了舅爷，只怕这些东西一件也落不到我们二太太的手里。"她说着，哽咽起来，"二爷是靠不住的了，二太太膝下又没有一儿半女，如果这陪嫁的细软再给舅爷搜了去,我们二太太以后可怎么活啊!"

金桂年长,家变之后不是那么容易心软,而银桂一直有金桂保护,听着不免动容,忙安慰她道:"你放心,我们出门的时候夫人交代过,一切都听姐姐的,不过是帮着姐姐拿点东西,姐姐不必如此客气。"

季红放下心来,对金桂银桂姐妹谢了又谢,由窦昭的人护着回了田庄。

苗安素知道自己的哥哥从四条胡同敲了四百两银子,不由愕然。

在田庄上陪苗安素的苗母忙道:"你哥哥也是为了你好。他请了那么多人帮你出面打擂台,虽是交情,可人家也不能白白地随你哥哥跑一趟,不吃顿谢宴,每人赏几两银子,以后你哥哥有事,谁还会屁颠屁颠地帮你哥哥办事?你别以为你哥哥是为了他自己才去要这笔银子的。"

苗安素听了心中更冷,连应酬母亲的话都不想说了,让乳娘把箱笼抬进了临时当作库房的西间,自己则郑重地打赏了窦昭的人,叫了季红去内室说话。

知道自己的细软得以保全下来,全靠了金桂银桂,她忍不住热泪盈眶,吩咐季红:"你辛苦点儿,再帮我跑一趟颐志堂,把这些东西交给夫人帮我保管。我哥哥那个人我知道,他从宋翰那里讨不到这些细软,说不定会带了人来搜我的屋子。虽说这里有世子爷的人护着,可世子爷的人防的是二爷,总不能让人家插手我们兄妹的事吧?何况我还想让我哥哥帮着我把宋翰搞臭,此时不好和他撕破了脸。"

季红应是,水也没喝一口,随着窦昭的人去了英国公府。

窦昭觉得苗安素的顾忌不无道理,便让若朱和季红清点了东西,列了清单,拿出个匣子装好,贴了封条,交给了若朱保管。

季红代苗安素给窦昭磕了头,这才回了田庄。

窦昭叫了刘章过来问话:"四条胡同那边的人都说了些什么?"

刘章笑道:"说什么的都有。什么苗家又来讹诈英国公府的银子了;二爷和国公爷的通房通奸了;二太太被二爷打变了样子,都不能见人了;国公爷被二爷气得嘴歪手颤,说不出话来了……都不知道这些话是怎么传成这样的,听了让人哭笑不得!"

"流言蜚语就是这样的了。"窦昭对这样的结果很满意,笑道,"你派人盯着,若是有人出面为二爷辟谣,你们就再给二爷抹抹黑,必要时要让街坊邻居都知道二爷和国公爷的通房通奸,把二太太气得去了田庄静养。"

刘章笑着应"是",盯宋翰盯得更紧了。

宋翰在家里左思右想,越想越觉得这件事可大可小,特别是沾上了苗家,无风都能起浪,何况还有苗安素从中搅和!

他换了件衣裳,急急去了槭香院。

宋宜春正因为算计宋墨不成还把杜若折了进去恼火着,听说宋翰来见,他阴着脸,冷冷地说了声"不见"。

丫鬟婆子们不敢跟宋翰说实话,支支吾吾地敷衍着,宋翰哪里还看不出来,径直闯进了宋宜春的书房。

宋宜春正在练大字,把笔一丢,沉声道:"你这是干什么?"

宋翰忙赔着笑脸道:"我有要事想和父亲商量,听小厮说您在书房里练字,就想着来给父亲磨磨墨。"

伸手不打笑脸人,宋宜春神色微霁。

宋翰趁机说明了来意:"我想明天就去拜访辽王爷——辽王爷马上就要走了,这件事办砸了,我们总得给辽王爷一个交代,这样不声不响的什么也不说,辽王爷十之八九会误会我们没有担当。这人可以没有本事，却不能没有担当。哥哥之所以能这样嚣张，不过是依仗着皇上的恩宠。如今哥哥和我们之间绝无转圜的余地了，若是我们再失去了皇后娘娘的支持，以后哥哥就更不会把我们放在眼里了。"

宋宜春现在最怕的就是宋墨找他算账。

虽说宋墨是他的儿子，可他早就知道，他这个儿子可不是个循规蹈矩的主，要不然当初他也不会一不做二不休，想把宋墨除了。

宋翰的话正中他的下怀。

他想了想，从库房里找了几件贵重的东西出来，写了个拜帖，让人送到了辽王府。

辽王每年不知道给京都的这些王公大臣送了多少东西，现在他要回辽东了，又有皇上和皇后的宠信，给他送程仪的人很多。

宋翰的到来，并没有引起别人的注意。

辽王却在书房里接见了宋翰。

宋翰见面就跪在了辽王的面前，满脸羞惭道："坏了王爷的大事，全是小人谋划不周，还请王爷责罚。"

宋墨这关绕不过去，那就得想办法攻下来。

现在计策失败了，他和宋墨之间再无合作的可能，那就索性想办法拿捏住宋墨。

没有比宋翰和宋宜春更好的人选了，不管是成功还是失败，那都是他们父子兄弟之间的恩怨，与他无关。这才是他在书房里见宋翰的缘由。

他笑道："天恩此话差矣！我和你哥哥一无杀父之仇，二无夺妻之恨，何来责罚？不过是可惜你们兄弟不和，我这个和事佬也没能让你们兄弟化干戈为玉帛罢了。"

宋翰立刻会意，笑道："这次小人前来，就是多谢王爷大恩的。家兄实在是太固执，辜负了王爷的好意。小人在这里代家兄向王爷道谢了。"

辽王笑着"嗯"了一声，端茶送客。

宋翰恭敬地磕头，退了下去。

耿立从屏风后面走了出来，沉吟道："只怕宋翰不是宋墨的对手！"

"很多人都不是宋墨的对手。"辽王不以为然地笑道，"可老虎也有打盹的时候，谁知道这颗棋子什么时候会起作用呢？"然后道，"以后宋翰想干什么，无伤大雅的情况下，你就帮帮他好了，这样用起来的时候才顺手嘛。"

耿立应诺。

宋翰很是兴奋。

他这样，算是和辽王搭上话了吧？以后他有皇后娘娘撑着，他就不相信，以他的机敏，会混得比宋墨差！宋墨也就不过胜在比他年长罢了！

宋翰从此巴结上司，结交同僚，不仅很快在锦衣卫里站稳了脚跟，而且还交到了几个对他言听计从的朋友。

等到辽王带着长子和耿立等随从离开了京都，宋翰开始打起了苗安平的主意来。

这个隔三岔五就来到"探望"他的苗安平，太让人硌硬了！

苗安平从酒楼里喝得醉醺醺地出来，被人用黑布袋套着头拖进旁边的巷子就是一顿拳打脚踢。

那拳脚，处处落在要害处，分明是想要他的命。

他酒醒了十分，一边求饶，一边高声嚷道："我是英国公府二爷的大舅兄，你们放过我，要钱给钱，要物给物，决不食言。"

对方不理不睬。

苗安平心里拔凉拔凉的，吓得瑟瑟发抖，失了禁。

正在他绝望之时，突然传来一阵嘈杂的脚步声，有人喊着"在这里"，冲上来和要苗安平命的那伙人打了起来。

苗安平扯下了头上的黑布袋，发现两拨人都是黑布蒙面，一身短褐，根本分不清敌我。

他趁乱手脚并用地爬出了巷子。

旁边的路人一阵尖叫。

也有人认出他来，远远地躲开。

苗安平跌跌撞撞地逃回了家。

家里一阵鸡飞狗跳，苗母更是抱着儿子泪如雨下："这是怎么了？是谁这么大的胆子，竟然敢欺负你？我这就让你爹去衙门报案，解县令要是不给我们一个交代，我们就告进宫去，让他的父母官也做不成！"

苗安平气结，一把推开了苗母："您懂什么？"对着苗父揖了揖，道："这是有人要谋害我！"

他把事情的经过说了一遍。

苗家的人面面相觑，不知道苗安平这是得罪了谁，又是谁救了苗安平，为什么要救苗安平。

而苗安平想起当时落在他身上的拳头就有些后怕，他再也坐不住，站起来道："不行，我要去找六妹，让她给我出个主意！"

苗父正为苗安素和宋翰闹翻了而气愤，闻言不屑道："她能干什么？没有了英国公府，她狗屁也不是一个。"

"您知道些啥！"苗安平懒得和父亲多说，"六妹如今住的是英国公府的田庄，有世子爷庇护，只要她能守贞，比跟着宋翰不知道要强多少倍。"说完，也不管苗父吹胡子瞪眼睛，去了苗安素居住的田庄。

纵然这个哥哥再不好，也是一母同胞的，遇到了生死劫，苗安素也没办法坐视不理。

她听了心吓得怦怦乱跳，去求窦昭："我哥哥是个惯会惹是生非的，您只要派两个护卫守着我哥哥，不让人打他黑棍就行了，至于其他的，只当没看见就是了。"

苗安素只是想保住苗安平的性命，可没准备让他借着英国公府的名头狐假虎威。

窦昭想了想，提醒她道："就算我能安排两个护卫守着你哥哥，可这也不是长久之事。我看这解铃还须系铃人，你不如让你哥哥找找二爷。"

苗安素刚开始还没有明白窦昭的意思，等她坐上了回田庄的马车，就明白过来。

她不禁"哎哟"一声，吩咐马车："我们回四条胡同。"

马车转头，走了快半个时辰，车厢里又传来苗安素沮丧的声音："算了，我们还是回田庄吧！"

车夫再次转头。

苗安素扑在大迎枕上无声地哭了起来，气得咬牙切齿。

不过是敲了宋翰几百两银子，他竟然就能要人性命，可见为人是如何凉薄。自己要是这么一直和他耗下去，说不定哪天就丢了性命。

不行，得想个办法快点离开宋翰才是。

苗安素在马车里琢磨着，窦昭这边却接了静安寺胡同的请柬："七老爷说了，让您到时候带着元哥儿一道去。"

这一世的历史并没有太大的偏差，窦德昌依旧中了举人，窦世英决定趁着这个机会把窦家在京都的人都请到家里来热闹一番。

窦昭笑着收了请柬，对来送请柬的高升家的道："你回去禀了父亲，那天休沐，我和世子爷一准到。"

高升家的笑盈盈地应了，窦昭让人带着她去了高兴那里。

宋墨看到了请柬，和窦昭一起在库房里给窦德昌挑选礼物："不知道六伯父和六伯母会不会后悔——十一哥这次落了第。"

虽然窦政昌最后还是中了进士，但六伯母和六伯父此时并不知道。

窦昭去了静安寺胡同之后，不免暗中打量着六伯母的神色。

纪氏见状拧了拧她的鼻子，笑道："鬼机灵，都做母亲的人了，还这么顽皮！"

窦昭不由摸了摸鼻子反问："我哪里顽皮了？"

"我还不知道你在想什么？"纪氏嗔道，"你是怕我看见你十二哥中了举人，和你六伯父后悔吧？你十二哥过继到你父亲的名下，就是为了支应门庭，如今他有这能力，我高兴还来不及，怎么会后悔呢？"又道，"而且我相信你十一哥也是个勤奋努力的，定不会辜负十年寒窗苦的。"

窦昭动容，抱了纪氏的胳膊，嬉笑道："六伯母心胸宽广，我要向您学的地方太多了。"

"少在这里拍马屁！"纪氏拍着她的手，和她说着体己话。

丫鬟进来禀道："槐树胡同的五太太和奶奶们带着小姐和少爷过来了。"

纪氏和窦昭去迎客，大家契阔之后去了花厅。

纪氏和五太太走在前面，说着京都哪些官宦人家的子弟这次中了举人，窦昭等人跟在他们身后。

郭氏朝着窦昭使眼色。

窦昭不动声色地落后几步，其他人进了花厅，两人站在花厅的廊庑下说话。

"我听了你的话。"她悄声道，"婆婆让我把白氏生的两个儿子都抱到屋里去养，我没有答应。是谁生的就是谁生的，他们的生母在世，我就是待他再好，也不过是个嫡母，与其和白氏争这些，不如好生地对待他们母子，把精力放在静媛身上，把她教养好了，将来再给她找一门好亲事，他们一样不敢怠慢我。"

窦昭微微地笑，道："正是如此！人生不过短短几十年，何必把自己逼得那么苦？"

郭氏不住地点头，笑着和窦昭手挽着手进了花厅。

很快，大堂嫂她们都来了，花厅里热闹起来。

高升家的神色有异地走了进来，在窦昭耳边悄声道："四姑奶奶，小纪大人要见您！"

纪咏？

窦昭非常惊讶，她跟纪氏知会了一声，去了前院的书房。

纪咏穿了宝蓝色直裰，腰间系着同色的丝绦，英俊的脸上两道剑眉紧锁，正神色焦虑地在屋里打着转。

"喂！"见窦昭进来，他不客气对屋里服侍的人道，"你们都出去，把门关上。"

书房的仆妇神色大变，全都惊恐不定地望着窦昭。

窦昭却从不疑他，沉声道："你们都退下去。"

纪咏的嘴角露出一丝笑意。

仆妇们悄无声息地退了下去。

纪咏上前几步，走到了窦昭的身边，低声道："你家的那个小叔子是怎么一回事？他近来和辽王府走得很近。你跟宋墨说一声，让他管管他的这个弟弟，别把全家都给拖累了。"

窦昭闻言心如擂鼓，跳得厉害，道："你是怎么知道辽王有问题的？"

纪咏听着目光一沉，慢慢地后退了两步，道："看来我白替你担心了，原来你早就知道有些事不对劲了。"

他的声音里带着几分讽刺的味道。

等待太磨人了，窦昭此时觉得多一个人知道就会多一个帮手。

她坦言道："是因为砚堂掌管着金吾卫，绕不过去。其他的人，我们却是半点口风也不敢露。"

纪咏神色微霁，得意地道："我是什么人？天天就琢磨着这朝中的人事，要是连这个都看不清楚，还拜什么相入什么阁啊？"说到这里，他叹了口气，"我原打算奇货可居投靠辽王的，看样子你们是要站在太子这边了……算了，我也帮帮太子好了——免得我帮辽王登了基，你们却成了阶下囚。辽王这个人，乃是天之骄子，此时吃亏吃大了，低头低狠了，等到登基的时候，脾气肯定跋扈，你又嫁给了宋墨这家伙，木秀于林，风必摧之，我怕到时候未必就保得住你和元哥儿……"

那自大的口吻，好像任何事都在他的掌握之中似的，窦昭半晌都没有回过神来。

可她也不得不承认，纪咏看事极准。

前世辽王基登之后，的确有些刚愎自用，不是个好说话的帝王。

但她还是忍不住刺他，笑道："你确定你现在只是个小小的行人司行人而不是内阁辅臣？"

上次纪咏的差事完成得好，皇上顺手把他拎进了行人司里任了行人。和他同科的进士此时不是在翰林院里熬资历，就是刚刚散馆在六部里伏案牍，只有他，已经换了三个地方了，年轻能干，非常亮眼。

纪咏鄙视地瞥了窦昭一眼，道："你知不知道行人司是干什么的？天子近臣！是近臣！他们想夺宫，能绕得过行人司吗？真是头发长见识短！不和你说了，你记得把我的话告诉宋墨，免得他把你给害死了。"

他说完，拂袖而去。

窦昭气得脸色发红，独自站在小花厅里，深深地吸了好几口气心情才平静下来。

宋墨抱着元哥儿走了进来。

元哥儿远远地就喊着"娘"，伸了手要她抱。

窦昭笑盈盈地抱了儿子，奇道："你怎么来了？"

宋墨笑道："父亲要我把元哥儿抱出去给大家看看，谁知道他一直吵着要你，就想，不如让你先抱他一会儿，免得他到了前厅哭闹起来……"

谁知道他的话音未落，元哥儿已嘟着小嘴委屈地道："我没哭，我没哭！"

窦昭不禁呵呵地笑，摸了摸儿子的头，道："我们元哥儿最乖不过，没有哭，没有哭。"

元哥儿这才笑了起来，那笑容，比夏天的太阳还要灿烂。

窦昭情不自禁地亲了儿子一口。

宋墨见窦昭神色间全是慈爱，眼睛闪了闪，揽了窦昭的臂膀，笑道："我们抱着元哥儿去前厅吧！"并不问窦昭和纪咏都说了些什么。

窦昭却觉得纪咏的话很重要。

她把和纪咏谈话的内容事无巨细地全告诉了宋墨。

宋墨有些意外，眉头微蹙但又很快地舒展开来，笑着赞道："他不愧是少有慧名，和辽王没有多少接触却一眼就看出了辽王的野心。"

纪咏的聪明是毋庸置疑的，窦昭点头，颇有些担心地道："宋翰真的和辽王府的人走得很近吗？"

上次宋翰打苗安平的闷棍，被宋墨派去监视宋翰的人发现了，报给了宋墨，苗安平这才捡回了一条命。

宋墨"嗯"了一声，笑道："我正愁用什么方法才能不动声色地引着宋翰上了辽王这条船，他倒好，不等我动手，就自己跑了过去，这也算是意外的收获了。"

窦昭隐隐有点明白宋墨的用意了。

她不由暗暗叹了口气。

不管是前世今生，宋墨显然都没有准备放过宋翰。

不过，宋翰也的确不是个东西。苗安平虽然不是好人，可也罪不至死，宋翰一个不悦就要坏人性命，也未免太残忍了些。

他们一家三口出了书房，迎面却看见纪咏背着手站在院子中间冷眼看着他们。

窦昭一愣，道："你还没有走啊？"

纪咏却一副懒得理睬她的样子，目光径直地落在了宋墨的身上，口中却说道："眨眼的工夫，元哥儿都会说话了。"

宋墨应是，笑容温和而从容。可不知道为什么，窦昭却觉得宋墨像只遇到天敌的猫似的，警惕地竖起了毛发。

她不由轻轻地喊了声"砚堂"。

宋墨回过头来，安抚般地朝着她笑了笑，然后回过头去和纪咏寒暄着："听说皇上这些日子常留了纪大人在乾清宫说话，纪大人今天怎么有空到静安寺胡同来？"

纪咏冷笑，道："窦德昌是我的表弟，我怎么来不得？"浑身带着刺似的。

宋墨不以为意，笑道："纪大人有心了，前厅备了水酒，纪大人要是不嫌弃，等会不妨多喝两杯。"一副主人的模样。

纪咏额头的青筋就冒了出来，就在窦昭以为他又会说出什么恼人心的话之时，他却微微一笑，戾色尽消，抬手就掐了朵山茶花走到了元哥儿的面前。

"好看不？"他笑眯眯地问着元哥儿，把花递给了孩子，"拿着送给你外祖父，他一定很高兴。"

元哥儿不认识纪咏，可纪咏的笑容却非常和善，他回头朝窦昭望去。

宋墨嘴角微抿，抱着孩子的手臂紧了紧。

窦昭却是哭笑不得，她嗔道："纪表哥，花是用来观赏的不是用来摘的，你不要告诉孩子摘花。"

纪咏嗤笑，道："用来观赏也好，用来摘、戴也好，只要物尽其用，就不算暴殄天物。"他的目光转向了孩子，"元哥儿，别听你母亲的，她总是唠唠叨叨不得要领，你要是听你母亲的，以后肯定会变成个迂腐先生。这花你拿着，你母亲要是敢给你脸色看，你就来找我——我是你舅舅！"

他算是哪门子的舅舅？窦昭啼笑皆非。

纪咏已把花塞给了元哥儿，然后摸了摸元哥儿的头，转身大步离开了院子。

宋墨在纪咏摸儿子头的时候，好不容易才控制住自己没有打掉纪咏的手，此时见纪咏离开了，他风轻云淡地拿了纪咏塞给元哥儿的山茶花，随手就放在了廊庑下的美人靠上，对窦昭道了声"走吧"，抱着元哥儿往前厅去。

窦昭是个聪明人，觉得宋墨对纪咏好像有点敏感。

她想找个机会和宋墨说说，可惜宋墨一到前厅，就遇到了个意想不到的人——番禺的匡卓然。

他是进京来参加明年的春闱的，这么早到京都，就是来拜谢窦启俊、窦德昌和宋墨的。

窦德昌对匡卓然的印象很好，拉着他的胳膊道："说不定我们会成为同年！"

前厅的人闻言都有些惊讶，道："你明年要继续下场吗？"

通常像窦德昌这样的情况，没有十足的把握，是会歇一场的，万一中了同进士，那可不是闹着玩的。

窦德昌之前没有和任何人商量过，此时有些心虚地道："我想乘胜追击！"

窦世横和窦世英都露出不以为然的表情来，宋墨却觉得此时不是谈这事的时候，笑着岔开了话题，问匡卓然："你什么时候到的京都？现在住在哪里？"

匡卓然本就是个机敏之人，经历过家变之后，行事越发老练了。他忙笑着答道："我昨天才到，暂时住在客栈，想先拜访了伯彦和几位长辈之后再赁个宅子……"

窦启俊就在一旁帮腔，道："赁什么宅子，就到我那里去住！"

一时间，倒把窦德昌的事丢到旁边。

窦德昌目光闪烁，抱了元哥儿去院子里观鱼。

宋墨若有所思，晚上回去跟窦昭说起这件事，道："你说，会不会与那个纪家的姑奶奶有关？"

窦昭闻言心中一跳，道："你怎么想到这上面来了？"

宋墨笑道："一个男子突然想要独立，不为女人还能为了什么？"

窦昭汗颜。

前有宋墨，后有纪咏。

自己如果不是窥得今生之事，恐怕根本就察觉不到宫变之事，由此可见不管世事如何变化，厉害的人不管放到哪里还是一样地厉害。

匡卓然搬去了窦启俊那里暂住，窦德昌则闭门读书，除了去探望过匡卓然一次，就没再迈出静安寺胡同。

窦昭知道他会金榜题名，倒也没有把窦德昌的变化放在眼里。

她让刘章注意着宋翰的变化。

陶二家的过来送信，说蒋琰诊出了喜脉。

窦昭喜出望外，大包小包地带了半车东西去看望蒋琰。

蒋琰被陈嘉限制在内室哪里也不让去，见到窦昭，她羞得满脸通红，喃喃地半晌都不知道说什么好。

窦昭粲然地笑，和蒋琰说了半天的家长里短，在陈家用了晚膳，回去后就把服侍自己生产坐月子的嬷嬷派去了玉桥胡同。

宋墨直皱眉，道："陈嘉不知道怎么照顾阿琰吗？"

"不是不知道怎么照顾，而是照顾得太好了。"窦昭抿了嘴笑，道，"我怕琰妹妹生产的时候受罪。"

蒋琰身子本来就有点弱，这样躺着吃睡喝的，等到生产的时候哪会有力气。

宋墨知道后吩咐武夷去把陈嘉叫过来。

窦昭拦住了武夷，对宋墨道："你别什么事都要插一手，让阿琰过自己的小日子吧。"

宋墨强忍着才没有和陈嘉说这件事。

等到窦昭下次去的时候，就看见陈嘉正扶着蒋琰在院子里散步。

她笑得不行，回家后把这件事告诉了宋墨，并道："怎样？我说他们会过自己的小日子的吧！"

宋墨没有吭声，再看见陈嘉的时候，他神色微霁。

刘章告诉窦昭："有人横行乡里，打死了人，被拘押在衙门，想走二爷的路子改判罚钱，二爷这些日子正为这件事奔波着呢！"

窦昭冷笑，这个宋翰，果然不干一桩好事。

她吩咐刘章："别让他得逞！"

宋墨却道："如果他求到了辽王府，辽王府又愿意帮他出面，我们就不要插手了。"

窦昭不解。

宋墨淡淡地道："他四处碰壁，发现只有辽王府才能帮他的时候，他才会义无反顾地投靠辽王，死心塌地为辽王办事！"

这的确是个好计策！

窦昭粲然一笑，由此想到了宋宜春。

她提醒宋墨："你说，国公爷会帮宋翰吗？"

"那就看他的命了！"宋墨不无讥讽地道，"以他的为人，只要有打击我的机会一定是不会放过的。"

到时候辽王事败，宋翰和宋宜春的下场可想而知。

窦昭握住了宋墨的手。

宋墨微微地笑，牵着窦昭的手去了元哥儿的房间。

元哥儿正和小丫鬟玩蹴鞠，见到父母走了进来，他抱着鞠啪哒啪哒地跑了过来把鞠递给宋墨："爹爹，玩！"

宋墨呵呵地笑，接过了儿子手中的鞠。

窦昭去了正院，还有一个多月要过年了，她还有很多事要做。

蔡氏突然来拜访，窦昭满腹狐疑地在暖阁里见了她。

她神神秘秘地问窦昭："外面都在传，说你们家二爷和国公爷的通房通奸，国公爷因此把两个通房都打死了，有这回事吗？要是没有，你想办法辟谣吧！外面可传得有鼻子有眼的。"

事情终于传到蔡氏这里了吗？

一个通房被传成了两个通房。

窦昭好不容易才忍着没有笑出来。

她叹气道："这种事怎么辟谣？我那妯娌还住在田庄上呢！说是今年过年也不回来了。"

蔡氏的眼睛瞪得像铜铃。

她失声道："难道这是真的？"

窦昭不置可否，蔡氏目瞪口呆地走了。

宋翰果如宋墨所料，这里那里都走不通关系，那托他的人又口口声声地奉承他是"英国公府的二爷，连皇后娘娘都把您当子侄看待"，还拿出了五千两银子让他打点，他咬着牙求到了辽王府。

很快，打死了人的那家赔了一千两银子了事。

宋翰的名声就这样传了出去，四条胡同顿时车水马龙，热闹起来。

不过，年关将至，宋宜春、宋墨和窦昭都会去宫里吃团年饭。

窦昭不无恶意地想，如果有人问起宋翰的事就好了。

第一百六十五章　朝贺·捕捉·失踪

年三十的宫宴上没人说什么，可等到初一的大朝贺，长兴侯夫人就忍不住把窦昭拉到了一边，问起了宋翰的事："……真的假的？"

宋墨早就下了决心和宋翰撇清关系，甚至不惜借了陆家名头，窦昭被人问起来的时候，也就没有了什么荣辱与共的羞耻感，可她也不好很直白地承认确有其事，别人听了不免会误会她在幸灾乐祸似的。

她做出一副难以启齿的样子。

"唉！"长兴侯夫人立刻明白过来，安慰她，"谁家没一两个不成气的东西？你也别放在心上。世子的为人我们都看在眼里，断不会混淆黑白的。"

窦昭感激地道谢。

但不过两盏茶的工夫，参加大朝贺的内外命妇们都知道了这件事。

她们看窦昭的眼神中或是透着几分同情，或是透着几分好奇，一时间，窦昭成了全场关注的焦点。

窦昭不由暗暗叫苦。她虽有让长兴侯夫人帮着传话的意思，可长兴侯夫人这嘴也太快了些。

窦昭佯装不知道的模样。太子妃看了就忍不住叹气，招了她到身边说话："有些日子没看见翦哥儿了，他可长高了？这几天天气冷，我没敢让三皇孙出门，可他却是个坐不住的，闹腾起来没完没了，你们家翦哥儿这些日子都玩些什么呢？"

窦昭笑着一一回答。

太子妃的抬举，让殿中众人看她的神色就平添了几分热情，让窦昭好好地经历了一番人情冷暖。

待到朝贺散了，她听到有妇人小声地议论："……又没有正妻，怎么就和府里的爷们勾搭上了？蒋夫人去世这么多年了，那英国公府也没有续弦，难道是身体违和，有些力不从心？"

大家的想象力可真丰富啊！

窦昭强忍着才没有"扑哧"一声笑出来，可还是忍不住回头朝着说话的妇人瞥了一眼。

两个妇人感觉到她的目光，不安地缩了缩肩膀，快步从她的身边走了过去。

直到回到家中，窦昭一想起那两位妇人的表情就会忍不住地笑起来。

这可真是个美丽的误会啊！

等到过了二月初二龙抬头，连顾玉都听说了这个谣言。他跑来问宋墨："这到底是怎么一回事啊？"

宋墨这才知道话被传成了这个样子。

他不免有些张口结舌。

还好小厮进来禀报"静安寺胡同的舅爷过来了"，才解了宋墨的围。

顾玉不免有些奇怪："他不是要参加会试吗？眼看着没几天就是考期了，他不在家里待着，跑到你这里来做什么？"

宋墨也有些不解，吩咐小厮请窦德昌到书房来。

不一会儿，窦德昌走了进来。他满脸怒容，一言不发，坐下来咕噜噜地喝了盏茶。

宋墨和顾玉面面相觑，只见窦德昌把茶盅一推，挑了眉道："魏廷瑜那个人模狗样的东西，竟然在外面养女人！"

大年初三走岳家，魏廷瑜借口窦明身体不适，礼到人未到。等到正月十六祖母请他们去吃汤圆，魏廷瑜夫妻依旧没有出现。窦世英有些不快，祖母却是个心宽的，只当是魏廷瑜瞧不起自己的出身，劝窦世英："人和人之间是要讲缘分的。你看寿姑，她从小就亲我，可我也不过在她小的时候去见过她几面。你也是一把年纪的人，就不要为这些事伤神了。"

窦世英不怨明姐儿，却怨上了魏廷瑜，私下对窦昭道："堂前教子，枕边教妻。魏廷瑜比明姐儿大好几岁，当初他能勾引着明姐儿不顾一切地嫁给他，现在怎么就不知道教教明姐要孝顺长辈？"

窦昭不知道如何断这公案，只有不作声。

现在看来，却是另有乾坤。

宋墨心中一转，道："这到底是怎么一回事？"

顾玉却是个唯恐天下不乱的，立刻支了耳朵听。

窦德昌知道顾玉和宋墨情同手足，又喜欢顾玉行事爽朗，直言道："五妹妹一直没有露面，父亲很是担心，前些日子一直盯着我的功课，这两天看着要会试了，就收了功课，让我休息休息，嘱咐我去趟济宁侯府，看看五妹妹。谁知道济宁侯府却乱成了一锅粥，太夫人卧病不起，五妹妹又是骂又是闹，阖府的丫鬟小厮避之不及——原来那魏廷珍借口五妹妹膝下空虚，年前送了两个丫鬟给魏廷瑜做通房，五妹妹不喜魏廷珍插手济宁侯府的事，那两个丫鬟前脚被送进门，她后脚就把人给卖了。这下子惹恼了魏廷珍。她索性从扬州买了两个瘦马回来，安置在离景国公府不远的一处宅子里，魏廷瑜说是去了景国公府串门，实际上是在那宅子里玩耍。五妹妹知道后就和魏廷瑜打了起来，把魏廷瑜的脸给抓花了，魏廷瑜羞于出门，过年的时候就躲在了外室那里，五妹妹就带了人过去捉奸，不承想那魏廷瑜提前得了消息，竟然带着那两个瘦马躲了起来。五妹妹找不到人，只好在家里撒泼。你说，这件事我怎么跟父亲说好？"

顾玉听得两眼发光。他一直看魏廷瑜不顺眼，要不是碍着宋墨，他早就收拾魏廷瑜了。

"天赐哥，"他有些迫不及待地撸了衣袖，"魏廷瑜一个破落户，这几年仗着窦家的陪嫁吃饱穿暖了就不知道自己有几斤几两了，我们去教训他一顿。"

"这没你什么事！"宋墨眉头紧锁，呵斥着顾玉，"你好生给我待在这里。"

照理，这件事窦昭出面最好，可他实在不希望窦昭和魏廷瑜扯上什么关系，更不要说去为魏廷瑜两口子劝和了。

他想了想,道:"这件事我来跟岳父说,你就一心一意地准备会试好了。"

窦德昌来找宋墨也是此意,此时见宋墨接了手,不由得松了口气,和顾玉数落起魏廷瑜的不是来。

宋墨忍不住心里一阵舒坦,把这件事告诉了窦昭。

窦昭很是惊讶。

魏廷珍前世就喜欢对娘家的事指手画脚的,却也没有往魏廷瑜屋里塞过女人;魏廷瑜前世不问稼穑,自命风流,可也没有不尊重过嫡妻。

再好的日子,给窦明都会过糟糕。

她不由摇头,问宋墨:"这件事你打算怎么办?"

"一个巴掌拍不响!"宋墨冷酷地道,"我想劝岳父别管这件事了——不痴不聋,不做翁姑!他们又不是小孩子,我们总不能管头管脚地管他们一辈子。更不能因为这件事,耽搁了子贤的大事。"

这样最好!他们自己种的因,结的果,叫他们自己咽去。

窦昭颔首。

宋墨隔天下了衙先去了静安寺胡同。

窦世英听了很是难过,却不得不承认宋墨的话有道理。

他拉了宋墨喝酒,窦德昌作陪。

有小厮跑了进来,道:"新东举子邬善拜见十二爷!"

窦世英听着"哎呀"一声笑了起来,颇有些兴奋地道:"这小家伙,我有些年头没见到,没想他竟然会来静安寺胡同拜访!他应该也是来参加今年春闱的。快请他进来。"他说完,扭头向宋墨解释两家的关系,至于当年的恩怨,一是他不太清楚,二是他觉得都是些内宅妇人引起的误会,倒没有放在心上,就更不会告诉宋墨了。

宋墨见邬善沉稳儒雅,谈吐谦和,知道他是窦家的四姑爷之后,看他的目光就透着几分审视和说不清道不明的复杂。

他心里直打鼓,出了静安寺胡同就吩咐武夷:"让杜唯帮我好好地查查这个叫邬善的!"

武夷恭声应"喏"。

可查来查去,邬善也没有什么不妥之处,却传来了邬善和窦德昌、匡卓然同中进士的消息。

窦世英喜出望外,和窦世横一起把窦德昌拘在家里读书,准备庶吉士的甄选。

待到四月,庶吉士的名单出来,窦德昌和邬善都榜上有名,匡卓然却落选了。

可他并不沮丧,欣然带了礼物来谢谢宋墨:"如果不是伯彦和世子爷,我匡家早就家破人亡了,哪还有我匡卓然的今天!"

宋墨觉得他太客气了,两人寒暄了半天,等窦昭收拾好了,一起去了静安寺胡同。

今天静安寺胡同设家宴庆祝窦德昌进了庶吉士馆,窦世枢、窦世横、窦文昌、窦博昌、窦济昌和窦启俊等都到了,非常热闹。

元哥儿声音清脆地叮嘱窦世英:"外祖父,您不许喝酒。我娘说,喝酒伤身!"

众人哄堂大笑。

窦世枢则抱了元哥,大赞道:"小小年纪说话就如此清楚,真是不简单。"

窦世英十分得意,对窦德昌道:"我听说翰林院杜学士家的幼女和你年纪相仿,等过几天我去找杜学士喝酒去。"

大家都笑了起来,窦德昌却脸色发白,落荒而逃。

众人还以为他这是害羞，宋墨却想起了窦昭的话，酒杯端在唇边半晌才轻轻地呷了一口。

晚膳的时候，邬善过来了。

冤家宜解不宜结。他如今是新晋进士，愿意主动亲近窦家，知道当年之事的人闭口不提，不知道的只当是这几年他要闭门读书，和窦家走得远了些，依旧笑呵呵地热情招待他。

他却被窦德昌拉去了自己的书房。

大家也不以为忤，由着他们去说体己话。

书房里的话题就渐渐地转到了这几年金榜题名的年轻士子上来。

窦世枢道："算来算去，还是纪见明最耀眼。他前几天去了詹士府，做了东宫属臣。"

宋墨不由挑眉。

这个纪咏，明明知道太子那边不太平还要往那边凑，他这是要干什么呢？

窦家倒没有谁想到要去提醒纪咏，两家毕竟属于不同的阵营，对方倒霉，说不定自家就能得些便宜。

话题慢慢地转移到了几位詹士府的大学士身上，窦世枢特别提到了赵培杰："……不仅品行端方，而且为人稳健，很得太子的信重。现在虽然不显山不露水的，以后肯定是能拜相入阁之人。"

宋墨记得窦昭提起过这个人，他不由认真地倾听。

纪氏身边的一个小丫鬟慌慌张张地跑了进来，道："不好了，四姑奶奶昏过去了。"

宋墨心中顿时一痛，仿佛魂魄被抽空了似的，半晌才回过神来。

他拔腿就朝内院跑去。

窦世英想了想，也跟了过去。

其他人不好去内院探望，就问那小姑娘："四姑奶奶怎么会昏过去的？当时还有谁在四姑奶奶身边？你来的时候是谁在照顾四姑奶奶？"

小丫鬟口齿清晰流利："奴婢不知道四姑奶奶为什么会昏过去。当时五太太、六太太和大奶奶等都在，正说着话，四姑奶奶突然就捂了胸口说不舒服，六太太忙吩咐人去拿清凉丸，四姑奶奶突然就伏在了一旁的桌子上，六太太吓了一大跳，忙吩咐奴婢来请世子爷，五太太则吩咐人去叫了大夫。"

几个人的心都提了起来。

窦德昌和邬善出现在了书房的门口。

两人见书房里气氛紧张，不由得面面相觑，异口同声地问道："这是怎么了？"

窦济昌把事情的经过告诉了窦德昌。

大夫没来之前，谁也不知道是怎么一回事！

窦德昌想了想，道："我去看看！"

邬善略一沉思，和窦德昌一同出了院子。

窦昭被安置在宴息室临窗的大炕上，纪氏等人围在一旁。

大夫还没有来，她人已经清醒过来，正面色苍白地躺在宋墨的臂弯里。

宋墨看着心痛如绞，口气有些生硬地对五太太道："五伯母，您看要不要让丫鬟给她冲点红糖水？"

"哦！"五太太回过神来，忙吩咐丫鬟去冲红糖水——刚才宋墨冲进来的样子太吓人了，她此时才重新感觉到自己的心跳。

纪氏则温声对大奶奶等人道："大家去暖阁里坐吧？都这样围着寿姑，让她越发地觉得难受！"

最主要的是宋墨在这里，她们这些人理应回避才是。

宴息室的人恍然，随着大奶奶去了旁边的暖阁，只留下了身为长辈的五太太和六太太。

窦德昌和邬善撩帘而入。

宋墨暗暗惊讶。

窦德昌是窦昭的嗣兄，两人一起长大，他心慌意乱中冲进来还情有可原，可邬善……他飞快地瞥了邬善一眼，却看见邬善熟络地和六太太打着招呼。

六太太有些意外，但并没有表现得很诧异，倒是五太太，看见邬善进来有些错愕。

宋墨看在眼里，不动声色地搂紧了窦昭。

窦德昌和邬善的注意力都在窦昭的身上，并不曾留意宋墨的神色。窦德昌更是焦急地道："你现在感觉怎样？"

窦昭就是觉得累，透不过气来似的。

她笑了笑，因面白如雪而显得有些赢弱："我没事，就是刚才起来急了……"

窦德昌和邬善都松了口气。

小丫鬟端了红糖水进来。

窦德昌站到了一旁，邬善却越过六伯母，急急地接过了小丫鬟的托盘，朝前走了两步后又脚步一顿，神色微怔地把托盘递给了站在宋墨身边的一个小丫鬟，道："把红糖水给四姑奶奶端过去吧！"

小丫鬟应诺。

宋墨眼皮直跳。

纪氏上前去扶着窦昭。

宋墨却道："我来！"婉拒了六太太的好意。

纪氏看着眼前这一对璧人，嘴角微翘，退到了一旁。

窦昭朝着邬善笑着点头，邬善回了窦昭一个笑脸。

宋墨眼睛微垂，接过了小丫鬟手中的青花小碗，温柔地喂窦昭喝水。

窦昭暗暗惊讶。

宋墨对她好，毋庸置疑，可他沉稳内敛，有人的时候更是温柔细腻，柔情蜜意都只在细微处，像这样直白地坦露，还是第一次，让她很不习惯。可当着五太太等人的面，她又不好扫了宋墨的面子，只好强忍着羞意，由着宋墨喂她喝水。

邬善显得很惊讶，窦德昌颇有些不自在地别过脸去。

五太太却知道宋墨很喜欢窦昭，只当是宋墨情急之下露了端倪，倒没有在意，只是转过身去连声催着丫鬟"大夫怎么还没有来"。

小丫鬟不敢怠慢，匆匆地跑了出去。

宋墨拿了帕子给窦昭擦嘴，柔声问她："好些了没有？要不要再让丫鬟给你冲碗红糖水？还有没有哪里不舒服？"

窦昭觉得有股浊气在胸间吐不出来似的，非常难受。但她不想宋墨担心，笑着摇头，道："我休息一会儿就好了！"

人却软软地依在宋墨的怀里。

宋墨搂着窦昭，轻轻地吻了吻她的额头，低声地安慰着她："别怕，大夫马上就来了。他要是诊不出什么，我们回去再叫太医院的御医过来看看。"像哄孩子似的小声地哄着她。

窦昭全身无力，只能任宋墨行事。

窦德昌涨红了脸，轻轻地拉了拉邬善的衣袖，示意他们出去。

邬善神色复杂地瞥了窦昭一眼，这才转身跟着窦德昌出了门。

望着晃动的门帘，宋墨眼底闪过一丝冷意，可低头看到窦昭的时候，他的目光又顿时充满了柔情。

高升领着大夫一路小跑了进来。

看见窦德昌和邬善神色焦急地站在廊庑下，他上前行了个礼，吩咐小丫鬟带着大夫进厅堂。

不一会儿，大夫笑吟吟地走了出来，朝着廊庑下的三人拱了拱手，道："恭喜，贵府姑奶奶这是喜脉！"

窦德昌愣住，好一会儿才反应过来，兴奋地道："打赏，打赏！"

高升也很高兴，封了个大红包给了大夫，兴高采烈地去给窦世英道喜。

窦昭昏了过去，吓坏了元哥儿，窦世英就抱着元哥儿去了小书房，把自己收藏的那些把件都拿出来逗元哥儿玩。听说窦昭脉出了喜诊，他跺着脚道："这都多大的人了，怎么一点也不注意？这要是有个三长两短的可怎么办？"忙吩咐高升，"快去开了库房，我记得家里还有十几斤血燕，都拿了出来给寿姑补补身子。"

高升呵呵笑着退了下去。

窦世英喜形于色地抱着元哥儿去了宴息室。

家里的亲戚都知道了这个消息，纷纷给宋墨和窦昭道喜。

元哥儿不知道出了什么事，见母亲安然无恙，伸手就吵着要母亲抱。

宋墨抱了元哥儿，笑道："娘不舒服，爹爹抱你不好吗？"

母亲昏倒的情景还残留在元哥儿脑海里，他看了看母亲，又看了看父亲，一副鱼与熊掌最好兼得的表情，让六太太等人都笑了起来。

窦昭也觉得儿子很有趣，她张开了双臂，道："我没什么事，让元哥儿就留在我身边好了！"

但宋墨还是执意把元哥儿抱走了，把宴息室留给了一群女眷，他和儿子去了外面的书房。

书房里又是另一番热闹。

窦世枢提议大家到小花厅里再喝两盅。

窦世英积极响应。

众人移到了小花厅，又重新开了三桌，推杯换盏，把酒言欢。

宋墨找了个机会和窦启俊喝了一盅，然后貌似随意地指了指邬善："和你们家关系到底怎样？我也好知道怎样对待。"

窦启俊今天喝得有点多，红着脸道："是世交，从小在我们家族学里读书，人挺好，就是家里的长辈有些古板，大家这几年渐渐走得有点远了。"

宋墨眯了眼睛，回去后就让陈核打听邬善在真定时的行踪。

当年的事虽然没有人多说，可也瞒不过有心人。

邬家竟然因为窦昭性情坚毅而瞧不上她！

宋墨愤然。可遇到窦昭，他又忍不住道："听说邬善娶了他的表妹，两人的关系还挺好，前些日子刚刚生了个大胖小子，过几天做百日礼，你说我们要不要跟着随份礼？"

窦昭无意和邬家来往，准确地说，是不想和毕氏再有什么交集。她想了想，笑道：

"我看还是算了,有十二哥随礼就行了。邬家和窦家是世交,又不是宋家的世交。"

神色间并无异样。

宋墨放下心来,最后还是决定跟着窦德昌送份贺礼过去,至于邬善,窦昭这些日子在养胎,自然不能到处乱跑,等窦昭回娘家的时候,他每次都陪着就行了。

想到这些,他颇有兴致地在书房里练起大字来。

谁知道刚刚写了两个字,纪咏来拜访窦昭。

宋墨眉头微蹙,道:"他来干什么?"

武夷的嘴巴有些干,轻声道:"不知道!他一来就把夫人身边服侍的都赶了出来,说是有要紧的事和夫人说……"

宋墨素来尊重窦昭,而窦昭又有自己的过人之处,府里的丫鬟小厮怎么待宋墨就怎么待窦昭。

他们不敢偷听宋墨说话,也不敢偷听窦昭说话。

宋墨不由腹诽,纪咏哪次来不是有要紧的事!

可他实在没看出来他所谓的那些要紧事到底有什么要紧的。

他写完了一页纸才放下笔,净了手,换了衣服,去了正房。

正如武夷所言,正房的丫鬟婆子都立在院子中间,门帘静垂,整个院子里悄然无声。

宋墨轻轻地咳了一声,院子里立刻动了起来。

若朱小跑着过来屈膝给宋墨行礼,恭敬地称着"世子爷",若彤则高声禀着"世子爷回来了"。

宋墨径直朝正厅走去。

窦昭亲自撩着帘子迎了出来,笑盈盈地和他打着招呼:"过来了!"

宋墨微笑着点头,问:"元哥儿呢?"

"乳娘抱着他在后院里荡秋千呢!"窦昭和他并肩进了厅堂。

纪咏大大咧咧地坐在右排的太师椅上,见宋墨进来,喝了口茶,站起身来,对窦昭道:"我知道的可都告诉你了,你想怎样,早点拿主意,别到时候又说我自作主张。我先走了,过两天再来看元哥儿!"然后朝着宋墨颔首,扬长而去。

宋墨气得不行,神态间却很是随意,笑道:"这个纪见明,嚣张跋扈惯了,任何时候都不收敛,他能顺利平安地在官场上混到今天,也真是个异数!"

"可不是。"窦昭很赞同他的话,道,"他父母恐怕为他操碎了心!"

她想到纪咏至今未婚,早两年纪家的长辈还敢训斥他几句,之后随着他圣眷日隆,纪家能在他面前说得上话的人越来越少,她不由长长地叹了口气。

宋墨看着就十分别扭,笑道:"元哥儿只有他乳母陪着吗?女子力气小,要是把他摔着了碰着了可不得了,我看看去!"

"松萝和高兴的小儿子高赞都在后院陪着呢,不然我也不放心让乳母带着他,"窦昭道,"他如今能跑能跳,等闲的小厮都没他精力好,更不要说他乳母了。我正想和你商量,要不要找几个机敏些的小厮陪着他,也免得没人陪着他玩。"

窦昭现在是特殊时候,不敢和儿子淘气。

宋墨笑道:"那我们等会儿就看看哪家的小子合适,挑几个比他大个四五岁的陪着他玩好了。"说罢就要起身去后院。

窦昭却道:"我还有话跟你说。"然后拉着他的手去了内室,"刚刚纪见明过来跟我说,他的堂姐纪令则陪着他的祖母到了京都,还说,纪令则抵京的当天晚上,十二哥

· 173 ·

就去他家拜访。他让我小心点，提醒父亲早点把十二哥的婚事定下来，免得夜长梦多，搞出什么事端来。"

天要下雨，娘要嫁人，这纪咏未免也管得太宽了些！

宋墨在心里嘀咕，面上却带着笑，道："你前些日子还说顺其自然，怎么现在又改变主意了？十二哥毕竟是做哥哥的，这日子也是他自己过，你还是别插手了。他若真的娶了这位纪小姐，你难道还能不尊称纪小姐一声'嫂嫂'不成？他若是东窗事发，你一个做妹妹的，又是嫁出去的女儿，哪里就轮到你说话了！"他说着，牵着窦昭的手上了临窗的大炕，还帮她脱了鞋，"你现在最要紧的是好生养胎。这孩子可比元哥儿顽皮多了。你看你怀元哥儿的时候，能吃能睡的，现在连玫瑰香露都闻不得，人也瘦了一圈。外面的事，我们别管了。你好生把身体养好才是正理。"

窦昭闻言不由拿了靶镜照来照去："我瘦了吗？我怎么觉得我好像胖了？"

宋墨坐到了她身边，顺手抽了她的靶镜丢到了一旁，道："这镜子哪里能看得出来。"然后说起避暑的事来，"今年早点过去，想必亲戚间也没什么话好说。"

宋家在香山有别院，景致十分优美，每年夏天他们去别院里避暑的时候都会闭门谢客，好好地清静两天。

这孩子也的确是闹腾，去那里歇歇也好。

窦昭笑道："你定个日子，我先准备着，到时候你送我们过去。"

宋墨有差事在身，是走不开的。

"我想办法请个假。"宋墨去拿了黄历，道，"反正夏天的时候皇上会去西苑，西苑那边不像宫里有这么多的规矩，王公大臣们都铆足了劲地想给皇上留个好印象，我走开了，正好给某些人腾地方，说不定还就真的能请得到假呢！"他说着，翻到了五月二十二，上面写着宜出行，"这天怎样？正好过了端午节，天气也渐渐地热了起来。"

窦昭寻思着前世辽王是十一月发动的宫变，如今还早，前世她离宫闹太远，皇上生病、辽王进京，都是事后才知道的；今生她既能经常进宫，宋墨对辽王又有所防备，皇上若有异样，肯定是瞒不过她的，香山离京都不过两个时辰的路程，想回来也很便宜，就懒洋洋地靠在了宋墨的肩头，道："你决定就好，我听你的。"

宋墨见窦昭满脸的疲惫，低头亲了亲她的额头，温声道："是不是很累？你休息一会儿。元哥儿那边有我呢！"说着，拿了迎枕，服侍她躺下。

窦昭享受着宋墨的温柔体贴，握着宋墨的手，很快睡着了。

宋墨微微地笑，望着窦昭恬静的睡姿，半响才起身去了后院。

过了两天，窦昭让人给宋宜春递话，说自己过了端午节就会带着元哥儿去香山的别院住两个月。

自从知道窦昭又怀了身孕，宋宜春的心情就很复杂，听说窦昭要去避暑，他有些不耐烦地挥了挥手，算是知道了。

窦昭开始准备过端午节和去避暑的事。

窦德昌失踪了。

纪氏来向她哭诉的时候，她瞠目结舌，好半天都不知道说什么。

"你说他会跑到哪里去？七叔都快急死了！"纪氏哭道，"之前好好的，过嗣的事，也是他同意了我们才答应的，七叔待他像亲生儿子似的……"她说着，紧紧地拽住了窦昭的手，"你说，他会不会是被歹人给绑了去——你出嫁的时候七叔给你装了一抬银票之后，就有很多传言说窦家是北直隶甚至是天下最富有的人家……"

窦昭知道真相。她掏了帕子给纪氏擦眼泪，道："庶吉士馆那边可知道十二哥失踪之事？十二哥这些日子和谁走得最近？也许对方知道十二哥的下落。邬善不是和十二哥挺好的吗？他们既是同乡又是同科，六伯父和父亲派人去问了没有？"

她沉着冷静的声音安抚了纪氏慌乱的心，纪氏擦着眼泪道："庶吉士馆那边七叔已去问过了，邬善还帮着七叔一起找人呢！现在是一点线索也没有……"

窦昭听着不由暗暗地嗔怪邬善。

这个时候不跟长辈说明，等到事情闹大了，窦德昌有何脸面回庶吉士馆？

不过，绑架倒是个好借口。

她很想让六伯母对外宣称窦德昌是被绑架了，但又怕六伯母信以为真，担心害怕，索性道："我看这事不如让世子出面，他有经验。"

纪氏如获救星，眼睛都亮了几分，连连道"好"，迫不及待地要窦昭去找宋墨，并道："我怎么就没有想到呢？"

太过关心，乱了方寸呗！

窦昭留了纪氏用午膳，派人去通知了宋墨，又让人去送信安抚静安寺胡同和猫儿胡同。

纪氏已经两天两夜没合眼了，此时有了主心骨，疲态立显，窦昭吩咐小丫鬟把客房打扫出来，哄着纪氏去睡了一觉。

其间宋墨让刘章带话给窦昭："纪家的那位纪小姐也不见了，你放心，他们不会走远。最多明天晚上就能把人找到。"

窦昭放下心来。

纪咏跑了过来，跟在他身后的子息还扛了个插满了风车的竹把子，七彩的风车在院子里呼呼作响，十分壮观。

肯定是从人家卖风车的手里连风车带竹把子都买了下来。

窦昭有些哭笑不得，元哥儿却欢喜得直拍手。

纪咏就得意地道："还是跟着舅舅好玩吧？"

元哥儿不住地点头，声音清脆地喊着"舅舅"。

纪咏很高兴，笑眯眯地抱了元哥儿，让他挑了个他自己最喜欢的风车，然后把元哥儿交给了子息："带着大少爷玩风车去。"

子息恭敬地应是，牵着元哥儿去了一旁的抄手游廊，见缝插针地将风车插在抄手游廊的栏杆旁。

元哥儿跑来跑去，十分兴奋。

纪咏看着满意地点了点头，对窦昭道："子贤会不会和我堂姐私奔了？我堂姐也不见了。"

窦昭忍不住在心底叹息。

纪咏真是太聪明了。

"现在还不好说。"她现在倒是最怕纪咏胡来，"元哥儿他爹已经派人去查了。"

纪咏点了点头，朝着远处的子息喊道："插几个在假山顶上，那边的风大。"

子息应声，抱着元哥儿上了太湖石假山。

纪咏扭过头来对窦昭道："我去邬善那儿问问——他们两个从小就要好，我就不相信，邬善一点也不知道。"说到这里，他瞥了窦昭一眼，"他说不定还以为自己是在做好事！"

那关我什么事啊？

窦昭在心底嘀咕了两句，道："六伯母在我这里，你要不要去安慰她两句？"

"有什么好说的？"纪咏不以为然地道，"找不到人，她只会哭，我说什么也于事无补。还是先把人找到了再说吧！"他把子息留下来陪元哥儿玩，自己只身出了英国公府。
　　好在窦昭早就习惯了他的各种特立独行，得心应手地向纪氏解释，安排子息回府……
　　宋墨到半夜才回来，满院子呼啦啦的风车让他不由驻足，奇道："这是哪来的？夫人今天出门了？"
　　"不是。"松萝垂了眼帘，"是纪家舅爷买给大爷的。"
　　宋墨在院子里站了片刻，才抬脚进了内室。

第一百六十六章　　警告・成事・避暑

　　窦昭已经睡着了。
　　她被宋墨惊醒，索性披衣而起靠坐在床头等着宋墨一起歇息。
　　宋墨梳洗一番上了床，道："十二舅兄和纪小姐在大相国寺！"
　　"大相国寺？"窦昭张大了嘴巴。
　　窦家的人为了找窦德昌都快把京都翻了个遍，没想到他却近在眼前。
　　大相国寺是京都香火最旺的寺庙，他就不怕被人撞见？
　　窦昭腹诽，宋墨却笑道："十二舅兄的孙子兵法学得好——大隐隐于市，谁也想不到他们会躲在大相国寺里。就算被发现，一句'各自去礼佛'就可以打发了问话的。大相国寺怕名声受损，也会极力证明两人没有任何瓜葛，十二舅兄打的好主意！"
　　难怪前世他们能结为夫妻，可见窦德昌并不是鲁莽行事。
　　窦昭松了口气，道："我们什么时候去给父亲和六伯父回话？"
　　早点告诉窦家的人，趁着窦德昌和纪令则私奔的事还没有人知晓，窦家和纪家联手，大可将这件事扼杀在萌芽之时；时间长了，纸就未必包得住火了。
　　宋墨笑道："我明天一早就去趟静安寺胡同——不管怎么说，这毕竟是窦家的家事。十二舅兄就算是有意娶纪家的小姐为妻，也不能这样缩头缩脑地躲着不出来。他既然敢把纪家小姐带去大相国寺暂住，就应该能面对眼前的困难才是。何况庶吉士馆的庶吉士之位是十二舅兄最大的保障，他要是因此丢了这个保障，纪家小姐和他的婚事可就没有一点指望了！"
　　前世，窦德昌也没弃官，可见他心里是很清楚的，没有了收益，连衣食都要依靠家族的时候，又怎么能在婚姻上做主呢？
　　她轻点了下头，和宋墨歇下不提。
　　宋墨闭着眼睛，耳边却仿佛还能听到风车转动的声音。
　　他强忍着没有动弹，直到三更鼓响，才勉勉强强睡着了。
　　为了赶在去衙门之前把这个消息告诉静安寺胡同，他第二天天还没有亮就起了床，亲了亲还在睡梦中的窦昭，出了内室。

窦家顿时乱了套。

一面是自己娘家的侄女，一面是自己的亲生儿子，纪氏气得直接昏了过去。

韩氏则认定是纪令则勾引了窦德昌，并对闻言赶来的五太太道："十二叔才及弱冠，懂些什么？要不是纪令则使了手段，十二叔怎么会连前程和西窦的家业统统都不要了？"

五太太却知道这件事情嚷不得，不管是谁家，出个进士都不简单，不能因为这件事就坏了家族的助力。

她不顾身份把韩氏训斥了一顿："瞎嚷嚷些什么呢？不过是发现子贤和纪家小姐都在大相国寺罢了。有你这样唯恐自家不乱的吗？"

韩氏窘得满脸通红，说不出话来。

醒过来的纪氏无声地哭了起来，道："这可怎么办？寿姑行事向来沉稳，子贤又是砚堂找到的，本来这事除了寿姑没有谁比她更适合出面的了，可寿姑却怀了身孕，动不得气……"

五太太和纪氏想到一块去了，两人都决定不打扰窦昭。

五太太安慰纪氏："先看看老爷们怎么说吧！西窦以后可是得靠子贤支应门庭的。"

这件事已经轮不到她们拿主意了。

纪氏红着眼睛点头，不知道怪谁好。

最后窦世枢拍板，决定把窦德昌"接"回来完事，若是有人问起，只说是被宵小绑架，宋墨出面把人给救了回来。至于纪令则，依旧当表小姐看待就行了。

纪氏心中难受。

经此一事，纪令则的下场恐怕就只有个死字了。

可生死关头，她只能狠下心先救儿子。

宋墨却知道这件事不像窦家人想象中的那样简单，而且他还指望着以后有什么事有窦德昌能帮窦昭出头，窦家的人求他出面去接人的时候，他推辞道："我毕竟是做妹夫的，接人的人手我来安排，接人的事我却不好出面。"

窦世枢想想也觉得由宋墨出面不好，可这件事窦家还捂着，派其他人去更不好。

窦世横暴跳如雷："这个孽子，我亲自去接他！"

宋墨见窦世英被撇到了一旁，忙朝着窦世英使眼色，道："我看还是岳父去比较好。"

毕竟窦世英现在才是窦德昌的父亲。

窦世枢和窦世横窘然，连连点头。

窦世英向来对侄子很好，窦德昌过继过来，他只当是有个侄儿过来陪他一块过日子，还没有转换角色把窦德昌当成是儿子。直到宋墨为他出头，他还没有反应过来，不过因为是宋墨的意思，他又十分信任宋墨，虽然心里觉得不妥，还是随着宋墨一起去"接"窦德昌。但一出猫儿胡同，他就悄声地对宋墨道："你是怕子贤被六哥揍吗？六哥不是那种人！"

宋墨啼笑皆非，也不解释，笑道："您怎么看这件事？"

"我？"窦世英奇道，"我没什么看法啊！"

宋墨语噎，好一会儿才道："若是十二舅兄非要娶纪家小姐为妻，您愿意有纪家小姐这样一个媳妇吗？"

窦世英笑道："这日子是他自己在过，他若是觉得纪家小姐好，我能说什么？倒是六哥，只怕不会答应。"

宋墨笑道："只要您答应就行了——纪家小姐以后可是西窦的宗妇。"

窦世英连家产都分了一半给窦昭，对所谓的家族传承之类并不是十分地热衷，因而笑道："西窦也是乱七八糟的，有什么好挑剔别人的？"

有个王映雪这样的继婆婆存在，的确是够乱的。

宋墨目光微闪，笑道："既然您觉得无所谓，我就知道该怎么办了！"

窦世英还在懵懂中，宋墨已拉着他下了马车。

窦德昌早就被宋墨的人监视起来，他们直接就找到了窦德昌。

窦德昌见是窦世英和宋墨联袂而来，满脸错愕，但立刻就跪在了窦世英的面前："千错万错都是我的错，只求父亲能把令则一起带回窦家。"

窦世英想到窦世枢的决定，不免有些犹豫。宋墨却道："五伯父和六伯父的意思，把舅兄'接'回去就行了。可岳父觉得不妥，让我亲自陪着他老人家来'接'舅兄。舅兄有什么话，现在就跟岳父说清楚好了，等回了窦家，未必就有这样的机会了，就算有这样的机会，岳父也未必能给舅兄做主。"

只要窦家愿意把纪令则一起接回去，就算是承认了这门亲事。

窦德昌欣喜若狂，把自己怎样欣赏纪令则的才学，又怎样为纪令则抱不平等一一说给窦世英听。

窦家家学渊源，他能中进士，才学毋庸置疑，又有心要打动窦世英，娓娓道来，让窦世英不由不动容，踌躇着去看宋墨。

宋墨怎么会煞风景？笑着吩咐小厮备了顶轿子，安排婆子扶着纪令则上了轿。

窦德昌眼眶微湿，抿着嘴给窦世英行了个大礼。

"你这是干什么呢？"窦世英吓了一大跳，忙携了窦德昌起来。

宋墨脸上闪过一丝几不可见的笑意，护送着窦世英等人回了静安寺胡同。

窦世横知道纪令则也跟着回来了，气得青筋直冒，道："我就知道，让老七出面准得把事情办砸了！砚堂怎么也不拦着他？"他站起来就要冲去静安寺胡同。

窦世枢却一把将他拉住，长长地叹了口气，道："这件事你就不要插手了，老七才是子贤的父亲！"

窦世横一愣，道："那怎么能行？您又不是不知道，老七连个蚂蚁都不踩的人，让他管教子贤，那还不是放羊吃草……"

窦世枢打断了他的话："你还没有看出来吗？宋砚堂一直在为老七出头呢！"

窦世横神色一紧。

窦世枢有些疲惫地道："老六，老七有了宋砚堂这个女婿，西窦的事，我们以后都要留个心眼才是。"

宋墨这是借着窦德昌的婚事告诫他们，谁才是西窦的当家人！

只是这话说出来有些伤感情，窦世枢最终也没有宣之于口。

窦世横脑子转了转就明白了窦世枢的意思。

他不由神色黯然，道："难道子贤就这样娶个寡妇为结发妻子不成？"

窦世枢苦笑道："除非你要和老七翻脸！"

窦世横半晌无语。

纪氏却心情复杂地伏在大迎枕上哭了起来。

宋墨就来求纪氏派人去纪家提亲，道："手心手背都是肉，除开了纪家小姐曾经嫁过，她待您如亲生母亲一样，您总不能眼睁睁看着她命丧黄泉吧？何况十二哥已是两榜进士了，他若是连自己的家事都理不清，又如何安邦治国？您就放手让十二哥去闯一闯吧？"

纪氏没有作声，可到了下午，却请了官媒到猫儿胡同。

窦世横知道后把自己关在了书房，不和纪氏说话。

窦昭知道后很是担心，道："要不要让父亲去劝劝六伯父？"

"那就是十二哥的事了！"宋墨忙了一天，觉得累得骨头都快散架了，这家务事一点也不比庙堂的那些事简单，"我们都帮他帮到这个份上了，他若还是摆不平，我看他就是娶了纪令则也一样没有安生日子过，西窦也就别指望在他手里撑起来了。我还想让孩子们有个得力的舅舅呢！"

也免得纪咏一天到晚地嚷着他是孩子的舅舅！

他亲吻着窦昭的脸。

从前自己怎么会觉得窦昭在家里不过是主持一下中馈，日子很清闲？

因孀居而大归的曾孙女要再醮？！

纪老太爷听着一口气没有喘上来，昏死过去。

纪颂和纪顾吓得手脚冰凉，慌慌张张地上前，一个掐着纪老太爷的人中，一个高声呵斥着小厮去请大夫。

半晌，纪老太爷才幽幽地醒了过来，开口就问纪咏去了哪里："……他常在猫儿胡同走动，不可能不知道这件事！"

纪顾忙为儿子辩护："见明刚到詹事府，这些日子一直忙着应酬同僚，根本就没有着过家，他怎么会知道内院的事？就是我们，也不知道令则出去买个头花人就会不见了……"

纪老太爷一巴掌打在了纪颂的脸上："没用的东西，连内宅的事也弄不清楚，难怪会被窦老五给挤下来。你这辈子也就是个当侍郎的命！"

京都玉桥胡同的纪宅，是由纪颂的妻子主持中馈。

纪颂捂着脸，一句辩解的话也不敢说。

纪老太爷怒道："只要我活着一天，纪家就没有再嫁妇！你去告诉窦家，他们不要脸，我们纪家还要做人，他们要娶，就娶了纪令则的牌位回去……不，我们纪家没有再嫁之女，他们家的事，与我们纪家没有任何关系！"又指了纪顾，"你把纪令则给我带回宜兴去沉塘。她娘老子那里，自我有顶着——想当初，是他们说女儿在韩家的日子不好过，我怜惜她小小年纪就守了寡，这才和韩家据理力争地把她接回了家，她倒好，竟然私相授受，勾引起自己的表弟来，这不要脸的东西，人人得而诛之！"

大哥都被打了，纪顾自然更不敢说话了，匆匆应是，去和窦家交涉。

纪咏闻言却是大惊，道："你说子贤和堂姐已经找到了？怎么这么快？"

子息小心翼翼地道："是英国公世子爷出面帮着找到的，带着窦家的七老爷，把表少爷和小姐都带回了静安寺胡同。姑奶奶刚刚请了官媒过来为表少爷向小姐提亲，老太爷气坏了，连大老爷都挨了老太爷一耳光……老太爷还说，要把小姐沉塘，窦家要娶，就娶了小姐的牌位回去……"

"你怎么这么多话？！"纪咏不耐烦地道，"我问你一句，你倒能说出十句来。你再去趟窦家，帮我打听打听窦家怎么会应了这门亲事的？"

子息恭身应是，出了纪府。

纪咏在书房里打着转。

窦德昌还没有这本事能让窦家的人同意这门亲事，要不然他也不会先斩后奏和纪令则躲到大相国寺去了。能把事情搅和到这个地步的，只有可能是宋墨。

· 179 ·

他顺势而为，让窦家不得不答应窦德昌娶纪令则，既讨好了窦德昌，又在窦世英面前表现了自己的能力和手段……还有窦昭，平日里看着和窦世英针尖对麦芒似的，实际上她最看重自己的父亲，出了这样的事，窦世英肯定是惶恐而不知所措，宋墨为窦世英解了难，窦昭知道了还不知道要怎样感激他呢！

　　妈的宋墨，真是狡猾！

　　他一巴掌就拍在了茶几上。

　　茶盅茶壶嘭嘭作响，他的手疼得发麻。

　　纪咏忍不住低声地骂了一句。

　　子上进来问纪咏晚膳摆在哪里。

　　纪咏想了想，道："我去陪老太爷用晚膳好了！"

　　他大步去了纪老太爷的书房。

　　纪老太爷正在那里咆哮："什么？窦家不愿意放人？你们都是吃素的？他们说不放人你们就乖乖地回来了，听凭窦家把人给扣住不放……"

　　"曾祖父，"纪咏闲庭信步地走了进去，"您也是古稀之年了，火气太大，容易伤肝！"

　　纪老太爷看到纪咏，气得更厉害了，撇下了纪顾，训起纪咏来："你这些日子跑到哪里去了？总是不见人影！纪令则和窦十二私奔了，你可知道？这要是传了出去，我们纪家的脸面要往哪里搁？！"

　　纪咏轻快地笑，道："窦家都不怕丢脸，我们有什么好怕的？再说了，子贤也不错，您一个守寡的曾孙女，竟然能再醮个两榜进士当原配嫡妻，还有比这更划算的吗？我真不知道您在气些什么！要是我，早就给令则堂姐准备嫁妆了！反正窦家是铁了心要娶令则堂姐过门，您又何必非要做恶人？"

　　一席话说得纪老太爷哑口无言，若有所思。

　　一旁的纪顾忍不住提醒纪咏："韩六虽然不在了，可令则依旧是他的妻子、韩家的媳妇，就算我们答应，韩家恐怕也不会答应吧？"

　　那就是宋墨的事了！

　　纪咏撇了撇嘴，脸上闪过一丝幸灾乐祸的笑容："所以我说曾祖父老糊涂了，初嫁由父，再嫁由己。纪家放着好人不做，却非要给韩家出面打头阵，两面不讨好，白白错过了这次机会。"

　　纪老太爷闭着眼睛不说话。

　　纪顾却知道祖父是醒悟自己错了，下不了台而不愿意向纪咏低头。

　　这几年纪咏在仕途上一步一个脚印，算无遗策，嘴上虽然一如从前那样的刻薄毒舌，可一旦有好事，却知道照顾自家人了，他又胜在年轻，在纪家声望日隆，很多人都不由都高看他一眼，而纪老太爷的影响力却开始渐渐地减弱。

　　他道："照你说，我们现在应该怎么办？"

　　"自然是由我出面去和姑母交涉。"纪咏大言不惭地道，"只要韩家答应了，我们纪家还有什么不答应的？"

　　纪老太爷听着睁开了眼睛，冷冷地瞥了纪咏一眼，道："我看你是想去窦家讨好卖乖吧？"

　　"给您看出来了。"纪咏不以为意地道，"我好歹也姓纪。你们去唱了红脸，我现在去唱白脸，窦家韩家两不得罪，岂不是更好？"

　　纪老太爷冷哼一声。

纪咏笑道："这件事就这样说定了。我这就去趟猫儿胡同，免得姑母今天晚上睡不着觉。"然后也不顾纪老太爷的脸色阴得像要下雨似的，径直出了门。

　　纪氏听纪咏说，纪家之所以这么闹一场是做给韩家看的，实际上纪家是乐见纪窦两家再结亲的，纪氏顿时喜出望外。她知道，祖父是不可能突然想通的，能有这样的结果，肯定是纪咏从中斡旋的结果，她红着眼睛拉了纪咏的手，哽咽道："我这也是不想毁了子贤的前程！"

　　"我知道。"纪咏道，"我实际上挺为子贤可惜的。天下何处无芳草，他又何必非要娶了令则堂姐？不过事已至此，我们也只能想办法不让事态扩大，免得坏了子贤的名声。"

　　纪氏连连点头，觉得纪咏前所未有地贴心。

　　她感慨道："窦家的长辈们原也不同意，全仗了砚堂从中说和，韩家的事，恐怕还得麻烦砚堂了。"

　　"他在勋贵圈子中是有名的足智多谋，"纪咏的眼睛亮闪闪的，"您把这件事交给他去办，最合适不过了。"

　　纪氏连连点头，第二天亲自去了英国公府，把事情的经过一五一十地告诉了宋墨。

　　窦昭听着直皱眉，道："砚堂是女婿，由他出面合适吗？"

　　韩家若是通情达理，当初韩六爷病危的时候就不会逼着纪令则过门了。

　　纪氏面红耳赤，道："我这也是怕夜长梦多，偏你六伯父不愿意管这件事……"

　　"没事。"宋墨打断了纪氏的话，他轻轻地捏了捏窦昭的手，道，"总不能让岳父去跟韩家的人谈吧？这件事由我出面好了！"

　　"砚堂！"纪氏满脸感激。

　　窦昭则紧紧地握住了宋墨的手。

　　想让他低三下四地去求韩家，这恐怕是纪咏的主意吧？

　　宋墨在心里冷哼一声，给了窦昭一个胸有成竹的微笑。

　　他压根儿就没想过和韩家和平解决这件事，而是派了人去查韩家的事。

　　韩家是江南的名门望族，兴族百余年，子弟众多，怎么会没有点阴私之事？

　　宋墨给韩家送了一封信，韩家很快就同意了纪令则的婚事。然后宋墨就开始忙着操办窦德昌的婚事。从确定全福人到请钦天监的帮着算吉日，他忙得团团转。

　　窦世英逢人就夸："要不是我这个女婿，家里早就乱了套了。"

　　大家都知道窦德昌被人绑架又被宋墨救了回来的事，纷纷夸奖宋墨孝顺、能干。

　　窦世英就趁机请大家去喝喜酒："日子定在六月初二。钦天监的说这是个好日子。娶的是纪家的姑娘，子贤的表妹。"至于是谁，翰林院的那些夫子就不好多打听了。

　　消息传出来，纪咏气得肝痛，暗想，倒便宜了窦德昌这个笨蛋！

　　偏偏又被哭得伤心欲绝的纪母拉着诉苦："你舅舅们怪我没有约束令则，可我毕竟只是个婶婶，难道还能眼也不眨地盯着她不成？我那六叔父逼良为娼闹出了人命，自己做了天怒人怨的事被人捉住了把柄，不自我检讨，反说是我们纪家不帮他……那个宋砚堂也是，手段这么狠干什么？他就不怕三十年河东四十年河西哪天碰到韩家人手里？"

　　"您就少说两句吧！"纪咏厌恶地道，"韩家照这样下去，只有落魄的分，还想和宋墨斗？做梦去吧！"

　　纪母听着不高兴了，嗔道："你这孩子，不为你舅舅们说话反站在宋砚堂的那边，你到底姓什么啊？"

　　纪咏翻着白眼，丢下母亲一个人走了。

纪母忙追了出来，纪咏已不见了人影。
纪母困惑地问子息："他这是怎么了？"
子息只得道："许是詹事府的事太多了！"
他再也没有那胆量给纪母报信了。

窦昭见宋墨忙进忙出的，好像人都清瘦了一点，不免有些心痛，劝他："你歇歇！十二哥自己的婚事，难道他自己一点也不操心？再不济，也可以让十一哥过来帮帮忙嘛！"
这门亲事，窦纪两家都决定从简，窦家又有一堆的管事，他有什么可忙的？
他要的就是窦昭的这句话。
宋墨微微地笑，和窦昭在临窗的大炕上坐下，道："只可惜你一时半会去不了避暑山庄了！"
嗣兄成亲是大事，去香山别院的事也得往后推了。
"看你说的是什么话！"窦昭娇嗔着起身，帮宋墨捏着肩膀，"要不是有你替我在窦家忙里忙外的，我能这样清闲地坐在家里乘凉避暑啊？"
"你以为我想大热天的在外面跑啊？"宋墨叹道，"我这不是怕纪家又出什么幺蛾子吗？"
或者是因为纪家是六伯母的娘家，她又把六伯母当母亲般地看待，因而虽然知道纪家不妥，却更不喜欢韩家。不过，早点把窦德昌的婚事定下来也好，纪令则是个能干的，西窦有她主持中馈，肯定不会像现在这么乱了。
她盈盈地笑，调侃道："多谢世子爷！等爷哪天闲下来了，妾身请爷吃酒！"
宋墨笑道："我哪有空闲的时候？你要真心谢我……"说着，歪着头，指了指自己的面颊。
窦昭的脸顿时火辣辣的。
若彤立刻带着屋里服侍的退了下去。
窦昭这才红着脸在他的面颊上亲了一口。
谁知道宋墨却不满意，道："这个不算，得好好地亲一口。"
什么叫好好地亲一口？
窦昭气结。可看着宋墨略带几分期盼的目光，她又忍不住俯身……宋墨突然转过脸来……窦昭睁大了眼睛……宋墨已一把搂住了窦昭……
等宋墨出门的时候，窦昭的脸庞犹红得像火烧。
若彤进来禀道："延安侯府的世子夫人差人送了拜帖过来。"
窦昭忙让去拿了进来。
安氏想明天来拜访她。
她让人回话打发了延安侯府的婆子，拿着拜帖想了半天也想不出有什么事需要安氏亲自登门来见自己的。她让丫鬟收了拜帖，和元哥儿讲了一下午的故事。
次日，安氏早早地就到了，她神色间有些不安，可坐着和窦昭喝了半天的茶也没有说明来意。
窦昭却也不着急，继续和她兜着圈子，眼看着到了用午膳的时候，安氏终于忍不住了，赧然道："我也知道这话说出来不妥当，可济宁侯求到了我们侯爷面前，我们家四爷又一直坐在我们家侯爷的小书房里不走，我不来一趟，也太不近人情了……"
竟然是为了魏廷瑜的事而来！

窦昭奇道："他们家又出了什么事？"

"你不知道吗？"安氏的眼睛瞪得比窦昭还大，道，"济宁侯的外室怀了身孕，你妹妹带人去灌了落胎药不说，还把人卖到了青楼里……这事京都都快传遍了……"她有些不自在地望着窦昭。

窦昭又好气又好笑，道："魏廷瑜是什么意思？难道想让我去劝窦明不成？"

她这么一说，安氏的脸红得像朝霞，喃喃地道："我也知道不应该。可你不知道，济宁侯比令妹大好几岁，又是独子，令妹膝下空虚，又不让家里的通房丫鬟怀孕，济宁侯这也是没有办法的。说是窦家只有您管得住令妹……"

窦昭不悦地打断了安氏的话，道："可也没有做姨姐的管到了妹夫屋里去的道理。你回去跟魏廷瑜说，他自己作的孽他自己收拾，别总指望着别人帮他善后。"又道，"你要是为了他们家的事，以后再也不要在我面前开这个口了。若是来我这里做客，我定然倒履相迎。"

安氏听了如坐针毡。

窦昭却没有责怪她的意思。

她知道汪清海和魏廷瑜的交情，前世这两个人也为彼此做了不少让人啼笑皆非的荒唐事。

可窦明的彪悍，也出乎窦昭的意料。

她懒得管这些事，把家里的库房全都开了，给纪令则挑了几件首饰添妆。

纪家的人对纪令则再醮的事讳莫如深，窦德昌又怕纪家的人反悔，求了窦昭，把金桂和银桂借过去服侍纪令则，窦昭想着纪家的人肯定不会郑重地为纪令则准备嫁妆，自己却不能让这个嫂子嫁进来太寒酸，毕竟窦德昌这一辈就有妯娌十二个，加上十一嫂还曾是纪令则的嫂子。

纪令则收了她的首饰，什么也没说，去送首饰的素心却告诉她，纪家把纪令则安排在一处偏僻的院落，既没有贴红也没有置办嫁妆，就连纪令则外祖母留给她的东西也被纪家扣下了，还道："纪姑娘很是硬气，金桂说，她从头到尾连滴眼泪也没有落，更没有和纪家去争那些东西。"

窦昭不由叹气。

前世她一心想嫁到魏家去，也和纪令则一样，除了母亲留给她的那些东西，她什么也不想要，只想快点离开窦家。

她和宋墨商量，给纪令则置办了两个小田庄。

窦德昌执意不肯收下。

窦昭道："你宁愿看着嫂嫂空手进门日后在妯娌间抬不起头来不成？"

窦德昌方才感激地收了地契，派人给纪令则送过去。

等到六月初二，窦家的花轿安静地把纪令则接了出来，出了玉桥胡同鞭炮才"噼里啪啦"地响起来。

纪氏看着只落泪，好在纪家送亲的是纪咏，给纪令则挽回了些颜面。

待纪令则三天回门转来，祖母在后寺胡同设宴款待纪令则。纪令则感恩窦家为她所做的一切，待祖母非常恭敬，而窦德昌也第一次感觉到了自己是这个家里的一员。

窦昭不由私底下和宋墨感慨："这也算是有得有失了！"

宋墨笑着点头，牵了窦昭的手，道："我明天就送你和元哥儿去香山别院吧？你看要不要请了老安人和你们一起去？"

窦昭连连点头，觉得祖母应该安享晚年了，趁着能动的时候到处走走看看。

祖母却有些犹豫，她生平都不愿成为儿孙名不正言不顺的拖累，不太喜欢到处走动。

宋墨劝她："寿姑一个人带着孩子去，没有您去帮衬，我不放心啊！"

祖母听着呵呵地笑，这才欣然应允。

纪令则亲自帮祖母收拾东西。

祖母非常高兴，拍了拍纪令则的手，给了她一对羊脂玉的镯子。

纪令则见那镯子润泽无瑕，知道是上了年头的好东西，执意不肯要，祖母却道："你只管收下就是了。我这边还有些老物件，都是我自己淘的，原准备给你婆婆的，后来没有送出去，明姐儿想来是不稀罕的，就由你和寿姑分了吧！"

掏心掏肺，把她当自己的亲孙女一样看待。

纪令则眼睛红红的，待到窦昭的马车过来，她扶着祖母出了垂花门。

窦昭笑着和纪令则打过招呼，寒暄了几句，和祖母上了马车出了城。

因顾及窦昭的身体，马车走得很慢，到了傍晚时分才到香山。

一下来，就有凉爽的风吹过。

祖母不由深深地吸了口气，笑道："这地界好！"

元哥儿也从乳娘的怀里挣扎着跳了下来，跑到一旁去揪狗尾巴草。

窦昭忙让若朱把元哥儿抱了回来，并道："小心草丛里有虫子咬你。"

元哥儿歪着小脑袋道："这是路，大家都走，没有小虫子，不咬我。"

"你还有理了！"窦昭听着儿子清脆的声音，胸口仿佛被温水漫过了似的，轻轻地拍了拍元哥儿的小屁股。

元哥儿咯咯地笑。

来迎接的管事和丫鬟婆子们也都笑了起来，管事更是称赞道："大爷可真是聪明！"

"不过是说话说得有些早罢了。"宋墨不以为然摆了摆手，眉宇间却难掩得意欢喜。

管事和管事嬷嬷交换了一个眼神，恭敬地引着宋墨和窦昭进了别院。

院子中间好大一架葡萄，枝叶繁茂，挂满了青涩的葡萄，让人看着觉得暑气都消了不少。

祖母非常喜欢，笑道："这里要是摆张桌子就更好了。"

管事立刻殷勤地道："老安人说的是！小的这就去搬张八仙桌过来。"

宋墨知道祖母还保留着田庄的生活习惯，索性道："您看要不要把晚膳摆在葡萄架下？"

"好啊！"祖母果然兴致勃勃。

窦昭笑眯眯地回屋梳洗一番，和祖母在葡萄架下用膳。

晚风吹过，满院子的玉簪花香。

鸡鸭都是别院自己养的，瓜菜也是刚刚从后面的园子里摘来的，新鲜可口。

元哥儿还是第一次在外面吃饭，兴奋得很，非要自己拿筷子不可，偏偏又手小没力气，几下就落在了桌子上，弄得满桌子都是汤汤水水的，连宋墨的衣服上都沾上了油点子。

窦昭忙叫了乳娘过来，让她和元哥儿单独再开一桌。

宋墨却不让，笑道："图的就是热闹，你就别管他了，让他闹腾好了。男孩子，不能太守规矩，闹腾些好。"

祖母慈爱地笑，道："男孩子就应该由父亲来管，寿姑，你不要插手。"

两人联手把窦昭给压了下去。

元哥儿更肆无忌惮了，用调羹把饭粒挖得到处都是。

好不容易用完了晚膳，机敏的管事早已备好了凉床和用井水镇过的西瓜，他们又坐在凉床上吃着西瓜说着闲话。

窦昭满足地透了口气，盼着以后的日子都能像今天一样欢快，温馨，让人满足。

第一百六十七章　避难·夏夜·各表

因为还要赶回宫里当差，宋墨第二天寅时就起了床，简单地用过早膳之后，他骑着马匆匆地赶回了京都城。

松萝留了下来，负责外院的琐事，段公义和陈晓风则负责别院的护卫。

别院后面有一小畦菜地，窦昭陪着祖母浇水捉虫，如果不是有元哥儿在旁边调皮，日子仿佛回到了窦昭没有出嫁的时候。

宋墨来看她的时候就忍不住拧了拧她的鼻子，笑道："等我们都老了，就搬到别院里来住，你种花我浇水，逢年过节的时候就回去看望孙子孙女，他们讨我们喜欢，我们就多给他们几个红包；他们要是惹得我们生气，我们就回去发通脾气……"

窦昭笑弯了腰。

等宋墨走后，纪令则来拜访她。

祖母知道她是大户人家长大的，不谙农事，特意在小花厅里招待她。

她笑吟吟地陪着祖母说了半天的话，又逗元哥儿玩了半天。

窦昭看她这样就觉得辛苦，看着到了晌午，索性借口让她帮着调凉面，和她在茶房里说话："是不是家里出了什么事？"

纪令则见午饭是用新收的荞麦做的面条，配了碧绿的黄瓜、白嫩嫩的芽菜、黄灿灿的花生豆，不由艳羡地叹了口气，轻声道："昨天柳叶胡同王家的二太太过来串门，送了些金银过来，说是我和你十二哥成亲的时候他们不知道，这是给我们的贺礼。还说，十二哥如今都娶了媳妇，七太太总这样住在王家也不好，让我派人把七太太接回来，这才是贤妇所为。我寻思着这不是我一个做媳妇的能做主的事，又怕长辈们误会，就来跟四姑奶奶说一声。"

窦昭冷笑。

王家打的好主意。

如果窦德昌娶了别家的女儿，新媳妇进门为了得个贤名，说不定就得把这件事给揽在了手里，到时候不免是个麻烦事。还好窦德昌娶的是纪令则，彼此知根知底，否则，仅仅解释其中的来龙去脉，恐怕就难于启齿。

她直言道："我好不容易才把七太太送出了门，嫂嫂可千万别又把人给接回来了。"

纪令则听了眯着眼睛笑，道："有你这句话，我可就放心了。"她转移话题问起窦昭的身体来："我看你脚步十分轻盈，不像是怀着孩子的样子，可有什么秘诀？"

窦昭忍不住打趣纪令则："嫂嫂何必心急？等嫂嫂的好消息传到我这里，我再传你些经验也不迟。"

闹得纪令则涨红了脸。

用过午膳，送走了纪令则，窦昭在内室午休。

正午的太阳刺目地照在院子里，让人懒洋洋地提不起精神来。

迷迷糊糊间，她听到一阵喧哗声。

窦昭不由皱眉，吩咐服侍的若彤："你去看看是谁在那里叫嚷？"

若彤小跑着出了屋，很快又折了回来。

"夫人，是二爷。"她急急地道，"说是二爷和朋友去白雀寺游玩，谁知道马车突然翻了，二爷的腿被压着了，一动就疼得厉害，想着夫人在别院避暑，二爷就吩咐护卫雇了顶轿子把他抬了过来，还让我们去给他请个大夫。"

窦昭皱眉，道："他们一共来了几个人？现在都在哪里？"

若彤道："他们一共来了十五个人，其中三个人是二爷的朋友，其余十二人是二爷的护卫。松萝把人都安置在了外院的东跨院，二爷的腿伤了，就由两个小厮护着住进了外院的小书房，又差了小厮去请大夫。"

她的话音刚落，就有小丫鬟跑进来道："二爷贴身的小厮说奉了二爷之命，替二爷给夫人和老安人问个安。"

本来就只是礼数上的事，窦昭让人拿了几块碎银子打发了宋翰的小厮，叮嘱若彤："你去传我的话，让段师傅加派人手巡逻，千万别让二爷的人摸进了二门。"

若彤屈膝应声，退下去传话。

松萝很快请了个大夫过来。

那大夫说，宋翰可能扭到了脚踝，但也有可能是伤了骨头，最好吃两服药，不要搬动，静养几天。若是腿还疼，就有可能是伤了骨头；若只是脚踝肿了，就有可能只是扭到了脚。

宋翰听了吓得脸色发白，连声催松萝："快，快去太医院里请个御医来。"又让自己贴身的小厮去向窦昭要张罗汉床："这要是真的伤了腿骨，我可就成了瘸子了。你们谁也不许动我，我要躺在罗汉床上静养。"

窦昭才懒得管他，让人把厨房的门板下下来送到了前院，道："库房里没有闲置的罗汉床了，既然是要卧床静养，就用这门板暂时把人抬到客房好了。"

宋翰气得浑身发抖，可见三个同伴在场，只得悻悻地应了，由自己的护卫抬进了客房。

松萝就把宋翰的三个朋友安顿在了他旁边的客房，又去请小厮进京给宋翰请个御医来诊治。

前院服侍的小丫鬟煎好药送过去，被宋翰很是烦躁地打翻在地上，并梗着脖子粗声道："你是哪个院里的蠢货？没见刚才是个庸医吗？他开的方子你也敢给爷用？你是不是活得不耐烦了？！"

小丫鬟平时不过是守守空房子打扫打扫清洁，何曾见过这仗势，立刻吓得哭了起来。

宋翰脸黑得像锅底。

他的朋友出面将那小丫鬟劝了出去，安慰小丫鬟道："二爷这是摔了腿，心里不舒服，你不要放在心上。"

小丫鬟点头，抽抽泣泣地退了下去。

前院又是要茶又是要点心又是要解闷的小说，折腾了一个下午，到了掌灯时分才消停。

祖母问窦昭:"要不要派个小丫鬟过去看看他的伤势?"

"不用了!"窦昭一面和元哥儿玩着翻绳,一面淡淡地道,"后天砚堂休沐,明天晚上他一准赶过来,到时候让他处置好了。"

祖母知道宋家兄弟不和,至于其中的详情却不知道,但她素来相信窦昭和宋墨,不再问什么,指点着元哥儿翻绳。

姜还是老的辣。最后元哥儿竟然赢了窦昭,他高兴得不得了,在炕上跳来跳去,缠着窦昭再来一盘。

窦昭笑吟吟地陪着孩子玩,直到亥时,元哥儿才开始打哈欠。

她和乳娘帮元哥儿洗了澡,元哥儿沾着枕头就睡着了。

窦昭笑着摸了摸儿子乌黑柔顺的头发,起身回了房。

乡间的夜晚,特别的安静。

香山别院只听得见风吹过树梢的沙沙声和断断续续的虫鸣声。

三条黑影从客房的屋顶上蹿了出来,跳跃着落在了正房的屋顶上。

两个人望风,一个人悄无声息地撬开了屋顶瓦片,拿出根细竹管对着屋里吹着气。

不一会儿,有淡淡的甜香从正房里飘了出来。

三个人趴在屋顶。

又过了大约一炷香的工夫,三个人从扒开的屋顶鱼贯着跳了进去。

仿佛是一滴水落在了湖里,正房里静悄悄的,没有一点声响。

突然有道黑影冲天而起,朝着别院外跑去。

别院突然间灯光通亮,黑影消瘦的身材,蒙着面孔的样子无所遁形地暴露在灯光下。

"这位朋友,这是要去哪里?"段公义提着把大刀从暗处走了出来,他洪亮的声音在夜空中显得震耳欲聋,"这可是英国公府的别院,你以为是那些柴门间巷,想来就来,想走就走!"话音未落,黑影身边突然寒光闪动,有人挥舞着大刀朝他头顶劈了下来,把黑影逼下了屋顶。

那黑影的身手非常高超,就这样叫人猝不及防的偷袭不仅让他躲了过去,还抽出了腰间的软剑和偷袭他的人战成了一团。

段公义"咦"了一声,高声道:"这又不是比武,你们难道还要讲一对一不成!"

别院里一阵轻笑,更多的人朝那黑影围了过去。

人多势众,那黑影很快不敌。

在旁边掠阵的段公义忙提醒道:"小心他自尽!"

只是他的话音刚落,那黑影的身形陡然一顿,倒在了地上。

"他妈的!"段公义骂骂咧咧地跑了过去,一把拽下了黑影脸上的黑布。

是宋翰的十二个护卫之一。

"黑心烂肝的东西,我看他还有什么话说!"段公义义愤填膺地道,"把那三个闯进屋里的家伙下颌卸下了,等世子爷来了也有个活口。"

有护卫应是,掏出帕子蘸了水蒙在脸上,进了正房。

段公义道:"二爷呢?"

另有护卫道:"您放心好了,我们的人眼也不敢眨地盯着呢!保证一只蚊子都飞不进去。不过,二爷要是也自尽了,那我就没办法了。"

自尽也是需要勇气的。

护卫的语气带着几分讥讽。

段公义不由嘟囔:"他要是自尽就好了,那得省多少麻烦啊!"

他提着刀去了宋翰客居的院子，站在大门口道："二爷，您的护卫半夜三更闯进了正院，被我们围攻还自杀了，您是不是出来给我们一个交代啊？"

客房里静悄悄的没有半点声响。

段公义就笑道："二爷，要不这样，有贼人趁夜闯了进来，您为了保护夫人，被贼人杀死了！"他着说，退后两步，高声道："我给放火把客房烧了！"

屋里立刻点起了灯，门也"吱呀"一声被打开，宋翰面孔煞白地走了出来，大声地嚷道："马车翻的时候我就被他们给劫持了，我几次想给你们送信都没成功，我也是受害人！你们快禀了我哥哥，有人要对他下毒手！"

段公义不由咧了咧嘴，笑道："二爷，不好意思，您还是先随我去见夫人吧！至于您的那些护卫，要不丢下兵器举手走出来，要么您就把他们的尸体给抛出来！我可不敢贸然地闯进您住过的地方！"

大红灯笼下，宋翰的脸色仿佛更苍白了。

他低声道："你们走出来吧！"

五六个护卫从他身后走了出来，把兵器丢在院子里，高举着双手。

段公义并没有走近，而是笑道："就这几个人吗？"

"就这几个人！"宋翰铁青着脸道，"其他的人不是我的人！"

段公义朝身边的人点头，几个身手矫健的护卫拿着绳索上前就把宋翰的人全都绑了。

宋翰看着脸上红一阵白一阵的。

段公义就笑着说了声"得罪"，不知道从哪里摸出了根绳索朝宋翰走去。

宋翰意识到他要干什么，不由连连后退了几步，大喝着："狗东西，你要干什么？"

段公义脸一沉，道："二爷，你指使人谋害英国公府世子夫人和嫡长孙，就是到圣上面前，也是死罪一条。我尊你一声'二爷'那是给你面子，你别给脸不要脸！"然后动作十分粗鲁地将宋翰给绑了起来，拖着他朝后花园西边的小群房走去。

香山的别院是英国公的产业，宋翰小的时候也常随蒋夫人来这里避暑，知道那小群房是别院的仆妇们住的地方，他不禁暗暗后悔，没想到窦昭竟然躲在这里！可她是怎么发现自己图谋不轨的呢？

他想来想去，想不通自己到底哪里露了破绽，只好抿着嘴跌跌撞撞地被段公义拽进了小群房最后面的一个厢房里。

厢房的窗棂用毯子挡着，从外面看黑漆漆的一片，里面却点了两盏宫灯，因为不通风，屋子里有些闷热，但屋里飘浮着淡淡的腊梅香，并不让人觉得难受。元哥儿香香甜甜地睡在临窗的大炕上，一个面生的老妇人拿着芭蕉扇给元哥儿打着扇，金桂和银桂站在旁边服侍着。窦昭坐在炕边，一双眼睛寒星般冰冷地望着他，看不出喜怒。

宋翰心里一颤，忙喊了声"嫂嫂"，眼泪就落了下来："我一直在院子里发脾气，可没有人理会，我想给您和老安人报个信也送不出去。您和元哥儿没事就太好了，我生怕你们遭了不测，那我可就万死难辞其咎了……"

窦昭只觉得硌硬，她淡淡地道："二爷唱戏唱得不累，我这看戏的人却觉得累。你告诉我是怎么一回事，我就当你是被人劫持了，不再追究；你若是还想和我兜圈子，我就只好把你交给世子爷处置了。二爷快点拿定主意吧，天气热，我可没那耐性等着二爷左右衡量、前后算计！"

宋翰挣扎着想上前，道："嫂嫂，您可不能这样冤枉我……"

窦昭冷笑着打断了他的话："当初英国公府走火的时候，世子爷不在家，我不也守住了颐志堂？宋翰，你也太小瞧我了！"她说着，吩咐金桂，"你帮我数一百下，如果二爷还是一样的说辞……段师傅，"她望向段公义，脸上仿佛蒙上了一层寒霜，"你把宋翰拖出去给我宰了，反正他口口声声地说自己被人劫持了，事后就说他被劫匪灭口了好了！"

段公义欢快地应了声"是"，眉飞色舞地道："您放心，我也不是第一次干这种事了。上次庞家的那小子不就是这样叫我们打成了瘫子！"

两人旁若无人地谈论着杀人打架，旁边的老妇人就像在听他们谈论天气似的镇定从容。

在金桂略有些颤音的数数声中，宋翰心里生起一股寒气。

门突然被推开，一直守护在门外的陈晓风闯了进来："夫人，有点不对劲！外面连声虫鸣都没有了。"

窦昭的汗毛都竖了起来。

她和段公义交换了一个眼神。段公义道："我出去看看。"

窦昭点头。

陈晓风忙闪了出去。

外面响起一阵窸窸窣窣的声音，接着响起个男子阴沉的声音："窦夫人，还请您抱着您的长子走出来，我们没有别的意思，只是想请您到我们府上去做几天客。还请夫人不要做无谓的抵抗，我们这里可有五十多支弩对着夫人的屋子呢！小心射成了马蜂窝。"

弩可是管制品，仅供军中使用。

窦昭神色大变。

有个念头从她脑海里闪过。

段公义悔恨不已。他跺脚道："螳螂捕蝉，黄雀在后。都怪我，竟然中了宋翰的奸计！"

窦昭看了一眼神色间还残留着几分错愕的宋翰，摇头道："这不怪你，宋翰也不知道自己被当成了诱饵，可见对方对我和元哥儿是志在必得了。"她问段公义，"宋翰会不会突然挣脱？"

段公义挺了挺胸，道："除了我去世的师父，还没有第二个人能解开我打的结。"

窦昭点头，道："把宋翰推出去挡在我前面，我要和对方说话。"

"不……"宋翰两腿一软，几乎要瘫倒在地上。

段公义却毫不留情地把宋翰拎起来推到了门口。

窦昭越过宋翰的肩膀朝外望去。

皎洁的月光下，四周的屋顶都站着人，锋利的箭尖闪烁着幽幽寒光，仿佛一个不小心就会射过来，让人利箭穿心而亡。

窦昭心里一紧。

宋翰却发出一声悲鸣："别射，别射！我是英国公府的宋二爷！你们主子答应过我，只要我能抓到窦氏，就给我个前程的……"随后是窦昭和段公义闻到一味尿臊味。

窦昭皱眉。

段公义嗤笑道："这点胆子，还想学别人杀人越货！不怪你的主子没有将你放在眼里。"又讽刺他道，"你不过是个弃卒罢了，要不然人家也不会让你来当出头鸟了，你就少在这里给自己脸上贴金了。信不信只要他们和夫人一言不合，第一个就会射死你？"

宋翰瑟瑟发抖，一句话也说不出来。

段公义踢了他一脚，道："你还不快把主谋交代出来，难道还想等死吗？"

宋翰目露惊恐，却紧闭着嘴不开口。

窦昭懒得理他，问段公义："那些弩箭射过来，我们能挡多长时间？"

段公义犹豫了片刻，道："如果我们人员不受伤亡，死守这小屋，应该可以支持到天亮。"

陈晓风他们都在屋外，怕就怕他们一动，对方就会一阵乱射。

窦昭不敢冒险，只好拖延时间，对段公义道："我想办法和对方说话，你示意陈晓风他们慢慢朝这边挪过来，能进来几个人是几个人。"

段公义颔首。

窦昭高声道："你们是什么人？我可是英国公府世子夫人，一品诰命夫人，难道没有人告诉你，劫持官眷，是要罪加一等的吗？"

对方不紧不慢地道："夫人，我们也是事急从权，还请夫人不要为难我们……"

说话间，骤然响起破风之声，一支箭朝着悄悄挪着脚步的陈晓风射过去。要不是陈晓风全神贯注地注意着周围动静，身手又很好，快速地躲了过去，恐怕就会被射中了。

窦昭面色一寒。

对方阴恻恻地道："夫人，您可别敬酒不吃吃罚酒。"

窦昭不屑地笑，低声对段公义道："把宋翰推出去，让他挡在陈晓风身前。"

"啊！"段公义张大嘴巴。

宋翰则疯了般地大叫起来："你怎么敢这么对我！我是堂堂英国公府的二爷，那些卑贱的护卫给我提鞋都不配，你竟然让我去给他们挡箭？"

段公义也道："您不是还要宋翰的口供吗？"

窦昭抬起头来，望着了望月朗星稀的夜空，道："不用了，我已经知道是谁要捉拿我和元哥儿了。他已经没用了，推出去吧！"

宋翰语不成句地叫嚷起来。

窦昭躲到了门后。

段公义喊了声"陈晓风"，毫不留情地把宋翰推了出去。

陈晓风一把抓住了宋翰挡在了胸前，朝厢房退去。

七八支箭流星般地朝他射过来。

陈晓风下意识挥动着大刀，把那箭矢打落在了地上，人却趁着这工夫跑进了厢房。

窦昭露齿一笑。

陈晓风丢下早已吓得昏死过去的宋翰抱拳给窦昭行礼，激动地喊了声"夫人"。

"什么也别说了。"窦昭笑道，"跟外面的护卫说一声，就用宋翰作挡箭牌冲进来好了。"

陈晓风踌躇了一会儿，最终还是兄弟之情占了上风，他恭声应是，把宋翰丢了出去。

这次宋翰就没有在陈晓风手里幸运了，他被箭射中了肩膀和大腿，痛得醒了过来。

窦昭再次吩咐段公义把人丢出去。

宋翰紧紧地抱住了段公义的大腿，眼泪鼻涕都分不清楚了："嫂嫂，嫂嫂！我说！我什么都说！只求您千万别把我再扔出去了！"

窦昭却不为所动，冷酷地道："把人给我扔出去。"

宋翰毕竟是英国公的儿子，段公义等人面面相觑。

窦昭道："在我心里，你们比他更重要。你们只管听我的吩咐，出了事自有我兜着！"

一时间屋里屋外的人都鼻子发酸，陈晓风更是眼角微润，抱拳应是，把宋翰丢了出去。

宋翰大叫起来："你们要是敢放弩，我就把你们的主子给供出来！"

对方一阵迟疑，窦昭的护卫趁机朝厢房冲去。

"放箭！"对方见状，还是选择了放箭。

天空中洒落一片箭光。

几个冲在最后的人被箭射中，好在都不是要害处。

宋翰因为趴在地上虽然幸免于难，但背上和胳膊上又分别中了两箭。

他带来的护卫因为被绑着丢在院子里，全都被箭射成了刺猬。

宋翰吓得再次昏了过去。

大家也顾不得男女有别，陈晓风帮一帮兄弟疗伤，段公义却忍不住问窦昭："是谁要掳您和大爷？"

"除了辽王，还能有谁？"窦昭冷冷地道，手却不由自主地握着成了拳。

"辽，辽王？！"段公义瞠目结舌，"不，不可能吧？他就不怕得罪了世子爷？而且藩王不得结交朝臣，他把您和大爷掳了去，这算是怎么一回事？又怎么善后啊？"他说到这里，脸色不禁一白，"他们并不顾及二爷的死活……这些人难道是想谋害您和大爷不成？"

陈晓风听着脸色顿时煞白，道："我们全都进了屋，万一他们真是……只要放一把火……"

外面又有强弩围攻，他们只有死路一条！

窦昭也不禁脸色大变，道："能不能想办法通知世子爷？"

宋墨知道后，肯定会想办法救他们的。

屋里的人面面相觑。

留在这里固然危险，可突围出去报信，五十支劲弩之下，生还的机会更小。

段公义就笑道："那我去看看能不能找个机会溜出去。"

"不，"陈晓风拉住了段公义，"这里面您的身手最好，经验最丰富，您走了，夫人和大爷怎么办？还是我去！"

几个护卫见状纷纷嚷了起来："段师傅，还是我去吧！我轻功最好！"

"还是让我去吧！我个子小，不容易被发现。"

"你们都别争了，还是让我去吧！我家兄弟三个，我排行老二，又没有成家……"

屋里顿时一静。

"我们哪儿都不去！"众人耳边突然响起一个老妇人的声音，"就在这里！要生一起生，要死一起死！"

"老安人！"

"祖母！"

众人的目光都落在了祖母的身上。

她正轻轻地拍着熟睡中的元哥儿，虽然声音有些发抖，表情却很坚定，道："我虽是个村妇，没见过什么世面，可我听你们这么一说，心里也有点明白。他们这样，肯定是偷偷来的。还有两三个时辰就天亮了，难道他们还能继续围着我们不成？我们只要挺过了这两三个时辰就行了。不准让别人去送死！谁不是人生父母养的？"最后两句话，却是对窦昭说的。

窦昭不由苦笑。

她难道就忍心看着别人丢了性命不成？可如果大家都被困在这里，可能就都只有死路一条。

念头一闪而过，她心中一动。

自己怎么就没有想到呢？

她眼睛一亮，对段公义道："有没有可能他们只是想掳了我和元哥儿去？"

如果要生擒，就不会伤她和元哥儿的性命，也就不可能施展放火这种比较极端的手段了。

众护卫闻言精神一振，若是这样，他们只要拖到天亮，就能脱困。

段公义立刻道："我去试试看！"

窦昭颔首。

段公义一面小心翼翼地朝门口去，一面高声道："我是窦夫人身边的护卫，有几句要问你们！"

对方声音阴柔却客气地道："窦夫人只管问。"

段公义和窦昭交换了一个眼神，道："我们夫人说，如果她和大爷跟你们走，你们能不能放过老安人？"

祖母听着就要说话，窦昭忙朝着祖母使了眼色，祖母这才勉强没有作声。

"我们根本就没有伤害夫人、大爷和老安人的意思。"对方想也没想，立刻道，"不过不能立刻就送老安人回城，得委屈老安人和夫人的护卫在这里住几天。"

也就是说，对方觉得只要几天的工夫，掳走他们母子的事就能迎刃而解。

窦昭心神俱震，失声低喊"不好"。

屋里的人都望了过来，段公义甚至忘记自己正在和对方说话，都屏气凝神地支了耳朵。

"是辽王！"窦昭眼中闪过一丝惊恐，"他动手了……要掳了我和元哥儿做人质威胁世子……因为只要几个时辰，甚至根本不需要几天就能分出胜负……"

到时候他登基为帝，所有的阻碍都将不再是阻碍了。

老安人的死活，宋墨的生死，对辽王来说，都不是问题了。

所以对方才会这么爽快地答应段公义的条件。

"我怎么这么蠢！"窦昭又悔又恨，忍不住喃喃自语，"有了这么多的改变，我怎么还会被以前的事所蒙蔽，分不清什么是事实什么是记忆……"

她不由得跺了跺脚。

段公义却不明白。

但他也不准备明白。

进京也有两三年了，京都的复杂，并不是他一个小小的武夫能理解的，他还不如好生地做好眼前的事。

他道："夫人，现在我们该怎么办？"

窦昭这才如梦初醒。

现在说这些有什么用？当务之急是要联络上宋墨，不仅需要宋墨搬救兵来救他们，而且还要把这边的情况告诉宋墨，让宋墨有个应对之策……怕就怕宫里也有了变化，宋墨自顾不暇……

想到这里，她不由倒吸了口凉气。

如果事情真如她所预料，那他们就只能自救了。

窦昭在屋里转了好几个圈，心神这才稳定下来。

她站在炕前，目光从这些自真定跟着她来京都的护卫的面庞上一一扫过。

护卫们都不由得站直了身子，表情也变得凝重起来。

现在他们只有抱成一团才有可能闯过这道关口！

人都是有私心的，这个破釜沉舟的决定也许会让她陷于险境，但也许会让她有背水一战的能力。

窦昭不由回头，望了元哥儿和祖母一眼。

祖母不知道她要干什么，却能以她朴素的智慧明白事情到了关键的时候。

她朝着窦昭坚毅地点了点头。

窦昭不由笑了笑，这才转过身去，挺直脊背，道："有件事我和世子爷一直瞒着大家……"

她把辽王的异象娓娓地告诉了屋里的人。

段公义和陈晓风是有所察觉的人，只是沉默不语，其他的人却个个面露惊恐，半晌才回过神来，但回过神来的同时，他们明白了窦昭的用意。

大家沉默了片刻，有人道："夫人，天下没有掉馅饼的事。我们既然跟着夫人奔前程，自然没有只收获不付出的道理。养兵千日用兵一时，小的愿听候夫人的差遣！"

其他的人也激动起来。

"夫人，您要我们干什么，只管吩咐就是！"

"是啊！反正不能善了，还有什么好怕的？夫人和大爷若是有难，我们这些人就逃得过去不成？刚才要不是夫人，我们早就死在了弩下！"

"了不起再搏一次！就算是死，也要拉个垫背的！"

"到时候请夫人告诉我们家里，我们出来的，可没一个给真定丢脸的！"

窦昭热泪盈眶，胸口被莫名的情绪填得满满的，觉得全身都是力气："好！我们就和他们斗一场！我就不相信，我们还斗不过这些藏头藏尾的逆贼鼠辈。大不了我领着你们去天津，世子爷在那里还有个船坞呢！"

最后一句她临时想起来的话让大家的情绪更高涨了。

窦昭道："他们敢这样，肯定是到了生死关头，我现在最担心的是世子那边也有了变化，怕他们拿我们的安危糊弄世子，让世子失信于太子，那我们可就是两不着落了。我们得想办法联络上世子爷！"

还是需要人冲出去给宋墨报信！

或者是因为现在的情况涉及了朝堂的变故，让这些护卫觉得自己是在为国家社稷而出力，众人没有任何的犹豫，几个人都站了出来，还有人道："我们不如兵分两路，一路在明，一路在暗。不管是谁逃出去了，就想办法去见世子爷。"

这是目前能想到的最好的办法了。

段公义道："留几个人和我在这里守护夫人和世子爷，其他人分头摸出去。"

陈晓风凝视了段公义良久。

如果失败，那些人很可能会把怒气发泄到窦昭的护卫身上，段公义就非常危险。如果事成，段公义不过是尽了护卫的本分，功劳就会显得微不足道。

段公义何尝不知，他笑着拍了拍陈晓风的肩膀，道："我年纪大了，只想跟在夫人身边，你们还年轻，去闯个前程吧！"

陈晓风眼眶微湿，扭头对众人道："大家都准备好了吗？"

"准备好了！"大家不敢大声说话，神情却非常地毅然决然。

陈晓风点了点头。

大家按两人或是三人一组分先后顺序往外溜。

不过几息的功夫，就有人被发现。

对方大喝着"留步"，毫不留情地射杀。

裂帛似的尖啸在耳边响起，人影从墙头跌下，四肢抽搐着伏在了墙角，很快就没有了声息。

窦昭的视线顿时一片模糊。

陈晓风的声音却越发清冷："轮到你们了，小心点。"

三个护卫点头，悄无声息地翻窗而出。

祖母紧紧地握住了元哥儿的手。

又是一声闷响。

屋外响起了宋翰杀猪般的嚎叫："救命啊！我是英国公府的二公子……嫂嫂，是辽王要掳了你去，你还是不要做无谓的抵抗了，辽王早就在皇后娘娘的安排下秘密进了宫……"

宫里。

宋墨今天当值。

床板太硬，被子有一股说不清道不明的味道，饭菜是水煮盐拌，他只盼着天快点亮，就能回家休息一天。

可长夜漫漫，宫里实在是没什么能做的事，他巡视回来，索性拿起笔来开始练字。

估摸着要打三更鼓了，他放下笔，掏出怀表来看了看，朝门外走去。

月明星稀，凉风徐徐。

宋墨深深地吸了口气。

和宋墨一起当值的金吾卫主簿听到动静忙从旁边的茶房走了出来，殷勤又不失恭敬地小声道："都指挥使，您去巡夜啊！"

宋墨"嗯"了一声，按照每天既定的路线开始巡查。

主簿和几个金吾卫跟在他的左右。

第一百六十八章　一枝·宫变·抵挡

金吾卫负责禁宫内的守卫，一门之外，则由五军营负责。但禁宫夜间有门禁，所谓的巡查，也不过是围着乾清宫走一圈而已。

宋墨不紧不慢地从月华门往隆福门去。

走到了凤彩门，却看见汪格站在弘德殿廊庑下朝着他招手。

宋墨想了想，笑着走过去向汪格拱了拱手。

汪格笑给宋墨还礼，指了指弘德殿旁的庑房。

宋墨点头，两人一前一后地进了庑房。

汪格长长地吁了口气，身板都直了起来："这秋老虎，一会儿冷一会儿热的，闹得皇上的心情不好，咱们也跟着得打起十二万分的精神。"

伴君如伴虎。往年皇上都会在西苑待到了八月初才回宫，今年七月中旬，跟着皇上去西苑避暑的刘婕妤却突然暴病而亡，闹得皇上没有了避暑的心情，七月下旬就回了宫，以至于他们这些身边服侍的个个都有些战战兢兢，生怕一不小心就惹怒了皇上。

庑房里只有一床一椅一桌。

宋墨笑着坐在了屋里唯一一把太师椅上，笑道："等到重阳节，皇上的心情就会好起来了。"

或者是年纪大了的缘故，从前把重阳节当成登山节的皇上连着两年都在重阳节的时候宴请朝中致仕的老臣，场面一年比一年宏大。

"那也是折腾我们这些二十四局的人。"汪格显得比平时高调，说话隐隐透着几分跋扈，"我倒宁愿皇上去登山，至少还有金吾卫、锦衣卫和旗手卫的人帮着担待着。"

宋墨微微地笑。

汪格就笑着转移了话题："我找世子爷来，是想给您看件东西。"他说着，从衣袖中掏出一根用帕子包着的簪子来。

那簪子长不过三寸，赤金的，镶了一颗鸽子蛋大小的蓝宝石，蓝宝石周围是圈米粒大小的红宝石，昏黄的灯光下，熠熠生辉。

宋墨神色大变，腾地一下站了起来，目光如刀似箭地射向了汪格。

汪格不由畏缩了一下，但又很快镇定下来，笑道："看来世子爷和世子夫人真如大家所传的那样伉俪情深，世子夫人的东西您一眼就认出来了。那咱家也就明人面前不说暗话——辽王爷也没别的意思，就是请了世子夫人和翾哥儿去辽王府小住几日而已，等辽王爷进宫面圣之后，就会派人把世子夫人和翾哥儿送回去的，还请世子爷行个方便。"

宋墨冷笑，白皙的鬓角青筋可见："和我谈条件，你还不够资格！"

汪格最恨别人瞧不起他，眼中不由得闪过一丝怨怼。

屋里却响起一个略带着几分笑意的声音："那我够不够资格呢？"

宋墨瞳孔缩了缩，闪过针芒般的异彩，循声转脸望去。

一个穿着内侍服饰的高大身影从床后走了出来。

辽王！

宋墨面露震惊，失声道："殿下是怎么进来的？"

辽王咧了嘴笑，笑容里有着无法掩饰的自傲："我可是嫡子龙嗣。"

所以要夺宫！

所以要谋逆！

宋墨默然。

辽王道："砚堂，你我也算是从小一起长大的，我待你如何，太子待你如何，你心中最清楚不过。你当初拒绝我，我也能理解，家族大义，你必须选一项。今日我拿窦夫人的簪子给你，也是为了让你能给天下人一个交代，你又何必墨守成规，非要拦在我前面，让朋友变仇人呢？说实话，我这样也是迫不得已，你见过哪位太子登基会放过同父异母的嫡兄弟？你也不要怪我心狠手辣！"

宋墨抿着嘴一言不发，表情却有些倔强。

辽王看着就叹了口气，道："砚堂，我知道你安排了人手在窦夫人的身边，我要是没有记错,好像领头的叫陆鸣。我听说他身手很好,手下的一批人也堪当重用,就请了史川帮忙去对付陆鸣;还有你的妹夫陈嘉,也是个人才,史川不止一次地在我面前褒奖他,这个时候,他应该被史川叫去了锦衣卫的衙门,由柳愚陪着在品茗呢;窦夫人那里男女有别,其他人去不合适,我就请令尊和令弟帮忙,佯装出游崴了脚,就算你再不喜欢宋翰,我想以窦夫人的为人,让宋翰进庄去歇息片刻的面子情无论如何也是要给宋翰的;还有你的小舅舅,蒋家向来忠烈,我还是有点不放心。所以我这次来,把他带来了,暂时安置在辽王府,由耿立看着……"

所有的事情都算计好了,没有分毫破绽!

宋墨静静地站在那里,表情有些晦涩不明。

辽王也不催他,和宋墨对峙而立。

汪格就更不敢出声了。

屋子里静悄悄的没有一点声息。

四更鼓远远地传了过来。

辽王不由皱眉。

难道宋墨想用拖字诀!

他正欲说话,宋墨声音嘶哑地开了口,道:"你把那簪子给我看看!"

辽王和汪格的表情不由一缓,汪格更是十分殷勤地捧了簪子。

宋墨走到灯下,细细地打量着簪身。

小小的椭圆形印记,像朵牡丹花的花瓣,雕着小小的"寿姑"两个甲古文。

宋墨紧紧地捏着簪子,指尖发白,痛苦地闭上了眼睛。

辽王和汪格飞快地交换了一个眼神,心中一松,嘴角都浮现出浅浅的笑意。

宋墨却陡然后退,高声厉喝着"有刺客",一脚踢倒了庑房的门。

外面一阵骚动,不断有灯被点亮。

汪格的笑容凝结在了嘴边。

辽王却神色骤凝,冷冷地道:"宋砚堂,你以为我会贸然涉险不成?你既然敬酒不吃吃罚酒,就休怪我不讲情面了!"

他的话音还没有落,跟着宋墨巡查的总旗已拔刀朝宋墨砍去。

宋墨避过刀锋,直奔昭仁殿皇上的内室,自有人和那总旗激斗在了一起。

昭仁殿已是灯火通明。

有个小内侍用匕首架在汪渊的脖子上出现了昭仁殿的大门口。

宋墨面如锅底,高声道:"皇上呢?"

汪渊苦笑,道:"皇上在庑房,服侍的是白喜。"

皇上临幸妃子的时候,会在昭仁殿后的庑房。

而白喜是汪格的干儿子。

也就是说,皇上在和嫔妃歇息的时候被白喜劫持了。

宋墨不由暗骂一声,对着围上来的金吾卫道:"为皇上肝脑涂地,死得其所。救驾!"

小内侍的匕首入肉三分,汪渊吓得大叫。

没有人理会他。

众人朝昭仁殿冲去。

汪渊小声嘀咕:"宋砚堂,要是我死在了这里,我做鬼也不会放过你的。"说话间,他迅速从衣袖里掏出一把黑漆漆的匕首,猛地捅进了那小内侍的胸口。

小内侍睁大了眼睛。

他怎么也想不明白，汪渊身上怎么会有匕首。皇上身边服侍的人，是不允许带任何利器的！

他轰然倒地。

汪渊连滚带爬地缩到了墙角，死命地用衣角按住了血流不止的脖子，看着宋墨飞奔着穿过大殿去了庑房。

庑房只点了一盏宫灯。

被临幸的妃子裹着锦被瑟瑟地缩在皇上的身边不敢抬头。

皇上正怒目金刚般瞪着白喜，喝道："小畜生，竟然敢行刺！"

白喜拿着刀的手抖个不停，声音也打着颤，表情却带着几分毅色："奴婢也是奉命行事，还请皇上开恩！"

说话间，外间传来一阵打斗声。

皇上神色不变，心中却是一阵暗喜。

屋外传来宋墨焦灼的暴喝声："大胆！你是哪个宫里的内侍，竟然敢意图不轨！"

没有人回答，打斗声却越来越激烈。

皇上的神色微变。

宋墨执掌金吾卫，有头有脸的内侍他都认识。现在却出现了陌生人，而且还混进了禁宫，能瞒过宋墨的，除了他自己，唯有住在后面坤宁宫的那位。

皇上顿时心痛如绞。

他不由抚胸。

庑房的门被撞开，有穿着内侍服饰的陌生人杀气腾腾地走了进来，对白喜道："快，请皇上去坤宁宫，他妈的宋墨不要命了！"

白喜为难地望着来人，来人却不管这些，上前就揪了皇上往外拖。

皇上生平还是第一次被人这样对待，他气得浑身发抖，说不出话来，还赤身裸体的妃子则吓得身子一软，昏死过去。

又有两个人进来，架住了皇上，快步出了庑房。

月色下，金吾卫的人和一群内侍斗成了一团，宋墨更是以一敌七，他没办法摆脱对方，对方也没办法擒拿住宋墨，胶着在一块。

皇上心里拔凉拔凉的。

有撞击殿门的声音响起，其中还夹杂着一个雄浑有力的声音："皇上，太子殿下救驾来迟，还请您恕罪！"

皇上忍不住露出惊讶之色。

宫中入夜后各殿落钥，不管是出了什么动静，也没人敢乱走。特别是东宫，最容易引起不必要的误会，金吾卫对东宫的巡查向来也是最严厉的。

太子软弱，皇上心底对此也有些不满。可没想到，关键的时候太子却有这魄力，这样的灵活，果敢地领了人来救驾。

皇上莫名地长吁了口气，生出老怀宽慰的轻松来。

"放开朕！"他喝道，架着他的两个假内侍不由自主地松开了手。

皇上整了整衣襟，大步朝坤宁宫走去。

乾清宫的大门轰然倒地，金吾卫的人蜂拥而入。

太子望着眼前的情景，脸色苍白如此，还有点不敢相信自己的眼睛。

"真的是辽王吗？"他喃喃地道，"他怎么敢如此冒险？"

扶着他的纪咏好不容易才克制住没有翻白眼，温声道："不管是不是辽王，殿下此时都应该立刻去救驾才是！"

太子闻言定了定神，踏脚就要朝里走，却被紧紧跟他们身后的崔义俊给拦住了。

"还请殿下且慢一步！"他目露精光狐疑地望着纪咏，"纪大人怎么会有金吾卫的腰牌？而且还好像是宋大人的腰牌？我要是没记错，今天好像也不是纪大人当值……"

崔义俊的话让太子神色微震。

不错，今天并不是纪咏当值，但自下午起纪咏就在东宫和太子讨论黄河治理的事，太子又因今年黄河有水患而听得特别认真，直到宫中要落锁了，两人还兴致勃勃的，崔义俊索性吩咐内侍们在庑房给纪咏留了间房。半夜三更乾清宫这边闹出动静来，也是纪咏劝太子前来救驾的。

纪咏很罕见地露出了几分赧然之色，道："这腰牌是假的！是我找了能工巧匠仿着宋墨的腰牌做的。"

太子和崔义俊目瞪口呆。

纪咏还怕他们不相信似的，将腰牌递给了崔义俊。

崔义俊也不过是见过宋墨的腰牌而已，至于真伪，他还真不知道怎样分辨，更不要说在这种情况下了。崔义俊笑着将腰牌还给了纪咏，道："我看着倒和真的一样，竟然连金吾卫的人都瞒过了。"心中却越发地警惕起来，"您仿造宋大人的腰牌做什么？"

纪咏讪讪地笑，道："我和宋墨有些私人的恩怨。原准备做了给宋墨添乱的，自然不能让那些人察觉到这腰牌有问题了！"

太子和崔义俊交换了一个眼神。

纪咏口口声声对宋墨直呼其名，显然和宋墨很不对盘，而他们现在却要倚仗宋墨的守护。

崔义俊笑道："是什么恩怨？要不要我做个和事佬？"

"不用，不用。"纪咏窘然地道，"不过是些小事而已。"

崔义俊不好再问下去。

太子道："金吾卫拱卫禁宫，责任重大，见明你怎么能做出这种事来？"

纪咏忙低了头道："下官知罪！以后再也不敢了。"

太子见状，声音微缓，道："不过，今天多亏了你，不然我们也不会知道乾清宫出了事。"

不管纪咏是不是辽王的人，前面是不是有个大坑等着，当他决定来救驾的时候，已身陷其中，不是他站在乾清宫门外就能幸免于难的！

他深深地吸了口气，步履坚定地走进了乾清宫。

那些假内侍退到了坤宁宫，乾清宫里一地的尸体。宋墨满身是血地站在宫门前，神色很是焦虑。见太子走了进来，他忙迎上前去行了个礼，自责道："殿下，都是下臣疏忽，让人冒充内侍混了进来……"

修罗场般的场景，宋墨身上浓浓的血腥味，都让太子差点作呕。

汪渊连滚带爬地跑了过来，一把鼻涕一把眼泪地嚎着："殿下，您快救救皇上吧！皇上被辽王给劫持了！"

太子虽然早已猜到，可听到汪渊把藏在他心底的那个名字说出来，他还是呆滞了片刻。

崔义俊小声地喊了声"殿下"。

太子回过神来。

这可是他立威的好机会！

他强忍着胸间的翻江倒海，温声地安慰宋墨："你虽掌管着金吾卫，可有些地方一样不方便出入，发生了现在这样的事，不是你的责任。你受伤了没有？崔义俊那里有上好的金疮药，让他给你看看！"

宋墨没有客气，恭敬地向太子道谢，脱了衣服，背后露出一道皮肉绽开的伤痕，由着崔义俊给自己上药，并对太子道："如今宫里已经下了钥，好处是外面的人暂时进不来，坏处也是外面的人进不来。如今皇上和辽王都在坤宁宫，辽王不敢伤害皇上，不然他纵然能侥幸登基，镇守各地的藩王也不会善罢甘休。反倒是辽王，他不是鲁莽之人，今日他敢以身试险，想必早有了万全之策，我就怕神机营和五军营的人被辽王蒙骗，以'清君侧'的名义打了进来。当务之急是想办法派人去打探，并率领五城兵马司的人守城，其次是要联系上内阁首辅梁大人，殿下和梁大人也好商量着该怎么办好！臣守在这里，带着金吾卫的人想办法把皇上救出来。不然藏着掖着，不仅外面的人惶恐，容易引起变数，而且还会让辽王有机会颠倒黑白，陷殿下于不义，动摇国之根本！"

他的话说得委婉，实际上是告诉太子现在不要管皇上的死活了，快点召集内阁大臣们宣布辽王的大逆不道，免得辽王杀了皇上，反诬赖说是太子要谋逆。只要有了内阁大臣们背书，辽王就算是拿到了皇上的遗诏，也是篡位，是乱臣贼子，人人得而诛之。至于罔顾皇上安危的黑锅，就由宋墨自己来背好了。

纪咏暗暗撇嘴。

宋墨这个黑心烂肝的，怂恿着太子借刀杀人还一副光明磊落为国为民的样子，难怪这家伙比自己小好几岁，却已掌管金吾卫了。

看样子自己的脸皮还是太薄了。

太子却非常激动。

宋墨守在这里，万一辽王走投无路真的杀害了皇上，作为护卫皇上的金吾卫都指挥使，轻则会丢官下狱，重则身家性命都不保！

可他又不得不承认在这种紧张的形势之下，只有照着宋墨的话行事他才能和辽王一争。

他不禁咬了咬牙，道："砚堂，你放心，有我一天就有你一天！"

宋墨神色却是一黯，道："殿下，五城兵马司有个叫姜仪的，是从神机营里调过来，您不妨让他带着你的手谕走趟神机营，最不济至少也可以分化神机营，牵制住神机营不能动弹。如果五军营生变，以五城兵马司的兵力，闭门不出，能拖上个三五天，到时候消息也传了出去，西山大营等卫所定会前来勤王。"

太子不住地点头，道："我这就让人去找姜仪！"

宋墨肃然地系了衣襟，提刀带着金吾卫的人往坤宁宫去。

纪咏忙道："我这就去通知值房的阁老。"

太子表情凝重地"嗯"了一声，道："一定要找到梁大人！"

夜晚内宫虽然不能随意走动，可有了急事，却可以隔着门传句话。

纪咏拿了太子的手谕，匆匆去了隆宗门。

守门的都听到了动静，又见纪咏拿着宋墨的腰牌，忙吩咐门外的人往梁继芬府上送信。

纪咏不放心，踩着护卫的肩膀趴在墙头朝外张望，却看见宫门外的几个守门人正笑嘻嘻地凑在一起低声说笑，并没有人去传话。

他心头一沉，他悄声问门内的金吾卫："能想办法避开五军营的人往外送信吗？"

那金吾卫摇头，为难地道："落了锁，就算是有皇上的圣旨，也要等到天亮才能开门。"

纪咏想了想，去了内阁的值房。

当值的是戴建。

值房的小太监告诉纪咏，戴建正在睡觉。

那么大的动静，他在东宫都听见了，戴建却一无所觉……

纪咏不动声色地出了值房。

他生平第一次感觉到这并不是一个他可以随时喊"停"的游戏。

纪咏一路小跑着回了乾清宫。

太子由几个忠心的内侍簇拥着站在廊庑下。

"殿下！"他快步走了过去，"信送不出去！"

太子神色微变，想了想，道："我们找宋墨去！"

受身份限制，太子的口谕有时候还不如宋墨的吩咐好使。

纪咏虚扶着太子穿过了交泰殿。

坤宁宫前，双方正对峙着。

宋墨小声安慰太子："我已派人围住了坤宁宫，除非辽王拿皇上做挡箭牌，不然他插翅难飞。"

"可守在外面的五军营却背叛了皇上。"太子担心地道，"怕就怕他们里应外合……"

"我们只要拖到天亮就行了。"宋墨再次安慰太子。

只是他的话音刚落，宫外就响起一阵喧嚣声。

有金吾卫满头大汗地飞奔而至："宋大人，五军营的人开始攻门了！"

宋墨还没来得及回应，坤宁宫宫门大开，刚刚和宋墨等人激战过的假内侍又不要命地冲了出来。

"快护着殿下躲到旁边的庑房去！"宋墨高声喝着，拔刀迎敌。

众人连拉带拽地把太子塞进了庑房，宋墨和金吾卫的人把庑房团团围住，宋墨如猛虎下山，发狠地连连挥刀，砍死砍伤了好几个人。

就有人嚷道："宋砚堂，你就不担心自己妻儿的性命么？！"

宋墨闻言手一软，差点被人刺着要害。

那些人见威胁有效，更是大声喝道："坤宁宫里养了飞鸽，只要一声令下，你的妻儿就会头颅落地，到时候我们把它挂在城墙上，让他们死无全尸……"

宋墨红了眼，下手却更快更准更狠了。

围着他的人只好连连后退，以避其锋芒。

他身后的庑房门却"吱呀"一声打开一道缝，纪咏闪了出来。

"这到底是怎么一回事？"他不管不顾地要去抓宋墨的衣襟，差点被自己人伤到。

宋墨不禁大怒，道："你给我回庑房里好好待着！"

纪咏冷笑，道："寿姑和元哥儿呢？"

宋墨抿着嘴没有说话。

围攻他们的人却哈哈大笑，道："宋大人的妻儿正在辽王府做客呢！"

纪咏瞋目切齿地朝宋墨扑过去："你这混蛋！寿姑怎么嫁给了你？你竟然为了升官发财连老婆孩子也不顾了……"

宋墨身子微滞，被纪咏一拳揍了个正着。

有人拉开了纪咏。

太子走了出来。

他奇道："出了什么事？"

"宋大人的妻儿被辽王掳走了，想威胁宋大人……"有护卫喃喃地道。

"砚堂！"太子和紧跟着走出来的崔义俊都满脸的震惊。

宋墨苦笑。

那根簪子，是窦昭的陪嫁，据说天下间没有第二颗同样大小的蓝宝石。

他一眼就认出了那是妻子的东西。

寿姑，现在在哪里？

是真的被掳到了辽王府，还是带着孩子躲在某处？

他心里始终有一点小小的希望在闪烁。

可他更明白，辽王如果要对付窦昭，肯定会派卫所的人去。

窦昭身边的人身手虽好，却不如那些久经沙场、训练有素的士兵。但他若是因此投靠了辽王，有了主仆之名，窦昭的处境就更危险了。他现在唯一能做的，就是把辽王留在宫里。

香山别院。

宋翰的嘶吼让窦昭等人神色一滞，屋子里更是静悄悄的没有一点声响。

"娘！"熟睡的元哥儿却揉着惺忪的睡眼爬了起来，"我要尿尿！"

他站在炕上，朝着窦昭伸出小手。

窦昭暗暗叫苦。

这小祖宗怎么这个时候醒了？也不知道会不会吓着孩子？

祖母忙抱了元哥儿，柔声地哄着他："乖，你娘有事，曾祖母给你端尿！"

孩子都很敏感。若是平时，他早就笑嘻嘻地扑到了祖母怀里，可这个时候，他却扭着小身子，固执地非要窦昭抱："我要我娘！我要我娘！"

窦昭笑盈盈地走了过去，亲了亲元哥儿的小脸，道："要干什么就说，这样吵闹可不是好孩子！"

元哥儿紧紧地依偎在了窦昭的怀里。

屋里的人背过身去，祖母找了个不知道谁用过的脸盆接了尿。

窦昭重新把元哥儿抱回了炕上，笑道："快睡吧！睡醒了，爹爹就下衙了！"

元哥儿拉着窦昭的手不放："娘在这里陪着我！"

"好！"窦昭心急如焚，却不敢流露出半分。

她原以为辽王会像前世那样，等到皇上的身体不行了才会动手，不承想辽王这么大的胆子，竟然敢铤而走险，全然不顾后果。

是因为拖得越久，形势对他越不利吗？

只有千日做贼的，哪有千日防贼的。宋墨虽然对辽王很是防备，可也架不住辽王突然发难。不知道他有没有发现辽王的阴谋诡计？

窦昭强忍心中的波澜，深深地吸了口气，像往常那样轻轻地拍着元哥儿，哄他入睡。

元哥儿的眼睛却睁得大大的，视线一会儿落在窦昭的身上，一会儿落在守在他们床前的段公义身上。

窦昭笑着轻轻地拧了拧他的小鼻子，道："还不快闭上眼睛。"

元哥儿咯咯笑，满脸的好奇，道："乳娘到哪里去了？她为什么不守着我却要段师傅守着我？"

这孩子，真是聪明得紧。

窦昭笑道："今天娘守着你，所以让乳娘去歇着了！"

她的话音刚落，原本安静的院落里又响起一阵箭矢声和宋翰歇斯底里的尖叫。

段公义等人神色一紧，元哥儿则害怕地钻到了母亲的怀里，战战兢兢地喊着"娘"。

窦昭心痛如绞，恨不得一巴掌把宋翰给拍死。

她捂了元哥儿的耳朵，亲着元哥儿乌黑柔软的发丝："没事，有娘在，有段师傅在，不怕！"

元哥儿慢慢地安静下来。

院落里也渐渐地安静下来。

若有若无的呻吟声传来，对方开始喊话："窦夫人，您的人还活着。您如此爱惜手下，又怎么忍心眼睁睁地看着他们白白受死？您身份高贵，我们决不敢怠慢。只要您愿意跟我们走，我们不仅会立刻派人来给您的护卫疗伤，而且还会恭敬地护送您去辽王府。眼看着天就要亮了，我来的时候主子曾经交代过，要我务必在天亮前把您带回去，如果天亮之前我们还没能请动您，就让我们烧屋。如今别院周围都已堆上了柴火，淋上了灯油，只等天色发白，就会点火……"

窦昭等人神色大变。

陈晓风拔出刀来，道："我去看看是不是有这回事。"

"不用了！"已经死伤好几个人了，现在能保着一个是一个，窦昭有些黯然地道，"他们犯不着用这种小事来骗我们……"她说着，看了看怀中的元哥儿，热泪盈眶。

段公义别过头去。

祖母颤抖着握住了窦昭的手。

对方还在劝窦昭："如若窦夫人不相信，大可以派人打探。两国交战，不斩来使。您派出来打探消息的人，只要不走出院子我们就不会动手……"

窦昭只当没有听见。

她定了定心神，笑着把儿子从自己怀里拉了出来，柔声道："元哥儿，我们玩个游戏——等会段师傅抱着你从这院子里翻出去找你爹爹，你若是能一声不吭，娘就跟你爹爹说，让他带着你去别院骑马，你做得到吗？"

"夫人！"段公义等人眼眶泛红，跪了下去。

元哥儿有些不知所措地望着段公义等人。

"你们快起来！"窦昭冷静地道，"元哥儿是世子的嫡长子，也是他现在唯一的儿子。如果他落在了辽王手里，就算是世子爷归顺于他，元哥儿只怕也难得回到我们身边了。他不走，在这里更危险！"

世人大都重子嗣轻女人。

在辽王眼里，元哥儿更重要。

可在段公义等人眼中，窦昭更重要。

"我们走了，您怎么办？"他头摇得像拨浪鼓。

"大不了我去他们府上做客好了。"窦昭不以为意地笑着摸了摸儿子的头，道，"等会儿我出去和他们交涉，你们就领着元哥儿冲出去。他们到时候必定没空理会祖母，"她说着，扭头对祖母道，"您等会儿想办法躲一躲，必定可以化险为夷的。"

元哥儿懵懵懂懂，不知道母亲的决定，但凝重的气氛让他不由自主地重新依偎在了窦昭的怀里。

"你还是和元哥儿他们一起走吧！"祖母肃然地道，"我在这里拖着他们好了。隔着窗子，他们肯定分辨不出你我的不同。"

祖母这是要李代桃僵。

窦昭望着祖母鬓角的银丝，笑着摇了摇头："您还是听我的安排吧！"

对方岂是那么好糊弄的！

祖母还要说什么，外面突然传来一阵喧哗，好像发生了什么事似的。

屋里的人精神一振，段公义忙撩了窗户上的厚毡朝外望。

"夫人！"很快，他兴奋地回过头来，"好像有什么人和他们起了冲突……"

辽王的人之所以能围着他们，就是因为没有人发现。如果有人发现别院的异样，肯定会有人去报官，辽王的围困也就不解而解了，这也是为什么他们非要赶在天亮之前把窦昭母子掳到辽王府。

众人的心头俱是一轻，窦昭更是把元哥儿交给祖母，走到了窗前。

守着大门的那些人显得很慌乱，弩弓拿在手里，却不知道瞄准哪里好，显然来者让他们非常为难。

窦昭困惑地皱眉。

就看见一个比姑娘家长得还漂亮的年轻公子提着把刀独自一人走了进来。

他一面走，还一面骂："一群狗东西，给你们几分颜色，你们就想开染坊了？也不瞧瞧这是哪里？还敢堆柴火点火！"他说着，神情桀骜地站在了院子的中间，"我和辽王是嫡亲的表兄弟，你们有本事连我也一块烧死好了！我今天就站在这里，看你们有没有这个胆量！"

顾玉！来的竟然是顾玉！

他不是在天津吗？怎么跑回京都来了？

窦昭睁大了眼睛。

对方不禁有些无奈，道："顾公子，您又何必如此？我们也是奉命行事……"

"胡说八道！"顾玉跳着脚道，"我表兄怎么会做出这样的事来？你说你是奉命行事，那你把我表兄的手谕拿出来给我看看！要真是我表兄的意思，我二话不说，立刻劝我嫂嫂跟着你们走！"

这种事，怎么会有手谕？

对方默不作声。

顾玉得意起来，道："我就知道你们是在扯谎！定是你们眼红窦夫人家财万贯，所以借着我表兄的名义打家劫舍来了！你们还不快给我散了，不然追究起来，定叫你们都吃不了兜着走！"

对方既然能被辽王委以重任，也不是无能之辈。那人的口气立刻强硬了起来："顾公子，既然您这样胡闹，就休怪在下无礼了！"

"你们坏我表兄的名头，还敢对我无礼！"顾玉怒喝着，大步朝厢房走来，"嫂嫂，嫂嫂，您在里面吗？"

随着他的走近，窦昭不仅看清了他满脸的风尘，还看清了他红通通的眼睛。

辽王谋逆，还拿了自己和元哥儿威胁宋墨，最难受的，恐怕就是顾玉了！

窦昭看着心头一酸，高声道："小叔，我在这里！我和元哥儿都很好！"

元哥儿听见了顾玉的声音，稚气地喊着"顾叔叔"。

顾玉的眼睛更红了。

他没有进屋，而是挡在了门口，厉声道："我看谁敢放弩！"

院子里的空气一凝。

宋翰从墙角的冬青树下狼狈地爬出来："顾玉,快救救我!"

他手脚并用地往这边跑着。

窦昭忙道："小叔,就是他把人领进来的!"

"不是我,不是我!"宋翰嘶叫道,"我也是被迫的!"

顾玉有片刻犹豫。

窦昭腻味得不行,冷冷地对顾玉道："别管他!他就是只白眼狼……"

只是她的话还没有说完,宋翰却骤然朝顾玉扑过去,而且手中不知道什么时候多了把寒气逼人的匕首……

窦昭等人不禁惊呼。

段公义和陈晓风更是不约而同地朝门口跑去。

顾玉神色一凛,一脚就把宋翰踢飞出去："你还真如嫂嫂说的,是只白眼狼!"

他气极反笑。

宋翰"扑通"一声落在了院子中间,半天才轻轻抽动了几下。

窦昭恨恨地道："怎么就没有一脚把他给踢死?"

顾玉闻言大笑,道："嫂嫂,您和我想到一块去了!"

他说着,朝宋翰走去,一副要置宋翰于死地的模样。

"放箭!"院子里却传来对方冰冷的声音。

段公义眼疾手快地一把将顾玉拉了进来,陈晓风默契地迅速关上了房门。

屋子里响起"扑扑扑"的箭矢射在门窗上的声音。

骤如雨点。

顾玉丢下刀,痛苦抱头,蹲在了地上："你们干吗不让他们把我射死了算了!"

第一百六十九章　　前后·翻盘·救人

屋里没有说话,一片死寂。

只有少不谙事的元哥儿从祖母怀里探出头来,声音清脆地喊着"顾叔叔",打破了屋子里的宁静。

顾玉抬起头来,眼睛红红的,还带着些许的湿意。

"元哥儿!"他勉强地露出个笑意,"是顾叔叔对不起你……"说话间,他的眼角沁出水光来。

窦昭朝着段公义递了个眼色,道："看你说的是什么话?你能从天津赶过来,我和你天赐哥已是感激不尽。这件事又不是你能主导的,怎就把责任都往自己的身上扯?还不快站起来!还这样蹲在地上,叫你侄儿看见了可要笑话你了。"

段公义和陈晓风已一左一右地上前把他架了起来。段公义直言道："顾公子既然知道我们这边出了事,可曾通知世子爷?辽王真如他们所说的那样已经进了宫吗?"

顾玉有些茫然地由着两人把他拉了起来,对窦昭道:"是姨母派来跟在我身边的两个狗东西露出了破绽,我昨天才知道表兄的事,立刻就寻了个缘由将两人给拘押了起来,快马加鞭地赶往京都,可还是晚了——城门已闭,我拿了皇上赐给我的腰牌也没能进城,想着前几天听天赐哥的信上说嫂嫂和侄儿在香山的别院里避暑,就决定来看看嫂嫂和侄儿,不承想……"

他痛苦地低下了头。

也就是说,顾玉根本没来得及向宋墨示警!

众人的心俱是一沉。

元哥儿不安地喊起"娘"来。

窦昭走过去抱了儿子。

陈晓风抿着嘴,上前给她行礼:"夫人,您就放心地把大爷交给我们吧!只要一息尚存,我们就不会让人伤了大爷一根汗毛的。"

天快亮了,只要他们能拖延到天亮就有可能冲出重围,想办法进城联系宋墨。

联系上了宋墨,才能解香山别院之围。

可窦昭一想到要和儿子分离,心中就痛苦不已。

她迟疑了片刻,才含泪亲了亲儿子的小脸,把元哥儿交给了陈晓风。

顾玉立刻明白了他们要做什么。

他挺直脊背站了出来:"嫂嫂,让我护送元哥儿进城吧?"

"不行!"窦昭想也没想就摇了摇头,"你的目标太大了!你还是想办法赶紧从别院脱身,给你天赐哥送个信才是。"

现在他送信恐怕也来不及了。

顾玉在心里道,却不敢对窦昭说。

"那我就在这里陪着嫂嫂吧!"他目露戾色道,"他们想让嫂嫂去辽王府做客,除非踏着我的尸体走过去。"

"事情没你想的那么糟糕!"窦昭心中一阵激荡,柔声劝他,"他们不过是想捉了我和元哥儿威胁你天赐哥罢了……"

她的一句话没有说完,外面突然响起阵阵惨叫和怒吼声。

大家不由得面面相觑。

元哥儿害怕地扭着身子要窦昭抱。

窦昭抱过儿子,顾玉已撩了窗帘朝外望去。

"嫂嫂,"他大喜过望,"有人来救我们了!"

这个时候,还有谁能救他们?

"啊!"窦昭半信半疑,心情忐忑地也跑了过去张望。

只见原本都对着他们的弓弩全换了个方向,而且还有不少箭矢朝他们射过去,不时有辽王的人被射下了屋顶,跌落在了院子里没有了动静。

"这……"窦昭又惊又喜。

"不知道是谁?"顾玉两眼发光,"但肯定是奉了天赐哥之命来救我们的……不,说不定就是天赐哥到了!"

窦昭也是这么希望的。

有人朝院内喊话:"嫂嫂,我是陈赞之,奉了世子爷之命前来围剿这些叛贼。您别慌张,神机营的人和我一块来的,我们还带了火枪过来。"

"阿弥陀佛！"窦昭忍不住念了一句佛。

她虽然不知道陈嘉是怎么知道他们出了事的，但他带来了神机营的人，可见局势还在宋墨的控制之中。

空中一阵巨响，带着火光，好几个人从屋顶上跌落下来。

顾玉精神一振，跑回去捡了自己的佩刀，蠢蠢欲动地道："嫂嫂，您和侄儿快躲起来，他们肯定会垂死挣扎，疯狂地围攻我们的……"

他的话音未落，段公义和陈晓风等护卫都站了出来，道："我们和您一起去！"

顾玉点头，果断地拉开了房门。

窦昭忙跟了过去："小叔，双拳难敌四手，你们还是利用厢房做掩护吧？只要我们不出去，他们也拿我们没有办法……"

"没有了弓弩，鹿死谁手，还是个未知数！"顾玉目光坚毅，"躲在屋里，太憋屈了！"

段公义平时不怎么瞧得起顾玉，闻言却对顾玉刮目相看。

他用大手拍着顾玉肩膀："不错！这才是血性好男儿说的话。没有道理让姑爷带着人在外面厮杀，我们却躲在屋里的道理。公子，我和您一道去，就是死，他们也别想踏进这厢房一步！"

他们在外面，可以形成一道防线，如果在厢房里应敌，辽王的人一旦冲了进来，窦昭和元哥儿就得直面那些逆贼了。

顾玉哈哈地笑，和段公义带着仅有的几个护卫出了厢房，并谨慎地带上门，把窦昭和元哥儿、祖母关在了屋里。

祖母泪眼婆娑。

元哥儿则不安地小声问母亲："顾叔叔为什么不抱我？"

窦昭忍不住落下泪来，哽咽道："顾叔叔要为元哥儿赶走那些盗贼，等顾叔叔把盗贼赶走了，就会来陪元哥儿玩。"

元哥儿乖巧地颔首，道："我听话，不吵顾叔叔！"

窦昭抱紧了元哥儿。

坤宁宫门前，太子上前一步，紧紧握住了宋墨的手，嘴角翕动，想说些什么，最终却什么也没有说出来，只轻轻地叹了口气。

"殿下！"崔义俊神色复杂地瞥了宋墨一眼，低声提醒太子，"内阁那边，是不是找个人来劝劝辽王？"

言下之意，是找个内阁大臣来做证。

"不用了！"纪咏气呼呼道，"我刚才绕道去了趟值房，我们的戴阁老睡着了，叫都叫不醒……都是些目无社稷的狡诈之辈！"

太子脸色铁青。

乾清宫外的厮杀越来越激烈，崔义俊眉宇间终于掩饰不住浮现出几分焦急。

宋墨低声道："殿下，您不如出面劝劝辽王，也好让皇上安心。"

或者是说，让皇上知道辽王的狼子野心。

太子是个聪明人，不过因为身份地位的原因，什么事都不能作主，渐渐地，他也就没有了主意。

此刻听了宋墨的话，他在心里好生地琢磨了一番，这才上前推开了拦在他面前的金吾卫，高声道："五弟，几兄弟里，父皇最疼爱你，甚至因为母后说许久未见你，很是思念，就下旨宣你进宫。你有什么不满的，为何不好好地跟父皇说而是要劫持父皇？父皇年事已高，怎能经得起你这番闹腾？你还不快放了父皇！"

太子的话被一层层地传了进去，好一会儿，坤宁宫里传出了辽王的声音："大哥怎么说是我折腾父皇呢？分明就是你在折腾父皇——让父皇直至今日还不能把政事放心地交给你！你也不用在这里假惺惺地扮忠孝，你若真是忠孝，就应该束手就擒，用你的性命换父皇的安危才是。"

太子愣住。

崔义俊更是满头大汗。

辽王像猜测到了太子的反应似的，大笑道："大哥，你现在一定很为难吧？不过，我不是你，除了会做戏，什么也不行！五军营和锦衣卫都为我所用，如今我外有五军营，内有锦衣卫，就算宋砚堂站在你这边又有什么用？你可别忘了，神机营远在西山！你把持内宫，毒害皇上，让皇上三番五次地犯糊涂，皇后娘娘知道后怕揭露了你的恶行被你暗算，令皇上蒙冤，只好悄悄派了死士去给我送信，让我进京勤王……"

这还是真是个好理由！

纪咏不由暗骂。

要不是顾忌窦昭母子，他又怎么会这么早就跳出来站队？

现在好了，他以为凭宋墨的本事，怎么也留有后手，不承想宋墨是只纸老虎，平日里看着厉害，关键的时候就抓瞎了，还把窦昭母子给搭了进去。

他狠狠地瞪着宋墨。

宋墨只当没有看见，默默地站在那里，听着太子和辽王打嘴仗。

有金吾卫浑身是血地跑过来："太子殿下，宋大人，神机营副将马友明大人率神机营的人特来救驾！"

宋墨抬头，眼睛如星辰般明亮。

纪咏心中一滞。

"你说什么？"崔义俊一把抓住来人，"神机营？神机营怎么会知道宫中有变？"

太子也顾不得辽王了，匆匆走了过来。

来人喘着气，道："小的也不知道。我们正和五军营的人鏖战，五城兵马司的南城指挥使姜仪姜大人领着马大人他们过来，神机营的人带了火枪过来，五军营的人腹背受敌，已溃不成军……"

太子大喜，对着坤宁宫道："五弟，你可听清楚了？神机营来救驾了，而且还带着火枪！我看你还是快点把父皇放了吧，免得父皇责怪起来，你难以脱身！"

坤宁宫一片慌乱，很快又寂静无声。

太子小声问宋墨："现在该怎么办？"

宋墨恭声道："臣觉得安内必先攘外，五军营和锦衣卫不除，皇上的安危始终无法保障。"

太子赞同地"嗯"了一声，道："那就先把五军营的人给清除了，然后再和辽王谈条件。"

宋墨应诺，吩咐下去。

崔义俊却像突然想起来了似的"哎呀"了一声，小声道："殿下，您看，要不要把戴阁老请过来？"

"戴阁老……"太子原本欢喜的面孔立刻变得难看起来，沉声道，"当然要把他请过来。我想他这个时候不会还沉睡不醒吧？"

宋墨瞥了崔义俊一眼，突然觉得，真是天下的乌鸦一般黑。

香山别院里，到处是血肉模糊的尸首和散落的兵器，血腥冲天。
顾玉把窦昭拦在屋里："嫂嫂，别吓坏了您，您还是在屋里待着吧，等他们收拾好了，我再带着您和老安人、元哥儿从后门走。"
有神机营保护，他们无须再担忧自己的安全了。
刚才杀声震天，战事肯定很激烈。
窦昭心有余悸，更怕吓着了祖母和元哥儿，微微颔首。
陈嘉求见。
窦昭有很多话要问他，迭声道着："快请他进来！"
陈嘉考虑到窦昭有了身孕，可能会像蒋琰一样对气味非常敏感，他脱下了外面的盔甲，净了手脸，这才随着陈晓风进了厢房。
或者是怕院子里的血腥味飘进来，厢房的前窗依旧用毡毯挡着，后面的小窗却悉数打开。
窦昭一见他就急急地迎了上来，焦虑地连声问道："世子现在在哪里？情况如何？可有性命之忧？"
陈嘉见祖母在场，也顾不得许多，草草地给祖母行了个礼，道："自上次阿琰被劫持之后，世子爷就留了个心，派了几个身手极高超的人跟着您，还嘱咐他们：如果您遇到了危险，如能救您脱险就先救您脱险；如果力量悬殊，让他们千万不要逞强，立刻去报了世子爷。辽王的人围攻别院，他们人少力单，就派出个人去给世子爷送信。谁知道世子爷今日在宫里当值，联系不上，就转过头来找我。正巧柳愚派了人请我去喝酒，我立刻意识到情况不妙，忙让他去给五城兵马司的姜仪送信，我则借口要回房跟阿琰说一声、换件衣服，把柳愚派来的人稳了在厅堂里，一面让虎子带着阿琰藏到了家里的夹墙中，一面从后门溜了出来，直奔神机营。
"马友明这边一点动静都没有，又没有圣旨或是太子的手谕，而且神机营的都指挥使王旭摆明了两不相帮，他没办法越过王旭调兵遣将，只好派了自己麾下的一群人悄悄地跟着我来了香山别院……"
余下的事，大家都知道了。
窦昭顿时心急如焚，道："这么说来，谁也不知道京都的形势了？"
"嫂嫂别急，我还没有说完。"陈嘉不由笑道，"就在我们刚刚到达香山别院的时候，马友明就收到了姜仪的信，说辽王反了，如今宫里乱成了一团，世子爷带着金吾卫和五军营的人打了起来，让马友明快带人救驾。
"马友明带人强行夺了王旭的令符，王旭索性装出一副被挟持的样子躲在屋里不出来，任由马友明行事。马友明这才能顺利地调动神机营。"
"这就好，这就好！"窦昭松了口气。
一旦神机营和五城兵马司联手，五军营根本不是对手。
陈嘉道："锦衣卫的人如今都不见了踪影，辽王多半还有什么后手。嫂嫂留在这里太危险，何况这里又污秽不堪，嫂嫂还是由顾公子护送离开这里，到神机营去避一避的好。等到京都太平了，我再来接嫂嫂回京。"
窦昭点头，叮嘱他："你也要小心点，千万别逞强！"
陈嘉笑着应是。
顾玉却道："我随你一同进京。"

"不行！"反对的话窦昭脱口而出，说完，她这才意识到，如果辽王宫变失败，那顾玉岂不是成了逆贼的亲族？别说像前世般仗着皇权横行京都，就是性命恐怕也有危险。

她脸色一白。

对于顾玉来说，此时不求有功，但求无过。

他不能卷入这件事里。

最好是什么也不知道……

窦昭想到顾玉的性子和刚才他抱头蹲在地上的痛苦模样，忙高声吩咐段公义："快把顾公子给我绑起来！"

屋里的人俱是一愣，有些面面相觑。

顾玉却是一笑，笑容显得特别惨淡。

"段师傅，我知道你是嫂嫂的护卫，我也不让你为难，"他说着，双手并拢伸到了段公义的前面，"我不会逃走的，你意思意思就行了，别五花大绑的，我长这么大，还从来没有这样丢脸过！"

段公义呵呵笑着，转身寻麻绳去了。

顾玉垂下眼睑，别过脸去，背对着窦昭。

陈嘉欲言又止。

陈晓风等人盯着窦昭，眼睛也不眨一下。

气氛有些诡异，段公义却像没有觉察似的绑了没有任何反抗的顾玉。

窦昭对段公义道："我记得世子给过你一块腰牌，能穿城过市不受盘查。你这就带着顾公子悄悄地回天津，千万别让人发现他回过京都……"

满屋人讶然。

窦昭视而不见，只是叮嘱段公义："顾公子如今处境尴尬，世子爷那边也没有个准信，若是能求了皇上和太子开恩还好，若是不行，你就想办法把顾公子送出海去，躲上几年，等他长了个子，变了模样，再改名换姓地回来就是……"

段公义笑着应好，顾玉却使劲挣扎起来："我不去天津！大不了一命抵一命，我有什么好怕的！姨母对我恩重如山，我怎么能在这个时候丢下她老人家不管？反正云阳伯府已经没有了我的立足之地，我才不要畏畏缩缩地活着呢！二十年后，又是一条好汉！"

窦昭理也不理他，对段公义道："你看看，是不是满嘴的孩子话？我这一路上可把他交给你了！你到了天津之后，也别急着回来，先陪顾公子住些日子，等世子爷这边的事尘埃落定了，你再见机行事！"

段义公笑道："夫人放心，我一定会平平安安地把顾公子送回天津的。"

窦昭点头。

顾玉还在那里嚷嚷，可望着窦昭的眼睛已经通红。

窦昭道："把他的嘴给我堵起来。"

顾玉瞪大了眼睛。

可惜段公义只听窦昭的。他毫不犹豫地把顾玉的嘴给堵上了，还很好心地扒了件护卫青衣给顾玉换上，道："如果有人问起来，我就说他伤了腿脚，要赶紧接骨。"

"这主意好！"窦昭赞道，陈晓风等人也都齐齐地透了口气，露出些许的笑意。

段公义带着顾玉走了。

陈嘉将窦昭等人送到了神机营。

此时留在神机营的，都是马友明的心腹。

王旭不过是佯作被拘在屋里，听说窦昭母子过来了，他让贴身的小厮拿了自己珍藏的大红袍招待窦昭。

窦昭承他的情，派了陈晓风过去给他道谢。

等到晌午，京都那边有消息传出来。

五军营本就只有部分人拱卫禁宫，五城兵马司和神机营联手，很快就将五军营的人击败，锦衣卫则护着辽王和皇后，挟持着皇上退到了玉泉山，梁继芬和窦世枢很快就赶到了玉泉山，劝说辽王放了皇上，随后赶来的姚时中和沐川则脸色铁青，和神色萎靡的戴建一起守在内阁的值房。

王旭苦笑着摇了摇头。

事到如今，皇上是生是死已经不重要了。

没想到马友明竟然成功了！

可能是有太多像他这样的人，既不愿意得罪辽王又不敢帮太子吧？

他躺在醉翁椅里摇来摇去，盘算着这次的有功之臣。

至于自己，仕途也就到头了。

不过，好歹保住了身家性命全身而退，不至于像史川似的，全盘皆输了。

他又叹了口气。

宋墨急着去接窦昭。

崔义俊急道："宫里还满目疮痍……"

"有诸位王公大臣，不会有什么事的。"宋墨态度坚决，"我还不知道我夫人现在怎样了呢！"他说这话的时候，眼圈都红了。

崔义俊皱眉。

太子却柔声道："你去吧！记得好好安慰安慰窦夫人，她也是受了我的牵累！"

宋墨感激地行礼，匆匆出了宫。

崔义俊不免有些嘀咕："世子怎么能置国家社稷于不顾？"

太子瞥了他一眼，感慨道："自古忠孝不能两全，他这样，才是实在人。"说着，他语气微顿，又道，"他如果这个时候置妻儿于不顾，还一心只想着建功立业，你敢和他做同僚吗？我又怎么敢用他？"

崔义俊仔细了想，不由笑了起来，道："还是殿下圣明。"

太子没有说话。

纪咏气喘吁吁出现在太子的眼前。

他向人打听："宋砚堂去了哪里？"

"和殿下说了几句话就出去了，"有人道，"去了哪里却不知道。"

"那他往哪个方向走了？"

有人给他指路。

他道了声谢，匆匆追了过去。

太子沉思良久，吩咐崔义俊："你去查查纪见明和宋砚堂到底有什么恩怨。"

崔义俊应诺。

纪咏到底没有追上宋墨。

可他不敢再追了。

几位阁老在商量怎么写檄文，他伯父与窦世枢上次争内阁大学士败北，这次戴建倒霉，说不定沐川也会被迫致仕，这未必不是个机会，他得想办法推伯父一把才是。

他派了子息去英国公府打听窦昭的消息，自己则去内阁的值房——他得把内阁写的檄文给太子看过才能发出去。

而宋墨抵达神机营的时候已是夕阳西下。
窦昭正笑盈盈地站在花园里看着祖母带着元哥儿挖野菜呢！
宋墨的眼眶顿时一湿，站在花园的抄手游廊里，脚像灌了铅似的，挪不开步子。
还是元哥儿看见了他，丢下手中的花花草草大笑着跑了过来。
"爹爹，爹爹！"他一头扎进了宋墨的怀里。
窦昭笑着走了过来，道："城里的事都忙完了吗？"
没有惊慌，没有嗔怒，没有责怪，没有气恼，好像他不过是出去了一趟回来了似的。
她就对自己这么有信心吗？
相信他会保护她，相信他会平安无事地渡过难关，相信他一定会给她一个安稳的未来。
这正是他对她如此倾心的缘由吧？
宋墨狠狠地把窦昭搂在了怀里，不顾那些惊呼，他使尽全身的力气用力抱住了窦昭。
望着相拥的两个人，祖母不由眯眯地笑，牵了元哥儿的手道："你看，墙角有一丛狗尾巴草，我们采了插在你父亲的书案上好不好？"
平时很好说话的元哥儿此时却犯起倔来。
他拉着宋墨的衣袖不放，含泪喊着"爹爹"，道着："我也要抱！我也要抱！"
窦昭脸上火辣辣的，她轻轻地推了推宋墨，低声道："大家都看着呢！"
绯红的脸颊，像盛开在冬日的凌霄花，明艳而且高傲。
宋墨心中大悸，忍不住低声道："难道没人的时候就行？那好，晚上你等我。"
说话越来越不正经。
窦昭怕被身边服侍的看出破绽，强忍着才没有瞪宋墨一眼。
宋墨却是见好就收，放开窦昭，恭敬地上前给祖母行礼。
祖母见窦昭满脸窘然，手脚都有些放不开的拘谨样子，有心为她解围，笑着一面和宋墨说着话，一面朝不远处的凉亭走去："听说皇上还被劫持着，你这样回来不要紧吧？"
"没事！"宋墨虚扶着祖母进了凉亭，服侍祖母在美人靠上坐下，道，"我已做了自己应该做的，再管这些闲事，未免太出风头，反而不好。"
"见好就收。你不仅能想到而且还能做到，真是非常难得。"祖母对宋墨很是赞赏，"反正到时候少不了你的救驾之功就行了。再和他们争下去，挡了别人的前程，不免会遭人忌恨。"
"正是这个道理。"宋墨笑着接过丫鬟奉上的茶水放在了祖母面前，又转身将窦昭怀里的元哥儿放在祖母身边坐下，笑着对窦昭道，"你们没事就好——我还要去救五舅舅，现在京都大局已定，等会儿陈嘉会护送你们回府。"
窦昭听着心中一跳，道："五舅舅也跟着过来了吗？辽王没有为难他吧？"
宋墨听着长叹了口气，道："辽王实际并不十分信任五舅舅，他带五舅舅进京，除了想利用大舅舅留下的人脉助他行事之外，还有想利用五舅舅威胁我。他没想到的是五舅舅看似大大咧咧的，实际上心思却非常的细腻，从他的这些行止上很快就窥得他要干什么，他们没出辽东之前，五舅舅就暗中派人通知我——只可惜五舅舅不知道辽王抵达京都的具体时间，更没想到辽王竟然会连你也一块儿算计了进去。"
窦昭听着一愣，道："原来你早就知道辽王要进京的事了？是不是这样，你才把我

·211·

和元哥儿、老安人给支到香山别院来的？"

宋墨没有作声，望着她的目光却露出深深的愧疚之色。

窦昭失笑，道："你不会把这件事又算到自己的头上了吧？你又不是神仙——就算是神仙，不也难免有失策的时候吗？"

她两世为人都没有想到辽王竟然突然袭击，何况是宋墨。

宋墨讪讪地笑。

窦昭就道："你知道五舅舅在哪里吗？"她把顾玉的事告诉了宋墨，"我怕到时候太子会清算，索性让段公义把他押回了天津。五舅舅的事，你准备怎么办？是跟太子求个情？还是让人悄悄地把五舅舅送回辽东？"

宋墨不知道顾玉来过，闻言他非常惊讶，道："寿姑，这件事你做得对！现在顾玉身份尴尬，最好远离这些是非。五舅舅那边，等和他碰了头再商量怎么办吧——说实在的，这是个机会，可有时候也未必不是场风暴，蒋家现在当家的是五舅舅，蒋家的路要怎么走，还得看五舅舅的意思。至于说五舅舅现在在哪里……他既然没有跟着辽王行动，肯定是被拘在辽王府。除了锦衣卫，皇上还会用东厂和西厂的人，辽王不敢在京都偷偷置办宅子，我想去了肯定能找到他。"又道，"我怕去晚了五舅舅会受罪。"

窦昭不敢留他，忙道："那你小心点，快去快回！"

宋墨点头，跟祖母说了几句话，亲了亲元哥儿，像来的时候一样迅速地走了。

不一会儿，陈嘉来接窦昭。

陈晓风问："二爷怎么办？"

离开香山别院之前，他们打扫战场，发现了身中两箭，瑟瑟发抖地躲在一具尸体后面的宋翰，就顺手把宋翰一起带了过来。

"带回英国公府，"窦昭道，"等世子爷回来再做打算。"

这种事，还是交给宋墨决定的好。

陈晓风应是，退了下去。

窦昭问陈嘉："阿琰可还好？"

"挺好的。"陈嘉见宫中局势被太子控制住之后，悄悄地回了赵玉桥胡同，"我回去的时候她因为犯困，正在睡觉呢！"像是想起了妻子的憨态，陈嘉的笑容比刚才灿烂几分。

窦昭放下心来，辞了王旭，由陈嘉等人护送，回了京都。

此时已是掌灯时分，闻着风中隐隐传来的玉簪花香，窦昭觉得自己好像做了场梦似的。

她摇了摇头，把那些片段从自己的脑海里驱逐。

有些事，还是不要多想为妙！

窦昭等人洗了个澡，厨房里送了冰镇绿豆汤来。

冰爽的味道让人感觉脑袋一轻，很快涌起深深的疲惫，没等用晚膳，众人就纷纷倒床休息。待窦昭醒来，已经是次日的清晨，有麻雀在枝头叽叽喳喳地叫。

"元哥儿和老安人呢？"窦昭起身就问。

若彤带着几个小丫鬟端了热水胰子毛巾靶镜等服侍她梳头。

"老安人领着元哥儿在院子里看花呢！"若彤笑吟吟地道，"见您睡得沉，老安人没让我们叫醒您，说您的心弦一直绷着，这样好好睡一觉才能恢复。"

因此连晚膳都没有叫她？

窦昭思忖着，的确感觉到精力又变得充沛起来。

她连用了两碗粥，吃了四个生煎包才放下筷子，问若彤："世子昨天晚上没有回来吗？"

"没有！"若彤笑道，指挥着小丫鬟们收拾碗筷。

不知道蒋柏荪救出来了没有？

"京都解禁了没有？"窦昭道。

昨天他们回来的时候，京都已经封城净街，要不是陈晓风拿出了宋墨事前留下来的腰牌，只怕他们还进不了城。

"没有。"若彤小声道，"听说皇上还在辽王手里呢！"

窦昭不由皱眉。

这件事拖得越久，对太子越不利。

她下了炕，准备去花园陪祖母和元哥儿玩会儿。

外面传来一阵喧哗声，而且越来越大。

若彤立刻跑了出去，不一会儿回来禀道："夫人，是国公爷，吵着要把二爷接到樨香院去！"

窦昭冷笑，道："你去给我传个话，就说二爷蓄意谋害元哥儿，还诬陷说这是国公爷的意思，还是让二爷待在颐志堂，等世子爷回来再做决断，免得国公爷会被人误会这是要杀人灭口！"

若彤便出了门。

很快，喧闹声没有了，颐志堂恢复原有的宁静。

窦昭去了花园。

宋宜春却脸色苍白地回了香樨院。

他招了"重病"的陶器重说话。

陶器重本能地想拒绝，但转念想到这两天京都的剧变，他想了想，还是随着曾五去了宋宜春的书房。

宋宜春开口就用"蠢货""笨蛋"之类的词把宋翰大骂了一顿，然后颓然道："器重，这不孝子竟然说是受了我的指使才去帮辽王挟持窦氏，你说我现在该怎么办好？"

陶器重一听，惊得差点背过气去，后悔自己不应该因为顾忌宋宜春的颜面而没有当机立断地离开英国公府，现在好了，宋宜春竟然扯到这种事里去了。难怪他这些日子一直让自己好生地"休息"。

他不禁跺脚，道："东翁，您怎么这么糊涂，就参与到这种事中去了？"

宋宜春被指责，心中不悦，可他正想要求陶器重拿个主意，强行把这一丝不悦压在了心底，道："那你的意思是？"

"矢口否认。"陶器重斩钉截铁地道，"不仅要矢口否认，而且二爷的事，您再也不能管了。"

宋宜春错愕，好一会儿才道："我是他父亲，问问难道也不妥当吗？"

陶器重早就看不惯宋翰的口蜜腹剑、心狠手辣，忙道："二爷的性子您还不知道吗？他若是把他做的事都推到您的身上，您准备怎么办？现在辽王可还在玉泉山上呢！"

宋宜春听着咬牙切齿，犹不甘心地道："难道我们就这样眼睁睁地任由宋墨一支独大吗？"

陶器重气极反笑，道："东翁，您还是想办法把您自己先择出来再说吧！"

宋宜春纠结良久，无奈地点了点头。

陶器重心中的石头这才落下了地。

不管怎么说，宋宜春是宋墨的父亲，宋宜春被卷入夺嫡风波，就算宋墨护驾有功，一样会受宋宜春的影响，想必宋墨会放宋宜春一条生路……

陶器重决定不管宋宜春是什么意思，等宫变的事尘埃落定，他就辞职回老家去。

被草草包扎了两下丢在厢房里的宋翰却比宋宜春心里更明白。

出了这样的事，自家老爹不落井下石就是好的了，想指望他把自己救出去那是绝对不可能的。

宋墨不在家，多半是凑在太子身边讨太子的喜欢。

等他回来，事情恐怕凶多吉少。

宋翰望着守在门口铁塔似的护卫，眉头紧锁。

窦昭却非常高兴。

去花园的半路上，大汗淋漓的武夷拦住她："夫人，世子爷带五舅老爷回来，让您帮着收拾间客房，安排几个服侍的丫鬟婆子。"

"这么说，一切都很顺利啰？"窦昭问他。

武夷迟疑了片刻，道："五舅爷受了大刑，还好我们去得及时……回来的路上世子爷已经让人去请大夫了。"

窦昭不禁叹了口气，吩咐若朱准备客房，自己折回内室，梳洗打扮一番，准备拜见蒋柏荪。

第一百七十章　　出头·奖赏·不放

幺房出长辈。

蒋柏荪只比宋墨大十二岁。

他长身玉立，穿一件丁香色的直裰，脸上青一块紫一块的，右眼更是肿胀得只剩了一条缝，一看就知道他之前受到过什么样的待遇。按理说，这么个模样，他应该很狼狈才是，可他站在那里，身姿笔挺，情绪高涨，满脸的不以为意，有种北方汉子的爽朗劲儿。

不愧是能被谭家庄庄主瞧得上眼的人物！

窦昭只瞥了一眼就规矩地垂下了眼帘，恭敬地上前行礼。

蒋柏荪仔细地打量了她几眼，笑道："这头一次见面，本应该给点见面礼的，可惜你五舅舅现在身无分文，只能等以后再补给你了。"然后不待窦昭开口，他已笑着扭头对宋墨道，"当年姐姐曾在母亲面前夸奖窦小姐，说她巾帼不让须眉，还想认识认识窦小姐。不承想，斗转星移，窦小姐竟成了她的儿媳妇。姐姐泉下有知，恐怕睡觉都要带着笑。"他说着，朝着宋墨的肩膀就是一拳，"这可是你小子做得最对的事了。我和你外祖母之前还担心你的婚事呢！"

他给了窦昭这样高的评价，窦昭不免有些脸红。

宋墨却呵呵直笑，眉宇间尽是得意。

窦昭退了下去，吩咐服侍的丫鬟小厮好生伺候，回了正院，让他们舅甥两个能好好说说话。

窦世英已知道了香山别院的事，因京都净街，车轿禁行，他派了高升来问情况。

窦昭自然只拣了好话说，加之祖母毫发未伤，高升不由松了口气，兴高采烈地回去报信去了。

宋墨回了正房。

"你怎么这么早就回来了？"窦昭亲手拧了帕子服侍他梳洗，"我还以为你会陪着五舅舅用午膳呢？"

"他身上还带着伤，正在用药呢！"宋墨接过窦昭的帕子，先俯身亲了亲窦昭的面颊，这才笑道，"先休养生息，等过几天缓过这口气了，再设宴招待五舅舅也不迟。"

窦昭想了想，道："五舅舅的事太子殿下可知道？他是暂时住几天还是准备在家里养伤？家里的亲戚朋友如果来拜访，见还是不见？"

"这件事还没来得及跟太子殿下说。"宋墨道，"不过我已派人向宫里递了帖子。但这几天情况特殊，也不知道帖子能不能及时地递到太子殿下的手中。在宫里的动态不明朗的时候，五舅舅就暂时住在我们这里疗伤好了。至于说五舅舅回来的事，我已叮嘱武夷他们不许乱嚷嚷，你就当不知道好了，关了府门，约束家里的人不要乱跑。"

辽王谋逆，发生了这么大的事，各勋贵之家都闭门谢客，生怕和这件事牵扯上了什么关系，也不差他们一家。

窦昭连连点头。

武夷满头大汗地跑了进来："世子爷、夫人，宫里来了个内侍，说是奉太子爷之命请世子爷进宫，连杯茶也不喝，就站在厅堂里等，问他什么也不说，只说太子爷让世子爷快点过去，事情很急……"

宋氏夫妻不禁交换了一个眼神。

难道太子这么快就知道了五舅舅的事？

宋墨道："我这就进宫！"

武夷跑去回信，窦昭指使着小丫鬟服侍宋墨换了件官服，宋墨顶着大太阳又进了宫。

为了以示尊重，太子没在皇上平时处理政务的东偏殿和众大臣商量朝中大事，而是在大殿东边的厢房接见臣工。

宋墨赶过去的时候，不仅内阁的几位阁老都在，淮南王、云阳伯、宣宁候和会昌伯等几位年长的皇亲国戚和勋贵也都在场。厢房里是一片寂静，太子神色有些烦躁地拨弄着手中的沉香木佛珠，几位王公大臣也都面色灰败，那云阳伯更是畏缩在淮南王的身后，一副不敢见人的样子，气氛很是诡异。

他上前给太子行礼，抬头却看见窦世枢给他使眼色。

宋墨不由满脸困惑。

太子已示意崔义俊给宋墨端了个凳子过来。

宋墨只好谢恩，坐在了淮南王的下首。

太子看了眼梁继芬，道："辽王劫持了父皇，我们投鼠忌器，不敢强攻。可总这样下去也不是个办法！我就请了王叔和几位德高望重的侯爷伯爷来帮我拿个主意，看能不能劝劝辽王，梁阁老却向我推荐了你——说你从小和辽王一起长大，父皇又最喜欢你，皇后娘娘和蒋夫人私交甚深，向来把你当亲外甥似的，你去劝降再合适不过了。所以我急急地把你招进了宫！"

生死关头，这是几句话就能解决的吗？自己没什么地方得罪梁继芬吧？他这哪里是在推荐自己，分明是把自己架在火上烤！

难怪五伯父会朝自己使眼色了！

宋墨在心里把梁继芬骂了个狗血淋头，却知道此事已成了太子的心腹大患，如果自己贸然地拒绝了太子，太子只怕会心里不痛快。

他想了想，道："殿下，臣能跟您单独说几句话吗？"

众人讶然，没料到宋墨会有这么大的胆子，竟然敢向未来的储君提要求。

太子却想也没想，和宋墨去了旁边一间被隔成了休息室的耳房。

宋墨低声道："殿下素来宽厚仁慈，辽王如今也不过是负隅顽抗罢了，殿下不妨对外宣称辽王是受了身边谋士的怂恿，殿下顾念手足之情，因此打算不追究辽王的大逆不道，只将辽王圈禁在辽王府里好了。"

太子叹气，怅然道："兄弟还是兄弟，只有砚堂愿意跟我说真心话，问他们，他们都是推来推去的，生怕得罪了我。我本来就没有准备取他的性命，不管怎么说，兄弟阋墙，最伤心的还是父皇。如果辽王愿意，我会向父皇请旨，只是夺了他的封号，贬为庶民，由他的长子继承辽王的爵位，想必父皇也能跟臣民们一个交代了……你去跟他说说吧！"

这已经是最好的结果了。

宋墨点头，和太子出了休息室，直奔玉泉山。

听说来的是英国公世子宋砚堂，双方的人都没有拦他，让他带着两个贴身的护卫进了山。

辽王等人歇息玉泉山脚下的一间土地庙里，一夜未见，他的两鬓已生出了几缕白发。

"你来干什么？"他语气尖酸地道，"是来看我笑话还是给太子传话？你们英国公府怎么就没有一点骨气？次次都给我们家擦屁股，也不嫌腌臜！"

宋墨把腰刀丢给了贴身的护卫，上前朝着辽王的脸就是一拳。

立刻有人冲上来攻击宋墨。

宋墨的护卫拔刀相迎。

而辽王微微一愣，然后面露凶光地朝着宋墨挥拳。

两人打成了一团。

辽王的护卫不知道如何是好，只好眼睁睁地看着他们互殴。

过了一炷香的工夫，两人的动作才慢了下来。

辽王的护卫上前想制住宋墨，辽王却大喝道："你们是什么东西？还不给我退下去！"

护卫面面相觑地退到了一旁。

宋墨和辽王却跌跌撞撞地分开，斗鸡似的你瞪着我我瞪着你。

最后还是辽王先开了口，道："你说吧！他到底是什么意思？"

"放了皇上，你贬为庶民，圈禁辽王府，"宋墨瞪着他的眼里闪过一丝阴沉，简明扼要地道，"由你的长子代你镇守辽东。"

"那母后呢？"辽王咄咄逼人地追问道。

"那是皇上和皇后娘娘的事了。"宋墨冷笑，"你知道你为什么输吗？到了这个时候，你眼里已经没有了皇上，可太子却始终知道自己是谁。你输得不冤枉！"

他有心在辽王心里种下一粒怀疑自己能力的种子。

辽王果然神色微凝，有些出神。

宋墨道："行不行，你给句话！"

辽王回过神来，他抿了抿嘴，道："只要能保证母后的尊荣，我就乖乖束手就擒。"

宋墨起身，道："我会把这话传达给太子殿下！"

辽王颔首，跟着站了起来。

"不行！"皇后满脸憔悴地从土地公的塑像后面走了出来，她伸手握住了辽王的手，道，"你不能归顺！这不过是太子的承诺，皇上回了宫，剩下的事自有皇上定夺，他们不会放过你的！"

宋墨对皇后的感情已从最初的尊重变成了鄙视。

他淡淡地道："依娘娘之意，该如何是好呢？"

皇后被噎得半晌说不出话来。

宋墨看向辽王："有些事你该自己拿主意，总是这样左右摇摆，能干什么事？"

辽王的脸涨得通红，看了母亲一眼，缓缓地道："你帮我问问太子，他准备怎样处置母后。"

"皇儿！"皇后急起来。

宋墨只当没有看见，给皇后和辽王行礼，出了土地庙。

皇后在内宫的势力太大，太子又不能出入六宫，没有把握能约束住皇后。他听了宋墨的回禀，阴着脸在那里团团转。

宋墨提醒他："殿下不如去请太后娘娘帮着拿个主意？"

宫里出事后，太子妃带着三个儿子在慈宁宫陪太后娘娘。

太子眼睛一亮，匆匆去了慈宁宫。

等他面无表情地回来，拉着宋墨进了耳房，满脸的笑意就忍不住地流淌出来："太后娘娘知道我为了恭请父皇回宫，不仅许诺不追究辽王的大逆不道，还愿意保住皇后的封号，直夸我孝顺，还说，让我只管保住皇后娘娘的封号，这宫里有封号却不受宠的嫔妃多着呢，她老人家从前不过是不想磋磨儿媳妇而已。还说，这个事让皇上去处置，让我不要插手，我是未来的储君，金口玉律……"

宋墨微微一笑，又跑了几趟玉泉山。

下午酉时，太子亲自往玉泉山恭迎皇上回宫。

宋墨这才感觉到饥肠辘辘，想起自己一天都没有吃东西了。

皇上回宫是当前的头等大事，之后还不知道皇上会不会召见臣工议事，谁又敢喊饿？

大家只有勒紧了裤带，在乾清宫的书房外等候。至于皇后和辽王，前者被崔义俊"服侍"着去了坤宁宫，后者被金吾卫的人簇拥着在弘德殿里"歇息"。

皇上像苍老了十岁般怏怏地倚在临窗的大炕上，满脸的疲惫。

汪渊不敢吱声，脖子上绕着厚厚的白布轻手轻脚地给皇上敬茶。

皇上挥了挥手，道："你下去歇了吧！"

汪渊忍不住眼眶湿润。

皇上这是依旧要用他的意思啊！

不亏他和宋砚堂站在了一路。

他含着眼泪退了下去。

屋里静悄悄的，只有太子垂手立在皇上面前，态度恭敬。

皇上自嘲地笑了笑，道："我算准了他不敢杀我，没想到的是你竟然会想着这法子救我！不过，把辽王圈禁在辽王府，你就不怕养虎为患吗？"

他盯着太子，目光十分犀利。

· 217 ·

太子的后背立刻起了层薄汗。

他想了想，认真地道："之前一心想把父皇救出来，倒没有想过这件事。此时父皇提起，儿臣想，五皇弟在辽东的时候占尽天时地利犹不能宫变成功，如今失去了助力，又被圈禁在辽王府，如若还能再起波澜，那就是儿臣无德无能，也怨不得别人。"

皇上很是意外。

他对太子的感情向来很复杂。既怕他像辽王那样自有主张不听话，又怕他柔弱忍让难当重任。而此刻的太子，既不倨傲浮夸，也不唯唯诺诺，显得极为质朴踏实，让他不由得刮目相看，心中放下了一块大石头似的如释重负。

也许，有些事自己应该试着放手了！

皇上闭上了眼睛，道："让汪渊进来服侍吧！朕累了，你退下吧！"

他两天一夜都没有合眼。

太子不敢打扰，恭声应诺，出了书房，迎风而立，这才感觉到后背心湿漉漉的。

他不由长长地吁了口气，抬头却看见廊庑下密密麻麻地站满了王公大臣，众人正睁大了眼睛望着他，一副等他拿主意的模样。

太子暗暗叫苦。

辽王的事闹得这么大，想粉饰太平装作什么也没有发生是不可能的。可若是把辽王的罪行宣告于天下，他的那些叔伯兄弟知道辽王谋逆不过被圈禁了事，恐怕哪天也会忍不住蠢蠢欲动起来，难道还要让他千日防贼不成？他这次可是因为纪咏才发现辽王的阴谋，有了宋墨忠心耿耿才能幸免于难，如果有下次，他还能有这样的幸运吗？

太子头痛欲裂。

他索性把纪咏和宋墨叫到旁边说话。

纪咏道："这有什么难的？只说皇上病了，秘密召了辽王回宫侍疾就是了，至于那些黎民百姓相不相信，无关紧要。时间长了，大家也就都忘了。殿下根本不必把它放在心上。"

是吗？

太子朝宋墨望去。

宋墨笑道："纪大人言之有理。"

我的主意还能有错？

纪咏神色谦和地站在一旁，心里却嘀咕着。

太子笑道："那就这么办好了！等会让行人司的拟个草稿，等皇上歇息好了，皇上过目后就可以张榜天下了。"他说着，眉宇间流露出几分郁色，"不过这样一来，恐怕就不能给大家请功了。"

这种放长线钓大鱼的事谁不会？

纪咏忙道："本是我等分内之事，殿下如此，折煞我等。"

宋墨也道："金吾卫拱卫禁宫，如今却被人混了进来，罪该万死，怎敢居功？"

太子正为没有东西赏给这些救了自己的人而犯愁，听两人这么一说，不由感动道："两位放心，只要有机会，孤定会为两位请封！"

现在说这些虚的有什么用？

纪咏心中不耐，笑道："行人司那边，我去跑一趟吧！倒是几位阁老那里，恐怕要请宋大人在旁边护卫着殿下了——不知道有多少人指望着靠这件事升官发财呢！"

让你去和那些内阁老头子啰嗦去！

我可懒得奉陪。

他瞥了眼宋墨。

宋墨微笑地站在那里，依旧是一副风轻云淡的样子。

纪咏不由气结。

太子已道："那见明就跑一趟吧！"

纪咏应诺而去。

宋墨则陪着太子去了皇上还没有回宫之前的厢房议事。

听说太子决定隐瞒辽王谋逆之事，梁继芬的态度不仅强硬而且激烈："这怎么能行？！辽王犯的可是十恶不赦之罪！如果这件事传了出去，皇家的颜面何在？殿下的威严何在？"

宋墨本就记着梁继芬一笔，此时不出手何时出手？

他笑着打断了梁继芬的话："梁大人，当初殿下请诸位想办法恭迎皇上进宫的时候您怎么什么也不说？等到皇上回了宫，您倒挑起毛病来了。这本是皇上的家事，您就不要插手了。太子殿下胸中自有沟壑。"

"你……"梁继芬气得脸色通红。

他是两榜进士出身，学问了得，后又入阁为相，不知道多少年没有被人这样当面讥讽过了，他不禁恼羞成怒，明知道一朝天子一朝臣，此时自己应该忍一时之气，可一想到宋墨一个未及弱冠的小儿竟然敢当着太子的面如此指责他，他就忍不住反驳道："宋大人说的是什么话？这怎么是皇上的家事呢？辽王谋逆，动摇国家根本，当诛之以儆效尤才是……"

姚时中低下头来，嘴角微翘。

这个宋砚堂，原以为不过是个功勋世家的子弟，不承想挑起事一点也不含糊。

太子刚掌权柄，正是立威的时候，梁继芬脖子这么硬，太子未必会喜欢。

他睃了太子一眼。

太子的脸色果然有些不好看。

他的眼底不由闪过一丝笑意，抚了抚衣袖，正要开口帮腔，谁知道坐在他身边一直没有吭声的窦世枢却突然道："梁大人，辽王谋逆，这天下没有谁比殿下更痛心疾首的了。可殿下宅心仁厚，事亲至孝，为了皇上安危，不计得失，这才顺利地将皇上迎回了宫。梁大人事前不说，事后再追究对错，有何意义？"他说着，朝太子拱了拱手，"世人都是喜新厌旧的，京中异常，百姓们议论议论本是常理，我们越不理会，百姓越是不会放在心上；我们越郑重，百姓越是会好奇。臣倒觉得殿下这主意极好！"

太子神色舒缓。

姚时中后悔自己没有抓住机会，忙道："臣也觉得殿下这主意好。"又道，"皇上这几天劳累奔波，臣等不便打扰，可这件事宜早不宜迟，臣觉得，殿下不妨一面派人散布消息，一面等皇上醒来后再张榜公布天下，也可两不耽搁。"

戴建后悔得要死，恨不得自己能变成一根针落到地上谁也看不见，缩着肩不说话。

沐川几个则纷纷赞同。

太子非常高兴，把散布消息的事交给了宋墨。

宋墨一连几天不是歇在衙门里就是歇在宫里。

辽王既然是进京侍疾，他不仅没有封赏，而且一些见不得人的事都交给他——安置死伤的金吾卫、用什么样的名目从户部要抚恤金、宫中被毁坏的宫门等要修缮，宋墨恨不得自己能生出三头六臂来才好。

窦昭只好不时地送些换洗衣服和吃食过去。

长兴侯夫人等人纷纷来拜访她，想从她口中探听到一点宫中的消息。
　　窦昭借口怀着身孕，不宜操劳，把这些人都挡了回去。
　　等到秋风起时，宋墨的事忙得差不多了，宫中传出旨意，皇上身体不适，由太子监国，皇上将于九月二日搬到西苑别宫去住。
　　窦昭愕然，问宋墨："这件事你事先知道吗？"
　　"我也是刚刚听说。"宋墨沉吟道，"恐怕是皇上临时做的决定。"
　　窦昭道："那辽王是不是会回府？"
　　辽王这些日子一直在宫里，皇后则在慈宁宫，三公主曾进宫求见皇后，却被太后娘娘训斥了一番，还让她不要没事就到处乱窜，派了宫里的嬷嬷看着她罚抄一百遍《女诫》。
　　三公主羞愤不已，却也只好和宗室的女眷们一样闭门谢客，哪里也不敢去。
　　"这就要看皇上的心情了。"宋墨道，"辽王虽然住在乾清宫，可皇上对其不闻不问，宫里的内侍既不敢服侍他茶水饭食也不敢服侍他梳洗更衣，据说他身上都长了虱子。"
　　"不会吧？"窦昭瞪大了眼睛。
　　"是真的。"宋墨道，"落毛的凤凰不如鸡。有时候他们还不如平民百姓呢！"
　　"那也是他活该！"窦昭不管是前世今生都对辽王没有什么好感。
　　宋墨去见蒋柏荪："我前两天跟太子殿下提了您的事，说如果不是您报信，我们根本不可能知道辽王进京的事。太子让我问您，您有什么打算？如果想重振家声，恐怕还得再等几年；如果只是想回到濠州，他可以去跟皇上求这个情。"
　　蒋柏荪的外伤已好得七七八八的了，但内伤却没有个一年半载的好不了。
　　"我还是回辽东吧！"他笑道，"辽东没有了辽王，肯定乱成了一盘散沙。辽王世子今年才五岁，什么也不懂，高丽人是不会放过这个好机会的。与其等着太子为我求情，还不如让我领着蒋家的子弟征战沙场。我们蒋家的人，从来没有贪生怕死的，只有在沙场上，才能真正地重振蒋家的家声！那是皇上也好，太子也好，都不能抹灭的荣耀！"
　　宋墨神色微变，道："这件事您最好先和大舅母商量一下！"
　　蒋家成年的男丁都在辽东。
　　上沙场就难免有死伤。如果有个万一，蒋家怎么办？何况蒋柏荪从来没有上过战场。

　　蒋柏荪不用猜也知道宋墨在想什么。
　　"这件事我已经决定了。"他淡淡地笑道，"如果不是你媳妇儿给姐姐出了个好主意，如果不是你安排得当，我们这些人早就没命了，还谈什么重振家声？既然都是死过一回的人了，还有什么好顾忌的？你就不用拦着我了。你大舅母那里，我会亲自跟她说的。"随后道，"我如果要回辽东，什么时候可以启程？"
　　他如今还是戴罪之身，想回去也得先跟太子打声招呼。
　　"五舅舅，"宋墨直皱眉，"您不要意气用事！这次的事太子心里有数，您最多等上几年……"
　　"然后呢？"蒋柏荪摆了摆手，眉宇间平添了些许的端肃，"靠着大哥的余荫继承定国公府做一个太平的国公爷？你们可能觉得这样最好。但我只要一想到大哥的惨死，三哥、四哥所受的屈辱，我就夜不能寐。我不能给他们报仇，可我也不愿意让人说大哥有个混吃等死的幼弟！"
　　他凝望着宋墨，目光坚定。

宋墨苦笑，道："是我小瞧了五舅舅！"

蒋柏荪哈哈地笑，拍了拍宋墨的肩膀，道："你不是小瞧了我，你是这几年渐渐担起支应门庭的重任，习惯了照顾人……想当初，姐姐还担心你被惯坏了，却不承想一晃眼你已经长成了有担当的男子汉。姐姐若是地下有知，也不知道是欣慰多一些，还是心疼多一些。"

宋墨微微地笑。

蒋柏荪道："不过，你媳妇儿真不错。要是你外祖母还活着，还不知道怎么地高兴呢！常言说得好，妻好一半福。你要懂得珍惜才是。"

宋墨脸色微红，赧然道："我对她挺好的。"

"看你们三年抱俩，的确还不错。"蒋柏荪说着，名震京都的风流公子模样又出来了。

宋墨忙转移了话题："舅舅既然决定回辽东，还是早点和大舅母商量好。还有骊珠表姐那里，怎么也让她过来给您问个安才是。"

当初蒋梅荪等人都在福建，蒋柏荪留在京都，他性格开朗，对几个侄儿侄女又多有照顾，晚辈们都喜欢他。

"走之前肯定是要见一见的。"五舅舅道，"吴家也不错。你要是能帮他们就帮一把吧！"

宋墨点头，道："这次锦衣卫衙门的人被一锅端了，多的是差事，我前两天就让元哥儿她娘给骊珠递了个话，不管吴家看中了哪个位置，问题都不大。"说到这里，他想起自己和窦昭的"媒人"，不由笑道，"五舅舅，那孩子还留在谭家呢！您看什么时候接回来好？"

蒋柏荪沉思半晌，道："就让他留在谭家吧！托生在我们家，也未必是件好事。他母亲已经不在了，他若能平平安安长大，娶妻生子就好，他母亲知道了，想必也会同意我的决定的。"

权贵之家在享受显赫的同时也要承担凶险，蒋家现在还算不得太平无事，那孩子留在谭家也好。最多以后自己多多看顾他一些就是了。

他不再提起孩子的事。

蒋柏荪问起宋翰来："你准备怎么处置他？"

辽王的事秘而不宣，宋翰的罪名自然也就不成立了。

"我准备把他送到西北大营去。"宋墨含蓄地道，"姜仪有可能会调到西北大营任同知。"

"那敢情好啊！"蒋柏荪道，"西北大营虽然艰苦，可同知是从三品，姜仪这小子可赚到了。"

宋墨呵呵地笑。

蒋柏荪叹了口气，道："说起来天恩也算得上是我从小抱着长大的，没想到事情最终竟然会变成这样。"

宋墨听着迟疑了片刻，道："五舅舅，您知道我父亲为什么会那么憎恨我娘吗？"

蒋柏荪颇为无奈地道："还不是你娘太能干了，让他觉得没有面子！我们家没有出事之前，你父亲和你母亲虽然也会起争执，却是劝一劝也就好了，和所有的夫妻一样。不管是我还是你外祖母，压根儿就没有看出你父亲对你母亲的恨意会有那么深，要不然你母亲也不会被你父亲算计了。"

宋墨心里有些难过。

蒋柏荪神色微黯，转而说起辽东的形势来。

吴家得了信，商量了半天，觉得锦衣卫凶名在外，不如进金吾卫更好。

蒋骊珠来给窦昭回话，还带来了吴太太亲自泡制的几小坛泡菜，道："很下饭，嫂嫂少吃点，可以开胃。"

窦昭喜欢这样的亲戚往来，让人送了一坛给蒋琰，把蒋柏荪在家里养病的事告诉了蒋骊珠，并歉意道："先前不知道皇上和太子的意思，也就一直没跟你说。"

蒋骊珠又惊又喜，道："嫂嫂可千万不要放在心上。我们家一直带兵打仗，前头男人们还在用饭，转身就丢下碗去接旨，谁回来了京都，谁留在了沙场，那都是不能问不能说的，我们家的女人都习惯了。"

话说得有些夸大，却也并没有信口开河。

窦昭松了口气，笑着带蒋骊珠去拜见蒋柏荪。

蒋柏荪见了蒋骊珠非常高兴，还打趣了她几句，两人这才说起别后的情况。

窦昭让贴身的若朱服侍他们茶水。

两个人一直说到了午膳的时候，蒋骊珠留下来和蒋柏荪用了午饭才回去。

隔天又送来了衣裳、鞋袜之类的日常用品。

吴良还特意带了吴子介过来拜访蒋柏荪。

一时间家里倒热闹起来。

窦昭有点担心，问宋墨："这样不要紧吧？"

皇上要去西苑别宫长住，太子就想把那边的别宫重新修缮一番，偏偏皇后这几年从皇上的库房里搬了不少东西贴补辽王，根本就拿不出银子来了，只好从户部走账。户部这几年先有河工上的开支，后有江南的水灾，本就捉襟见肘，哪里还有银子给皇上修缮别宫，太子一闭眼，把这件事交给了宋墨。

宋墨就请了致仕在家的前户部侍郎进京查账。

户部这下子慌了神，半个月就凑出了修缮别宫的钱，但他们见到了宋墨也开始绕着走。

这些窦昭全都不知道。

宋墨笑道："五舅舅准备趁着这机会回趟濠州给外祖母上坟，在濠州过了中秋节再启程去辽东。就算是闹腾也就闹腾这两天，不打紧的。"

说起中秋节，窦昭想到了苗氏，道："宋翰什么时候走？他走后要不要把苗氏接回来？"

宋墨打定了主意把宋翰送到西北大营去，以她对宋墨的了解，肯定还有后手，宋翰就算是保住了性命，也休想有再踏进京都的一天。四条胡同的宅子是宋宜春赠给宋翰的，苗安素是宋翰的发妻，宋翰不在家，苗安素住在那里名正言顺，难道还让宋宜春将那产业收回来不成？那岂不是太便宜了宋宜春？！

宋墨笑道："你拿主意就行了。"

窦昭给苗安素送了个信。

苗安素不免有些奇怪，问送信的人："二爷怎么会答应去西北大营？"

那婆子一来也是不知道，二来窦昭御下极严，她不敢乱说，只说不知，推了个干净。

苗安素也不敢逼问，说要好好想想，想清楚了再去回窦昭，赏了一两银子，打发了报信的婆子，自己一个人坐在临窗的大炕上把婆子的话想了又想，到了晚膳的时候神色还有些恍惚。

季红不免关心地问她出了什么事。

她把窦昭的意思告诉了季红，困惑地道："你说，夫人这是什么意思呢？难道二爷还能一辈子不回来不成？"

季红想了想，道："从前二爷和辽王府走得很近，您说，这件事会不会和辽王有关系啊？世子爷好像不怎么喜欢辽王。"

她们住在别院，又是妇道人家，外面发生的事，她们既不关心也不知道。

苗安素的心顿时活了起来。

难道宋翰做了什么事得罪了宋墨，宋墨把宋翰放逐到了西北大营，有可能一辈子都回不来了？

她坐立难安地在屋里转悠了半宿，翌日清早就让人驾车，去了英国公府。

窦昭没有瞒她，把事情的经过都告诉苗安素。

苗安素听着直吸冷气，半晌才回过神来，骇道："真正是自作孽，不可活！"

窦昭道："那里毕竟是你们的产业。田庄虽好，毕竟没有城里方便，原来也是不得已。现在既然能搬回来，还是搬回来的好！"

苗安素闻言咬了咬牙，突然起身跪在了窦昭的面前。

窦昭吓了一大跳，忙让若朱扶了苗安素起来。

苗安素不肯起来，而是含泪道："嫂嫂，我有一事相求！"

"不管什么事，你先起来再说。"窦昭心里隐隐有些预感，遣了屋里服侍的，单独和苗安素说话。

"我要告宋翰和庶母通奸！"她一双明眸瞪得大大的，里面像藏着一团火，"我要让他身败名裂，不得好死！"

窦昭还以为苗安素要和宋翰和离。

她有些目瞪口呆，道："这个罪名不可能成立！一是国公爷没有妾室，二是杜若等人都不在了。空口无凭，只会惹怒国公爷，反对你不利。"

谁知道苗安素却扬眉一笑，道："就是因为这些人都不在了，所以我才可能告宋翰和庶母通奸啊！"她说着，又跪在了窦昭的面前，"嫂嫂，这次无论如何您也要帮帮我，我宁愿死，也不愿意和宋翰再扯上关系。"

第一百七十一章　　告发·直言·除籍

窦昭是个聪明人。听话听音，她立刻明白了苗安素的意思。

诬陷吗？前世，宋宜春和宋翰不就是这样对待宋墨的吗？

窦昭不由微微地笑，对苗安素轻声地道："法子是好，可这人选……"

苗安素听着眼睛一亮。

昨天晚上她想了半宿。

英国公是铁了心要用宋翰对付宋墨。如今宋墨占着上风，可说不准什么时候风向就变了，到时候如果宋翰占了上风又怎么会放过她？

　　她和宋翰，不是你死就是我活！

　　可若想收拾宋翰，没有宋墨帮忙是不行的。

　　别的不说，先说她的身份。

　　御赐的婚姻，宋家的媳妇。辽王的事不能提，在别人眼里，宋翰不过是在女色上不检点罢了，她若是因此而闹腾，那就是她的不是。她想和宋翰撇清，只得另辟蹊径。

　　她想到了宋翰陷害宋墨和杜若通奸不成的事。

　　窦昭肯定把宋翰和宋宜春给恨死了。

　　这也许就是她唯一的机会。

　　苗安素低声道："嫂嫂如果信得过我，不妨把这件事交给我。"

　　"哦？"窦昭侧耳倾听。

　　苗安素悄声道："您还记不得记宋翰屋里的大丫鬟栖霞？她是个心气高的，被宋翰糟蹋了之后，就对宋翰恨之入骨了。您只要把她住的地方告诉我，我来说服她，在我告宋翰的时候出面给我做个证就行了。至于说庶母，通房抬妾室，又没有正室，不过是过个文书而已，何况那杜若还是罪臣之女，国公爷不宣扬却让家里的仆妇们以如夫人之礼待之，也算得上是庶母了……"

　　窦昭听了微微蹙眉，道："那你这是准备到顺天府去告宋翰了？"

　　苗安素的脸上闪过一丝错愕。

　　她以为窦昭会为她的计划叫好。

　　"不把他的罪行宣告天下，我实在是不甘心。"苗安素的眉宇间闪过一丝阴郁之色，"就算是要挨板子，我也认了。"

　　妻告夫是要先打二十大板父母官才看状纸的。

　　但窦昭另有顾虑。

　　英国公府说起来最终还是宋墨的英国公府，是她儿子的英国公府，宋翰和庶母通奸的丑闻一出，英国公府至少五十年别想抬起头来。

　　凭什么宋翰造的孽要她的丈夫和儿子来偿还啊？

　　去顺天府状告宋翰是肯定不行的。

　　可和苗安素联手又是个难得的机会……

　　窦昭抚着茶盅沉吟道："这件事你容我仔细想想。"

　　苗安素失望地回了田庄。

　　窦昭在屋里转了半晌，吩咐若彤："去请了陈先生过来！"

　　这件事，她得好好合计合计。

　　陈曲水很快随着若彤到了书房。

　　窦昭早已等在那里。

　　她把事情的前因后果告诉了陈先生，并道："我总觉得这是个难得的契机，但怎么把这件事办圆满了，还得商量先生。"

　　陈曲水也恨宋翰算计窦昭，闻言不由兴致勃勃，道："那夫人觉得怎样才解气呢？"

　　知道窦昭的底线，他也好帮她出主意。

　　窦昭道："世子既然把宋翰送到西北大营，肯定是已有安排，宋翰去了之后绝对没有什么好下场。但苗安素的一句话也说到了我的心坎里，哪怕他在西北大营里受尽折磨而死，我一想到在世人眼里他还是尊贵体面的功勋子弟，我就觉得心理不平衡。"

陈曲水没有作声，盅盖轻轻地碰着茶盅，陷入了沉思之中。

窦昭也不打扰，静静地坐在一旁喝茶。

大约过了两炷香的工夫，陈曲水道："让二太太去顺天府告状肯定是不行的，好在二太太和我们的目标一致，由她出面，世子爷和您也可以撇清。而且之前京都就有很多传言，说宋翰和国公爷的通房有染，这是个极好的借口。栖霞如今在真定，不仅是她，就是之前服侍宋翰的贴身丫鬟彩云，都可以做证……如果国公爷能站在我们这一边就好了。由国公爷质问宋翰，宋翰辩无可辩……还能把这件事捅到皇上那里，让皇上允许宋家将宋翰除名，这样一来，就不用对外人交代宋翰的所作所为了，随他们猜去。既可以不惊动官府，又可以让宋翰身败名裂……"

这的确是个好主意。

不过，怎样才能让宋宜春站在他们这一边呢？

窦昭和陈曲水异口同声地道："能不能利用辽王的事？"

两人不由相视一笑，又不约而同地谦让："您先讲！"

屋里就响起欢快的笑声来。

笑罢，陈曲水再次让窦昭先讲。

窦昭不再客气，道："宋翰回来就被关到了柴房，英国公来了两次都被世子给拦了回去。宋翰向来视英国公为靠山，他和辽王勾结的事英国公不可能不知道。我们不妨哄哄英国公，就说宋墨对宋翰用了刑，宋翰交代，他和辽王勾结全是英国公指使的，宋墨因顾念父子之情，一直瞒着这件事，不管是皇上还是辽王都不知道。如果他将宋翰除名，我们拼了英国公府百年的清誉不要也要让这件事上达天听。"她说到这里不禁冷笑，"这也算得上是以其人之道还治其人之身，让宋翰也尝尝被自己父亲出卖的滋味！"

上一世，宋宜春和宋翰不就是这么干的！

陈曲水连连点头，笑道："这件事最好由您去做——您是英国公府的媳妇，对英国公府的感情没有世子爷那么深，最重要的是您还是宗妇，完全可以让英国公误会您这是在为儿子承爵扫除障碍。"

窦昭有些兴奋地站了起来，道："那就这么办！我这就去见英国公。"

陈曲水忙道："您小心点，你现在还怀着身孕呢！"然后不放心地道，"您还是让我陪您一起去吧，免得等会儿见到英国公了您太激动，动了胎气就不好了。"

窦昭点头，笑道："把金桂和银桂两姐妹也叫上，还有段公义几个，免得万一英国公恼羞成怒动起粗来，我们会吃亏！"像是要去打群架似的。

陈曲水又是好笑又觉得热血沸腾，道："好，我这就吩咐下去。"

窦昭就派了婆子去知会宋宜春。

宋宜春正为辽王被滞留在禁宫里的消息而惶惶不安，陶器重又执意要辞去返乡，无论怎样也挽留不住，他气得脸色铁青，索性装聋作哑不知道陶器重什么时候启程似的，既不嘱咐管事给陶器重准备土仪，也不安排给陶器重的送别宴，关上了门，在书房里闷头写字。

听说窦昭要见他，他不耐烦地挥了挥手，呵斥那婆子道："我忙得团团转，哪有那个功夫见她！她有什么话，你让她派人带个口讯过来就行了。"

婆子笑眯眯地屈膝行礼，退了下去。

再来见宋宜春的，就换成了个媳妇子。

宋宜春认出这是窦昭的陪房高兴的媳妇，他的脸顿时板了起来，表情变得严肃起来："夫人有什么事？"

高兴家的和善地笑道："我们家夫人说，世子爷对二爷用了刑，二爷说，是国公爷指使他勾搭辽王的，还拿出了当初国公爷写给辽王的一封信……"

宋宜春身子一抖，差点要上前捂住了她的嘴。

这可真是怕什么来什么！

他正担心皇上撬开了辽王的嘴，辽王竹筒倒豆子似的，把什么都说了。

"你胡说八道些什么？"宋宜春面色如霜，大喝一声，"你一个仆妇，这也是你能议论的？还不给我退下去！小心家法不留情！"

就会耍穷威风，遇到了世子爷和我们家夫人就连屁都放不出一个来。

高兴家的在心里把宋宜春狠狠地鄙视了一回，脸上却露出惊恐："国公爷，这是我们夫人让奴婢说的，不是奴婢自己要说的……"

宋宜春气得说不出话来，拿起茶盅来就准备朝高兴的媳妇扔过去，想到她是窦昭的陪房，而窦昭又是个泼辣货，他又忍气吞声地把茶盅狠狠地顿在茶几上，厉声道："让你们夫人来跟我说。"

高兴家的唯唯应诺，退了下去。

只是走到门口的时候却用宋宜春能听到的声音小声地嘀咕了一句"真是不好侍候——我们家夫人要过来，您又说不让过来，让人传话就行了；我们家夫人按您说的派人过来传话，您又说让我们家夫人过来亲自和您说"。

宋宜春差点倒仰。

什么时候他说话连家里的仆妇也敢顶嘴了？

他想把高兴家的叫回来，可转念一想，又觉得丢人，只得作罢，心底却隐隐作痛。

好在窦昭很快就过来了。

他把窦昭晾在外面，自己则在内室写了五页大字，写到自己都不耐烦的时候，才去了外面的花厅。

谁知道窦昭不是正襟危坐在那里等他，而让家里的管事嬷嬷都来他这边示下。

他走进去的时候，还以为自己走错了地方。

管事嬷嬷们纷纷给他行礼。

窦昭也站起来朝着他福了福，笑着解释道："家里忙着过中秋节的事，听小厮说您在练字，儿媳想这不是一时半会儿能完的事，就让他们直接过来了。"随后关心地问道，"没有打扰您练字吧？"

宋宜春气结，咬着牙道："你既然知道我在练字，就应该等着才是，你这个样子成什么体统？"

气氛顿时变得紧张起来。

管事嬷嬷们个个低眉顺目缩着肩膀立于一旁，还有人悄悄朝门口挪着步子。

窦昭不以为意，笑道："这可真是皇上不急急死太监。看来公公没有把辽王的事放在心上，是儿媳自以为是了。既然您有事，儿媳这边也忙着，那儿媳等大家都闲了再和您说这事吧！"说着，昂首挺胸地朝外走。

宋宜春闻言，一口气差点没喘上来，而窦昭笔直的背影，说话时平静的表情和口气更是透着几分毫不在意的轻蔑，让他心中生寒。

辽王现在是他的软肋，他不敢和窦昭硬顶硬。

宋宜春咬了咬牙，赶在窦昭走出花厅之前低低地喝了声"站住"，道："有你这样和公公说话的吗？"

窦昭微微地笑，看上去很恭敬，神色间却露出几分不屑。

被儿媳妇这样轻视，宋宜春脸上火辣辣的。他逃也似的一边往外走，一面道："你跟我去书房说话。"

窦昭笑着跟了过去。

屋里的仆妇们长吁着气，互相交换着眼神，眼里都带着看戏的意味。

国公爷总想压过夫人，可每次都被夫人四两拨千斤地挡了回去，偏偏国公爷不信邪，一有机会就要试试，结果这次又输了。

她们三三两两地散了，对宋宜春的畏惧和尊敬又少了几分。

宋宜春当然不知道。

他遣了书房里服侍的小厮，开门见山地问窦昭："辽王怎么了？"

窦昭也懒得和他多费口舌，道："皇上觉得脸上无光，所以对外说是让辽王进京侍疾，实则把辽王囚禁在了身边。听世子爷说，要等皇上搬到了西苑才会安排人审问辽王。我这次来，是为了宋翰的事。他这样乱说话，到时候就算是世子爷有心包庇，只怕也保不住国公爷。我看您不如先发制人，以宋翰意图对庶母不轨为由，将宋翰除籍好了。这样一来，就算他胡说八道，别人也只当他是记恨您把他逐出了家门……"

宋宜春听得满脸骇然。

他没有想到窦昭找他竟然是为了这件事。

更没有想到的是，这么恶毒的事，窦昭说出来犹如在说今天做了什么菜，绣了什么花。

他是不是一直以来都太小瞧了窦昭？

宋宜春忍不住仔细地打量自己的长媳。

挺拔的身姿，顾盼生辉的双眸，穿着玫瑰紫二色金的妆花褙子，微微露出的月白色立领上钉着朵赤金镶百宝山茶花，明丽中带着三分飒爽，飒爽中又带着三分华美，就这样静静地站在那里，却给他一种咄咄逼人之感。

莫名的，宋宜春就想到了美人蛇！

眼前这个女人，不就像美人蛇似的吗？他怎么会以为她只是个悍妇？

宋翰让她吃了亏，她就要将宋翰除了名。那件事自己也有份，她是不是也会想着法子把自己给收拾了呢？

宋宜春喉咙发紧，不由自主地退后了几步，看窦昭的目光变得小心翼翼起来。

"那不成！"他硬着头皮道，"这样一来，英国公府的名声就完了——英国公府迟早都会交给元哥儿的，你总不能让元哥儿继承一个名声狼藉的国公府吧？"

听说窦氏亲自哺育元哥儿，祭出元哥儿这面旗，她总得收敛一点吧？

谁知道窦氏却不以为意，悠悠地对他道："我要不是顾忌着这个，早就让二太太去顺天府鸣鼓告状了。我不过是想让您进宫跟皇上说一声，只要皇上同意了，别人说什么有什么打紧？您正好可以向皇上表表忠心。一举两得的事，您又何乐而不为呢？"

逼着他把宋翰赶出家门！

宋宜春一个头两个大，道："这种事得开祠堂，一开祠堂，就瞒不住，哪有你说的那么轻巧的！"

窦昭嗤笑："当初您要把世子爷除籍，大老爷、三老爷和四老爷可是什么也没有说的。怎么轮到宋翰，几位老爷的胆子就突然大了起来？您是舍不得宋翰吧？想想也有道理，没有了宋翰，您拿什么硌硬世子爷。可事到如今，您也要想清楚了。是硌硬世子爷要紧，还是保住您自己的性命要紧？世子爷有从龙之功，您出了事，他最多功过两抵，依旧做他英国公府世子爷，不对，说不定皇上一怒之下，会摘了你的爵位，把英国公府

· 227 ·

直接交到世子爷手上……"她说着，有些幸灾乐祸地笑了笑，"反正我的话已经说到这个分上了，听不听就看您自己的了。"她站起身来，"我先走了，世子爷马上要回来了，我还要服侍他用膳呢！"

宋宜春汗毛都竖了起来。

当年的事，窦氏怎么知道的？

难道是宋墨告诉她的？

宋翰已经落到宋墨的手里了，就算宋翰把所有的事都认了，宋墨也有本事捏造出份假供词，把所有的责任都推到自己身上。

是死宋翰还是死自己，宋宜春很快就有了决定。

他高声地对往外走的窦氏道："这件事是宋墨让你来跟我说的？"

没有宋墨的点头，窦昭一个妇道人家，就算是有这样歹毒的心思，也不可能和他叫板！

窦昭笑而不答，离开了书房。

宋宜春更加肯定这是宋墨的意思。

不过，窦氏从头到尾这么镇定从容，也不是个吃素的。说不定她也从中帮着宋墨出了不少主意呢？

想到这里，他心中一惊。

宋墨纵然心毒手辣，可到底是他儿子，不敢把他怎样。窦氏可是个外人，宋墨又和她十分的恩爱，她要是使起坏来……

宋宜春不由抚额，在屋里打起转来。

窦氏为什么会这么恨宋翰？除了宋翰让她吃了个大亏，恐怕还与他宠信宋翰，窦氏顾虑自己会把爵位传给宋翰也有一定的关系。

如果宋墨有了庶子，而庶子又比窦昭生的儿子更聪明伶俐，健康活泼，讨宋墨欢心……窦氏肯定也会对付宋墨吧？

当年黎寔娘怀孕，蒋氏不就是因为担心黎寔娘生下儿子会对宋墨不利，才会睁只眼闭只眼地任他父亲处置黎寔娘的吗？

想到这里，宋宜春的心情突然大好。

现在虽然看不出来，可宋墨还没有及冠，他自己也有几十年好活，以后的事谁又说得准呢？

他不禁呵呵地笑了几声，骤然觉得宋翰在他的心里好像也没有那么重要了。

颐志堂，窦昭正坐在临窗的大炕上打络子。

她不时抬头望一眼抱着元哥儿写大字的宋墨。

宋墨被她看得写不下去了，抬头道："怎么了？"

窦昭道："你这个时候就告诉元哥儿认字，会不会太早了些？"

"不过是先让他胡乱认识认识。"宋墨笑道，"这可是岳父教我的，说窦家的孩子从会说话起就开始认字，等到启蒙的时候比别的孩子读书都快，让我别只顾着公事，耽搁了孩子的功课。"

窦昭不由失笑。

宋墨就摸了摸元哥儿的乌发，道："我们元哥儿虽然不用考进士，可多读点书，总是好的。"

这点窦昭倒赞成。

她一抬头，看见元哥儿不知道什么时候把墨条抓在了手里，正学着刚才宋墨磨墨的样子在砚台上使劲地乱画。

墨汁溅得到处都是，不仅把宋墨刚写的字给溅上了，他手上和衣服上也到处都是。

"元哥儿！"她忙下炕，夺了元哥儿手里的墨条。

元哥儿仰了小脸，不解地望着窦昭，表情显得有些怯生生的。

窦昭暗暗后悔，忙柔声道："这个可不是玩的。你看你，手都黑了。"

元哥儿看着自己的小手，好像感觉很有趣似的，咯咯地笑。

宋墨看着也笑了起来，劝着窦昭："没事，孩子还小，等大些了就知道了。"他说着，亲了亲元哥儿，一点脾气也没有，喊着小丫鬟打水进来帮元哥净手，换衣服。

元哥儿突发奇想地把手按在了宣纸上，宣纸上出现几个手指印儿。

他想了想，突然转身把手按在了宋墨的胸前。

宋墨穿着件灰蓝色杭绸衣服，元哥儿的手一挨着他的衣裳，墨痕就迅速地浸了进去，非常的显眼。

窦昭愕然。

元哥儿却有些得意洋洋望着宋墨，道："小鸡的脚。"

窦昭和宋墨两口子的目光都落在了那几个小点点上，看不出几个墨点子与小鸡的脚有什么相似之处。

元哥儿伸着小指头又在宋墨的胸前点了几点，道："小鸡在走路。"

宋墨看着那如延伸到远处的小墨点，顿时激动起来，对窦昭道："你别说，还真像是小鸡走过的脚印。"

窦昭可看不出来，笑了一会儿，帮父子俩换了衣裳。

元哥儿还要写字，窦昭看着天色已晚，哄着他去睡觉："明天在太阳下面写字，看得清楚。"

宋墨也哄他："明天爹爹早点回来。"

元哥儿在宋墨怀里撒了会娇，这才跟着乳娘回了房。

宋墨好整以暇地坐在太师椅上，笑道："说吧，什么事？"

自己表现得这么明显吗？窦昭讪讪地笑。

宋墨笑道："你每次有正经事跟我说的时候，表情就特别严肃。"

还有这回事？窦昭瞪大了眼睛。

宋墨笑着把她拉在自己怀里坐下，打趣道："快说是什么事，不然我去睡了。"

窦昭哈哈地笑，把苗安素怎么来找她，她又怎么和陈先生，怎么去找宋宜春的事一五一十都告诉了宋墨。

宋墨越听表情肃穆，待窦昭说完，他脸上已是一片寒光。

窦昭不免心里有些打鼓，迟疑道："你是不是觉得我做得太过分了？"

就算这样，她也不后悔。

"不是！"宋墨冷冷地摇头，道，"这本是我的事……"他说着，转过头来，目不转睛地盯着她的眼睛，"寿姑，以后有这种事，你让我出面，别坏了你的名声。"

可他出面，却会坏了他的名声。

不知道为什么，窦昭刹那间热泪盈眶。

宋宜春比宋墨和窦昭想象的更无情，更无耻。

宋墨考虑了一天，准备第二天再去跟宋宜春说说宋翰的事，谁知道次日早上他去香榭院的时候，宋宜春已经进了宫。

"国公爷一个人去的吗？"宋墨不由得皱眉，"陶先生已经定下了启程的时间吗？"

接待他的是英国公府的大总管黄清。他恭敬地道："国公爷身边有曾五服侍。陶先生过完了中秋节就会启程。"

宋墨点了点头，回了颐志堂，对窦昭道："天气渐渐凉爽起来，趁着天气好，你月份还轻，我们带着元哥儿去探望老安人吧！"

他非常佩服祖母的镇定沉着，对老人家多了几分敬重。

窦昭奇道："是不是国公爷不愿意进宫去说宋翰的事？"

"不是！"宋墨面无表情地道，"父亲一早就进宫去了。"

他说不出心里是什么感觉，总之有点不想见到宋宜春。

窦昭却隐隐有点明白。

作为父亲，宋宜春不管是对宋墨还是宋翰都没有舐犊之情，宋墨从内心深处对他感觉到失望。

只有她和孩子的笑声，祖母的慈爱能让宋墨感受到一丝的温暖。

窦昭高声吩咐着若彤，丫鬟小厮欢快地收拾着东西，元哥儿跑出跑进，家里一派温馨热闹的气氛。

宋墨的表情渐渐舒缓起来。

窦昭松了口气，笑着和宋墨、元哥儿一起回了后寺胡同。

纪令则也在。

她亲手帮祖母做了七八套秋裳，见今天天气很好，就带着丫鬟过来探望祖母。

窦昭他们去的时候，她正在帮祖母洗头发。

祖母非常高兴，脸上的笑就没停过。

宋墨悄悄地打趣她："看，你失宠了吧！"

窦昭乐得有人如此照顾祖母，"哼"了一声，道："我是姑奶奶，怎么能和嫂子们一样！"

姑奶奶回娘家是客，嫂子却是媳妇，孝顺公婆是她的责任。

宋墨呵呵地笑。

元哥儿跑过去道："曾祖母，曾祖母，我帮你捏肩膀！"

"哎哟！"祖母喜不自禁，道，"我们元哥儿还知道帮人捏肩膀。"

纪令则温柔地笑，端了个杌子放在祖母的身后，又扶着元哥儿站在上面。

元哥儿就用小手捶着祖母的背，道："我爹就跟我娘捏肩膀。他们捏肩膀的时候，还把我赶了出去。"

众人一愣，望着脸通红的宋墨，想笑又不敢笑，都低下头去，憋得不行。

"这是怎么了？"窦世英听说宋墨两口子带着元哥儿来了后寺胡同，也带着窦德昌过来了，他进门就看见大家个个都像喉咙被掐往了似的，不禁奇道，"我是不是错过了什么？"

"没错过，没错过。"祖母抿了嘴笑，道，"你不是说今天有事要出去吗？怎么又过来了？用过早膳了没有？红姑今天做了红薯粥，要不要添点？"

窦世英不明所以，只好顺着祖母的话道："我已经用过了。听说砚堂过来，就过来看看。等会再出去。"又对宋墨道，"徐志骥去了工部任右给事中，今天他请吃饭。"

宋墨忙道："岳父和徐志骥很熟吗？我在工部有些事做，你看什么时候合适，把这个徐志骥介绍给我认识认识。"

"好啊！"窦世英笑道，"要不你今天就跟我一起过去喝酒吧？他这个人还是很好说话的。"

"今天我就不去了，今天我陪老安人说说话。"宋墨把窦世英拉去了一旁的厢房说话。

窦德昌摸了摸脑袋，满目的困惑："到底发生了什么事？怎么砚堂看上去显得有些不自在啊？"

"真没什么。"纪令则瞥了低头喝茶的窦昭一眼，决定回家后把这件事悄悄地讲给窦德昌听，让丈夫也分享一下窦昭和宋墨的笑话。

她见祖母示意元哥儿不要再捶了，就笑着上前抱了元哥儿，道："我们元哥儿最乖不过，祖母已经捶好了，你也累了，让你舅舅带你玩去。"

祖母则抓了一把糖给元哥儿，笑着叮嘱他："玩一会儿了就到祖母屋里来，祖母还有很多好吃的！"

元哥儿笑眯眯地点头，窦德昌把他顶在肩膀上去了后面的园子。

纪令则拐了拐窦昭，笑道："上次你穿的那茜红色的裙子很漂亮，是谁的手艺？我也想做一条过中秋节。"

窦昭见她一本正经的，眼中却闪烁着戏谑之色，顿时羞红了脸，道："你尽在这里给我睁眼说瞎话吧。"

纪令则再也忍不住，大笑了起来。

窦昭恼羞成怒，板了脸，不理纪令则。

"这孩子！"祖母嗔道，"你们夫妻和美，是好事。你恼什么恼？"说得窦昭一张脸朝霞似的。

纪令则则揽了窦昭的肩膀，笑吟吟地道："好了，好了，别生气了。我带了新做的桂花蜜过来，我们包汤圆去。"

窦昭失笑，觉得自己刚才有点执拗，差点就让纪令则下不了台，还好纪令则心胸比较宽广，没把这些事放在心上。

她赧然地和纪令则去了厨房。

待他们晚上回到家，严朝卿竟然在英国公府的大门口等他们。

宋墨和窦昭都暗暗惊讶。

严朝卿苦笑着迎了上来，道："国公爷午初就回来了，每隔半个时辰就让人过来问您回来了没有……"

宋墨出门之前曾交代严朝聊，除非是宫里的事，不然一律推说不知道他去了哪里。

窦昭和宋墨闻言不由对视了一眼。

宋墨低声道："你先带孩子回去，我去看看他有什么事。"

窦昭"嗯"了一声，回了颐志堂，刚刚洗梳一番，陈曲水求见。

"我发现国公爷从宫里回来之后，就派了人去宋家几位爷那里。"他猜测道，"说不定他决定开祠堂了。"

这么快吗？事情拖了好几年，就这样解决了？

窦昭反而有种不真实的感觉。

过了大约半个时辰，宋墨回来了。

他表情看不出喜怒，却也不像平常那样安静从容，反而显得怪异。

窦昭忙道："国公爷找你是？"

"他决定明天一早就开祠堂。"宋墨道，声音里透着浓浓的疲惫，"把宋翰逐出英国公府。"

陈曲水见状，朝着窦昭使了个眼色，悄然地退了下去。

窦昭轻轻地搂了他的腰，长长地叹了口气。

宋墨落寞道："他要我死，对宋翰也没有手下留情，母亲他就更没有放在心上了，我真想挖开他的心看看是红的还是黑的。"

这也是他上一世的愤怒吧？

窦昭把脸贴在了他的背上，柔声地道："我只知道，宋砚堂是这个世上待我最好的人了。"

宋墨笑了笑，转身把窦昭抱在了怀里。

有丫鬟小厮小声嬉笑着将屋檐下的灯笼点燃，还有元哥儿在抄手游廊上咚咚乱跑的脚步声，乳娘焦急的呼喊声，厨房婆子来问若彤等人要不要做夜宵的轻语，交织在一起，有些喧哗，却充满勃勃生机，将宋墨的心一下子填得满满的。

他笑着松开了窦昭，牵着她的手道："走，我们去看小厮们点灯。"

灯点起来，一片通明，让他的心都跟着暖起来。

窦昭微微地笑，随着宋墨出了厅堂。

当天晚上，宋墨不仅让人去田庄里接了苗安素，还把苗家伯父，苗父和苗安平都接了过来。

"宋翰不孝，父亲已禀明皇上，要将他逐出家门。"他在小书房里见了苗家的人，"苗氏却没有错，我的意思，是先让苗氏和宋翰和离，然后宋家再开祠堂。"

苗家的人满脸错愕，其后面面相觑。

好一会儿，苗伯父才咳了一声，道："那我们家六姑奶奶以后的日常嚼用？"

苗安平却打了个寒战。

他平时虽然不做好事，可也没有大恶。交往的人中也没有动辄要人性命的。被人毒打的时候，他当时不明白，事后怎么也看出了点蛛丝马迹，这才知道苗家和宋家有多远的距离——人家说杀人就杀人，杀完了什么事也没有。他要是打了个良家子，立刻会被人告到衙门里去，吃官司罚钱，一点通融的地方都没有。

"伯父，"他忙道，"您这是说什么话？二爷被逐出家门，世子爷事先还特意找了我们来商量六姑奶奶和离的事，六姑奶奶日后的生活世子爷又怎么会考虑不到？我们只管听世子爷的就是了，不会有错的。"

苗父不由狠狠地瞪了儿子一眼。

他刚被和离的事给镇住了，但一回过神来，心里就算盘着怎么从宋家弄点银子花花，一旦女儿和宋家没有了关系，可就再也别想捞到什么好处了！

苗安平却不想父亲坏了自己的事，一面原封不动地瞪了回去，一面道："世子爷，我们全听您的。我伯父和父亲年纪都大了，又怜惜六姑奶奶以后没有个依靠，不免说话会不中听。世子爷千万可别放在心上。"

被打了一顿，懂事多了。

宋墨在心里暗忖，索性不理苗伯父和苗父，对苗安平道："宋翰名下的产业都归苗氏所有，以后男婚女嫁，各不相干。你们看如何？"

苗家的人还以为宋家最多拿个几百几把两银子打发了苗氏，听着不由大喜，忙不迭地答应了。

宋墨将几人安排在四条胡同住下，去了窦昭那里。

· 232 ·

窦昭对栖霞道："国公爷非要开祠堂不可，只好让你过来一趟。好在没有外人，你也不要怕！"

栖霞满脸是泪，却不敢哭出声来。

她跪下来给窦昭磕头，任苗安素怎么拉也不起来："夫人，多谢您让我作证。我做梦都想看看二爷知道自己众叛亲离的表情。"

第一百七十二章　祠堂·报应·扭曲

窦昭听着暗暗叹气，做人做到宋翰这个份上也算是一种悲哀了！

她把这件事说给宋墨听。

宋墨冷笑，道："他这是咎由自取，怨得了谁？如果当初他把母亲的事告诉我，如今我又何至于这样对付他？不，就算他一时害怕，不敢说出母亲的事来，我和父亲反目后，他看到我占了上风时再告诉我，我也不会追究他。偏偏他却只拿了只言片语来误导我，被我发现之后还诸多狡辩，你敢说他没有一点小心思？"

只怕是主意太多！

窦昭苦笑。

宋墨长长地吁了口气，温声道："我们别说他了，说起他我就什么心情都没有了。我已跟顺天府的黄大人说好了，明天一早父亲就可以和苗家的人去办手续了。等开了祠堂，宋翰立刻给我滚出去……"

滚出去之后呢？

窦昭看着宋墨冰霜似的面孔，很聪明地没有继续问下去，由着宋墨扶着她上床歇了。

或许是心里的一块大石头落了地，窦昭睡得格外香甜，等她睁开眼睛的时候，已是日上三竿，宋墨也不在身边了。

她不由嗔怒："你们怎么不把我叫醒？"

苗安素和栖霞等人暂时住颐志堂，今天还要开祠堂！

当值的是若朱。她笑道："不是我们不想把您叫醒，是世子爷说，您这几天操劳了，让我们别把您吵醒了。"又道，"国公爷和苗家的人去了顺天府还没有回来，二太太用了早膳就去了栖霞姑娘的屋子，两人在湖边一面说话，一面散步，已经走了一个早上了。"

两人想必都有很多的感慨。

窦昭由若朱服侍着用了早膳，又去看了看在后院和小丫鬟玩跷跷板的元哥儿，这才去了后花园。

远远地，苗安素就看见了窦昭。她低声和栖霞说了几句话，栖霞朝这边望了望，和苗安素一起迎了过来。

窦昭问她们两人："你们以后有什么打算？"

宋家的人虽然不多，可她们一个是宋翰的妻子，一个是宋翰的仆妇，竟然在祠堂上指证宋翰，她们的名声也算完了，所以窦昭希望能尽力地给她们保护。

苗安素笑道："昨天晚上我哥哥身边的小厮来找过我，把世子爷的话都告诉我，能这样离开英国公府，已是我天大的福分，其他的，也不敢强求了。"又打趣道，"从前我什么都没有，还嫁进了英国公府，现在我有田有房的，还有世子爷和夫人的庇护，难道过得还不如从前？"

她倒是很乐观。

栖霞则想继续回真定的崔家庄生活："十三爷对庄子里的人说我丈夫是因为护卫夫人而去世的，大家都对我非常照顾，我也习惯了那里的日出而作日落而息。"

不仅如此，大家从来没有因为她的寡妇身份而瞧不起她，几位年长的妇人还常常劝她再找一个。而且村头杜寡妇家那个做货郎的儿子每次走村串户回来，都会给她带些色彩鲜亮的丝线，这次听说夫人要她回府，他还以为她不回来了，跟在她的马车后面，一直把她送出了真定县……

想到这些，她脸色微热，飞快地朝窦昭睃了一眼，见窦昭正和苗安素说话，并没有注意到她的异样，她悬着的心这才落定了。

武夷跑过来找她们："夫人、二太太、栖霞姑娘，几位老爷和舅老爷都来了，世子爷请你们过去。"

好戏要开锣了！

窦昭笑着由武夷引着去了祠堂。

宋家的几位老爷和陆家的几位舅老爷坐在祠堂的大厅里，她们这些女眷则在大厅旁边耳房里等着。

不一会儿，宋宜春和宋墨一前一后地进了祠堂。

众人都站起来和宋宜春、宋墨寒暄。

宋墨态度温和，宋宜春却像谁欠他三千两银子不准备还了似的，板着脸和众人点了点头，就坐在了正中的太师椅上，道："我叫大家来的意思先前也跟大家说了，"他说着，目光在陆家的人身上扫了扫，"今天请诸位来，是请大家做个证人，以后有人问起来，也知道宋翰从此以后不再是宋家的子孙了。"然后他目光一沉，喝道："把宋翰带上来！"

宋翰快要疯了！

窦昭把他关在柴房，好吃好喝地服侍着，却没有一个人和他说句话，既没有宋宜春的呵斥也没有宋墨的质问，大家好像忘了有他这个人似的，他就是想为自己申辩几句也没有人听，他不知道接下来等待自己的将会是什么。一会儿想下一刻柴房的门会不会吱呀一声打开，父亲阴沉着脸站在门口，冷冷地朝着他说"随我来"，而宋墨却只能忍气吞声地看着他跟着父亲离开；一会儿又想柴房的门会不会被人踹开，他像死狗似的被人拖了出去，那些人一面毫不留情地任地上的砾石划破了他的衣裳，一面狰狞地道着"今天您可吃好喝好了，下顿您就得去阎罗殿里用膳了"的话……

所以当夏瑰带着几个婆子端着热水拿着衣裳走进来的时候，他扑通一下跪在了夏瑰的面前，抱着夏瑰的大腿就哭了起来："不是我干的！那件事真的不是我干的！我是冤枉的……你让我见我哥一面，只见一面……"当他看见夏瑰不为所动，面上还带了些许的讥讽时，忙改口道，"求你给我爹爹带句话，我不会亏待你的，你也知道，我爹爹很喜欢我的，如果让他知道是谁害了我，他虽然不能把害我的人怎样，可收拾那些下手的人却是轻而易举的事……这是我们家的家事，你就不要插手了。自古以来卷入了夺嫡之事的臣子都没有好下场，你们也是一样……"

难怪大家都说二爷和世子爷不是一个母亲生的。世子爷那么坚忍刚毅的人，怎么会有这样一个胞弟？

夏珰强忍着才没有一脚把宋翰踢到一旁去。

"二爷误会了。"他依礼恭敬地道，"是国公爷要见二爷，世子爷这才命我带人过来服侍二爷梳洗的。"

"你说什么？"宋翰又惊又喜，道，"我爹要见我？"

"是啊！"夏珰不禁嘴角微翘，露出个笑容来，"二爷还是快点收拾妥当了随我去见国公爷，也免得大家等着着急。"

如九死一生中看到脱困的希望，宋翰连声说着"好，好，好"。

夏珰扶都懒得扶宋翰一下，扒开宋翰的手，径直走了出去。

几个婆子笑盈盈地上前服侍他梳头更衣。

宋翰满心欢喜，也顾不得几个婆子是他不认识的生面孔，道："几位妈妈从前都在哪里当差？可知道我爹爹现在在哪里等我？我哥哥是否和我爹爹在一起？"

几个婆子只是笑，却不说话，手脚非常利落，一看就是惯常服侍人的。

宋翰也知道家里的规矩严，不再多问，随着那几个婆子好生捯饬一番，走出了柴房。

外面的天空一片碧蓝，像被水洗过一样，让人看着就有种舒畅的感觉。

他深深地吸了口气，却看见夏珰身边跟了七八个五大三粗的护卫。

宋翰的笑容一下子凝结在了脸上。

夏珰却像没有看见似的，笑着："二爷，请跟我来！"转身朝着樨香院的方向去。

宋翰的脸上重新有了笑意，对簇拥着他的护卫也没有刚才那么排斥了。

他们转过正厅，继续往前走，上了一条两旁植满了柏树的青石板甬道。

宋翰一下子停住了脚步，露出几分惊恐："我们这是要去哪里？"

"去祠堂。"夏珰不以为意地笑道，"国公爷和世子爷都在那里等着二爷呢！"

"等我？"宋翰目光游离地打量着四周，"等我做什么？"

"好像是有话要说的样子。"夏珰道，"至于具体是什么事，小的就不知道了。"

宋翰有些犹豫。

夏珰笑道："二爷，这里离祠堂不过十来丈远，有什么事，您见了国公爷问一声不就知道了吗？若是因为去晚了惹恼了国公爷，反而不好。"

他的语气十分温和，还带着些许劝慰的味道，让宋翰安心不少。而且他被护卫簇拥在中间，就算是想跑，也得能行才是啊！

宋翰随着夏珰去了祠堂，一进门就看见了面色阴郁的宋宜春和神色漠然的陆家大爷陆晨。

再看宋墨，竟然坐在陆晨的下首。

宋翰心里"咯噔"一下。

找他说事，不去书房却来祠堂，而且还叫了陆家的人来……

他忙朝宋宜春的下首望去。

宋茂春等人或低头，或喝茶，或独坐，没有一个人和他打招呼的。

他的脸色顿时变得煞白。

"不，不，不！"宋翰朝后退，"我没有和辽王勾结！是父亲让我去香山别院的！我什么也不知道……"

事到如今，这个孽畜还胡说八道，难怪窦氏说只能先发制人地将他逐出家门了。

宋宜春气不打一处来，狠狠地瞪了站在旁边的曾五一眼。

曾五一个激灵，忙上前捂住了宋翰的嘴："二爷，这里可是宋家祠堂！您可不能信口开河，不然宋家的列祖列宗会不高兴的。"

宋钦看着直皱眉。

不管宋翰犯了什么错，曾五一个家仆，怎么能这样对待宋翰？

他嘴角微翕，正想开口训斥曾五几句，谁知道弟弟宋铎却拉了拉他的衣袖，悄声在他耳边道："别管，小心引火上身。"

宋钦心中还有些犹豫时，几个粗壮的仆人已上前手脚麻利地将一块帕子塞到了宋翰的嘴里，把他按到了地上。

宋宜春看着神色微缓，然后脸色一板，沉声喝道："宋翰，你可知错？"

宋翰目眦欲裂，拼命地挣扎着，嘴里不时地发出一阵"呜呜"的声音，望着宋宜春的目光中充满了愤恨与不甘。

宋宜春心中一颤，脑海中突然浮现出蒋氏死前的情景。

他顿时感觉到很不自在，轻轻地咳了一声，这才高声道："让苗氏和那个丫鬟进来。"

曾五忙上前撩了旁边耳房的帘子，苗安素和栖霞走了进来。

宋翰惊骇地望着栖霞，栖霞却视若无睹地跟在苗安素身后走到了大厅的正中，屈膝给在座的各位老爷少爷行了个礼。

宋宜春道："苗氏，我来问你，辽王来家里做客的时候，都发生了些什么？"

宋茂春等人恍然大悟。

原来如此！

宋翰并不是因为和庶母有染才开祠堂的，而是因为他和辽王勾结在了一起。辽王事败，他若是不被除籍，等皇上知道了，那英国公府可就糟了！他们没有了依靠不说，说不定还会像定国公府那样被连累着流放抄家。

必须要把宋翰逐出家门！

在苗氏娓娓的说话声中，宋茂春等人已交换了一个眼神，做出了决定。

宋钦则是又羞又愧。

枉自己还是大哥，竟然会质疑二伯父处事不公，看来自己还不如弟弟宋铎。

他不由朝宋铎望去。

宋铎正认真地听着苗安素讲述着当天的事："……实际上栖霞曾经提醒过奴家，只怪奴家迟钝，根本没有往这上面想，这才让二爷越走越远，最后酿成了大错！说来说去，都是奴家的错，还请公公责罚。"

她说着，跪了下去。

宋宜春对她的说话很满意，微微颔首，望向了栖霞。

栖霞扑通一声跪在了苗安素的身边，低声道："奴婢自从被拨到了二爷屋子里，就一直近身服侍着二爷。二爷待国公爷屋里的姐姐们都很亲厚，先前奴婢也没有放在心上。后来二爷要成亲，杜若姐姐却没来由地不高兴起来，二爷也有事没事就往杜若姐姐身边凑，奴婢就瞧着不对劲，只是那时候府里都忙着二爷的婚事，奴婢也没有特别地留意……"

宋宜春听得不由牙痛。

什么叫"二爷待国公爷屋里的姐姐们都很亲厚"，难道他屋里的人都和宋翰眉来眼去不成？这个窦氏，是怎么告诉这丫鬟说话的？怎么能让她胡说八道啊！

宋宜春觉得喉咙里仿佛有根羽毛搔弄似的，又轻轻地咳了一声，道："好了，大家都知道是怎么一回事了，你就不用多说了。"

这可真是拔出萝卜还带着泥啊！

知道的，是栖霞说话不中听；这不知道的，只怕还以为宋宜春绿云盖顶呢！

宋茂春差点就笑出声来。

他忙低下头去佯装喝茶，这才把笑意强忍了下来。

陆晨和陆时两兄弟却目露讥讽。

不怪长公主看好宋墨，宋宜春连个栽赃陷害都弄不好，英国公府指望他，只怕是没几年好日子可过了。

兄弟俩也低下头去喝茶。

被按在大厅中间的宋翰满心悲愤。

怎么会这样？他们怎么能这样陷害自己？和庶母通奸，他们真想得出来！

杜若身边也是有小丫鬟服侍的，樨香院人来人往，她又从来都不曾出过院子，自己如果和杜若有染，怎能瞒得过满院的丫鬟婆子小厮媳妇子？

他们甚至连个合理点的理由也懒得去想吗？

宋翰朝宋家的人望去。

宋家的人个个面无表情，好像已经被这件事给骇住了似的。

他朝陆家的人望去。

陆家的人个个神色肃穆，好像听到了天底下最让人不齿的事。

宋翰很想笑。

原来这就是欲加之罪啊！

他睁大了眼瞪着宋墨。

宋墨神色平静，风轻云淡得如同在看戏。

终于把自己踩在了脚下，他此时心里一定很高兴吧？

他想到了那个夏日的早晨。

阳光照在他雪白的杭绸衣服上，纤尘不染。

李大胜把他顶在肩膀上，另一个护卫则站在街上帮他去拦卖香瓜的。

有个年轻的妇人突然冒了出来，笑盈盈地对他道："你是英国公府二爷吧？奴家是你的亲生母亲！"

他的世界从此就像被人泼了瓶墨汁似的。

他曾想过杀死黎寞娘，可母亲待他如珍似宝，他一离开母亲的视线母亲就会四处找他，让他没有机会下手；他也曾想过娶个蒋家的姑娘，这样，他就是蒋家的女婿。常言说得好，一个女婿半个儿，他就能名正言顺地做母亲的儿子了。可还没等他长大，蒋家就被抄了家；他也曾想过永远地做宋墨听话乖巧的弟弟，可母亲去世了，宋宜春怕宋墨知道真相后找他算账，想除掉宋墨，结果不仅没有成功，反而让宋墨怀疑起母亲的死因来……

他实际上是想做母亲的好儿子的！

他实际上是想做宋墨的好弟弟的！

可老天爷却不给他这个机会，让宋宜春把事情全都搞砸了！

宋翰气得想大叫。

宋宜春，宋宜春，全都是他！

要不是他，自己怎么会和辽王认识，又怎么会生出结交辽王的念头？

要不是他，自己怎么会去陷害宋墨，结果反被宋墨利用？

要不是他，自己怎么会以身试险，带了辽王的人去捉拿窦昭他们，最终被宋墨捉住了把柄？

他弄出那么多的事，到头来他不仅不帮自己，现在还开了祠堂要把自己赶出宋家，要让自己身败名裂，让自己无处可去，置自己于死地……

宋翰瞪着宋宜春。

宋宜春正义正词严地数落着自己的种种不是。

他心里噔地一声，烧起了一把火。

宋翰朝着宋宜春嘶吼着。

可惜那些嘶吼声都变成了低低的呜咽。

宋翰拼命地挣扎着。

钳制他的力量陡然间消失了，他竟然从那些人手里挣脱出来，跌跌撞撞地朝前冲过去，摔在了地上。

屋里的人都被这变故吓了一大跳，苗安素和栖霞更是尖叫着躲到了宋墨的身后。

按着宋翰的人也被眼前的情形惊呆了，他不知道怎的胳膊肘那里一麻，手就使不上劲了……

"国公爷！"他惶恐地想向宋宜春解释，可手又像什么事都没有似的恢复自如，他只好把满腔的困惑压在心底，大步上前去捉宋翰。

宋翰却像猛虎出闸，神色狰狞地朝宋宜春扑过去。

宋宜春一脸骇然，吓得一时没有了主张，就这样眼睁睁地看着宋翰扑过来掐住了自己的脖子。

"我让你胡说八道，我让你颠倒黑白！"宋翰目光发直，喃喃地道。

宋墨嘴角微翘，露出一个冷笑。

狗咬狗，一嘴毛，关自己什么事？

陆家的人也在旁边看热闹。

宋茂春倒是想上前去将两人拉开，但看见宋墨和陆家的人都没有动，他踌躇了片刻，别过脸去。

宋逢春和宋同春向来以宋茂春马首是瞻，也都跟着稳稳当当地坐着。

宋钦等人是小字辈，还轮不到他们说话，只有看着的份。

曾五早不知道溜到哪里去了。

满屋的人，就这样眼睁睁地看宋翰把宋宜春掐得脸色发紫，伸出舌头来。

还是之前按着宋翰的几个护卫看着再不管就要出人命了，硬着头皮去拉架。

谁知道看上去还有几分瘦弱的宋翰此刻却力大如牛，任他们怎么拉也拉不开。

有个护卫就去掰宋翰的手指头。

宋翰吃痛，松开了一只手。

几个护卫松了口气。

宋翰却红了眼，张口咬在了宋宜春的喉咙上。

宋宜春"哎呀"一声，痛得脸色煞白。

"二爷，快松口！"几个护卫急得围着他团团转，有的去拉宋翰的人，有的去拍打宋翰的头，可宋翰像疯了似的，咬着宋宜春的喉咙不放。

血从宋翰的嘴角流下来，滴在了宋宜春的衣襟上。

陆晨这才神色微变，和堂弟陆时对视了一眼，站起身来大喝着"住口"："宋翰，你还不松口？难道想弑父不成？"

宋翰置若罔闻，眼神像野兽般凶狠。

宋茂春等人心中一颤，感觉到事情好像脱离了正轨。

兄弟三个交换了一个眼神，由宋茂春提着个茶壶狠狠地砸在了宋翰的脑袋上。

宋翰眼睛发直，不一会儿，轻轻地瘫在了地上。

宋宜春捂着喉咙，已经不能说话了，血从他指缝间不停地涌出来。

"二叔父，二叔父！"宋钦哭着用自己衣摆堵着宋宜春的喉咙，宋茂春脸色发白地大声喝着"还不快去请大夫"，陆晨兄弟也肃然地走了过去，屋里乱成了一团，只有宋墨，神色冷漠地坐在一旁，身后是抖个不停的苗安素和栖霞。

谁也无心理会宋翰。

血慢慢地从宋翰的头部洇出来，在青石地板上呈现乌黑一块。

英国公府的大总管黄清领着一大群仆妇冲了进来，又是下门板，又是嚷着大夫什么时候来，手忙脚乱地把宋宜春朝外抬。

宋宜春痛苦地捂着喉咙，被抬起来的那一瞬间，他眼角的余光看见了静静地站在那里面无表情地注视着这一切的宋墨。

他莫名地想起了十五年前的事。

自己被广恩伯骗了，蒋氏挺着个大肚子，不是安分守己地在家里安胎，却跑去找蒋梅荪，蒋梅荪不仅没有帮自己，反而把这件事给捅到父亲那里，蒋氏还装模作样地给他求情，害得他又被父亲骂了一顿，还被剥夺了管家的权力……

黎寔娘在蒋氏之前怀了身孕，这恐怕是天之骄女的蒋惠荪生平所受的唯一羞辱。

一想到这些，宋宜春就觉得自己热血沸腾，想见到黎寔娘，连黎寔娘的卑鄙无耻都变得让人赏心悦目起来。特别是当他看到黎寔娘也挺着个大肚子，娇滴滴地求他"这可是您的骨血，您总不能让他就这样流落在外面"的时候，"狸猫换太子"的戏码立刻浮现在他的脑海里，而且还越演越烈！

如果蒋氏知道自己辛辛苦苦养大的孩子是黎寔娘生的，她会怎样呢？

这念头一起就没有办法收场。

他在蒋氏面前做小伏低，战战兢兢地安排着稳婆、医婆，父亲不仅没有怀疑，反而欣慰他长大了，懂事了，他第一次觉得有些事也未必就像他想象的那样艰辛。

就像老天爷都看不下去了似的站在他这一边——蒋氏生产的时候难产了，黎寔娘也顺利地催生下了孩子，而且蒋氏生的是个女儿，黎寔娘生的是个儿子。

神不知鬼不觉，他将两个孩子换了过来。

或者是母子连心，蒋氏抱着宋翰的时候，眉宇间总会时不时地浮现出些许的困惑。

他看着不由得胆战心惊，索性亲自照顾那孩子。

蒋氏定下心来，一心一意地照顾着宋翰，甚至比宋墨花费了更多的精力。

每看到那场景的时候，他心里就有种异样的冲动，盼着宋翰快点长大，盼着宋翰比宋墨更乖巧听话，更懂事聪慧，甚至盼着蒋家也能像培养宋墨那样全身心地培养宋翰。

等到真相被揭露的时候，事情一定很好玩。

他怀着这样的心情一直等到了蒋氏因蒋梅荪的事情病倒了。

然后他悄悄放了砒霜在她的汤药里，并在她最后的日子里把真相告诉了她！

他想他这一辈子都不会忘记蒋氏那震惊的面孔。

那也是他生平第一次看见蒋氏的震惊。

他同样忘不了他看见蒋氏震惊的面孔时那扬眉吐气的感觉。

可蒋氏被气得吐血还不死。

他只好用被子捂住了她的脸。

蒋氏用力地蹬着被褥。

她的力气可真大啊!

床单都被她蹬烂了。

她当时还骂他来着。

还说,他会遭报应的!

想到这里,宋宜春原来有些麻木的喉咙又开始火辣辣地痛。

好像宋翰还咬着他的喉咙似的。

像毒蛇的牙齿,死死地扎进了他的肉里。

宋翰这个上不了台面的贱种,还就真如蒋氏所料的那样竟然反噬自己!

宋宜春气得手直抖,想高声喊着"把宋翰乱棍打死",却怎么也发不出一点声响,反而胸闷气短,差点透不过气来。

宋茂春见状忙道:"你千万别乱动,小心撕裂了伤口。大夫马上就来了。"

宋宜春还是不甘心想朝着宋翰倒地的方向望去,只可惜他刚刚抬了个头就没有了力气,又无力地倒了下去。

宋同春忙用力地按住了他的伤口。

一行人急匆匆地去了槭香院。

大厅顿时冷清下来。

陆晨望了眼昏迷不醒的宋翰,道:"怎么办?"

如果只是想让他死,多的是办法,又何必留他到今天。

宋墨道:"也抬到槭香院去,让大夫治好了就给我滚蛋。"

陆时点头,道:"我还担心你一时气愤会不管宋翰呢——有些事大面上过去了就占住了理,等这件事过去了,多的是机会。"

陆晨笑道:"砚堂心里不比你清楚,你就少说两句吧!"

陆时呵呵地笑。

大厅的气氛一缓。

宋墨吩咐夏珰把宋翰抬去了槭香院,这才让丫鬟去请了窦昭出来拜见陆家的两位舅老爷。

陆晨和陆时连声不敢。

窦昭就对宋墨笑道:"您看那族谱上是不是请两位舅老爷留个字?也免得再劳动两位舅老爷跑一趟……"

宋翰除籍的事还只进行了一半,最重要的立契还没有完成!

陆晨和陆时这才反应过来,纷纷道:"这是应该的。"

两人在早已写好的契书证人上签了名字按了手印。

宋墨留了他们用饭。

两人都觉得不必了:"家里出了这种事,你哪有心情陪我们吃饭,还是去槭香院要紧。以后有了空闲,我们再聚聚。"

宋墨心中虽然没有一丝伤感,可现在的确有点不合适,他没有强求,和窦昭一起送了两位舅老爷出门。

窦昭提醒宋墨:"还有位证人是大伯父。"

"我知道了。"宋墨低声道,"我去趟榭香院,你送苗氏和栖霞离开京都,免得把她们两个牵扯进去。"

苗安素和宋翰已由双方的父亲立下了和离的契书,苗安素已经不是宋家的媳妇,此时不走,更待何时?

窦昭把宋墨的意思转达给了苗安素。

苗安素没想到自己这么简单就和宋翰和离了,她拉着窦昭不停地问"是真的吗"。

窦昭道:"宋家的那份契书在国公爷手里,国公爷出了事,一时间也不知道放到什么地方去了。你那份在令尊手中,你若是不相信,可以让令尊给你看看。"又想到苗家的贪婪,苗安素和离之后宋翰名下的产业都归了苗安素,她又道,"顺天府那边也有存档的,要不你去让顺天府的人再给你写一份也行。"

苗安素连连点头,眼角忍不住红了起来,出了英国公府先去了趟顺天府,借着英国公府的名头让衙胥重新给她写了份和离书藏在了怀里,随后去镖局雇了几个护卫,这才回了四条胡同。

栖霞则大大方方地接过了窦昭送给她的一套银头面,恭恭敬敬地给窦昭磕了三个头,由陈晓风亲自护送,去了真定。

窦昭不由长长地吁了口气,派人去打听榭香院的情况。

若朱回来告诉她:"御医院来了两个大夫,也只敢用鸡皮贴在伤口上,然后开了些金疮药外用,说国公爷能不能挺得过来,就看今天晚上了。倒是二爷,不过是头上破了个大口子,失血过多,开些益气补血的方子就行了。"她说着,语气微顿,又道,"听说二爷醒过来了就乱嚷嚷,连国公爷都骂上了,旁边服侍的吓得不得了,只好用帕子堵了二爷的嘴。"

他不嚷嚷才怪。被自己视为靠山的父亲出卖抛弃,对于宋翰这种自视甚高的人来说,这才是致命的打击吧?

不过,宋翰可真是命大。

但他要是真的死在了祠堂里,那也太便宜他了。

窦昭冷笑。

晚上,宋墨没有回来,却让人把宋翰的除籍文书交给了她。

窦昭看着上面宋茂春和宋逢春的名字,暗暗松了口气,第二天一大早就派人送去了顺天府立契。

顺天府的户房胥吏见到契书大惊失色,抬头看见严朝卿身边的同知,立刻低下了头,忙盖了顺天府的大印。但等到同知陪着严朝卿一出户房,他就立刻蹿到了吏房,小声地和吏房的人道:"刚才英国公府的一个幕僚由同知大人陪着,还给宋家二爷宋翰办除籍书,你知道是为什么吗?"

吏房的人还是第一次听到这个消息,立马兴奋地道:"你快仔细说说这到底是怎么一回事?"

等到严朝卿从黄大人那里道谢出来,就看见吏房里拥了一堆的人,在那里说着宋翰的事。

那同知涨得满脸通红。

宋翰大逆不道,怎么能不让人知道呢?

严朝卿却微微地笑,装作没有看见似的,笑着和同知道别,回了英国公府。

宋宜春却连着几天都高热不退,情况非常不好。

宋墨看着这不是个事,上了折子给父亲告假。

皇上向来对宋宜春就是淡淡的，可自从听说宋翰的"劣迹"之后，想到他也有差不多的辽王，皇上对宋宜春顿时就亲昵了不少。听说宋宜春病了，以为是被宋翰的事气病的，就派了个小内侍来探病。

小内侍是代表皇上来的，不仅要他领进内室去见宋宜春，还要把宋宜春用过的药方之类的给小内侍过目。

小内侍吓得魂不守舍，匆匆问了几句就回了宫。

皇上听了小内侍的话火冒三丈，想到了自己被辽王挟持到玉泉山时的羞辱。

他为了太子的承诺不能惩办辽王，难道他还不能惩办一个国公爷的次子？

皇上下旨，立刻把宋翰丢到城门外去，不许给他一口水喝，一粒米吃，一缕丝穿，否则就形同谋逆，诛九族。

锦衣卫现在还没有都指挥使，东厂的厂督亲自去英国公府将宋翰"请"了出来，丢在了朝阳门外。

宋翰用了三天的药就停了，想喝口水都叫不到倒茶的人，更不要说吃食补品了，正饿得两眼发昏，莫名其妙地被东厂的人揪上了车，又莫名其妙地被推下了车。

他望着喧哗嘈杂的甬道，有些不知所措。

一群小乞丐跑挤了进来，围着他喊着"哥哥"，那满身的臊味，乌黑的指甲缝，让宋翰不由打了个寒战。

"滚一边去！"他大声呵斥着小乞丐。

小乞丐们却不以为意，依旧笑嘻嘻的，却上前就把他按在了地上，七手八脚地扒着他的衣服。

宋翰身体还很虚弱，几次都没能挣脱，他不由大声喊起"救命"来。

路人远远地围观，三三两两地凑到一起对着他指指点点，却没有一个人上前为他解围的。

宋翰的衣服被扒得只剩下一条牛鼻裤，那群小乞丐才一哄而散。

第一百七十三章　　离开·晋升·责怪

宋翰羞愤交加，抱着胸、佝偻着身子要进城，却被守城的拦了下来："宋二爷，不是小的们不给您面子，实是在东厂的发下话来，您以后不许进城，若有人给您一丝一缕，都视同谋逆，还请您不要为难我们了！"

怎么会这样！

他目瞪口呆。

那他以后怎么过活呢？

宋翰慌了起来，不管不顾地就想往里闯。

刚才还对他客客气气的守城卫士却毫不留情给了他一脚："真是给脸不要脸！你

以为你还是英国公府的二爷啊？竟然连爷的话都置若罔闻！不给你一点教训，我看你都不知道自己是个什么东西了！"

宋翰趔趔趄趄地跌倒在地上。

四面响起一阵哄笑。

有人道："这位小公子看上去细皮嫩肉的，不知道犯了什么事？你们这些人也粗俗了些！"说着，去拉宋翰，"可怜的，连衣服都被人扒了，我铺子里正巧缺个端茶倒水的，你不如随了我去，虽不能绫罗绸缎，却能吃得饱、穿得暖……"

他的话还没有说完，就有人不怀好意地高声笑道："老赖，你那里端茶倒水的最后哪一个没有变成你的摇钱树？"

众人大笑，笑声猥琐。

宋翰落荒而逃。

乾清宫书房西暖阁。

太子正在批改奏章。

崔义俊轻手轻脚地走了进来，重新换上茶水。

太子却突然放下了笔，道："听说英国公病了？"

"是啊！"崔义俊笑道，"宋翰和英国公的妾室有染，英国公要把宋翰赶出府去，开了祠堂问罪，谁知道宋翰狗急跳墙，掐着英国公的脖子不放……"他把事情的经过讲了一遍。

"也就是说，现在宋翰被逐出了家门，英国公还昏迷不醒？"太子沉吟道。

"是！"崔义俊微微弯着腰，比平时显得更恭敬。

太子沉思良久。

如果往常，崔义俊早就开口相问，可自从太子开始独立批改奏章之后，他就再也没有随意插言了。

他静静地站在那里，眼观鼻，鼻观心。

太子突然道："我上次让你查的事你查得怎么样了？"

崔义俊想了想，道："您是说宋大人和纪大人的事？"

太子点了点头，道："虽然说辽王的事不宜声张，但却不能寒了那些忠心为国之人的心。现在锦衣卫没有都指挥使，我寻思着是不是让宋砚堂去，只是金吾卫也少不了他，可又从来没有人兼任锦衣卫的都指挥使和金吾卫的都指挥使的，还有神机营的马友明，如果不是他无畏个人凶险，那天鹿死谁手还是个未知数。既然神机营的都指挥使王旭身体羔和，恳请致仕，我想不妨由马友明担任神机营的都指挥使……"

也就是说，太子要重用宋墨了。

而宋墨和纪咏不和！

崔义俊心头一跳。

太子难道要玩平衡？

崔义俊的腰更弯了。

他毕恭毕敬地道："纪大人和宋大人有夺妻之恨！"

"哦！"太子顿时来了精神，一双眼睛熠熠生辉，道，"快说说看，这到底是怎么一回事？"

崔义俊道："虽然几家都瞒着，可窦纪两家都是名门望族，姻亲众多，特别是纪大人，到如今也没有成亲，不管是谁去提亲，都受辱而返，有些事就渐渐瞒不住了。据说窦夫人和纪大人是青梅竹马，纪大人一心想求娶窦夫人，窦家也乐见其成。谁知道窦大人游宦京都，不知道纪家有意求娶窦夫人，而纪家以为只要跟窦阁老打个招呼就行了，阴差阳错，窦大人把窦夫人嫁到了英国公府……"

"还有这种事？"太子听得欢快，不由得笑了起来，"听说纪见明和窦夫人是表兄妹，两家还有来往吗？"

"有来往啊！"崔义俊笑道，"不仅有来往，窦夫人十分磊落，纪大人去宋家做客的时候，窦夫人都会亲自出面打个招呼呢！"

太子听得直点头，回头当成笑话讲给了太子妃听。

太子妃没想到还有这一桩公案，道："我看那窦夫人就不像寻常女子，也不怪纪大人如今谁也瞧不起。"

太子笑道："我们要不要给纪见明做个媒？"

太子妃笑道："那就看殿下准备怎么用纪大人了？如果只是想笼络纪家，给纪大人赐婚，没有比这更体面更荣耀的了。如果您是想用纪大人，我看还是别管这件事了——他如此固执，想必不是个容易想通的人，您贸然地赐婚给他，只会让他觉得憋屈。"

太子也不过随口说说，太子妃非常善于处理亲族之间的关系，既然她说不妥当，他也就不再坚持，说起宋墨和纪咏来："我想让宋墨兼锦衣卫的都指挥使，纪咏詹事府学士兼行人司里任司正。"

这样一来，文武殊途，就可以互相牵制了。

太子妃笑道："殿下有没有想到让宋墨兼任神机营的都指挥使？"

太子一愣，随后抚掌："这真是个好主意。由宋墨任神机营和锦衣卫都指挥使，马友明任金吾卫都指挥使，董其任五城兵马司都指挥使。"

董其和宋墨的关系也非常紧张，金吾卫尽人皆知。

太子妃微微地笑。

太子就问起皇后的情景来："现在怎样了？"

前些日子听说皇后病了，但太医院呈上来的方全是安神静气的方子，让太子心生疑窦。

太子妃低声音耳语："太后娘娘说皇后被辽王气病了，御医们哪里敢开其他的方子。"

太子明白过来，转移了话题，道："眼看快到中秋了，除了惯常的碇子药之类的，英国公府那边，还赏些吃食和香露之类的东西吧，也显得亲热。"

太子妃笑盈盈地应是。

太子却在次日叫了宋墨到西暖阁说话："国公爷的身体现在怎样了？"

宋墨苦笑，道："人是清醒过来，却破了喉咙，不能说话了，而且还不时高热，御医说，最少也要静养两年这身体才会渐渐地有所好转。"

"不能说话了？"太子皱眉，"一句话都不能说了吗？"

"只能咿咿呀呀的，像懵懂的孩子。"宋墨很是苦恼的样子，"如果不用笔，我们都不知道他在说些什么，父亲说着说着，就急躁起来，不是砸东西就是翻炕桌，偏偏御医又说父亲不能激动，我只好把从前服侍过父亲很多年的一个随从安排贴身服侍父亲……"

"这也是没有办法的事。"太子安慰宋墨，"好在英国公府有世仆，时间长了，国公爷慢慢也就习惯了。"

"臣也是这么想的。"

两人说了半天宋宜春的病情，太子就端了茶。

宋墨满头雾水。

但当他看见崔义俊亲自给他打帘的时候，他隐隐有个猜测，晚上和窦昭私语："皇上可能会让我掌管锦衣卫。"

窦昭吓了一大跳。

"殿下向你透露了这个意思？"她问宋墨。

"殿下问了父亲的病情。"宋墨笑道，"他肯定是怕我守制——现在锦衣卫没有都指挥使，宫里就像被蒙上了眼睛塞住了耳朵似的。我想不出殿下还有什么理由特意把我叫进宫去。"

"能不能不去锦衣卫？"窦昭犹豫道，"锦衣卫的名声太差了。"

"名声好坏，还不是看个人的行事。"宋墨不以为然地笑道，"去锦衣卫也有桩好事，"他咬着她的耳朵道，"至少不用去宫里当值了……"

"想什么呢？"窦昭又好气又好笑，"这可事关你的前程！"

"我再不济，也能像父亲那样在五军都督府当个平庸的掌印都督，"宋墨索性把窦昭搂了怀里，"我就是再能干，殿下也不可能把金吾卫和锦衣卫都交到我手里，我原来还想着怎样为舅父沉冤昭雪，想查出父亲为什么要害死母亲，现在我心愿已了，只想好好地陪着你和孩子，只想做个好丈夫、好父亲，让我的孩子不要像我小时候那样，那些身外之物，也就没有什么好争的了。"

这些年，宋墨也过得苦，他既然愿意，就随他吧！

窦昭爱怜地摸了摸宋墨的脸，温柔地道："随你，你觉得高兴就行。"

"我高兴有什么用？"宋墨见窦昭这么顾着自己，高兴地想把窦昭抱在自己身上，在脸上狠狠地亲了几口，"要紧的是你高兴。你难道不喜欢我陪着你吗？"

夫妻说了大半夜的话，第二天起床见静安寺胡同那边派高升过来给蒋柏荪送程仪的时候才记起来明天蒋柏荪就要启程回濠州了。

宋墨急道："阿琰还没有来拜见五舅舅呢。"

之前是蒋柏荪身上全是伤，蒋琰怀着身孕，蒋柏荪怕吓着蒋琰，不让宋墨告诉蒋琰自己住在颐志堂，如今蒋柏荪外伤已好，又即将离京远去辽东，亲人之间还不知道什么时候才能再见，蒋琰怎么能不来给拜见蒋柏荪。

窦昭笑道："看你，玉桥胡同离这里很远吗？"又抿了嘴笑，"我早就让婆子给陈赞之下了张帖子——琰妹妹胆子小，与其直接跟琰妹妹说，还不如由陈赞之转述的好！"

"有什么好转述的！"宋墨不悦，"五舅舅是她的亲舅舅，还会害她不成！"

窦昭笑而不语。

宋墨无奈地叹气。

窦昭却在心里想，人生不如意十之八九，如果这就是她生活中的不如意，那她甘之如饴！

待陈嘉带了蒋琰过来，蒋柏荪望着酷似胞姐的蒋琰，十分激动，连声说着"好"，眼睛都湿润了。

蒋琰虽然是第一次见到蒋柏荪，但却能感觉到蒋柏荪对她的善意，红着脸站在那里羞涩地微笑。

蒋柏荪看在眼里，不由心情复杂。

这个外甥女，不过是形似而已，如果是长在英国公府，天之骄女般的养大，还不知道怎样光彩照人，可惜了这个孩子。

幸运的是被宋墨找了回来，也不算太晚，以后自己多照看些就是了。

他更加希望能用战功为蒋家重振门庭了。

蒋柏荪拍了拍宋墨的肩膀，笑道："你放心好了，你五舅舅一定不会让你们失望的。"

宋墨微微地笑，将从前定国公送给自己的一条鞭子送给了蒋柏荪，道："我等着五舅舅得胜归来。"

蒋柏荪点头，大步离开了京都。

宋墨直到驿道上看不到蒋柏荪的背影了才打道回府。

没几日，就到了中秋节。

往年英国公府的中秋节都会把宋茂春等三家人接进府来，设宴听曲赏月观灯，好好地热闹一番。今年因为宋宜春还躺在病床上，宋墨只请了陈嘉夫妻回府吃了顿饭，就算是过了节。

他不无歉意地对窦昭道："元宵节的时候，我一定带你们去街上看灯市。"

实际上英国公府四处挂满了各式的灯笼，灯火通明，宋墨安排了好几个还在总角的小丫鬟小厮陪着元哥儿玩。元哥儿拖着宋墨从造办处订的一盏脚下装着轮子，约摸三尺多高的兔子灯在抄手游廊上跑，不知道玩得有多快活，根本就没有想要去外面。

窦昭望了望窗外正欢快大笑的儿子，不由道："外面人多，元哥儿还小，又有人放爆竹，到处是烟火，我既担心元哥儿被呛着，又担心他会被人碰着撞着，还不如在家里呢！"

宋墨见窦昭没有丝毫的失望，这才安下心来，道："我看不如趁着这机会把从前的一些繁文缛节都免了吧？"

窦昭有些不解。

宋墨道："父亲就算是病好了，也需要静养，今年过年，我们还是这样过个简单的年。"

言下之意，是以后再也不邀那三家过府庆贺了。

"好啊！"窦昭很爽快地答应了。

她能理解宋墨的心情。

宋宜春要赶宋墨出门的时候，宋茂春等一心只看宋宜春的眼色，等到宋翰被除籍，他们更是连问也没问一声缘由。别人盼着人丁兴旺，是指望着自己有难的时候能有个伸手相帮的，他们这些人好的时候就凑了过来，有难的时候就一个个都装作不知道了，这样的亲戚，不要也罢！

"好在窦家的三姑六舅多，"她笑道，"恐怕以后别人要说你只有妻族一门亲了。"

宋墨凑到了她的耳边，低声笑道："那我们多生几个不就成了？想当初，我们家老祖宗也不过是一个人，宋家还不是有这几房。我们也能行的！"

窦昭笑着轻轻地拍了他一下。

宋墨呵呵地笑，揽了窦昭的肩膀在屋檐下看着元哥儿玩耍。

大灯的灯笼照得英国公府一片红彤彤。

到了八月下旬，圣旨下来。

宋墨任锦衣卫都指挥使兼神机营同知；马友明接替了宋墨掌管金吾卫；东平伯兼任

神机营都指挥使，而原五城兵马司指挥使由安陆侯兼任；宋宜春因病不再担任五军都督府的都督，大同总兵长兴侯调回京都，任五军都督府前军掌印都督；原大同总兵府同知任大同总兵；广恩伯世子董其任大同总兵府同知……

文官没有动，武官却动了个遍。

汪清淮看到邸报，不由长长地叹了口气，问安氏："英国公府还有没有什么值得庆贺的事？"

安氏奇道："世子爷要干什么？"

汪清淮把邸报往安氏面前一放。

安氏拿起来仔细看了一遍，道："长兴侯真是厉害，竟然进了五军都督府做了掌印都督，不怪长兴侯府这些年来越来越红火。"她说着，问汪清淮，"前几天有人给我弟弟家的长子提亲，说的就是长兴侯府三房的嫡次女，我娘觉得那姑娘长得不错，就是看着脾气有些大，正犹豫着，您说，要不要跟我娘提提，把这门亲事定下来……"

"你胡搅蛮缠些什么？"汪清淮听了直皱眉，道，"我让你看的是宋砚堂！"他感慨道，语气有些复杂，"太子殿下待他可真是优厚。为了让他能执掌神机营，竟然让东平伯兼了神机营的都指挥使！"

安氏估摸丈夫心里有些不痛快，想到丈夫这几年一向交好宋墨，她看了一眼邸报，踌躇道："英国公不任掌印都督了，可宋墨调去了锦衣卫，和金吾卫一样都是天子近臣，虽然比不上从前，但也称不上失势啊！"

汪清淮闻言直摇头，想着以后窦昭那里还得安氏多走动，解释道："东平伯是个明白人，之前皇上让他兼五城兵马司的都指挥使，宋砚堂督导五城兵马司的事，他就万事不管，全听宋砚堂的，和宋砚堂相处得极好，"他指着邸报上的名字，"你看，这两人又做了同僚——宋砚堂哪里是失势，分明是太子殿下有意抬举他，用东平伯的资历给他做嫁衣，让他同时掌管两天子近卫，这样的恩宠，也就英国公府开府的老祖宗曾有过。照这样下去，英国公府最少也能再红火二十年！"

安氏向来是信服丈夫的，恍然大悟，在那里绞尽脑汁想了半天，道："我要是没有记错，过几天是窦夫人身边从前的大丫鬟素心的生辰……可现在素心嫁了窦夫人的贴房，不在英国公府居住了，而且她又不过是窦夫人身边的仆妇，我特意去打赏她，是不是显得太急躁了些？"

汪清淮道："你不会让你身边的大丫鬟嬷嬷之类的和她搭上话啊！"

"也是哦！"安氏讪然地笑，"我心里一急，倒没有想到这一茬。"

她是个说做就做之人，立刻喊了服侍自己出门的贴身嬷嬷过来，问她自己身边的人有谁能和素心搭得上话的。

"奴婢就搭得上话。"那嬷嬷笑道，"那个素心是个好说话的，待谁都挺和气的。今年中元节，奴婢就曾在大相国寺碰到过素心，还请她吃了碗豆腐脑。"

安氏听了大喜，吩咐贴身的丫鬟开了箱笼拿了二十两银给了那嬷嬷，道："你去给素心姑娘庆个寿，想办法和她走出些交情来。她是窦夫人从真定带过来的人，不比寻常的贴身大丫鬟，以后说不定还要她在窦夫人面前帮着说句话的。"

那嬷嬷会意，接过银子去了素心家。

谁知道素心却不在家。

素心家的门房年过五旬，喜气洋洋地告诉她："英国公府的陈师傅、刘师傅几个都放了出去，我们家太太去了英国公府给几位师傅道贺。"

安氏也是大户人家出身，那嬷嬷更是安家的世仆，知道有些权贵之家的忠仆有恩于东家的时候，东家有时候会抬举仆妇，会放了忠仆的奴籍，更有显赫之家为那些忠仆谋个出身的，但这样的事例非常非常地少，她活了快五十岁，也就听说了两三个人而已。

她听闻不由得大吃一惊，道："放了几个？陈师傅和刘师傅都放了出去吗？去了哪里？都做些什么？"

素心家的门房得意地道："几位有头有脸的师傅都放了出去，有的是去县衙里做了捕快，有的入了军户，去近卫军做百户，有八九位之多，现在府里的人手都有些不足了，我们家太太过些日子还要代夫人回趟真定，要从真定挑几个护卫过来呢！"

难怪夫人要她想办法和素心常来常往的！

嬷嬷咋舌，赏了门房五十文钱，放下了贺礼，留了姓名，回了延安侯府。

安氏听了难掩惊愕，道："一口气放了八九位？这么多，你是不是听错了？"

"没有，没有。"嬷嬷忙道，"老奴问得清楚，都是有名有姓的，我急急地赶回来，就是想请夫人拿个主意，要不做弄点时兴的点心果子之类赶着送到英国公府去，也可以探探消息。"

安氏将宫里赏的两盒菊花糕，一坛桂花酒拿了出来，嘱咐那嬷嬷："这些东西英国公府未必就看得上眼，却是我们的一片心意，窦夫人不会嫌弃的，你快去快回。"

嬷嬷应诺，急急去了英国公府。

颐志堂正房安安静静的，东群房那边的一片欢声笑语，隔了几个巷子都听得到。

带她进来的嬷嬷有些不好意思地道："夫人身边的几个护卫都要放出去了，夫人赏了酒仙楼的席面下，又说了要热闹三天，有些闹腾。让您见笑了。"

那嬷嬷忙说了几句艳羡的客气话，却在心中暗暗记下，回去就禀了安氏。

安氏这才惊觉丈夫的用意，她匆匆去了汪清淮的书房。

汪清淮有客人。

安氏悄声问小厮："是谁？"

小厮笑道："是济宁侯。"

正说着，魏廷瑜走了出来。

安氏不由得打量了他一眼。

阳光下，魏廷瑜神色憔悴，衣裳黯淡，像个不得志的潦倒武生，比他身后的汪清海看上去还要老苍五六岁的样子。

安氏骇然。等魏廷瑜和汪清海走后，她不禁问汪清淮："济宁侯来找您做什么？我记得他从前也是个俊朗的少年公子，怎么两年没见，变成了这副样子？"

"你别管了。"汪清淮的脸色有些不好看，总归是自己胞弟的好友，总不能跟自己的妻子说，自己的弟弟带了好友来借钱的吧，而且还不是为了应急，而是为了和人合伙做茶叶悄悄背着家里人来借钱的，先不说这钱能不能还上，就算他生意做成了，济宁侯府怕是除了魏廷瑜没有一个人会感激他。他懒得再去想这些烦心的事，道："你来找我干什么？"

安氏就把嬷嬷打探到的消息都告诉了汪清淮。

汪清淮不由叹气，道："魏廷瑜如果知道今日，不知道会不会后悔当日娶了小窦氏。"

安氏听得有些摸不着头脑，汪清淮却不想再说这件事。

魏廷瑜娶了窦家的女儿，却连五千两银子都拿不出来，可想而知过的是什么日子。

还好自己没有一时头脑发热答应借银子给他。

听弟弟说魏廷瑜在外面又悄悄养了个小的，已经有五六个月身孕了，不知道小窦氏知道后会不会像上次似的带人上门打闹……到时候京都恐怕又有好戏看了！

说起来，宋墨有这样的连襟真是丢脸！

他想了想，决定亲自走一趟英国公府。

府里的护卫能放出去，东家才是最有面子的，于情于理他都应该去道个喜。

英国公府的窦昭自然不知道汪家发生了什么事，她正忙着陈晓风等人外放的事——程仪要准备；人是从她身边出去的，有些话有嘱咐；他们不再是府里的护卫，不能再住在英国公府的东跨院了，家眷要跟着去任上的好说，有些要回真定的，还得安排可靠的人把他们送回去……最重要的是她这几年已经习惯有陈晓风等人护卫，他们这一走，她心里顿时觉得空荡荡，知道就算是以后有比他们身手更好，更忠心的人补充进来，也再没有那种曾经同生共死的情分了。

她把那几个死在了香山别院的护卫交给了段公义："……以后只要是这几家的事，你都要立刻告我，不管是要钱要物还是遇到别的什么为难事，都不许瞒着我。"

"您放心好了，"段公义和这些人的感情比窦昭还要深，提起来神色间也满是唏嘘，"我会派人好生盯着的。"

窦昭就算起别的一桩事来，道："如今皇上不管事，太子监国，府里也不会遇到什么太为难的事了，你要不要找个人服侍段太太？"

段公义老脸一红，道："我家里有两个丫鬟，做事挺麻利，也都乖巧懂事，我娘身边暂时有人服侍。"

窦昭抿了嘴笑，不再往深了说。

不过没几日，段公义那边有就喜讯传过来。

原来段母早就瞧中了颐志堂灶上的一个小丫鬟，只因段公义还不想成家，一直拖着，此时段公义低了头，段母就想着趁真定这些人还在英国公府，把这婚事办了，连说媒带订日子，不过五六天的工夫就成了。

窦昭把人叫进来瞧了瞧，见那小丫鬟白白净净的，说话行事带着股子柔顺的味道，赏了她五百两银子陪嫁，又给了她二十两银子的添箱，选了个好日子，给段公义娶了亲。

大家都很高兴，宋墨也参加了婚礼。

只是新娘子还没有进门，他就被悄悄拉走了。

窦昭不动声色，陈晓风等人还以为宋墨原本就只准备在婚礼上露个面，并没有在意，段公义拜过堂，就簇拥着他去了新房闹腾。她这才有空悄悄地问武夷："出了什么事？"

武夷小声道："皇后娘娘病逝了，殿下让世子爷立刻进宫商量这件事呢！"

窦昭心里十分焦急。

辽王如今还在西苑"侍疾"，皇后先没了。

这才离玉鸣山几天的工夫，怎不让人联想。

何况当初答应皇后继续享受后位的人是太子，担保的人是宋墨，若是有人恶意地推波助澜，众人的唾沫星子都能把他们俩给淹了。最让人不安的是太子头上还有个皇上，若是引起皇上的猜疑，不知道会不会影响太子的位置？

窦昭一直等到了晚上亥时宋墨才回来。

"现在的情形怎样？"她坐炕上，等若彤几个服侍宋墨更衣后退了下去，她问道，"可定下什么时候报丧？"

宋墨坐在了窦昭的身边，窦昭这才发现宋墨的眉宇间带着几分疲倦。

窦昭就帮他捏着肩膀。

宋墨笑道："我还好，你是双身子的人，不宜操劳。"然后把她揽在了怀里，叹道，

· 249 ·

"太子殿下不是蠢人，皇后活着才对他有利。听到这个消息的时候，他也蒙了，和太子妃匆匆赶到慈宁宫才知道皇后是自缢而亡，但慈宁宫又有太后娘娘，太子连问都不能问一声，就叫了我去，让我陪他一起去见皇上。皇上知道了皇后的死讯，虽然什么表情也没有，但沉默良久才挥手让殿下退了出来。什么时间发丧，怎样的规格，一个字也没有提。听殿下的意思，皇上应该是很伤心……"

原本恩爱的夫妻反目成仇，搁在谁的身上也不可能无动于衷。

窦昭也不由跟着叹了口气。

"早点歇了吧！"宋墨安慰般地拍了拍窦昭的手，道，"明天一早我还得进宫。"

到了第二天，皇后宾天的消息肯定是瞒不住了，怎样面对臣工们的质疑，太子也好，宋墨也好，还有得一阵忙碌。

窦昭叹气，吹了灯。

到了第二天，京都果然炸了锅。

说皇后是被太子害死的，说太子早就对辽王起杀心，说宋墨是太子的帮凶……各种流言纷至沓来，说什么的都有，没有一个人相信皇后是病死的。

太子天天忙着去西苑向皇上解释，宋墨则忙散布新的流言。

可什么事也比不上皇家秘辛，大家对皇后的死因越来越感兴趣，连不出门的祖母都听说了，跑到府上来问窦昭宋墨会不会被牵连。

偏偏皇上什么也不说，太子为了避嫌，越发不敢拿主意，皇后去世后第二十一天，出殡的规章还没有拿出来，急得纪咏团团转，和宋墨嚷道："你到底有没有能力指挥锦衣卫，怎么到今天这件事还没按下去？你要是不行，多的是人接手！"

宋墨烦他每次跳出来都是指责人，没有哪次是给个好建议，冷笑道："可惜锦衣卫都指挥使是武官，纪大人做得再好也掌握不了锦衣卫！"然后拂袖而去。

纪咏望着他的背影不满地撇嘴。

很快就有好事者将这件事捅到了太子那里。

太子虽然焦头烂额，听了这件事不由得长吁口气，感觉心情好了很多。

辽东那边好像还嫌京都的景况不够乱似的，送来八百里加急。

辽王的嫡长子病逝了！

这下太子坐不住了。他气得暴跳如雷，把折子丢到了宋墨的面前："你看看！这是哪个王八蛋害我！让我查出来了非扒了他的皮不可！"

宋墨眉头微微地蹙了蹙，但还是很冷静地道："还是先查清楚了那孩子的死因再说吧！"

太子抓着头发，道："这怎么查得出来？"

宋墨道："就算是查不出来，也得有个说得过去的理由。"

太子颓然地坐在镶楠木的大炕上。

长兴侯求见。

"让他进来吧！"太子蔫蔫地道。

因为石太妃，太子对长兴侯的印象不错。

长兴侯国字脸，卧蚕眉，看上去一脸正气，给人刚毅忠勇之感。

他朝着宋墨微微点头，上前给太子行礼。

宋墨趁机退了出去。

到了下午，就听说长兴侯给太子进言，让太子请了太后娘娘去劝皇上。傍晚，西苑那边就有圣旨下来，皇后的葬礼除了守孝时间，一切都遵照仁宗皇帝皇后娘娘的规格。

宋墨苦笑，道："这件事恐怕还有得磨。"

窦昭正坐在炕上给没出生的孩子做肚兜，闻言笑道："我还以为你在担心长兴侯了！"

"这有什么好担心的。"宋墨笑道，"朝廷的能人多着呢，英国公府虽与皇家亲近，可也有分时候。就像上次，太子让我陪他去见皇上，我是陪着他去了西苑，却没有陪他去见皇上，有时候，和皇上走得太近，也未必是件好事。"

窦昭对宋墨信心满满，笑着用牙咬了线头，笑盈盈地不住点头。

天津那边有信过来，说顾玉这些日子瘦得厉害。

宋墨盯着信看了很长时间，吩咐杜鸣给他带了些药材之类的东西过去。

濠州那边又有信过来，说蒋大太太见蒋柏荪身边连个像样的护卫都没有，让施安跟着蒋柏荪去了辽东。

这样一来，蒋家就少了个能主事的护卫。

宋墨把朱义诚派去了濠州，又写信给徐青，让他看顾些蒋家。

忙了几天，太子突然悄悄来访。

他在宋墨的书房里打着转："皇上根本不相信这件事与皇祖母有关，话里话外都透露着皇祖母是不想我们父子生分，才在石太妃的建议下把皇后的死因揽在自己身上，而且皇祖母越解释，皇上越不相信，我现在可真是跳进黄河也洗不清了！"

太子苦恼地又抓了抓头——这是他小时候养成的习惯，后来虽然被教导过来，但人烦躁不安到紧张无措的时候，还会做出这样的动作来。

崔义俊心急如焚，满眼担忧地望着太子和宋墨。

第一百七十四章　公主·最终

太子这么说，倒让宋墨想起一件事来。

他问太子："辽王长子的死因查清楚了吗？"

"查清楚了。"太子烦恼地道，"是父皇亲自派人去查的，说是辽王府听到五弟在京都侍疾，知道事情败露了，却又打听不到五弟的消息，五弟从前招的一些人纷纷出逃，留下来的也无心护主，辽王妃更是自缢而亡。我那侄儿又惊又吓，一病不起，辽王府的长史怕皇上在气头上，想过几天再往京都报丧报病，谁知道这一拖却拖成了如今的局面！"他恨恨地道，"事情都是坏在这些小人身上。"

他收拾得了一个，十个，难道还能收拾得了百个，千个不成？

想到这里，太子颓然地坐在了太师椅上，对崔义俊摆了摆手，道："你先退下去，我和砚堂还有话说。他这里要是不安全，这天下就没有安全的地界了。"

崔义俊笑着看了宋墨一眼，转身脸上却露出几分晦涩。

宋砚堂不愧是祖上曾经做过皇家的养子，就这样半路上靠过来，太子待他的情分都不同一般！

· 251 ·

宋墨才懒得管崔义俊在想什么。

从前汪渊这个盘踞在乾清宫一辈子的人在，他都能在乾清宫安几个自己的人，崔义俊这才刚刚住到乾清宫里，想和他斗心眼，他转手就能联合汪渊把他给架空了。

不过，皇上是日薄西山，汪渊就算想平平安安地去给皇上守陵寝，也得多留两个心眼，他正好可以趁机在乾清宫安排几个人……

宋墨想着，低头喝了口茶，语气关切地问太子："出了什么事？"

太子想了想，低声道："我想崔义俊给汪渊递个话，崔义俊却说，这件事不好告诉汪渊，免得皇上误会我指使他身边的太监，对我的误会更深。你说我要不要给汪渊递个话？"

宋墨不由感叹。

经了事，太子现在也不是像从前那样一味地柔弱了，知道动脑筋想办法了。

他道："我觉得崔公公的话很有道理——您以后不仅要少接触皇上身边的人，而且要摆出姿态来，谁要是敢拿了皇上的事到您面前说话，立刻乱棍打死。"

太子沉思着点头。

屋子里变得静悄悄没有一点声响。

外面突然传来一阵说话声。

宋墨皱眉，高声喊着"武夷"："谁在外面说话？这么不懂规矩，跟夫人说一声，叫牙婆进来全部发落了。"

武夷欲言又止，没有像往常那样立刻就转身退下。

太子不免好奇，问武夷："是不是有什么要紧的事耽搁不得？"

被太子问话，就算是经历过英国公府变故的武夷也紧张得两腿一软，跪了下去，磕磕巴巴地道："是世子爷，让我们盯着云阳伯府……今天云阳伯府突然把顾公子的东西都搬到了云阳伯府在大兴的别院里去了。只怕顾公子要吃亏了……顾公子如今还在天津卫帮我们家世子爷造船呢……"

"顾玉？"这段时间忙昏了头的太子喃喃地道，"你倒是个长情之人，到了今天这个田地，还维护着顾玉。"然后冲着宋墨苦涩地笑了笑。

宋墨忙站了起来，道："还请太子殿下恕罪……"

太子摆了摆手，打断了宋墨的话："我是觉得顾玉好福气，能交到你这个朋友。"他很是感慨，吩咐武夷，"你去跟云阳伯府的人说一声，从前皇后待沈家不薄，我难道连个妇道人家的心胸都没有不成？让他们不要见风使舵，为难顾玉了。"又道，"你去恐怕不顶用，我让崔义俊和你一起去！"

宋墨忙代顾玉谢恩。

武夷则连磕了九个响头，这才退下去。

太子叹气道："这世上锦上添花的多，雪中送炭的少啊！"

宋墨只好安慰他："虽说少，可也不是没有，您暂且放宽心，事情总是一天比一天好。"

太子和宋墨说了这会儿话，感觉心情好了很多。

宋墨就道："您有没有想过，给顾玉赐门婚事？"

太子一愣，随后认真考虑起这个问题来。

皇后和辽王的长子去世，他不仅要表现出非常悲痛的样子，还示恩于皇后生前视若子女的顾玉……这真是个好主意！

他不禁兴奋起来。

"还有景宜，上次和兴国公府的婚事没能成，她如今还待字闺中。皇后不在了，她肯定也很惶恐，没有谁会去管她的死活了，我去跟皇上商量，让皇上亲自为她挑门好亲事，皇上肯定会打起精神来的，这是个好话题……"他越想越觉得宋墨这个主意好。

宋墨见事情终于朝着自己所想的方向运转，微微一笑，道："说起景宜公主，您看，能不能让顾玉尚景泰公主？"

太子一愣，道："尚公主？"

"我是这么想的，"宋墨道，"给顾玉婚赐，门第太高只怕对方会不答应，门第太低显得不够诚意，不如让他去尚公主，以后继承云阳伯府，做个安逸勋贵，正好也可以安淑妃娘娘的心。"

淑妃在宫中是个八面玲珑的主，他给泰景赐婚，以淑妃的聪明，怎么也会在皇上面前为他说几句好话的。

太子兴冲冲地道："好！这件事就这么办。我立刻回宫去，先安慰安慰父皇，然后由景宜的处境说到景宜的婚事，再提到景泰……"

他有手足之情，皇上肯定会很高兴的。

太子起身，如来时一样匆忙地走了。

宋墨长吁了口气，回去就给了窦昭一个拥抱，笑着："是你让武夷给我递的话吧？"

英国公府可不是什么破落户，颐志堂的规矩更严，不要说云阳伯府只是把顾玉的东西搬了出去，就算是在追杀顾玉，也断然没有在太子来访的时候闯进去禀事的道理。

窦昭抿了嘴笑，道："你提顾玉的事，痕迹就太大了。若是不提，等太子这边事顺了开始着手整顿吏务的话，顾玉定会受牵连，只好冒险一试了。"

宋墨哈哈地笑，道："我们果然是心有灵犀一点通，你和我想到一块去了。不过太子正在兴头上，一时半会想不到这件事上去，时间长了，肯定会觉得奇怪的。武夷不能留在府里了。"

他喊了武夷进来："你是想去卫所还是想去衙门？"

去卫所，入军籍，以后子子孙孙都是军户；去衙门，就只能做捕快，虽然也是世袭，可也要儿子有这个本事接他的手才行。

两边他都觉得不好。

他不由抬头朝窦昭望去。

窦昭鼓励地朝他点了点头，笑着打趣道："过了这村可没了这店，你快拿定主意。"

武夷这才安下心来，道："我想跟着赵良璧做买卖！"

宋墨和窦昭都很意外，不过，窦昭的产业多，他既然愿意跟着赵良璧，留在某处做个掌柜的也不错。待十年八年之后，太子哪里还认得出他来。

"行！"宋墨笑道，"那你就去找赵良璧吧！"

武夷高兴地给宋墨磕头，退了下去。

窦昭笑道："你既然要做出整顿内务的样子，国公爷那边的人，是不是也应该捋一捋才好？"

宋墨忍不住再次哈哈大笑，道："这才是你的目的吧？"

窦昭但笑不语。

宋宜春的伤早就好了，就是再也不能说话了，又丢了五军都督府掌印都督的差事，他就因此而一直卧病在床，宋墨派了吕正夫妇去照顾他的日常起居，吕正还好，从小服侍宋宜春，对他忠心不贰，精心伺候着，吕正家的却对宋宜春弃吕正不顾的事心存怨怼，一直在吕正的耳边嘀咕，被吕正打了一顿这才不敢再提。可吕正家的却把这笔账算到宋宜春的头上，浆洗衣裳，做吃食不免就有些不用心，吕正是个男子，既要应付宋宜春莫名其妙的发脾气，又要应付樨香院散了的人心，哪里还顾得上这些，就算偶尔发现了说一说，吕正家的也是诚心地认错，把这一茬揭了过去，但过后该干什么继续干什么，下面的人看了有样学样。偏偏宋宜春不能说话，又觉得自己不舒服吕正应该一眼就看得出来，就把气往吕正身上撒，吕正为了安抚宋宜春，花在宋宜春身上的时间和精力就更多了，生活中的琐事越发顾不上，下面的人就越发地怠慢宋宜春……樨香院一团糟，每天都怨气冲天的，让人不想踏进去。

宋墨让严朝卿去办这件事。

没几日，英国公府卖的卖，撵的撵，出来了不少人。

太子听说后和太子妃道："看来英国公府还是得让宋砚堂来管！"

宋宜春的糊涂，一定的范围内是很有名的。

太子妃道："早就应该如此。要不是宋砚堂忠贞不渝，宫变那会可就麻烦了。"

两口子都还记得那时候窦昭母子正被辽王的人劫持着。

太子颔首，道："你隔三岔五的赏些东西过去，横竖英国公府和宫里向来走得亲近。"

"我知道了。"太子妃笑道，将前几日长兴侯府进献的桃子赏了一筐给英国公府。

"这个时节还有桃子？"窦昭非常地稀罕，少不得要送些去给窦家和蒋琰。

长兴侯听闻不禁脸色微沉。

太子去拜访宋墨的事他早就得了消息。

难道自己没能斗赢老英国公，现在连宋墨也斗不过吗？

他邀了崔义俊喝茶。

崔义俊笑着婉言拒绝了："奴婢没有旨意不得擅自离宫，长兴侯的好意心领了。"

他可不想搅和到这些事里去。

要知道，宋墨和汪渊可是老交情了。

他要动宋墨，使出吃奶的力气也未必就能如愿，可宋墨想动他，只要和汪渊说一声。

汪渊那老狗，只怕正虎视眈眈地找他的不是呢！

宋墨的书房里，陆鸣正悄声地和宋墨说着话："……只把几个平时在樨香院扫地浇花的放了，其他近身服侍过国公爷的人都处置了。特别是常护卫和曾五，小的亲手将尸体丢进河里的，银票包袱都在他们身上，就算是有人发现，也以为是失足落水，断然不会怀疑其他的。陶器重则因车马劳顿，病死在了回乡的路上。"

陆鸣办事，宋墨向来放心。

他微微点头，笑道："我这边也没什么事了，你可有什么打算？想去锦衣卫或是神机营都不是什么难事。武夷还跟着赵良璧去做买卖了，不过瞧你这性子倒不是个做买卖的。"

陆鸣讪讪地笑，道："我还是像段师傅似的留在府里吧！"

世子爷身边少不了给他办脏事的人，自己早就习惯了这样的生活，不想去卫所被其他人管束。

宋墨也的确少不了他，他既然这些说，宋墨也没有勉强，不再提这件事。

过了几天，圣旨下来。

顾玉尚了景泰。

兴国公为自己的三儿子求娶景宜公主。

消息传来，窦昭微微地笑。

难怪英国公府倒后，兴国公能成为功勋里的第一家。

看样子辽王的事兴国公府也有所察觉，要不然当初也就不会拒绝自己的儿子尚景宜公主了。

现在辽王事败，皇上还惦记着万皇后，心疼景宜公主，太子又正为这件事头痛，这个时候兴国公主动求娶景宜公主，就成了为主分忧。

想到景宜公主的婚期定在了九月初十，顾玉的婚期定在九月十二，她和宋墨商量："给兴国公府的贺礼，我们要不要比平常添几成？"

宋墨此时也看出了兴国公府的厉害，想了想，道："那就添三成好了。"

窦昭吩咐下去。

宋墨问起顾玉的婚事来："云阳伯府那边可有什么动静？"

顾玉还在从天津赶回京都的路上，但云阳伯府已经接了旨，众姻亲都纷纷登门祝贺，窦昭早上才去过云阳伯府。

"自从崔义俊上门给云阳伯府传过话之后，顾玉的继母现在像霜打的茄子似的，彻底蔫了，一直装病在床。"她笑道，"主持云阳伯中馈的是顾玉的二婶婶，看样子就是个精明的，给顾玉成亲置办的东西全都用最好的。"

反正顾玉成亲的费用从公中走，用多了不让她掏一分，用少了她也得不到一分，还不如痛痛快快地拿出来，把事情办漂亮了，给自己挣个贤淑的名声。

宋墨松了口气，道："我还在想，万一那边要是办得不周全，我想办法给他做个面子呢！"

窦昭知道现在宋墨心里最放不下的就是顾玉了，她安慰宋墨："可见顾玉是个有福气的，关键的时候总能遇到好事。"

宋墨笑着颔首。

顾玉回到京都还没有回云阳伯府先到了英国公府。

他看见宋墨就跪了下来，抱着宋墨的大腿就是一顿号啕大哭。

宋墨发誓："万皇后的确不是被太子殿下害死的！"

顾玉哭着点头，道："我知道。她那么好强，怎么会让自己后半辈子都看人眼色……我就是心痛她，落得这样一个下场。"

窦昭突然间隐隐有点明白前世的顾玉了。

万皇后和辽王成功了，他一样不痛快。

窦昭不由得眼眶微湿，想到他也是个傲气之人，前世的婚姻一直不顺，这世又是尚公主，不知道他会不会觉得是种羞辱，有心想劝他两句，又不知道从何劝起，只能幽幽地叹了口气，转身让小丫鬟沏了顾玉很喜欢的茉莉花茶。

等顾玉成了亲，窦昭和宋墨在家里设宴招待他和景泰公主。

景泰公主鹅蛋脸，杏子眼，身材玲珑有致，是个美人。坐在花厅里和窦昭喝茶的时候，她会不时抬头看一眼在花厅外和宋墨说话的顾玉。

窦昭悬着的心这才放了下来。

景泰公主就笑道："您是怕我在表哥面前摆公主谱吧？"

窦昭没想到景泰公主会随着景宜公主喊顾玉表哥，更没有想到景泰公主如此通透率直，面色微红。

景泰公主却不以为意，望着厅外的顾玉低声笑道："您可能不知道，表哥从前常去宫里玩耍，我们从小就认识。他嘴巴虽然毒，心思却好。我吃了杏仁身上就会起疹子。

万皇后母仪天下,哪里记得这些小事。我母亲虽然长袖善舞,却也不过是个娘家无势、膝下无子的庶妃,在坤宁宫从来都是赔笑脸的那个。有一次母亲带我去给万皇后请安,万皇后让人端了新做的杏仁露给我喝,我不敢不喝,表哥却一把将杏仁露从我手里夺了过去,说他正口渴,让宫女给我上了龙井茶。之后我再去坤宁宫,万皇后赏的杏仁露就变成了豆浆……"她说着,垂下了眼睑,声音更显低沉,"为这个,我一辈子都会感激他,一辈子都会尊重他……"

有件事,谁也不知道。

当母妃开始为她的婚事担心的时候,她曾悄悄向月老祷告,希望万皇后能大发慈悲,把她赐给顾玉……她一定会像永承伯的永平公主一样贤淑的。

窦昭目瞪口呆。

这算不算歪打正着?

送走了顾玉两口子,她把这件事讲给宋墨听,并好奇地道:"顾玉不知道记不记得这件事?"

"不知道。"宋墨也觉得这件事颇为有趣,道,"顾玉只是觉得景泰和淑妃一样能干。据说她进门没几天顾家的亲戚就对她都赞不绝口,甚至有亲戚说干脆让景泰来主持云阳伯府的中馈算了。顾玉的继母再也躺不住了,忙说自己好了,要收回主持中馈的权力,却被景泰公主三言两句地把云阳伯给说动了,继续让顾玉的二婶婶主持府里中馈。如今顾玉的二婶婶对景泰不知道有多亲近,什么事都和景泰商量,硬生生地把顾玉的继母给撇到了一边。"

窦昭睁大了眼睛,道:"那顾玉岂不是很高兴?"

"嗯!"宋墨笑道,"他觉得自己之前那样针尖对麦芒地和继母那样对着来,也不怪别人都瞧不起他,他的确太简单粗暴了些。"

或许,这才是顾玉需要的妻子?

窦昭呵呵地笑。

松萝神色有异地快步走了进来,道:"世子爷,夫人,会昌伯府的沈世子拜访。"

沈青?

窦昭和宋墨面面相觑。

他来干什么?

宋墨去了花厅。

沈青一看见他就丢下茶盅就跑了过来:"砚堂,救命!我爹要我去西山大营,你想办法把我弄到锦衣卫里或是神机营去吧!就算我欠你一个人情了,你以后让我干什么都行!"

宋墨揉眉,道:"西山大营也挺好的。我有个熟人在那里,到时候我给你写封信,让他以后关照你一些就是了……"

"砚堂,砚堂!"沈青打断了宋墨的话,拉着宋墨的衣袖道,"就算你有熟人在那里当同知,他能免了我出操吗?你不能见死不救。难道我还不如顾玉不成?你都那样帮顾玉了,就不能帮帮我!"

宋墨听着心里一跳,道:"我怎么帮顾玉了?"

沈青嘟囔道:"要不是你,崔义俊能出面给云阳伯府传话吗?你都不知道,顾玉的继母一直在我母亲面前低三下四的,就指望着我表哥能给她生的儿子撑腰了,现在我母亲知道了顾玉的事是太子的意思,根本就不见顾玉的继母了,要不然顾玉的继母哪有那么容易消停!"

宋墨还是第一次听说这件事。

沈青道："你帮不帮我？你帮我，我就想办法让我母亲压着顾玉的继母！"

宋墨道："没有你，景泰也能压得住顾玉的母亲。"

沈青失望地瘫坐在了椅子上。

宋墨看着又好气又好笑，道："你就这么不愿意去西山大营啊？"

"嗯！"沈青苦着脸道，"我们就是一外戚，平平安安地享福就行了，何苦和那些勋贵去抢功劳，我爹这是被富贵迷了眼，不知道高低深浅了。"

宋墨听着目光微闪，道："你既然这么想，那我就帮你试试！"

沈青一下子跳了起来："你答应了？"

宋墨笑道："我只是答应去试一试。"

"哎呀，我爹一定听你的。"沈青高兴地道，"我爹最羡慕你把护卫都杀了还敢把人码放在院子里，说这才是真正的权贵之家……"他说着，忙捂了嘴，小心翼翼地道，"我是胡说八道的，你，你就当没有听见好了。"

宋墨朝着沈青的肩膀就是一拳："该干什么干什么去！"

"好，好，好。"沈青一溜烟地跑了。

隔天，宋墨去了会昌伯府。

不知道他们说了些什么，沈青去西山大营的事就这样搁浅了。

沈青兴奋不已，送了两大车礼品过来。

可没几日，沈青被会昌伯丢到了福建总兵府任了个游击将军。

沈青气得脸色发青，跑到颐志堂来找宋墨："你说话不算数，把我送的礼品都还我。那是我用我自己的私房银子给你买的。"

宋墨表情寡淡，抬了抬眉毛嘱咐陈核："把沈世子送来的东西都还给他！"

沈青一听，蹲在地上就哭了起来："我不要你还东西，我要你把我弄进锦衣卫！"

宋墨让陈核把沈青连同他的东西一起给"请"了出去。

窦昭问他："这样合适吗？虽说沈青是个小孩子性格，可小孩子总会长大的。"

"这件事我自有安排。"宋墨卖关子，摸着她的肚子道，"孩子乖不乖？"

"每天下午都会翻翻身，其他的时候就懒得动。"

夫妻两人说起未出世的孩子，眉眼间都带着笑。

很快，风吹在身上开始有了刺骨的寒意。

英国公府也开始准备窦昭生产的事，太子妃甚至亲自到颐志堂来探望了窦昭一次。

京都突然传出一个消息。

会昌伯推荐云南巡抚王行宜为福建巡抚，虽然说职位没有变，却更有实权了。

窦昭望着枯黄的叶子，微微有些发怔。

宋墨笑着给她披了件皮袄，道："是不是心里有些不舒服？"

窦昭颔首。

宋墨笑道："是我建议会昌伯的。"

窦昭错愕。

宋墨握了她的手，温声道："我知道，若论私德，王又省全无可取之处；可论能力，他却是个人才。那些年你和王氏斗得那样厉害，都没有打过王又省的主意，不过是看着他还能为国为民出力罢了。可我却不想让你不快活。我向会昌伯推荐他，又把沈青安置在了福建都司，就是想让王又省为沈青做嫁衣，让他也尝尝功绩被人抢了还没处伸冤的滋味……"话说到最后，他已面露冷峻，"会昌伯想改变门第，想让沈青因功封爵。他

· 257 ·

王又省不是会打仗,不是屡战屡胜吗?那就给会昌伯帮个忙好了,想必皇上也会记得他的好的。"

沈青是个怎样的人,窦昭等人谁不知道。这样一来,只要沈青想在仕途上走一步,王行宜就不可能离开沈青,既让他为国效力,又能让他一辈子都只能被沈青压着。

窦昭眼睛顿时亮了起来。

"砚堂!"她捧着他的脸狠狠地亲了一口,"你可真行!"

宋墨微微地笑,道:"这下可以放心了吧?"

窦昭抿着嘴,盈盈地望着宋墨笑。

宋墨的书房里,宫灯莹莹如团地照在大红色鸡翅木的书案上。

丁谓暴食而亡的消息正稳稳地压在青石镇纸下。

(全文完)